山东大学人文社会科学青岛研究院资助项目

雅俗之辨

现代与传统视域中的鲁迅和张恨水

［韩］薛熹祯

上海文艺出版社

目 录

雅俗相映谱新篇——序薛熹祯"鲁迅和张恨水"比较研究之作 / 1

导论 / 1

第一节 研究目的与意义 / 3

第二节 研究综述 / 6

    1. 中韩两国的鲁迅研究 / 6

    2. 中韩两国的张恨水研究 / 12

    3. 雅俗文学研究 / 16

第三节 本书的研究方法与创新之处 / 19

第一章 鲁迅与张恨水:新旧文化变迁中知识分子的心态 / 21

第一节 旧式家族的背叛者与驯良者:差异与同构 / 23

第二节 在变革社会中知识分子文化判断的成因 / 42

第二章 启蒙与记录:文学史上的两种创作 / 61
    第一节 "为人生"与"叙述人生":雅俗何以越界 / 64
    第二节 思想启蒙与文化反思:不同文化判断下的历史责任 / 94

第三章 创作观念差异下迥然不同的艺术风格 / 115
    第一节 深邃的启蒙与白描的画卷:新式短篇小说与传统长篇章回体 / 123
    第二节 新旧文学的创作分歧:在改革与继承中的雅俗白话文创作 / 143
    第三节 雅与俗作为风格:语言质感的差异化策略 / 168

第四章　严肃启蒙与传统通俗：中国知识分子在现代化中的两种选择 / 189

　　第一节　知识分子精神上的两种分歧：现代启蒙与虚无的传统 / 196

　　第二节　知识分子的人生歧途：清醒的孤独者与泥潭中的挣扎者 / 211

第五章　批判与缅怀：两者乡土情结差异的探源 / 231

　　第一节　新旧文学的叙事矛盾："死去"的农村与"淳朴"的农村 / 235

　　第二节　批判与缅怀：作为知识分子精神支柱的故乡 / 255

第六章 批判的女性解放与解放女性的批判的
　　　　殊途同归 / 277
　　第一节 雅俗文学对女性解放的不同关注 / 284
　　第二节 雅俗文学中对现代女性的不同认识 / 310
　　第三节 身体想象中的女性解放 / 338

结语 / 357

参考文献 / 369
　　一、基本文献 / 371
　　二、研究著作 / 371
　　三、相关论文 / 381

后记 / 385

雅俗相映谱新篇

——序薛熹祯"鲁迅和张恨水"比较研究之作

孔庆东

当薛熹祯请我为她的著作写序时,我不禁想起四分之一个世纪前,我的博士论文《超越雅俗》即将出版时,我的博导严家炎先生,在我33周岁生日那天为我写了序言。文中引用汪曾祺劝他的话:"人到一定岁数,就有为人写序的义务。"特别是身为导师,大约总要为几个学生写写序,仿佛不如此就没有彻底完成导师的任务。我自己的导师以及视如导师的德高望重的前辈们,如严家炎、范伯群、钱理群、温儒敏等先生,分别是我的几本拙著的序言作者。每次向老师们求序,感受到的不仅是师生之情,更隐隐有一种精神传承的意味。因此就像导师们答应我一样,我也很快就答应了薛熹祯。

我在2021年写过一篇《招研二十年》,里面谈到,由于种种阴差阳错和雅差俗错的原因,我 2000 年才评为副教授,2001 年开始招收硕士生;2008 年评为教授,2010 年开始招收博士生。薛熹祯是我 1996 年刚刚留系就教过的北大中文系本科留学生——当年印象中是个胖乎乎的挺积极的小丫头。后来她到北大对外汉语学院读硕士,又工作数年,几经周折,到 2010 年,与一位中国同学成了我的第一届博士生,所以薛熹祯实际上是我的第一位博士留学生。北大中文系的传统,并不因为是留学生就格外放低标准,所以留学生一般都比较艰难,不能毕业和中途放弃的不乏其人。传说中非常"宽容"的孔老师,实际上对留学生的要求却是绝对严格的,特别是对韩国学生。

因此我对薛熹祯的指导,不因为她是我的"北大老学生"而放松,相反我经常批评她,还不许她去找中国同学帮忙。我多次听别人反映,说薛熹祯到处哭诉孔老师又骂她了。我估计薛熹祯当时也很委屈,觉得我是将对其他留学生的气恼,发泄到她的头上。但是我想严格要求的结果,将来她会明白的。有一次我对她说:"我不是为了我个人培养博士生,我是为了咱们韩中两国。你将来回到韩国,成为一个有真才实学的研究中国文学的学者,那种尊严,胜过一切其他的荣耀啊。"

薛熹祯本来就很要强,再加上她全家都对中国有很深的感情,她自己又出生在台湾,理解起中国文化来比较顺畅,所以能够禁得住我的"重锤"。她不但学习上日益进步,连年获得中国政府全额奖学金,还获得博士生资格考试第一名和北京大学 2013 年留学生学习优秀奖博士生一等奖,她的博士论文具有很高的追求。留学生的毕业论文选题,一般都找相对简单、范围清晰的,以保证过关。但是我对薛熹祯说,你将来很可能要从事学术工作的,博士论文关系到你一生的学术走向,如果只研究一个狭窄的问题,过关容易,然而今后可能就被局限住了。不如趁着年轻,打开一条比较宽的路。从2011年开始,薛熹祯写了几篇张恨水研究的文章,还参加了张恨水研究国际学术研讨会。这样发展下去,她已经可以成为韩国学者中张恨水研究的佼佼者。但是我认为这还不够,我说:"你的学术潜力还没有充分开发,不能只研究一个作家,也不能只研究通俗文学。咱们北大是鲁迅研究的重镇,要以鲁迅研究的精神,去观照其他领域,这样才会获得与其他单纯研究不同的成果。你既然也写过鲁迅研究的文章,你看能不能尝试一下鲁迅跟张恨水的比较,这个题目非常难,目前尚未有人专心去做,但许多学者是想做的,不过心有余力不足,这个题目即使做得不太理想,也是具有学术价值的,可以启发后来者超越你,而且在韩国的中国文学研究界,你肯定是一个开创者。"

薛熹祯有点战战兢兢地接受了这个选题,因为没有人做过,所以她基本找不到能够帮忙的人,只好自己埋头苦干。读博士之前,她已在某国际大企业工作过三四年,独自攻关的能力这时候发挥出来,最后终于写出了超过老师们期望值的论文。在答辩现场,钱理群、商金林、解志熙、刘勇、高远东、王风诸位老师都给予了很高的评价。由于同场答辩的另一位中国博士生的论文也很出色,钱理群老师兴奋之余,还特别发挥演讲了一段,希望青年学者能够在鲁迅研究领域不断有新的开拓。

我在导师评语中,按照格式要求,写了如下这些话:

薛熹祯同学的博士学位论文《现代与传统视域中的雅俗之辨——鲁迅与张恨水》,在选题上具有一定的难度。鲁迅和张恨水这两位名声巨大的现代作家,分别是中国现代文学史上新文学和通俗文学的代表性领军人物。历来的研究和文学史叙述,多将二人置于对立的状态予以关照,罕有全方位的打通对比。特别是对于一位韩国留学生来说,对鲁迅的研究尚有诸多韩国学界的资料可以借鉴,而关于张恨水的研究,几乎要从零开始。但是作者以专注的学术热情,选取了这一课题,试图"通过对两人经历、作品的比较与阐释,来重新审视新文化运动以来新文学阵营和通俗文学阵营在中国现代化中所起到的作用,并尝试探讨两种不同类型的知识分子对救国救亡、改良社会的探索。"这一尝试,是富有积极的学术意义的。

该论文以清晰的结构,分别详细叙述了鲁迅和张恨水的文学道路、文化背景,进一步比较了两人的作品结构、行文风格,并分析雅俗差异的原因。其中还特别探讨了两位作家对乡土社会和女性形象的描写,以具体的视角观察了新文学和通俗文学对待中国现代化进程的异同。

本文作者面对存量巨大的史料和作品,进行了艰苦的阅读,对文献的掌握和使用,达到了专业要求。在具体章节的论述中,通过两位大作家的互相映照,不仅发现了隐藏在"异"中的"同"和"同"中的"异",还跳出具体的作家之外,发现了雅俗文学关于启蒙、关于人性的更广阔空间内的文化思考。特别难能可贵的是,作者经过具体的作品剖析,分别体会到鲁迅在新文学阵营中的"另类"和张恨水在通俗文学阵营中的"另类",这就已经具有学术上的突破性意义了。论文的逻辑清楚,写作规范,提出了诸多论题和视角,都富有启发意义。

论文从选题、开题、预答辩到正式答辩的过程中,得到诸多老师的指正，作者进行了大量调整修改，但现在仍有不足之处。一是囿于理论修养，若干章节可以剖析得更加深入、可以发现更有价值的问题而没有继续探究，令人未免遗憾；二是行文不够精炼，时显冗长。

这个评语的肯定部分，今天看来，还是站得住的，雅俗相映的力作，至今仍然为数不多，要比较鲁迅与张恨水也好，单独研究张恨水也好，此书皆具独特的参考价值。遗憾部分，薛熹祯这些年来，也进行了深思和弥补。她毕业后在北大韩语系任教，成为我的"北大同事"，本职的教学工作非常出色，在领导、同事和学生中，口碑甚佳。同时她在学术上也继续孜孜努力，发表了一系列论文，参加了一系列会议，在中文系讲过课，还为中文系的硕士生做过论文指导和评议。前几年北大出台新规，不再聘任外籍教师，我说这对她正好是一个回归文学研究的契机，她的"武功"也练得差不多，可以出山啦。在数个伸出橄榄枝的学术单位中，最后她选择了山东大学，不仅因为山大中文学科跟北大具有深厚的情谊和互信，还因为薛熹祯的学术思路和教学素养，得到山大领导和同仁的充分认可，为她今后的发展提供了有利的空间。

如今学术著作出版很难，连文学出版都被网络冲击得溃不成军，薛熹祯的博士论文能够得到出版资助，这是多方面慧眼识英雄的结果，也是具有多重意义的一个象征。我希望薛熹祯立足于这部著作，在继续做深做细鲁迅研究和张恨水研究的基础上，稳步拓展自己的研究视野，打通雅俗，打通中韩，打通山大与北大，打通学术与现实，在人生道路上不断谱写出新的篇章。

2022 年 10 月 21 日于北京

第一节 研究目的与意义

"鲁迅是一个战士,一个思想者,一个文学家,同时又是一个活生生的寻路人"[1],"他了解中国古代文化的文化传统,同时也毅然地反叛了中国古代的文化传统","从没路的地方走出自己的路来"。[2] 20世纪是中国发生前所未有的巨大变革、新旧交替而又充满矛盾的年代,鲁迅的著作和人格,恰如其分地展现了在社会动荡与文化转型之间,中国社会中的典型知识分子该何去何从的形象。鲁迅的一生都充满了悖论,他那复杂的精神世界,不仅表现为中国传统文化与中国现

---

[1] 汪晖:《反抗绝望:鲁迅及其文学世界》,北京:生活·读书·新知三联书店,2008年,第13页。
[2] 王富仁:《中国文化的守夜人——鲁迅》,北京:人民文学出版社,2010年,第140页。

代化文明之间的冲突,更代表着那一代人对现代文明的不解和困惑。他的深刻之处在于他"代表了他时代的理想,却又表达了对实现这种理想的担忧,他没有用简单化的方式解决它所面临的一切问题,相反,他选择以相对复杂成长方式来辩证现实的矛盾"[1]。同时,鲁迅的亲身经历恰恰是他得以超越同时代文人的原因所在。[2] 换句话说"鲁迅不是以宁静的学者,甚至也不是以单纯的战士的身份现身的,而是以他的全部活生生的灵魂来从事他的探讨事业。"[3] 鲁迅这种巨大的复杂性与矛盾性,被学者汪晖描述为一种在自知基础上建立起来的"历史中间物"意识,汪晖进一步解释这是一种"并存与斗争"的意识,是"东方与西方,历史与价值,经验与判断,启蒙与超越启蒙"的意识。无论"中间物"这一概念的使用是否恰当,鲁迅的复杂性也正是体现在"并存与斗争"之中的,简单就传统文化而言,他"并不绝对否定中国古代的任何一种文化,但同时又失望于中国古代所有文化。"

张恨水同样是 20 世纪登上中国文坛的作家,虽与鲁迅处在同样的社会背景之下,却以不同的视角展现了知识分子在变革中的另一生存之道。纵观张恨水一生的创作,从《春明外史》《金粉世家》到《八十一梦》,再到《巴山夜雨》,可以发现身为通俗文学作家的张恨水同样具有一种内在紧张感与复杂性。这种紧张感在于对传统文化所塑造的道德社会的留恋和对现代文化传入新的道德价值的抵触,在于既肯定

---

[1] 汪晖:《反抗绝望:鲁迅及其文学世界》,北京:生活·读书·新知三联书店,2008 年,第 14 页。
[2] 李泽厚:《中国近代思想史论》,北京:生活·读书·新知三联书店,2008 年,第 449 页。
[3] 汪晖:《反抗绝望:鲁迅及其文学世界》,北京:生活·读书·新知三联书店,2008 年,第 14 页。

现代社会发展的必然又怀念传统的共同体社会文化。张恨水一生文学创作的变化，印证了这种转型期知识分子复杂的心灵历程。因此，鲁迅与张恨水这两个在生活中既没有实际交集(除了鲁迅每天晚上为其母念张恨水的小说以外)，也不处于同一文学阵营的人物，有了比较的价值。这种价值并不在于去寻找鲁迅与张恨水所具有的同质性和一致性，而是在于探讨这两个同样具有复杂性和矛盾性的20世纪的人物，他们各自特立的精神世界与创作文本是如何形成的，这种差异的形成与中国社会与文化的转型有何关系。这是辩证介于现代启蒙与腐朽传统之间的矛盾的一种思路——通俗文学作家对传统的缅怀与对新社会的重重疑窦，以及新文学作家对传统的批判及对后世看法的变化——这种矛盾，既存在于鲁迅与张恨水的亲身经历之中，又存在于他们的文学创作中的文本形象与文本本身之中。探讨产生这种知识分子内在复杂性与矛盾性的形成的原因，探讨鲁迅与张恨水作为同一时代的知识分子对待传统与对待现代化不同态度，是反思中国现代化进程何以反反复复的重要起点之一。

第二节　研究综述

1. 中韩两国的鲁迅研究

　　为什么要研究鲁迅？鲁迅的文化遗产能不能成为我们继续发展的资源？能不能以此为契机，加深中韩或者说东亚各国间的文化交流？这些是我们最关心的问题。毫无疑问，鲁迅的"立人"和建立"人国"的思想，追求主体意识，即使在今天依然具有其特殊的价值。在文化的互相影响和交融成为必然趋势的今天，中韩文化交流不断深入。或许，鲁迅研究有可能成为中韩文化深层交流的切入点。总的来看，新时期的研究者对鲁迅研究有了更多的深情和厚望，在若干重要方面及理解鲁迅所生活的时代的基本着眼点上，取得了与以往任何时代都不同的创造性成果。

在中国，新时期以来，鲁迅研究的突出成果，几乎都是以"当代"社会中的文化与文学的"现代化"作为基本价值立场和内在驱动力。研究者将"人""人性""反封建思想革命""历史的'中间物'""主体意识""生命哲学""改造国民性""文化守夜人""审美"等关键词置于鲁迅研究的中心位置上。值得注意的是，人的主体地位的确立是新时期文学观念嬗变的一个重要方面。为此，王得厚专门对鲁迅的"立人"思想进行了提炼与阐释。于是就有了"回到鲁迅那里去"的求实求真的探索，有了对鲁迅"反抗绝望"精神特征的深入细致的发掘，有了对鲁迅个性心理包括性爱心理的分析报告。王富仁的《中国反封建思想革命的一面镜子》、钱理群的《心灵的探寻》、汪晖的《反抗绝望》、吴俊的《鲁迅个性心理研究》、孙郁的《20世纪中国最忧患的灵魂》、王乾坤的《鲁迅的生命哲学》、郜元宝的《鲁迅六讲》等一系列研究著作，就在更贴近鲁迅本身的同时，更深切地感受到了研究对象莫可名状的沉重以及丰富而又复杂的文化意蕴。

鲁迅研究，要求研究者对鲁迅作品的意义有准确独到的理解。新时期为人们提供了较多的自由言说的空间，为从各种角度、各种层次来认知鲁迅、体察鲁迅提供了可能。研究者独立思考能力的增强，也使他们在反思、细读、分析中有了很多新锐的发现，对鲁迅"立人"思想、创作文体、文化心态、"中间物"哲思、情感世界及鲁迅与现代主义关系等方面的研究，均有新的探索与收获。

新时期鲁迅研究中，思想史研究在很大程度上强化了鲁迅及整个现代文学研究的深度和力度，扩展了鲁迅研究的学术视野，持续地开拓出一系列新的学术生长点，形成了中国思想文化史上从未有过的景观。王富仁的《中国反封建思想革命的一面镜子》(1986年)、林非的《鲁迅和中国文化》(1990年)、汪晖的《反抗绝望》(1991年)等,在这一领域均有所建树。鲁迅成了折射各种社会文化思潮的一面镜子,从这面镜子里,可以明显地触到新时期的脉动。

1982年6月,孙玉石的《〈野草〉研究》由中国社会科学出版社郑重推出,标志着作为鲁迅学一个分支的《野草》学正式形成。《〈野草〉研究》在《野草》学史上最为明显的特点是系统性,使《野草》研究从单篇的解析、专题性的论析,迈向了体系化的研究,新时期该领域的研究可以说浓缩了中国精神文化史的一个侧影。

阿Q形象研究也成为了新时期的一个尖端课题,许多鲁迅研究者和文艺理论家都不约而同地奋起攻坚。新时期的阿Q形象研究出现了新的趋向,逐步从人类性、国民性、阶级性及人物个性四个层次在阿Q精神胜利法的普遍性上取得了共识,并逐步摆脱旧有的模式,从更广阔的视野和更深刻的层面上对阿Q的典型性问题进行了思考。

学术界对《狂人日记》创作方法和狂人形象属性问题的再探究日益深入,陆耀东、唐达晖等的《论〈狂人日记〉》,彭定安的《鲁迅的〈狂人日记〉与果戈理的同名小说》,李文兵的《〈狂人日记〉的写作方法问题》等等,均在这方面作了重要探索,开辟出一些新的研究思路,新时期对《狂人日记》的认识日益符合作品的实际。

《故事新编》研究在新时期重新获得了生机,对"油滑"手法的再认识取得了新的进展和突破。此间的成果有张仲浦、王荣初著的《〈故事新编〉论析》,周凡英著的《〈故事新编〉新探》,李桑牧著的《〈故事新编〉的论辩和研究》,林非著的《论〈故事新编〉的思想艺术及历史意义》及山东省鲁迅研究学会编的《〈故事新编〉新探》等等。随着研究的进展,

《故事新编》研究资料的整理工作也取得了进展。1984年6月,孟广来、韩日新编的《〈故事新编〉研究资料》由山东文艺出版社出版。总的来讲,新时期为《故事新编》的研究提供了更为翔实的资料和更加广阔的视野。

鲁迅杂文研究进入了新的历史时期,成为鲁迅学的一个分支。在前一时期开辟的新角度、新途径的基础上,又开辟了一些新的研究角度和发展途径,例如社会心理学和专题综合研究法等等。同时,对于鲁迅杂文的美学价值、感情态度、艺术构思等旧课题的探讨也取得了稳步而扎实的进展。

在韩国,学者关注鲁迅研究的原因主要在于以下几个方面:19世纪80年代末90年代初,东欧与苏联社会主义体制崩坏,世界上发生大变动,慢慢引起韩国知识界与中文学界对社会主义国家(包括中国)文学观点的变化。1993年初,金泳三政权上台进行改革,韩国的资产阶级民主化基本完成,韩国进步的知识分子对韩国变革的关心慢慢变得淡薄,而逐渐转向社会改变或者纯粹的学问研究。中国改革开放以来的学术成果与多元化的研究风气慢慢介绍到韩国,韩国年轻中文学者或多或少受到了影响。同时,就韩国现实而言,鲁迅研究还继续保持着相当的吸引力、生命力。再加上一般学者对学术主题的关心是有连贯性的,因而1980年代研究鲁迅的学者大部分继续进行研究,加上新的研究者持续不断地加入,使鲁迅研究逐步进入到成熟的阶段。研究队伍的壮大带来的是研究领域的扩大、研究立场与方法的多样化和研究水平的极大提高。

1990年,韩国有关鲁迅的第一篇博士论文出现,即金龙云的《鲁迅创作意识研究:以〈呐喊〉、〈彷徨〉、〈故事新编〉为中心》(成均馆大学)。

这篇论文虽然打开了研究的新局面,但其后两三年都没有出现过鲁迅研究的博士论文,到了 1993 年初才陆续出现了 6 篇博士论文,分别是:《鲁迅〈野草〉的象征体系研究》(刘世钟,韩国外国语大学,1993·2)、《鲁迅文学思想的形成与转变》(金河林,高丽大学,1993·2)、《鲁迅前期文学研究》(柳中夏,延世大学,1993·8)、《鲁迅文学的现实主义研究》(严英旭,全南大学,1993·8)、《鲁迅杂文研究》(韩秉坤,全南大学,1995·8)、《中国的近代文学意识形成的研究——以胡适的白话文运动与鲁迅的小说创作为中心》(洪昔杓,国立首尔大学,1996·8)。此外,还有俞炳台 1993 年在法国巴黎第七大学写了博士学位论文《鲁迅笔法——寻找"风月"的新的方向》(法文)。有关鲁迅研究的博士论文以平均每年 1 篇的频率出现,这可以说明韩国的鲁迅研究已经达到了某种新的阶段。这些论文的关心领域已涉及创作意识、《野草》、文学思想、前期文学、杂文、现代性问题等诸多方面;已运用象征分析、思想分析、系统分析、解构主义等诸多研究方法。这些论文不能说都有高的独创性或者水平,但其中确实包含着突破性。

与此同时,韩国学者用开阔的视野、新颖的研究方法,对鲁迅研究的深层次问题展开探讨。1990 年代前半期,值得注目的研究者有金河林、刘世钟、俞炳台、柳中夏、严英旭、韩秉坤、洪昔杓等。金河林的《鲁迅研究在韩国》(1990 年)是最早在中国的《鲁迅研究年刊》上介绍韩国鲁迅研究情况的文章。他主要关心的是鲁迅文学思想的形成与转变问题(博士论文),以及在这个过程当中外国思想家或者文学家对鲁迅的影响问题。他关注鲁迅文学在韩国的接受情况,他自己在这方面也做出了独创性的努力,这无疑是值得赞赏的。同时,他最早对鲁迅研究方法论加以讨论,也打开了研究上的新局面。刘世钟主要关心《野草》的象征结构与象征体系,她的《鲁迅〈野草〉的象征构造研究》从作品产生的时代性格、相应而形成的作家意识、作品的艺术特性三个方面对《野草》加以分析。刘世钟同时关注中韩比较文学,还针对鲁迅文学的现代性问题写了几篇论文,集中探究,把韩国文学界关心的问题引进中国现代文学研究领域里加以探讨。俞炳台的论文《鲁迅笔法——寻找"风月"的新的方向》(法文)采用曾经在法国流行过的解构主义批评方法,这在韩国学界可谓是文学研究的一种新方法,其后他用同样方法继续写了《鲁迅作品中夜的戏剧化》(*Dramatization of the Night in Lu Xun*)、《鲁迅杂文的诗化性》、《从认识论上探查鲁迅的笑》等论文。虽有难懂之评,却对研究方法的多样化提供了思考的线索。柳中夏是批判性与思辨能力强而有力的一位学者,他本来研究文艺大众化论争等文艺论争领域,后来开始关注鲁迅前期的文学。他主要依靠中国大陆流行的系统论的方法与"历史的中间物"、"反抗绝望"等鲁迅研究的新成果,对《狂人日记》到《铸剑》的发展过程加以分析。其后他的研究转移到中韩比较文学,主要研究鲁迅与韩国当代诗人金洙暎,比较考察他们在文学与革命问题上的立场,试图超越时空之界限发掘他们共通的文学及思想特点,最后指向于摸索变革思考的新突破。严英旭本来对鲁迅的关心是从"革命文学论争"与"两个口号论争"的研究开始,后来继续鲁迅研究,对其"文学思想""文学的悲剧性""创作手法与现实主义"等问题加以探讨。他认为鲁迅文学包括启蒙主义性、现实主义性、悲剧性等三个性质,这是扎根于中国现实,接受西欧的象征主义、弗洛伊德学说与马克思主义而进行辩证统一的结果。他的关心领域慢慢扩大,写了《鲁迅的文化思想与外国文学》《〈故事新编〉与日本历史题材小说》等论文。韩秉坤的鲁迅研究从《〈阿Q

正传〉研究》开始,他的 8 篇论文里,除了《关于形象思维论》以外,都是有关鲁迅的。由此可知,他持续从事鲁迅研究已达 12 年以上。他初期的主要研究是"鲁迅的文学观与革命观""革命文学论争中的鲁迅""鲁迅与翻译"等问题,后来对鲁迅杂文进行了整体性研究,写了博士论文《鲁迅杂文研究》。洪昔杓初期关心的是早期鲁迅的文学思想与作品创作问题,他首先对鲁迅日本留学期间所发表的所有文章加以分析,判断鲁迅脱离梁启超文学思想影响的起点是 1906 年。他又对鲁迅的文言小说《怀旧》加以探讨,论证其创作时期以及辛亥革命时期鲁迅的文学活动。他后来的主要研究是"中国的现代性文学意识的形成过程"问题,以胡适的白话文运动与鲁迅的小说创作为中心论证中国文学意识的现代转换。

2. 中韩两国的张恨水研究

张恨水是中国现代文学史上一位杰出的章回小说大师,在近半个世纪的写作生涯中,为读者创作了 100 多部中长篇小说,总字数近 3000 万字。其作品刻画入微,描写生动,达到"老妪都解"的境界,饮誉海内外。20 世纪 20 年代,他几乎包揽了北平各大报纸的连载小说。1930 年代,他又包揽了《申报》《新闻报》等报纸的连载小说。《啼笑因缘》被译为多种文字,仅美国国会图书馆就收藏有张恨水的小说近 60 种。取得如此巨大的成就,享有如此崇高的声誉,拥有如此广泛的读者,这在中国现代文学史上是不多见的。然而,新中国成立后的相当一段时间内,张恨水备受冷遇乃至歧视。张恨水及其作品并没有得到充分的研究,其在现代文学史上的地位也未得到充分的肯定。在 1980

年代出版的一些文学史教材中,多数都只做了十分简单的介绍。究其原因主要有二:其一,张恨水在创作初期,曾受民国初年"鸳鸯蝴蝶派"的影响,其作品中追求传奇性的爱情故事占有相当大的比重,刻意追求男女情爱和艺术上的华丽,因而被认为是"鸳鸯蝴蝶派"作家;其二,张恨水深受中国古代章回小说和古代诗词的影响,在小说创作中多使用旧体裁、旧形式,这在艺术风格上又与"礼拜六派"相似,因而又被看成是"礼拜六派"作家。众所周知,"鸳鸯蝴蝶派"和"礼拜六派"曾被认为是中国现代文学史上的逆流,遭到了以鲁迅为代表的"五四"新文学运动和左翼文艺的批判,张恨水也因此受到了批判。

直到新时期之后,中国大陆再版了张恨水的大量作品,他才重新浮出水面。新时期张恨水研究主要分为"揭去尘封、荡除迷雾,还原历史、科学定位,多元维度、深化拓展"三个阶段,这也从一个侧面反映着当代文学批评中的"张恨水现象"。新时期初,人们称他为章回小说大家、小说奇才和爱国文化名人,后来又进一步被公认为通俗文学大师和雅俗文学的桥梁,现在越来越多的研究者称他为中国现代文化名人乃至世界文化名人。这个变化,是建立在对他的研究逐步全面、逐步深入的理性之上的。张恨水重新为学术界所肯定,主要表现在以下几点:张恨水作品的大量再版;对张恨水的创作成果及在文学史上地位的肯定;关于张恨水的研究论文大量发表;有关张恨水的学术专著陆续出版;众学者对张恨水进行关注并形成了一批张恨水研究专家;等等。

多数学者都历史地科学地评价了"鸳鸯蝴蝶派"和"礼拜六派",重新认识和评价了张恨水其人及其作品,取得了可喜的收获。如袁进的《张恨水评传》,董康成、徐传礼的《闲话张恨水》,张明明的《回忆我的父亲张恨水》,张毅的《文人的黄昏——通俗小说大家张恨水传》,燕世超的《张恨水论》,张伍的《我的父亲张恨水》以及张恨水研究会编的杂志《张恨水研究》,都是这方面较为突出的成果。1980年代张恨水研究侧重于评点式文本分析,1990年代以来的张恨水研究重点集中在对张恨水其人、文学史地位、创作成就等方面。一些研究者提出一些很有新意的观点,对以后的研究很有启发。近年来有学者将西方的文艺理论,如叙事学引入到研究中。燕世超的《论张恨水环境小说的叙事结构和悲剧意蕴》[1]从叙事方式、人物命运、作者文化观念和结尾的安排等方面论述了环境小说的叙事结构与社会生活、传统文化间的内在联系。陈贤茂、杜丽秋独辟蹊径,从伦理道德方面分析张恨水小说《现代青年》叙述了一个"由于儒家伦理道德崩解而引发的社会悲剧",其主要价值在于"对儒家道德的历史重估"。在研究上有了文化思考的意味。随着时间的推移,张恨水在中国现代文学史上的贡献和独特地位越来越得到人们的肯定。张恨水研究也走出了"左"倾思想的束缚,在较短的时间内获得了迅速发展,逐步由狭窄走向开阔,表现出起点较高、发展稳定的良性态势。张恨水的文学作品产量巨大,63册《张恨水全集》已经问世,他的许多作品还被改编成电影、电视剧和戏剧。但仍有很多问题上值得我们深思,其丰富内容有待于今后研究者们进一步挖掘。

到目前为止,韩国学者对张恨水研究的范围仍有待扩展。按韩国国会图书馆(The National Assembly Library of the Republic of Korea)和韩国国立中央图书馆(The National Library of Korea)的官方统计,研究张恨水的硕士学位论文有3篇,学术论文共有12篇。研

---

[1] 燕世超:《论张恨水环境小说的叙事结构和悲剧意蕴》,《汕头大学学报》,2000年第4期。

究角度主要是张恨水和韩国现代主义作家的比较,张恨水小说与地域文化关系研究、张恨水生平研究、新文学界对张恨水评价的研究、张恨水主要代表作研究等。这种相对狭隘的研究可以归因于韩国学术界对中国现代文学的接受情况的特殊性。由于政治的原因,韩国学术界到1980年代才开始研究中国现代文学,接受中国现代文学的主导思想,并偏重于研究鲁迅、茅盾和郭沫若的作品与思想。从某种程度上讲,这些现象表明韩国研究者对中国通俗文学的理解是不够的,而这种理解不足是由某些偏见造成的。[1] 关于张恨水的研究,韩国学者还存在着继续讨论和研究的很大空间。

---

[1] 1992年,金时俊先生主编的《中国现代文学史》出版,它对不同时期的中国社会历史与文坛的关注比较多,同时非常全面地阐述了当时中国文学的政治化倾向,因此,给人的感觉是"史"的概念比较强,而作家和作品的介绍比较少。作者为了保持文学史研究的客观性,整体考察了中国现代文学史的范围、时期、区分、体裁、阐述内容等。作者特别关注中国国内政治局势的变动与文学史阐述的关系;通过不同时期的文学批评,扩大文学史研究的范围与视角。这部教材是第一部用韩语正式出版的中国现代文学史教材,给后代研究者提供了文学史研究的可借鉴的方法论。然而,金时俊在这本书里,没有涉及到通俗文学的发展情况,也没有提到任何出色的通俗文学作家和其经典作品。(参见金时俊:《中国现代文学史》,首尔:知识产业社,1992年3月29日。)洪昔杓的《中国现代文学史》(韩国梨花女子大学出版部2009年6月26日出版)成为2010年度大韩民国学术院选定的优秀学术图书之一。这本书的侧重点主要在于文学的"多元化"结构上。过去在韩国翻译的中国现代文学教材基本上探讨新文学的产生与分化等二元对立的模式等话题,过分强调中国现代文学与政治之间的关系,这反而妨碍了韩国人对中国现代文学做出合理的评价。因此20世纪80、90年代在韩国开始出现的中国现代文学教材容易打断整个文学史的发展脉络。但是,洪昔杓的这部教材更进一步解析探讨目前在韩国学术界不太重视的有关中国现代文学的现象、作家及作品。过去韩国版的中国现代文学教材,一般不涉及到通俗文学的内容。因而,到目前为止,韩国学术界对中国通俗文学的关注与研究都很少,基本上找不到任何专门翻译或全面介绍中国现代通俗文学的教材。由于这方面的研究不深,对韩国人来说,连"通俗"这个词也很陌生。但是,洪昔杓首次介绍了鸳鸯蝴蝶派的通俗小说及其概念,以及张恨水的章回小说,也正面评价了张爱玲与钱钟书的小说。另外,他在书中还增加了近几年中韩学术界的新研究成果。

韩国学术界对张恨水研究的概况 （学位论文及学术论文）	
许根培	《张恨水和他的小说》,《教育研究》第 5 辑,1988 年。
许根培	《〈啼笑因缘〉试论》,《中国文学研究》第 8 辑,1990 年。
金仪洙 许根培	《〈春明外史〉的构造考察》,《论文集》第 30 辑,1993 年。
许根培	《张恨水小说研究：以前期代表作为中心》,成均馆大学,硕士学位论文,1993 年。
许根培	《张恨水小说的风格考察》,《言语研究》第 4 辑,1995 年。
金明石	《张恨水〈啼笑因缘〉的大众性研究》,高丽大学,硕士学位论文,1997 年。
李在珉	《老舍与张恨水叙述的北京的官僚和知识青年文化：清末民初至解放前》,《中国文化研究》第 7 辑,2005 年。
李在珉	《老舍和张恨水作品中的北京女性形象研究》,《中国学研究》第 34 辑,2005 年。
朴株贤	《〈啼笑因缘〉的人物形象研究》,梨花女子大学,硕士学位论文,2007 年。
张春梅	《李光洙〈无情〉和张恨水〈啼笑因缘〉的比较研究》,《韩国文学论业》第 56 辑,2010 年。
田炳锡	《中国现代通俗文学大家张恨水小说的意义》,《人文学志》第 40 辑,2010 年。
田炳锡	《张恨水的〈金粉世家〉和老舍的〈四世同堂〉的比较：以儒家宗法大家族制度为中心》,《培花论丛》第 29—30 辑,2011 年。

3. 雅俗文学研究

新时期,雅俗文学的研究一直是人们关注的一个焦点,雅俗文学研究日渐深入。如周晓芬《"俗"与"雅"的博弈———对 80 年代以来中国通俗文学研究的考察》[1]认为文学的雅俗争议是文学观念变迁的具体体现,其文试图从1980年代以来具体流派和具体作家作品的雅俗争议及雅俗文学的理论研究中,透视文学观念变化的基本走向。汤哲声《20世纪中国文学的雅俗之辨与雅俗合流》[2]认为中国古代雅俗文学以作者身份为区分标准,中国现代雅俗文学则应以文化标准加以辨别。从文化人性的角度看,20世纪的雅文学表现更多的是社会人性,俗文学更多的则是自然人性。因此,雅俗之别在于人性,即人在文学中的地位如何。虽然20世纪雅俗文学有明显的区别,但总的趋势是互为渗透和走向合流。张巧玲《启蒙与民族认同视野下的雅俗文学建构》[3]认为在思想启蒙和民族认同过程中,中国现代雅俗文学或是更接近西方的现代观念、或是显现出对于传统道德人格的亲近,表现出不同的价值判断标准,形成了一种共生互动、互补对话的关系。精英知识分子对于通俗文学的大力鞭挞,显示了他们对于精神超越性的追求和反封建的思想;通俗文学作家对于本民族文化传统的强调,则质疑了西方现代化道路普世化的合理性,从而凸显了后发国家现代化道路上坚持独立思考的重要性。其文还以《猫城记》和《八十一梦》为例,透视启蒙与民族认同视野下的雅俗文学建构。范伯群《俗文学的内涵及雅俗文学之分界》[4]认为以"通俗"起家的文学巨树,分成俗文学与雅文学两个枝杈。俗文学经流变发展形成四大子系:通俗文

---

[1] 周晓芬:《"俗"与"雅"的博弈——对80年代以来中国通俗文学研究的考察》,华东师范大学硕士学位论文,2008年。
[2] 汤哲声:《20世纪中国文学的雅俗之辨与雅俗合流》,《学术月刊》,2006年第3期。
[3] 张巧玲:《启蒙与民族认同视野下的雅俗文学建构》,《社会科学家》,2011年第2期。
[4] 范伯群:《俗文学的内涵及雅俗文学之分界》,《江苏大学学报》(社会科学版),2002年第4期。

学、民间文学、曲艺文学及现代化音像传媒中属于大众通俗文艺的部分。要将雅俗文学作精确的分界是很难的。该文还认为,在古代可定义它们为"雅文学"与"俗文学";在现代文学时段中,则可定义为"知识精英文学"和"大众通俗文学"。目前,因循文化市场的规律,两个文学分支渐有靠拢的趋向,甚而你中有我,我中有你,"适俗"但不"媚俗"。这一文学现象的出现将给广大读者带来很大的收益。范伯群《新文学与通俗文学的各自源流与运行轨迹》[1]认为新文学受外来新兴思潮的推动而发生;通俗文学则继承中国古代文学的传统而加以改良。源流不同而运行轨迹也就各异。过去将这种"不同"视为"对立",今天则应看到这种"各异"亦可能会形成"互补"。其文通过论证试图说明,在"重写文学史"中应当纠正过去的那种偏颇,妥善解决"古今贯通"与"多元共生"这两大关键性问题。

---

[1] 范伯群:《新文学与通俗文学的各自源流与运行轨迹》,《河北学刊》,2011年第3期。

第三节 本书的研究方法与创新之处

一直以来,鲁迅和张恨水的比较研究都很不足。虽然新文学阵营与张恨水关系的研究多少有提及,如朱周斌《从语言到文体:主流新文学制约下张恨水的疏离性写作》[1]认为以往的研究多强调张恨水同新文学的"补充"或"独立"关系,但从张恨水的文言—白话观,及其章回小说文体观同胡适对于章回小说的阐释的差异这些角度,可以看到张恨水的写作是建立在承认新文学为主流的前提下的。无论是其疏离性的自觉追求,还是其无意识地借用新文学为自己寻求合法性,都

---

[1] 朱周斌:《从语言到文体:主流新文学制约下张恨水的疏离性写作》,《中国现代文学研究丛刊》,2011年第11期。

表明他所代表的写作是在白话新文学成为主流的框架内进行的。这种写作为白话文学丰富自己提供了一种内部资源，是现代汉语文体发展的内在需要。

纵观过往的研究，其视野多聚焦于新文学或者通俗文学的某一个方面，或者文学，或者创作，或者史料，较少有通过雅俗文学的比较，去探讨雅俗文学差异的表现与形成以及这些差异的思想根源与社会根源。本书恰恰是要寻求这种促成鲁迅与张恨水人生态度、创作态度完全不同的表现，以及形成这种不同表现的根源。以鲁迅和张恨水为论述核心，希望通过对两人经历、作品的阐释与比较，来重新审视新文化运动以来新文学阵营和通俗文学阵营在中国现代化进程中所具有的作用，并尝试探讨两种不同类型的知识分子对救国救亡、改良社会的探索，并将作为新文化运动以来新文学创作的集大成者鲁迅与通俗文学创作大家张恨水做一个全面深入的比较分析。

新文化运动以后产生的新文学与继承了中国传统文学特征的现代通俗文学，以不同的文本表现形式，题材选择和价值判断，形成了中国近现代社会转型与动荡中两种不同的文学发展态势。其中二者的雅俗之辨，更是把转型中的中国社会的文化问题深刻地展示在研究者面前，本书选取了新文学和通俗文学阵营中两位文学巨擘——鲁迅和张恨水，从文学文本出发，多角度、多方位地探讨现代和传统视域下的雅俗之争，从而尝试解读新文学和通俗文学在中国现代化进程中的诸多问题。

第一章

鲁迅与张恨水：新旧文化变迁中知识分子的心态

第一节　旧式家族的背叛者与驯良者:差异与同构

家族,又称宗族,它是以家庭为核心,以血缘和性关系为纽带的人类社会自我协调的结构性产物和基本单位。与西方国家相比,中国的家族观念更为强烈,中国文化以家族文化为本位。所以,从学理角度来看,体现中国文化最突出的特征当然是"家文化"。正如钱穆所说,"'家族'是中国文化一个最主要的柱石,我们几乎可以说,中国文化,全部都从家族观念上筑起,先有家族观念乃有人道观念,先有人道观念乃有其他的一切。"[1]作为一种集体无意识,融入中国社会的家族文化内涵十分丰富。简而言之,它要求晚辈服从尊长,保证长幼贵贱

[1] 钱穆:《中国文化史导论》,北京:九州出版社,2011年,第48页。

的伦理秩序，使得中国社会等级森严。从某种程度上讲，它对家族成员的人格产生了十分消极的影响。

一个人的成长环境对他的个性形成和把握社会的思维习惯至关重要。探讨一位作家内心世界的第一把钥匙就是"知人论世"。在中国传统社会中，"家"与"族"两个概念既有区别，又有联系。族的概念，即"中国的家族是父系的，亲属关系只从父亲方面来计算，母亲方面的亲属是被忽略的，她的亲属我们称之为外亲，以别于本宗。"[1]家的概念，通常只是两或者三代的人口，"大概一个家庭只包括祖父母，及其已婚的儿子和未婚的孙儿女，祖父母逝世则同辈兄弟分居，古人说大功同财，所指的便是同祖的兄弟辈而言。"[2]历史上也确实存在累世同居的义门，但数量不多。传统中国社会里家为家，族为族，在这种社会组织中，维系家族的父权也被分别交给家长与族长。区分家与族的关键意义在于，可以此判断一个人所处的社会环境与文化影响，从而更好地理解同样的社会大环境下所形成的不同文化倾向。此外，家族文化又为现代文学作家提供了特殊的历史文化语境，是文学创作中的一个重要母题。同时，宗法家族的没落、封建伦理秩序的崩溃，以及对家族制度的批判、对理想家庭的眷恋，也是中国社会现代化进程中的主流话题。

鲁迅出身的周家是一个有着"四百多年的历史、曾经显赫一时"[3]的绍兴古城的名门望族。这是一个典型的宗族，"周家共分三大房，又各房分为三小房，底下又分为三支，祖先祭祀置有祭田，各房

---

[1] 瞿同祖：《中国法律与中国社会》，北京：商务印书馆，2010年，第1页。
[2] 同上，第3页。
[3] 顾琅川：《周氏兄弟与浙东文化》，北京：人民文学出版社，2008年，第20页。

轮流承办,小祭祀每九年轮到一回,大祭祀便要二十七年了。"[1]据周作人回忆,三房分作致房、中房及和房,其中在新台门的致房分为智仁勇三房,智房下又分为兴立诚三房,鲁迅属于兴房。这是中国传统社会的典型家族模式,它受族权与家权的双重管辖。然而,随着家族人丁的不断增多,财产不断分割,加之奢侈、靡费的风气在家族中蔓延,周氏家族渐渐没落。同时,清代晚期战乱频繁,尤其是太平天国运动,它对江南经济造成了毁灭性的打击,不过周家的宗族本质没有改变,宗法制把它的最后挣扎寄托在鲁迅这一代人身上。周建人回忆道:

> 古老家族的败落,正如鲁迅所说:"颓运方至,变故渐多。"在我的青少年时代,就目睹了愁云惨雾遍被整个家族。姑嫂勃豁,妯娌争吵,婆媳不和,夫妻反目;今天这个上吊,明天那个投河,你吞金子,他吃毒药。加以鸦片进口,大户人家的老爷少爷,本来无所事事,也就以吸鸦片为乐,弄得壮志消磨,形毁骨立,到时还是寻死的一个简便办法——吞鸦片烟膏。……末代子孙吃不上饭的很不少,有的背一身债务,到死也还不清。……鸦片、疾病、贫困、饥饿,使这些自视不凡的'台门货'一个个都不像人样了![2]

另一方面,"在鲁迅的青年时代,中国还没有中学校。那时清政府采用官吏,还是用那科举制度,凭了八股文取士。"[3]鲁迅祖父周福

---

[1] 周作人:《鲁迅的青年时代》,北京:北京十月文艺出版社,2013年,第10页。
[2] 周建人:《鲁迅故家的败落》,福州:福建教育出版社,2001年,第14、15页。
[3] 周作人:《鲁迅的青年时代》,北京:北京十月文艺出版社,2013年,第55页。

清,原名周致福,字震生,又字介孚,从小立志好学,由于刻苦努力,后来由秀才中举人,在1871年由举人中进士,步入仕途,曾任江西金溪县知事,后在北京任内阁中书。鲁迅的父亲周伯宜,20岁前中了秀才,母亲鲁瑞亦出身名门,其父鲁希曾是个举人,做过户部主事。出身书门世家的鲁迅,注定了参加科举考试的命运。如果说鲁迅来自大型文官宗族的话,那么张恨水则完全不同。

相较鲁迅所处的宗法家庭,张恨水在成长环境中,既没有所谓族的存在,也没有经过鲁迅家道中落的复杂过程。张恨水的父亲名钰,字耕圃,是张兆甲的第三子。张钰从父辈那里学了一身好功夫,也是行伍出身,保举五品军功。1900年前后,他主办浮梁工艺厂,后来一直在"厘卡子"(旧时征税的机构)上当师爷。张恨水并不是长房长孙,他受到祖父的喜爱,是因为出生时张兆甲被提升为参将同时赏赐二品顶戴。张家的"双喜临门",轰动了全乡村,张恨水因此被视为"富贵命"。[1] 祖父对他的期望很大,为他取名"心远",希望他志存远大,有所作为,光宗耀祖。事实上,张恨水的所谓的家族,明显不同于前文所说的三代家庭的生活模式,且张恨水的家庭因为具有武官性质,受到儒家传统文化影响较小,并不以科举为终身业,几乎不存在以族为单位的宗法性组织,这就给张恨水提供了较为宽松的生长环境。加之,张恨水的父亲为人耿直,又能主持公道,常做任侠好义之事。这些家族文化潜移默化地影响着张恨水为人做事的标准。他母亲的娘家姓戴,原名信兰,湖北孝感人,家里是铜匠。嫁到张家后,她专心相夫教子,勤俭持家,丈夫去世时,她只有36岁,抚养6个儿女,非常艰辛。母

---

[1] 张纪:《我所知道的张恨水》,北京:金城出版社,2007年,第57页。

亲疼爱儿女,兄弟姐妹们关系和睦,用功读书,家庭氛围良好。张恨水自幼长得个头比较大,虎头虎脑,聪明伶俐,善解人意,甚得祖父欢心,从小生长在祖父的官衙里。张恨水对祖父也极为崇拜,祖孙二人关系非常融洽。文武家世与家族宗法体系的截然不同,使张恨水与鲁迅在最初接受的思想启蒙上产生了很大差异。张恨水曾说道:

> 我七岁整才入蒙学,那时是前清光绪年间,当然念的是"三、百、千"。我很好,念半年,就念了十三本书。你问这十三本书都是什么?我告诉你,全是《三字经》。因为就是这样糊里糊涂地念私塾,念过"上下论",念过《孟子》,我除了会和同学查注释上的对子(两行之中,两个同样的字并排列着)而外,对书上什么都不理解。[1]

1904年,张恨水9岁,父亲赴南昌任职,全家又前往南昌。父亲的朋友家里请了先生,教两个小孩读书,张恨水也进了这家家馆。先生是安徽人,所学的是已经改良的《易字蒙求》《蒙字读本》之类,都带有图。他说:

> 我对这些带图的书,非常的感觉兴趣。先生并不曾和我们讲些什么,但看了这图,我可以略懂些书上的意义。后来我又转入一家较多的学生的私塾,有大半学生读《蒙字读本》。那书共二册,是浅近的文言,而且每课有图。我虽不读,同学读着我在旁边听着,每课都印入我的脑筋,让我了解许多事。至于我自己呢,却念的是《左传》,先生应了我父亲的要求,望文随解一遍,我实在是

---

[1] 张恨水:《我没有遇到好老师》,《写作生涯回忆》,南京:江苏文艺出版社,2012年,第49页。

不懂。同时,先生又为我讲《二论引端》。我是用朱注和我一些浅文注解《论语》的书,但我还是不大懂。不过我另有个办法,同学念《论语》,带着白话解的,我借同学的看,我就懂了。[1]

  鲁迅与张恨水成年后文化选择差异的另一个原因或许在于鲁迅与张恨水在青年时期的不同阅读选择,周作人在《鲁迅的国学与西学》中说"鲁迅的家庭虽系旧家,但藏书却并没有多少","祖传的书有点价值的就只是一部木板《康熙字典》,一部石印《十三经注疏》、《文选评注》和《唐诗叩弹集》,两本石印《尔雅音图》,书房里读的经书都是现买的。"在鲁迅的早年读书生涯中,除了私塾所学习的经书外,大部分都是鲁迅根据自己的阅读兴趣选择的,"材料大都在汉以后","鲁迅在小时候就从孝道的教科书《二十四孝》上了解了古来礼教的残忍性";后来"看《玉芝堂谈荟》知道了历代武人的吃人肉,看《鸡肋编》知道了南宋山东义民往杭州行在,路上以人肉干为粮";等等。对此,周作人在《忆鲁迅》中提到:"鲁迅看了许多正史以外的野史,子部杂家的笔记,不仅使他知识大为扩充,文章更有进益,又给了他两样好处,那是在积极方面了解祖国伟大的文化遗产的价值,消极方面则是深切感到封建礼教的毒害,造成他'礼教吃人'的结论……"[2]同时,鲁迅的文学趣味,也有一个特点"便是他决不跟着正宗派去跑","诗歌方面他所喜爱的,楚辞之外是陶诗","文章则陶渊明之前有嵇康","一般六朝文他也喜欢"。鲁迅也看佛经,"这在了解思想之外,重要还是在看它文章,因

---

[1] 张恨水:《我没有遇到好老师》,《写作生涯回忆》,南京:江苏文艺出版社,2012年,第50页。
[2] 周作人:《往事随想》,成都:四川人民出版社,2000年,第123页。

为六朝译本的佛经实在即是六朝文"。周作人认为鲁迅早年读书是"摸着封建礼教的爪牙",对鲁迅读书倾向的这种解释有些流于表面,形成这种倾向的原因除了鲁迅主观上的意志外,还在于鲁迅所在的宗族环境以及突然的家庭变故。

  张恨水的读书倾向则要简单得多,行伍出身的背景使得张恨水既向往文人士大夫的地位,却又对"文"本身充满了陌生感。这使张恨水在读书上较少有鲁迅那样的束缚。譬如,他7岁开始读《百家姓》《千字文》《论语》《孟子》,11岁开始读《红楼梦》《三国演义》等作品,13岁跌进了小说圈,大量阅读《西厢记》《水浒传》《七侠五义》《花月痕》等中国传统小说的经典之作,在此过程中他逐渐了解掌握了文学的写作方法。对此,学者也多有论述。"这时的张心远读小说就由单纯的消遣衍化为对文学艺术的欣赏。读《儒林外史》知道小说嬉笑怒骂皆成文章的讽刺写法,他深深感慨吴敬梓炽热的创作激情和不着一贬字却鞭辟入里的冷峻手法。""张心远特别认真地研究过一部词章小说《花月痕》,十分喜欢作者魏子安的韵文,深深陶醉于书中的诗、词、骈文以及回目文字。这些都深深影响了张心远后来的小说创作,使他习惯在小说中穿插诗词曲,渲染营造气氛,创造了一种'九字回目'。"[1]正因为如此,张恨水的诸多作品中不可避免地打下了中国古典文学的烙印。其中,《红楼梦》对他的影响最为明显。他曾说:"回到了南昌,父亲母亲回家乡了,没有人管我,我更妄为。把所有的钱,全买了小说读。第一件事,我就是把《红楼梦》读完。"[2]又说:"《金粉世家》之是何命意,

---

[1] 闻涛:《张恨水传》,北京:团结出版社,1999年,第15、16页。
[2] 张恨水:《跌进小说圈》,《写作生涯回忆》,南京:江苏文艺出版社,2012年,第53页。

都可不问矣。有人曰：此类似取径《红楼梦》，可曰新红楼梦。"[1]后来张恨水能十分熟练地运用古典小说写人状物的笔法创作小说，与此不无关系。孙犁所说的："幼年的感受，故乡的印象，对于一个作家是非常重要的东西，正像母亲的语言对于婴儿的影响。这种影响和作家一同成熟着，可以影响他毕生的作品。它的营养，像母亲的乳汁一样，要长久地在作家的血液里周流，抹也抹不掉。"[2]天性敏感的作家们，随着社会的发展变化，他们也不断改变自己的看法，尝试不同的创作，但是这些都会受到他童年时"基本选择"的影响。文学创作离不开人的生活体验，文学作品本身就是对生活体验艺术化后的一种陈述。正是在这个意义上，童年经验作为作家的审美体验对其文学创作产生了深刻的影响。作家们在题材选择、创作动机和个性建构上都受到了童年经验的潜在制约和规范。"所谓缺失性经验，即他的童年生活很不幸，或是物质匮乏，或是精神遭受摧残、压抑，生活极端抑郁、沉重。"[3]

对于鲁迅而言，他基本上是在一个压抑沉重的家庭氛围中度过他的童年。日本学者山田敬三曾言："如果没有家庭内部的变更，成人后的周树人，也许最多不过是一个旧体制的齿轮。"[4]这当然只是一种假设，然而童年经验的确深深地影响了鲁迅，他一些对早期生活的敏感记忆，构成了他回忆性作品的重要内容。1893年，周家的家长周福清因犯"科场案"被捕入狱，被判"斩监候"。这无疑是周家家道中落的导火索，这时鲁迅才12岁，正处于天真无忧的少年时光。在此之前，

---

[1] 张恨水：《自序》，《金粉世家》，上海世界书局，1933年2月。
[2] 孙犁：《鲁迅的小说》，《孙犁文集》第4卷，百花文艺出版社，1982年，第418页。
[3] 童庆炳：《作家的童年经验及其对创作的影响》，《文学评论》，1993年第4期。
[4] 田刚：《鲁迅与中国士人传统》，北京：中国社会科学出版社，2005年，第76页。

鲁迅也有过快乐的童年生活。但是，祖父的入狱结束了鲁迅的快乐童年，并由此彻底改变了他今后生活的走向。鲁迅成为"乞食者"，而且不肯苟且的他在家道中落后所经历的生活遭遇，那种人情世态的冷漠对心灵的伤痛是刻骨铭心的。同时，父亲患病，身为长房长孙的鲁迅整天出入于当铺和药铺之间，在承受孤独、屈辱之中，他对这个世界产生了仇恨："我小的时候，因为家境好，人们看我像王子一样，但是，一旦我家庭发生变故后，人们就把我看成叫花子不如了，我感到这不是一个人住的社会，从那时起，我就恨这个社会。"[1]"有谁从小康人家而坠入困顿的么，我以为在这途路中，大概可以看见世人的真面目。"[2]如果说祖父的入狱和父亲的病逝使他幼嫩的心灵充满悲伤，那么，被称为"乞食者"的轻蔑、亲戚们的冷眼以及乡邻们的流言，还有在药房和当铺间奔跑的经历，则使他过早地品尝了人生的酸苦。

对旧社会和旧的人生方式感到憎恨和彻底绝望，最终使他成为封建阶级的叛逆者。吴中杰认为，"时代的条件，家庭的境况，个人的经历，促使鲁迅走上了一条士大夫阶级叛逆者的道路。"[3]当鲁迅看清了周氏大家族的腐朽之后，他毅然与之决裂，只身逃到异地去。但逃避终究不是解决的办法，尤其是作为作家的鲁迅不得不在作品中重新面对它们，曾经无法排解的悲哀与苦恼又会在心底卷土重来。鲁迅虽然在理性上对旧社会、旧家族充满了绝望和憎恨，但在感性上他不能像别人一样轻松地将他们埋葬，因为那社会、那家庭毕竟有他不可磨灭的记忆。正因为如此，鲁迅的孤独决不仅仅是先驱者的孤独，它更

---

[1] 薛绥:《鲁迅生平史料汇编(第四辑)》，天津人民出版社，1983年，第359页。
[2] 鲁迅:《〈呐喊〉自序》，《鲁迅全集》第1卷，北京：人民文学出版社，2005年，第437页。
[3] 吴中杰:《鲁迅传》，上海：复旦大学出版社，2008年，第21页。

是彷徨于明暗之间的对人生无法做主的"影"的孤独。正如王乾坤所说的那样:这形象"也许就只表达了这样一种生存状态的情绪,从而使它获得了一种深沉的深刻。"[1]这种自我内心的体悟,自我生命的存在方式在鲁迅早期小说作品中体现得尤为明显。鲁迅童年的经验不仅仅影响了他的创作心态和作品基调,而且还直接影响了他小说的取材和宗旨。曹聚仁曾言:"鲁迅的辛辣文字,也可说是精神上的补偿作用,而他的倔强性格,正不妨说是对于他幼年所受恶劣环境压迫的一种反应。"[2]鲁迅作品里的大部分人物和故事与他青少年时期的家庭生活有密切联系。正像前面所提到过的那样,鲁迅小说弥漫着浓重的悲剧气氛,这种悲剧气息和他童年所体验的无数悲剧事件是分不开的。不仅如此,留学日本期间,从幻灯片事件中看到的中国人的冷漠与麻木以及创办《新生》的失败经验也给了他深深的刺激与绝望之感;还有在他归国后,无论是在老家工作、去北京讨生活,还是从北京南下厦门、广州,再由广州去上海定居,他都处处陷在碰壁的困境当中。每次碰壁,他就夺路而走,却又总是遇上新的歧路,使他感受到穷途的幻灭,这加重了他的孤独与悲哀:

这寂寞又一天一天的长大起来,如大毒蛇,缠住了我的灵魂了。只是我自己的寂寞是不可不驱除的,因为这于我太痛苦。我于是用了种种法,来麻醉自己的灵魂,使我沉入于国民中,使我回到古代去,后来也亲历或旁观过几样更寂寞更悲哀的事,都为我

---

[1] 王乾坤:《鲁迅的生命哲学》,北京:人民文学出版社,2010年,第320页。
[2] 曹聚仁:《鲁迅评传》,北京:生活・读书・新知三联书店,2011年,第255页。

所不愿追怀,甘心使他们和我的脑一同消灭在泥土里的,但我的麻醉法却也似乎已经奏了功,更没有青年时候的慷慨激昂的意思了。[1]

鲁迅曾说:"所谓回忆者,虽说可以使人欢欣,有时也不免使人寂寞,使精神的丝缕还牵着已逝的寂寞的时光,又有什么意味呢,而我偏苦于不能全忘却,这不能全忘的一部分,到现在便成了《呐喊》的来由。"[2]这种隐喻的情绪自然地流露于鲁迅的笔端,在他为数不多的小说中表现得异常突出。总的来说,鲁迅对这种人生的寂寞感和痛苦是毫无疑问的。实际上,在《狂人日记》《孔乙己》《药》《明天》《故乡》《阿Q正传》《白光》《祝福》《在酒楼上》《故乡》《长明灯》《示众》《伤逝》《离婚》等故事里面,重点表达的是一个主题:群体对个体的冷漠、侮辱与虐杀。他用手里的笔无情地控诉这个世界的黑暗和不合理。对于这个社会中的人们则是"哀其不幸,怒其不争"。

与鲁迅剧烈而又充满痛苦的人生转折相比,曾被称作"神童"的张恨水在幼年则是轻松快乐的。他的祖父和父亲都是小小的地方官,周围的环境给了他足够的关爱和鼓励。前面稍微介绍过,张恨水的祖父张兆甲14岁就能"挥百斤巨石,如弄弹丸"[3],并且还能用筷子夹住活苍蝇,武艺相当高。而张恨水的父亲张钰,从小继承父亲的基因,也苦练武功,他曾经打过四次土匪,得过五品军功。按张恨水的自述,其

---

[1] 鲁迅:《〈呐喊〉自序》,《鲁迅全集》第1卷,北京:人民文学出版社,2005年,第439、440页。
[2] 同上,第437页。
[3] 张恨水:《〈剑胆琴心〉自序》,载于1930年北京《新晨报》版《剑胆琴心》。

父亲是"生性任侠,苟在救人,虽性命有所不惜"[1]。这些家传之武术,对张恨水武侠小说的创作产生了巨大的影响。张恨水常在灯前月下,与家人共语,以闻祖父和父亲的武术之轶事为乐。张恨水的一副好口才也是在这时锻炼出来的。他读完《水浒》《七侠五义》《七剑十三侠》等古代武侠小说之后,凭借着自己的想象,把故事发挥和夸张到极致,并常常对弟妹们演讲。

张恨水家庭的文化氛围本质上离中国传统士大夫家庭十分遥远,与其说张恨水受到传统儒家文化影响,还不如说张恨水受到的是中国社会中用以维系社会的朴素道德影响,如所谓的"忠恕""仁义""善勇"等等。而这一点就是张恨水的家庭能在安徽潜山扎根生存的原因。另外,父亲的清廉又使他把正直做人视为立身之本。以忠孝侠义为核心的传统教育形成了他性格中善良、正直的一面,构成了其小说中名士风度、武侠情结的底蕴。所以虽然张恨水的理想并没有实现,而是成为了一个具有"头巾气、才子气、书生气"的"副刊圣手",但他在自己作品中却保留了少年时的"武侠情结"。如《啼笑因缘》中描写行侠仗义的关秀姑父女、《中原豪侠传》写的也不是口吐白光飞剑斩人头于千里之外的神怪剑侠,而是写有血有肉的、具有"民间化"的武侠人物。在《剑胆琴心》中塑造了一系列"江湖游侠"形象,他们以"忠义"为出发点,个人行为也非常符合正直、仁善、忠恕等传统意义上的君子之道。张恨水一生重友谊、尚侠仁,这与其"不义之财不可得,非分之财不可要"的家传思想分不开,亦与潜山天柱山地区民众"率性真直、贱商重农"的风习有关。可以看出,在 16 岁以前,张恨水过了一段恬然安适

---

[1] 张恨水:《〈剑胆琴心〉自序》,载于 1930 年北京《新晨报》版《剑胆琴心》。

的孩提时光。这时的他,既没有生计上的困窘,也没有遭受严重的不利因素的影响,作为长子,他还有着父母的百般宠爱。他无忧无虑地,欢快愉悦地成长着。

表面上看,张恨水在17岁时也经历了父亲早亡,家境衰落的痛苦。但是,与鲁迅相比,他所遭受的这种衰落有实质性不同。张家本来不是大富大贵之家,这个落差比起鲁迅整个家庭的衰落相对较小。张恨水家境的衰落纯粹是经济上的,这不至于使他们家族在社会中的地位和名声遭受严重破坏,他也没有像鲁迅那样对自己家族的命运彻底绝望。相反,张恨水牢牢记住父亲临终时嘱咐他孝顺母亲、照顾好弟弟妹妹的遗言。张恨水终其一生完成父亲的嘱托,作了一个好儿子、好兄弟、好父亲、好丈夫。

当然,不可否认,家庭转折也对张恨水造成了很大的影响。首先,张恨水的人生理想发生了变化。父亲在世的时候,张恨水也曾有过出国留学的梦想。1912年9月,江西督政府为了培养人才,开始招考辛亥革命后的第一批留学生。此时的张恨水正怀揣着学习西方的科技文化以造福中国社会的梦想准备投身其中。此年他的父亲建议儿子自费去日本留学,但张恨水却看不上日本,他似乎还没有决定今后要做个小说家,而一心一意要做的是一个"科学信徒"。他认为真正学习西方的科技文化知识,必须到英美国家。于是他要求到英国去留学。然而事与愿违,此时一向身体健康的父亲竟突患顽疾,不治身亡。父亲病故后,经济来源断绝,出国留学的希望化为泡影,张恨水承担起长子的责任,忍痛割爱,放弃了南昌甲种农业学校的学业,回乡照顾家人。讽刺的是,长于田间的张恨水如今困于田野,无力耕种土地又无人倾诉,继而陷入极其孤独的境地。无奈只得与书相伴,聊以自遣,直至次年辗转进入苏州蒙藏垦殖学校。"张恨水这时写过诗,也填过小令,抒发郁积的愤闷之情,把伤感形诸笔端,嵌于文字中。这种伤感后来在他的性格中积淀下来,成为一种独特的气质,深深地渗透进他后来的创作中。"[1]身处时代浪潮之中,普普通通的人们难以左右自己的人生。由于政治风波,学校被迫解散,张恨水又不得不再次回到家乡自谋生路:

> 好在家里还有些旧书,老屋子空闲的又多。于是打扫了一间屋子,终日闷坐在那屋子里看线装书。这屋子虽是饱经沧桑,现时还在,家乡人并已命名为"老书房"。这屋子四面是黄土砖墙,一部分糊过石灰,也多已剥落了。南面是个大直格子窗户,大部分将纸糊了,把祖父轿子上遗留下来的玻璃,正中嵌上一块,放进亮光。窗外是个小院子,满地青苔,墙上长些隐花植物瓦松,象征了屋子的年岁。而值得大书一笔的,就是这院子里,有一株老桂树,终年院子里绿阴阴的,颇足以点缀文思。这屋子里共有四五书籍书,除了经史子集各占若干卷,也有些科学书。我拥有一张赣州的广漆桌子,每日二十四小时,总有一半时间在窗下坐着。[2]

显然,在这偏僻乡村,张恨水是个孤独者。乡里人的观念是读书而不能做官发财,读来也没用。他后来回忆乡下人对他这个"一无所

---

[1] 闻涛:《张恨水传》,北京:团结出版社,1999年,第23页。
[2] 张恨水:《第一部长篇》,《写作生涯回忆》,南京:江苏文艺出版社,2012年,第59页。

成的青年,非常之瞧不起,甚至当面加以嘲笑。"[1]乡邻的非议、人情的冷漠、世态的炎凉既给张恨水套上了沉重的精神枷锁,也对他的性格产生了一定的影响。但是他不顾这一切,依然我行我素,苦读写作。张恨水与鲁迅等新文学作家一样,虽然表现出强烈的反封建传统姿态,但是都在一定程度上受到传统的思想教育和文人情趣的影响。他被困家乡,满腹苦闷之时,模仿《花月痕》创作了其第一部长篇章回体白话小说《青衫泪》。《青衫泪》除了对于青春苦闷的叙述之外,还夹杂着不少诗词小品,即使小说并未完成,仍然称得上是一部杰作。这段"黄土书屋"的自修经历,也为张恨水后来从事小说创作储备了丰富的文学养料。1913年到1919年的六年间,张恨水一直处于一种漂泊不定的生活状态,为了求学奔走于上海、苏州、汉口、常德,这也让他开始逐渐开拓题材,尝试新的主题。

此外,张恨水对理想与责任的认识进一步的深化。身为家中长子的张恨水,相比个人理想而言,始终坚持将家人放在首位,为了负担家中日常开销而努力打拼。正如他自己所言:"我回了一趟芜湖,探访母亲,此外没有离开北京。因为我为了弟妹们念书,已托二弟把家眷送到芜湖住家了。我是个失学青年,我知道弟妹们若再失学,那是多大的痛苦,所以我把在北京得到的薪资,大部分汇到南方去,养活这个家,也唯其如此,我成了新闻工作的苦力,没有心情,也没有功夫,再去搞什么文学。"[2]此时,为了养家糊口的张恨水孤身一人来到北京,暗下一生做"新闻苦力"、用自己的血汗努力让家人和他一起在北京站稳

---

[1] 张恨水:《第一部长篇》,《写作生涯回忆》,南京:江苏文艺出版社,2012年,第59页。
[2] 张恨水:《新闻工作的苦力》,同上,第68页。

脚的决心。对此,张恨水的儿子张伍在《我的父亲张恨水》中表示:"父亲事母极孝,是出了名的大孝子,对祖母的话是铭刻在心,从不敢忘,也从没有连违过祖母庭训。父亲在写《金粉世家》时,知道祖母喜欢这部小说,就每日把报上的连载,亲自读给祖母听,不管多忙,他都绝不假手于人,成了他天天必做的功课!"[1]生活压力下的身不由己,也让这些内容最终得以通过报纸化文本这种载体呈现。父亲的亡故、家道的突变、大学梦的难圆改变了张恨水的命运,这形成了他性格中哀愁、感伤的一面,从此人生无常的感觉一直体现在他的创作之中。

家族文化孕育了鲁迅渊博的国学功底,而西方文化的熏陶,又使得他成为封建礼教制度的揭露者。孔庆东曾言:"鲁迅的二重性格首先是时代的反映。'五四'前后不到 10 年的时间,国外各种文化蜂拥而入,世界上几乎每一角落的思想都直接间接地投影到这块昏睡百年的土地上。中国的传统文化以巨大的喘息抗拒着、挣扎着,同时也不得不容纳着,吸收着。最古老、陈旧的,与最年青、崭新的,在同一狭小的时空里进行着决战。各种势力、各种阶层的代表思想鱼龙混杂,在同一舞台上演着千百种戏。各种矛盾的思想犬牙交错,互相影响与被影响,形成大大小小的矛盾思想体系。……而这个总趋势,必然要反映到最具有时代典型意义的某些、某一个由若干人甚至是一个人构成的思想体系上,那么,这个人,就正是鲁迅。"[2]其实,以"鲁迅"这一笔名为例,可以看到,它与传统文化有割不断的联系。"鲁"是他母亲的姓,且周鲁是同姓之国。并且,鲁迅的文字是"从魏晋文章'化'出来

---

[1] 张伍:《我的父亲张恨水》,北京:团结出版社,2006 年,第 5 页。
[2] 孔庆东:《正说鲁迅》,重庆:重庆出版社,2008 年,第 171 页。

的"。这种深厚的语言功底,与他少年时期接受的传统文化教育有着巨大的关系。无论自知与否,这是他们思想、行动的立足点。所以,新与旧、爱与恨、孝与欲、情与理,就成为那个时代文人内心深处无法解决的两难命题。因此,笔者试图通过对鲁迅与张恨水的文化心理的对照分析,从侧面勾画出身处于历史转型期的"五四"一代知识分子在内心深处的犹豫与斗争、决绝与妥协。在新文化建设的潮流之中,鲁张二人无法真正摆脱民族文化的心理积淀,各自的人生境遇和青少年时期有意无意的训练更在他们的意识深处打上深深的烙印。

旧式教育和传统文人的情趣在一定程度上影响到鲁迅、张恨水后来的文学创作。鲁迅在创造民族文化上有过"拿来主义"的思想,主张"收纳新潮,脱离旧套"[1],张恨水也有类似的看法:"我们无疑的肩负两份重担:一份是承袭先人的遗产,固有文化;一份是接受西洋文明。而这两份重担,必须使他交流,以产出合乎我祖国翻身中的文艺新产品。"[2]虽然,鲁迅与张恨水都具有深厚的文化底蕴,但是张恨水在推崇儒学的同时,"恰恰又是运用来自西方的新文化、新思想,对儒学加以重新诠释"[3]。这表明了张恨水的思想与"五四"新文化运动主流潮流的一个最大不同。他是始终主张"改良"中国传统文化的,他对儒学的新诠释,在某种程度上可以说是对儒学的改造,是将传统文化中的活力因素与西方文化中的精髓结合。它既不抱残守缺,也不盲目趋新:

---

[1] 鲁迅:《坟·未有天才之前》,《鲁迅全集》第1卷,北京:人民文学出版社,2005年,第177页。
[2] 张恨水:《郭沫若洪深都五十了》,原载1943年1月5日重庆《新民报》。
[3] 袁进:《张恨水评传》,南京:南京大学出版社,2012年,第227页。

让西人还在马可波罗游记里认识中国,这不能全怪他们浅薄,应该怪我们自己不知道自我宣传。我国懂西文的人,有一个最大的毛病,只知道输入而不知道输出,百十年来,中西文化之沟通,我们是绝对入超。以致尽管我们年深一年慢慢认识了世界,而人家还不认识我。

所以养成这个毛病,其理由有二:其一,以为一切是西洋的好,我们无须输出。其二,运输的人自己根本不认识祖国,也没有和祖国打算,只介绍出去那种查无实据的王宝钏。于是像荒谬绝伦的那种马可波罗影片,我们既未曾予以纠正,还可以于战后深入大后方的重庆来放映。简直自己都跟了西人来错看自己了。年来我们也处处求世界认识中国,而我们却忘了拿货色给人家看。[1]

这种思想使张恨水成为本土派的改良者,他偏爱传统文化,默默守护着民族的自尊。尽管他的想法也有不成熟的地方,但不可否认的是他直击了"五四"以来未被知识界认知的缺憾。虽然这种离经叛道造成了张恨水在社会地位上的尴尬处境,却也奠定了张恨水在中国现代文学史上的重要意义。

综上所述,身处传统的士大夫家庭和普通旧家庭,受到传统家族文化的熏陶,这是鲁迅和张恨水的一些相似之处,然而二人的性格、精神气质、写作立场、思想内容以及写作风格各不相同。张恨水的身世

---

[1] 张恨水:《文化入超》,原载 1943 年 10 月 28 日重庆《新民报》。

背景,使他具备了开放、乐观的可能。而鲁迅在早期杂文中说过要牺牲于后人,"自己背着因袭的重担,肩住黑暗的闸门",将年轻人放到光明的地方去,这带着舍己利人的悲壮感。他们既深受传统家族文化的影响,又目睹了旧式大家庭的日趋败落,因此,他们对旧式家族重新审视的同时,也无法摆脱对传统家庭的留恋。

　　鲁迅和张恨水不同的身世背景所造成的影响,都折射在他们的文学创作里,在世态人情的描绘、女性形象的塑造、情感价值观的流露等层面都有所表现。

第二节　在变革社会中知识分子文化判断的成因

人的性格里往往有基因沿袭的因素,因此谈到鲁迅的性格,我们就不得不提对他影响最大的祖父和母亲。

鲁迅的祖父周福清性格刚毅,还有些倔强。1893年他在回家奔母丧期间,正值浙江举行乡试,恰巧主考官是他的同年,于是亲友中便有人凑钱,请他送给主考,希望能买通关节,以使子弟考中举人,但中途被发现,周福清为此在杭州监狱被关了8年。释放后回到家里,他却不思反省,反而自顾着痛骂昏太后、呆皇帝。对这件事,周建人这样回忆:

我祖父说到这里,不禁"昏太后、呆皇帝"地痛骂起来,大家听了，不由得吓一大跳，这不是犯上作乱，要杀头的么？大家都替他捏一把汗，可是祖父自顾自地痛骂着。我祖父回家不多几天，我们全家发觉，这八年的监狱生活没有使他有丝毫的改变。如果说有什么改变的话，他变得更锋利尖刻，更肆无忌惮，更愤世嫉俗了。〔1〕

周福清的遭遇对鲁迅产生了很大的影响。贿赂案的悲剧，直接导致了周世家族的经济破产。这种环境无形中塑造了鲁迅敏锐、尖刻和犀利的性格。很多人读鲁迅作品，觉得鲁迅爱骂人。确实，他骂过许多人，如郭沫若、郑振铎、徐懋庸、陈西滢、梁实秋等，他的语言也着实刻薄。这和他家族文化是有些关系的，特别是祖父的影响。鲁迅继承了浙东绍兴人的一些"硬气""刚决"的品性，他为人正直强硬，继承了祖父的秉性，也和他从小受到的严格家庭教育有关系。鲁迅祖父虽脾气暴躁，但骂人"并非拍桌大骂，是喜欢指摘与批评别人"〔2〕，这种性格在鲁迅身上就变成了一种不苟且、峻刻、不委曲求全的刚正品格。

在鲁迅身上还有一种性格也表现的很明显，那就是"复仇性"。鲁迅的复仇意识主要根源于当时的社会、历史和文化给他留下的深刻记忆，复仇是他痛苦灵魂的一种外化流露。

在《〈呐喊〉自序》和《〈朝花夕拾〉·琐记》等作品中，鲁迅记述了他在童年时期所感受到的炎凉世态，他看透了衍太太等人的势利嘴脸。衍太太是一个心术不正的女人，口是心非，善于制造谣言。鲁迅曾和

---

〔1〕周建人：《鲁迅故家的败落》，福州：福建教育出版社，2001年，第156页。
〔2〕曹聚仁：《鲁迅评传》，上海：复旦大学出版社，2006年，第220页。

她谈"觉得很有许多东西要买,看的和吃的,只是没有钱",她便怂恿鲁迅变卖母亲的首饰,鲁迅没有那样做。但不久后,一种流言说他已经偷了家里的东西去变卖了。鲁迅听了这一流言,心灵受到极大的刺激,"连自己也仿佛觉得真是犯了罪,怕遇见人们的眼睛,怕受到母亲的爱抚。"于是决定离开绍兴。他说:"S 城人的脸早经看熟,如此而已,连心肝也似乎有些了然。总得寻别一类人们去,去寻为 S 城人所诟病的人们,无论其为畜生或魔鬼。"[1]他对家乡的厌倦之情无以复加。鲁迅在南京求学期间,并未就此与故乡断绝联系,曾不定期回绍兴看望亲戚,却因此不断受到新的侮辱。当时南京的江南水师学堂,是清政府为海军而办的学校。旧中国民间有着"好铁不打钉,好男不当兵"的顽固思想,鲁迅放假回家,台门里的人见了他便指指点点说"这是兵",话语间充满着轻蔑和讥讽。之后,鲁迅被官方派到日本留学,在周世家族的很多人心目中被视为"异端"。他到三台门各方去告别时,有的鄙视,有的惋惜,有的惊奇,族叔伯文甚至使劲推了他,见鲁迅睁大眼睛看着自己,才没敢有进一步举动。这些,无疑都刺激了鲁迅的内心。但给鲁迅更多刺激的是 1903 年暑假由日本回来探亲时因为没有辫子而受到欺辱。这种情形一直延续到鲁迅留学回国以后。事实上,鲁迅对剪辫子的遭遇大大出乎他的意料。他把剪辫子当作自己迈向文明的第一步,变成了"新党"。然而,不料遇到种种侮辱和吵骂。他一篇小说《头发的故事》写的就是他所经历的感受。文中鲁迅借"N 先生"的口说:"这件事很使我悲哀,至今还时时记得哩。"[2]直到晚

---

[1] 鲁迅:《〈朝花夕拾〉·琐记》,《鲁迅全集》第 2 卷,北京:人民文学出版社,2005 年,第 302、303 页。

[2] 鲁迅:《头发的故事》,《鲁迅全集》第 1 卷,北京:人民文学出版社,2005 年,第 486 页。

年，鲁迅在《病后杂谈之余》中还专门阐述这段精神之苦："如果一个没有鼻子的人在街上走，他还未必至于这么受苦，假使没有了影子，那么，他恐怕也要这样的受社会的责罚了。学生们里面，忽然起了剪辫风潮了，很有许多人要剪掉。我连忙禁止。他们就举出代表来诘问道：究竟有辫子好呢，还是没有辫子好呢？我的不假思索的答复是：没有辫子好，然而我劝你们不要剪。学生是向来没有一个说我'里通外国'的，但从这时起，却给了我一个'言行不一致'的结语，看不起了。"[1]这件事对鲁迅的心理影响很深。后来他描写一系列"看客"形象时，脑子里一定就有当时的记忆。

从社会现实来看，鲁迅不仅经历了"三·一八"惨案、"四·一二"事变以及许多共产党人被反动政府捕杀的事件，还经历了各种文化人士对他的误解、攻击、背叛、诬蔑与论战。这一切让他感受到现实的恐怖、人间的隔阂，难以形容的悲哀。于是鲁迅在心里就埋下了复仇的种子。比如，《铸剑》《复仇》《记念刘和珍君》《为了忘却的记念》等一系列作品都淋漓尽致地表达了这种复仇情绪。他甚至在《死》中写道："欧洲人临死时，往往有一种仪式，是请别人宽恕，自己也宽恕了别人。我的怨敌可谓多矣，倘有新式的人问起我来，怎么回答呢？我想了一想，决定的是：让他们怨恨去，我也一个都不宽恕。"[2]对于鲁迅思想里的复仇性，孙伏园也有过这样的论述：

鲁迅先生的复仇观念最强烈，在日本时每于课余习些武艺，

---

[1] 鲁迅：《且介亭杂文·病后杂谈之余》，《鲁迅全集》第6卷，北京：人民文学出版社，2005年，第194、195页。
[2] 鲁迅：《且介亭杂文末编·死》，同上，第635页。

目的就在复仇。幼年被人蔑视与欺压,精神上铭刻着伤痕,发展而为复仇的观念。后来鲁迅先生回国,见仇人正患不名誉的重病,且已到了弥留;街谈巷议并传此人患病的部分已经脱落,有人在茅厕中发现。鲁迅先生只好苦笑,从此收拾起他那一把匕首,鲁迅先生常常从书架上拿下那把匕首来当裁纸刀用,刀壳是褐色木质的,壳外横封两道白色皮纸,像指环一般。据鲁迅先生解说,刀壳原为两片木头,只靠这两道皮纸的力量,才封成整个的刀壳。至于为甚么不用整片的木头,或用金属的钉子或圈子,使刀壳更为坚固呢?鲁迅先生说,因为希望它不坚固,所以只用两道皮纸;有时仇人相见,不及拔刀。只要带了刀壳刺去,刀壳自然分为两半飞开,任务就达成了。[1]

鲁迅的复仇性源于他的刚毅而果敢的个性。其实,鲁迅骨子里是一个快意恩仇的人,他的性格中,具有侠士的精神内核。复仇精神,不是狭隘的私仇和江湖恩怨,而是精神和灵魂的复仇。历史上的复仇大多以从肉体上消灭对方为目的,人们从复仇对象的失败的痛苦中感到快感。从根本上讲这是一种复仇意识的蜕变。而鲁迅的复仇性绝非如此。

然而,复仇本身不是鲁迅的终极目的,"立人"才是其根本所在。鲁迅对中国封建历史和文化有着深刻的体悟,他发现"中国一向就少有失败的英雄,少有韧性的反抗,少有敢单身鏖战的武人,少有敢抚哭叛徒的吊客;见胜兆则纷纷聚集,见败兆则纷纷逃亡。"[2]长期的奴化

---

[1] 孙伏园:《往事》,《孙氏兄弟谈鲁迅》,北京:新星出版社,2006年,第29页。
[2] 鲁迅:《华盖集·这个与那个》,《鲁迅全集》第3卷,北京:人民文学出版社,2005年,第152、153页。

环境的浸染和温柔敦厚文化的气氛,消解了人们的叛逆性格和反抗精神,造成中国人的胆怯和懦弱的国民性。基于这样的国民性,鲁迅在《摩罗诗力说》中肯定人性的"恶",推崇敢于反抗天帝的恶魔,推崇拜伦等摩罗诗人。鲁迅十分欣赏"带复仇性的,比别的一切鬼魂更美、更强的鬼魂"[1]——女吊,还"自惭究竟不及白人之毒辣勇猛。"[2]希望当时青年作家"还是毒重的好"[3]。

这样强烈的战斗性和复仇性,还来自于他对黑暗社会的控诉,对光明世界的期盼,更是他身上根深蒂固的浙东性的体现。这就涉及到鲁迅与绍兴师爷之间的关系。1926年的"女师大"事件中,陈西滢讥讽地说,鲁迅很有"他们贵乡绍兴的刑名师爷的脾气",是个"做了十几年官的刑名师爷"[4]。随后,在革命文学的论战中,成仿吾化名石厚生说鲁迅的"词锋诚然刁滑得很,因为这是他们师爷派的最后的武器"[5]。曹聚仁也说"周氏兄弟的性情和文章风格,都是属于绍兴的,有点儿刑名师爷的调门"。钱理群在1980年代重提陈西滢称鲁迅为"做了十几年官的刑名师爷"一事:"如果排除论战中所特有的感情成分,作客观的考察,那么,应该承认,在思维方式与相应的文字表现上,

---

[1] 鲁迅:《且介亭杂文末编·女吊》,《鲁迅全集》第6卷,北京:人民文学出版社,2005年,第637页。

[2] 鲁迅:《华盖集续编·我还不能"带住"》,《鲁迅全集》第3卷,北京:人民文学出版社,2005年,第259页。

[3] 鲁迅:《集外集拾遗·对于〈新潮〉一部分的意见》,《鲁迅全集》第7卷,北京:人民文学出版社,2005年,第235页。

[4] 陈源:《闲话的闲话之闲话引出来的几封信》,《鲁迅研究学术论著资料汇编》第1卷,中国文联出版公司,1985年,第134页。

[5] 石厚生:《毕竟是"醉眼陶然"罢了》,同上,第365页。

鲁迅与绍兴师爷传统,确实存在着某种继承关系。"[1]

可以说,"硬"是早就被学术界接受的鲁迅的主要性格特征之一。人们称扬鲁迅的战斗精神和复仇精神,如嫉恶如仇、坚韧不拔、横眉冷对、硬骨头等等。但一些论者在突出鲁迅性格的无情、阴冷、尖锐和冷峻的同时,把他推向了极端,视之为怪异之人。实际上,鲁迅的性格是多元的,他还有幽默、开朗、单纯、温情的一面。由于这些多元因素,在鲁迅身上常呈现出矛盾和悖论,这就构成了鲁迅性格的复杂性。无可否认,在他性格的形成过程中,家族记忆和童年经验的影响最大。其中,不可忽视的是绍兴这一地域文化对其性格塑造所起的作用。从某种意义上说,地域文化就是地域人群的一种集体无意识,对本地居民的性格气质、行为方式、思想定式等都有潜在的影响。对此,周作人曾说:"这四百年间越中风土的影响大约很深,成就了我的不可拔除的浙东性,这就是世人所通称的'师爷气'。""师爷虽是为世诟病,毕竟也是从人民中出来的。他本身传受了师爷的事业,其从父祖传下的土气息泥滋味还是存在,这也是可以注意的事。师爷笔法从文的方面继承的是法家秋霜烈日的判断,最后却腐化成为舞文弄墨的把戏;从人民方面吸收的是人生的辛苦,这近于道家的世故(特别是老子),为二者之中的主要分子,可以称为人民的智慧。"[2]

如果说祖父周介孚主要影响了鲁迅刚直耿介性格的一面,那么,他母亲鲁瑞则在传承给他正直善良品德的同时,更影响到鲁迅性格中坚韧的一面。周建人曾说:"我母亲当了家,她性格开朗、宽厚,无论我

---

[1] 钱理群:《心灵的探寻》,石家庄:河北教育出版社,2000年,第66页。
[2] 周作人:《〈雨天的书〉·自序二》,《周作人集》上,花城出版社,2004年,第149页。

们怎么顽皮淘气,也没看到她真正动过怒,总是那么和颜悦色,无论后来家里遇到什么灾难,也从不愁眉苦脸,总是那么坚忍刚强。我想她是世界上最好的母亲了。"[1]坚忍刚强,是这位伟大母亲性格的重要特点。她出身名门,虽然在农村受传统观念影响,没有专门进过学堂,但家里延师给她的兄弟讲课,她就在旁边听讲,坚持了将近一年,后来自己找找书看,终于"以自修得到能够看书的学力"[2],因而她喜欢看小说、弹词之类。每隔一段时间,她就会对鲁迅说:"老大,我没书看哉!"鲁迅为母亲到处搜集小说,这对他后来编著《中国小说史略》《小说旧闻钞》等不无帮助。她不仅性格仁慈,富有同情心,也是一个思想开明、容易接受新事物的人。

鲁瑞年轻时的命运非常坎坷,公公因科场案而入狱,中年经历了丧夫,晚年经历了丧子。自从丈夫周伯宜死后,她咬着牙一个人承担起全家生活的重担。虽然家道败落,生活困难,但她在艰难的条件下,一心一意把三个孩子培养成才。当她的主心骨长子鲁迅决心离开家乡,到南京的洋务学堂求学,她又强忍悲痛,为儿子筹备八元川资,含着眼泪嘱咐儿子:"你要争气"。后来鲁迅又去日本留学,二儿子周作人、三儿子周建人陆续出国留学,鲁瑞都是变卖家产,大力支持。母亲坚强、乐观、开明的思想深深影响了鲁迅。

可以看出,她的刚强不仅表现在历经人生的苦难,还表现在她能够一反旧俗的进步层面上。按传统礼教,儿媳必须顺从于公婆,但她早认知公公周福清的性情古怪,在家里常有挖苦人的言行。她看不

---

[1] 周建人:《鲁迅故家的败落》,福州:福建教育出版社,2001年,第54页。
[2] 鲁迅:《集外集·俄文译本〈阿Q正传〉序及著者自叙传略》,《鲁迅全集》第7卷,北京:人民文学出版社,2005年,第85页。

惯,就站出来批评。众所周知,周作人和他的小叔伯升年纪相仿,一起读书,不免发生摩擦,周福清不问是非偏袒儿子,她觉得这不公平,便为儿子讨回公道。鲁迅到日本留学后,来信说把辫子剪掉了,母亲听儿子的话,说必须顺应新潮流,"他来信要我剪头发和放足呢!儿子大了,不是我管他,倒是他来管我呢!我倒是想剪发慢一步,先把足放了!"[1]这对当时封建卫道士来说是伤风败俗的事,但她却不向封建势力屈服。从这一点看,鲁迅性格中的不为任何势力所屈服的硬骨头精神、坚韧的一面,与他的祖父和母亲是相近的。鲁迅在后来的战斗中,其从不否认自己的说话刻薄,并公开承认他的笔墨"要算较为尖刻的"。试看,他把陈西滢画为叭儿狗,将梁实秋画为丧家的资本家的乏走狗相,把创造社的某些人画为流氓相,包括把整个中国的弱民画为阿Q相,都充分显示出鲁迅的刚正和犀利。

与鲁迅的师爷气相对的是张恨水的憨厚老实。对张恨水性格形成影响最大的是他英武的祖父、开明的父亲和仁厚的母亲。首先,张恨水的祖父张兆甲一直认为老三(张钰排行第三)房里的大孙子给自己带来了官运,从此这便成了张兆甲的口头禅。张兆甲根据张氏宗谱"宗岁兆联芳,祖泽益福庆"的排名,给爱孙取名"芳贵",说他是大富大贵的命,将来必定飞黄腾达,光宗耀祖。但是张恨水的父亲张钰认为"芳贵"一名太俗气,又改名为"心远"。张兆甲每日处理完公务,总要抱着张恨水亲热一番。他虽然已经是花甲老人,但依然时不时应孙儿的要求,在衙署大院内练拳、舞枪弄棒,让孙儿在大饱眼福的同时,对祖父产生出崇拜之情。祖父的武功,张恨水佩服得五体投地。有一

---

[1] 周建人:《鲁迅故家的败落》,福州:福建教育出版社,2001年,第179页。

次,张府餐桌上美食吸引来群苍蝇乱飞,祖父举起手中筷子,随手空中一夹,就逮住一只。更神奇的是,被夹住的苍蝇仅折断翅膀,肢体俱全。饭后,张恨水从厨房要来一双筷子,来到衙署后院,笨手笨脚地跑东奔西,模仿祖父捕捉苍蝇。累的满头大汗的张恨水最终放弃了努力,冲进祖父书房要找武学秘籍。祖父说:"这可不是一天两天学得会的。等你身子长硬朗了,我再一招一式地教你。"[1]这里可以一窥祖父和张恨水之间的祖孙情深。有趣的是,张恨水一生没有一官半职,甚至对官场敬而远之。其原因和祖父也有很大的关系。每日晨昏,参将衙门辕门两侧高亭内,有帮吹鼓手会操起锣鼓喇叭,热闹一阵。张恨水问祖父:"儿非日有所闻,且不耐,一日而再三闻之于百姓,百姓不厌乎?祖大笑曰:儿为此言,长大将不能为官。衙中排场如此,遑问他人厌否?且吾不需吹鼓手,则一家哭矣。祖当时为愚言之,不甚了了,且不能尽忆。"[2]祖父的解释,张恨水虽然无法理解,但在他那颗童心上烙下了深深的印记。他认为:"当官便必须要些糊弄人的把戏,至于旁人厌恶与否是不用计较的。"

1901年,64岁的张兆甲升任袁州协镇部督(正二品),授封为"武威将军",未及赴任,便长辞人世。祖父去世后,张恨水的父亲张钰和母亲戴信兰带着儿女搬出参将衙署,从此脱离大家庭生活,自立门户。张钰为纪念父亲,把张兆甲曾用过的长鞭挂在堂屋里。张恨水每每见此鞭和祖父为他制作的一把竹刀和弓箭,泪水便情不自禁流下。关于祖父,很多年以后张恨水还曾撰文,说自己除了脸上没有麻子外,性情

―――――――

[1] 宋海东:《张恨水情归何处》,北京:新华出版社,2008年,第17页。
[2] 张恨水:《吹鼓手》,《写作生涯回忆》,南京:江苏文艺出版社,2012年,第10页。

全都像大祖父。祖父在祖先堂上留下来的"孝友传家书百忍，文章华国鉴千秋"和堂屋留下的"欲知世味须尝胆，不识人情且看花"的墨宝，使他一辈子念念不忘。

张恨水的父亲张钰自幼随父亲张兆甲练就一身好功夫。年少时，参与过 4 次剿匪行动，保下五品军功，但任人唯亲的江西军界历来都是湖南人的天下，他这个安徽人始终没有得到实缺。但张钰凭借双手拔打算盘等绝活，先后担任过税务官、幕僚等职务，还办过一家浮梁工艺厂。他认为自己忙碌了大半辈子，可惜没弄出个什么名堂，故把希望寄托到儿子张恨水身上。张钰给长子取名"心远"，希望他成为朝廷栋梁。为此，他把《左传》《袁王纲鉴》《东莱博议》等于仕途经济有关的书列为张恨水的必读书目，并反对儿子翻阅"闲书"。张钰担心儿子看多了小说，难免玩物丧志，因此当发现他迷上了一些风花雪月的词章后，严令禁止。可是张恨水酷爱小说，他觉得读小说和吃饭是同样重要的，于是他就背着父亲进行"地下活动"。张恨水开始积攒零用钱，甚至饿着肚子，偷偷地买小说。为了避开父亲，他把自己买来的小说锁在箱子里。等家人全入眠，他就点支蜡烛，在枕头旁边放个小板凳，再拿出隐藏好的小说偷看，至黎明才睡觉。然而，张恨水的行为始终无法瞒不过父亲，惊怒交加的张钰一来担心儿子的身体，二来害怕失火，就同夫人商量了一番，逐渐放松了对儿子读小说的限制。借此时机，张恨水读完了《西游记》《封神演义》《东周列国志》《水浒传》《五虎平西南》《野叟曝言》等小说。虽父亲网开一面，但张恨水仍然时不时会听到父亲的唠叨："像你这么闭院赏青苔，读什么《西厢》《红楼》，有何胸襟？有何出息？"

张钰跟随的几位上司都是推崇实务的，变法、废科举、放足、禁烟等都是他们谈不完的时代话题,平心而论,张恨水的父亲算是一个明智开通的人。1909 年,张钰把张恨水送进南昌大同小学这所新式学堂,让儿子学习新知识,接受新思想。两年后,他又征求儿子的意见:"我现在为你筹划两条出路。其一呢,我托人介绍给你考陆军小学;其二呢,省里面有所农林学堂,毕业后可以干些实际点的事情。"张恨水的志趣不在于军营,选择的是南昌甲种农业学校农桑科。在南昌,好强争胜的张恨水正视自己文化基础较差的现实,刻苦读书,结果累的口吐鲜血。张钰惊出一身冷汗,赶紧让儿子暂时休学,回家修养。他说:"我盼儿出人头地,更希望你一生平安。"1910 年,张恨水从学校回到家中,脸色有几分兴奋,又有几分畏怯。二弟张心恒发现兄长身上的特异之处,大喊:"大哥的辫子剪掉了!"其母亲戴信兰怒斥道:"不男不女的,成何体统?"对"大逆不道"的举动,张钰并没有半句责怪,反而支持到道:"现在是文明社会了,拖着条长辫子,又脏又费事,还是剪得好!"

兆甲公归西那年,张钰见长子张恨水哭成个满脸泪迹,就说:"你既然这么想念爹爹,当有接过他衣钵的志向。到合适的时候,我会把爹爹教会我的绝技全部传授给你。"然而,当张恨水要求父亲履行诺言时,却遭到了拒绝:"眼下不是习武的时代,儿长大应到海外学习科学。"1912 年,张钰准备送长子到留学花费相对较少的日本,张恨水则希望去英伦三岛。爷儿俩尚未意见一致,父亲却因为吊朋友之孝,传染上"走黄疗"离世。张恨水称这是他人生所经历的"终身大悲剧"。这对张家经济上的打击是很大的,张恨水出国留学的计划也实现不了了,只留下无尽的遗憾。他为父亲撰写出一篇骈体祭文,在灵堂内面对众亲友宣读。父亲走了,但父亲的遗传基因仍然在张恨水身上体现得极其明显,比如说深受儒家思想文化的影响,以儒家道德修养独善其身。张恨水淡泊名利、刚直不阿、讲义气、乐于助人、重承诺、大度的秉性，体现了儒家的"仁义"风范。老舍曾这样评价：

> 恨水兄是个真正的文人：说话，他有一句说一句，心直口快。他敢直言无隐，因为他自己心里没有毛病。这，在别人看，仿佛就有点"狂"。但是，我说，能这样"狂"的人才配作文人。因为他敢"狂"，所以他才肯受苦，才会爱惜羽毛。我知道，恨水兄就是最重气节，最富正义感，最爱惜羽毛的人。所以，我称为真正的文人。[1]

张恨水心目中，他的母亲是天下慈母的典范。在张恨水的记忆里，从未受到过母亲的体罚。儿时，他也是调皮鬼，经常带着一身泥土回家，母亲向来以口头教育为主，气急了才会赏他几个无关痛痒的"爆栗子"。[2] 张恨水的祖父、父亲在世时，张家是黄土岭头号大户。他们孤儿寡母重回黄岭村的时候，不少族人换了一副面孔，并冷眼相讥，逼迫他们归还莫须有的债。还有一些血缘关系较亲的族人更为狠毒，他们先劝戴信兰改嫁，遭到她的拒绝后，又密谋把她绑架卖给深山里的光棍汉，并借此竟夺张家的财产。戴信兰咬着牙忍受着外人的欺凌，独自把六个孩子抚养长大。正是柔中有刚、蔼然可亲、善解人意、对骨肉体贴入微的母亲潜移默化地影响着张恨水的为人正直、思恩念旧、饮水思源的品格。功成名就后，他把安徽的全家人接到北京来，体贴母亲，尽心尽孝。当抗日战争爆发，张恨水为了工作不得不奔波时，

---

[1] 老舍：《一点点认识》，载于1944年5月16日重庆《新民报晚刊》。
[2] 宋海东：《张恨水情归何处》，北京：新华出版社，2008年，第23页。

第一件事是把老母亲在家乡安顿好。

张恨水后因自己中风,未能为母亲送终而极为不安。逢年过节均要按家乡习俗祭敬。在堂屋挂起母亲的遗像,点起一对红灯笼,放一挂鞭炮,虔诚地"迎接"母亲回来和他们一起过节。更令人敬佩的是,在每个大年初一早上,洗漱完毕后,他什么事也不做,首先就取出香案,点燃袅袅香烟,领着儿女们向母亲的遗像拜年。张恨水常对自己的儿女们说:"不管你们,我是要给奶奶拜年的。爷爷很早去世,我们兄弟六人靠奶奶抚养长大是很不容易的。我不要求你们也这样做,但要你们看看。这不是迷信,是表达感情的方式,希望你们不要忘掉祖先。"[1]张恨水不仅自己守孝道,尊崇祖宗,也同样严格要求自己的儿女们。1960年,他写了一首《元旦示儿》:

照眼梅标岁月赊,文章老去浪淘沙。
涉园须解怜花草,敬祖才能爱国家。
手泽无多惟纸笔,心铭小有起云霞。
一鞭追上阳关近,莫让前程绿影遮。[2]

张恨水虽然不是传统文化"骸骨的迷恋者",但是在他的文化心理中有非常浓重的"敬祖"意识。这首诗体现出张恨水深受儒家孝祖观念的影响,要求儿女们敬祖、爱国、上进。张恨水十分推崇儒学,以儒学为修身养性之道。孔孟的孝道思想在潜山皖地是影响久远的。自

---

[1] 张明明:《回忆我的父亲张恨水》,天津:百花文艺出版社,1984年,第13页。
[2] 同上。

明清以来,《潜山县志》中皆有"孝友篇",并为之立传,目的就是"愿我父母子弟,善葆我淳朴古处之风,而相勉为孝弟力田之民也"(民国旧年《潜山县志》)。张恨水虽然出生在外乡,但在 11 岁半至 23 岁之间先后 6 次回乡,其中长住长达两年,暂居则数日;即使回到江西,父亲为其延请的塾师也是潜山人。[1]张恨水成为闻名乡里的"大孝子",与其受家乡孝文化的影响是分不开的。

　　值得关注的是,他不把儒家思想和学说看作　种教条,而是用来自西方文化的新思想、新文化来重新阐释儒学。张恨水认为孔子的"民可使由之,不可使知之",应当改为"民可使,由之;不可使,知之"[2]。他还称孟子是孔家店的"一位敢作敢说的人"。一则曰:"君之视臣如犬马,则臣之视君如寇雠。"再则曰:"民为贵,社稷次之,君为轻"。这一些都是"富有革命性"的话。[3]张恨水以"世变"论去改良儒学,批判"天不变,道亦不变"的传统思维。他因此"更赞赏弹性较大的原始儒学,反对已经凝固定型的'理学'。"[4]如当国民党大力提倡"理学"时,张恨水发表《理学能救国乎》一文表示否定的立场:"再说现在,时代的巨轮转动着,一息不停,宋儒却讲个"静"。我们外面抗敌,内里建国,一切是贯彻革命的手段,宋儒却讲个'敬'。我觉得实在格格不入。儒家虽为入世救世之人,但程宋之学,受了释老很大的影响,已不是孔孟嫡传了。宋元明理学盛极一时,谁也不见王道不兴。明

---

[1] 郑炎贵:《"金字塔"与故土情结的关联——试论皖江文化对张恨水创作的影响》,《池州学院学报》,2008 年第 4 期。
[2] 张恨水:《谈孔子教人》,原载 1938 年 8 月 27 日重庆《新民报》。
[3] 张恨水:《想到孟子》,原载 1938 年 10 月 28 日重庆《新民报》。
[4] 袁进:《张恨水评传》,南京:南京大学出版社,2012 年,第 228 页。

亡,读书人觉得这种空虚哲学,无补实际。时至今日,我们还憧憬着那白鹿遗风,真让人莫测高深。"[1]显然,他主张与时代俱进,不能机械地照搬中国的传统文化。始终不肯与时代潮流脱节,不断改造自己的思想,这正是张恨水不被时代所淘汰的重要原因。

张恨水一生外柔而内刚、不善周旋,毕生奉行"出自己的汗,吃自己的饭"[2]。他憎恨"为富不仁",绝不取不义之财,这与家庭文化密切相关。张恨水面对生活中的艰难,只得将梦想深埋心底,甚至不惜带病夜以继日超负荷地工作。他将文字作为宣泄情绪和表达理想的媒介,把自己的思想感悟倾注其间,从而成就了他平民视角下非凡的创作实力。正如他自己所说的:"我是一个推磨的驴子,每日总得工作,除了生病或旅行。我没有工作就比不吃饭难受;我是个贱命,我不欢迎假期,我也不需要长时间的休息。"[3]新中国成立前夕,张恨水因突发脑溢血被迫停止写作,从而断绝经济来源。张恨水一家的困境,经由周扬汇报给周恩来总理,引起了党和政府的重视。文化部决定聘请他担任顾问,每月支付其生活费,帮助张家渡过难关。张恨水对这种尸位素餐的状况感到不安,继续带病写作。这段时间,张恨水为香港《大公报》和中国新闻社创作了《白蛇传》《梁山伯与祝英台》《孔雀东

---

[1] 张恨水:《理学能救国乎》,载于重庆《新民报》1939年8月15日。
[2] 张恨水:《胜利后的作品》,《写作生涯回忆》,南京:江苏文艺出版社,2012年,第122页。
[3] 董康成、徐传礼:《闲话张恨水》,合肥:黄山书社,1987年,第32页。这里补充一句,张恨水对待创作是一丝不苟的,他的作品基本都在报纸上连载,几乎从没中断。百万言的长篇小说《金粉世家》,在北平《世界日报》副刊"明珠"上连载2196次,历时7年,只有一天停登。那是因为他"最小偏怜"的女儿康儿,在张恨水写该书最后一页时,患猩红热死了,他悲痛难忍,只好辍笔,多年以后他依然为此感到遗憾。张恨水就像他母亲说的那样,是一台"文字机器",不停地运转。他一生很少休息,即使在劳顿不堪的旅途中也未曾放下笔。

南飞》《孟姜女》等十几部长篇小说,在他收入稳定之后,主动请求免去每月生活补助。张恨水正是用其辛勤劳动,为后世留下了宝贵的精神财富。

张恨水不仅洁身自好,还善待同事,乐于助人。作为一个新闻工作者与作家,他的交际范围非常广。20世纪20年代,张恨水曾与东北军司令张学良有来往,1940年代还曾与毛泽东、周恩来等共产党领袖人物会晤。毛泽东在重庆谈判时,还单独接见过张恨水,并送给他布料,张恨水非常感激,用此布料做了一套中山装,重大场合总是穿上这套衣服。他的交友原则,对待同事的态度,从他五十寿辰的活动中便可以看到。1944年5月16日,全国文艺界抗敌协会、重庆《新民报》及新闻协会等单位共同庆祝张恨水的五十岁生日,同时纪念他的写作三十年。老舍发表文章称"他比谁都写的多,比谁都更要有资格自称为文人,可是他并不用装饰与习气给自己提出金字招牌。"[1]当时《新华日报》的社长潘梓年表示:"恨水先生所以能够坚持不懈,精进不已,自然是由于他有他的识力,他有他的修养,但更重要的,恐怕还是由于他有一个明确的立场——坚主抗战,坚主团结,坚主民主。"[2]张友鸾称:"在国难时期,他还写了二、三十部抗战小说。表扬战斗英雄,谴责逃跑主义。'九·一八'事件刚一发生,他就写出了《弯弓集》。这一点爱国心,也是值得尊敬的。"[3]而张恨水对大家给予自己的关怀表示深切感谢的同时,却把大家赠的礼物一律奉还。这就是张恨水人格魅

---

〔1〕 老舍:《一点点认识》,载于1944年5月16日重庆《新民报晚刊》。
〔2〕 潘梓年:《精进不已——祝恨水先生创作三十周年》,载于1944年5月16日重庆《新民报》。
〔3〕 张友鸾:《老大哥张恨水》,载于《新闻研究资料》(丛刊)1981年第一辑。

力所在。

总而言之,在鲁迅和张恨水两人身上,既有传统文人的清高、洁身自好,也不乏对平民化意识的追求。周作人曾说过鲁迅的文章是"极其谦虚也实在高傲"[1],笔者认为这话用在鲁迅和张恨水身上都是合适的。而这样有些类似但又完全迥异的个性气质对他们各自观念的形成有至关重要的作用,也必然会影响到他们的文学创作和选择。

---

[1] 周作人:《知堂回想录》,合肥:安徽教育出版社,2008年,第160页。

第二章

启蒙与记录:文学史上的两种创作

鲁迅和张恨水属于不同的文学阵营,但是他们共同关注着中华民族的精神风貌,对于中华民族的历史、现实和未来都有强烈的参与意识。他们以不同的思维和创作方式探索着"改造国民性"的问题,这造成了两人在思想与艺术的贡献上明显的不同并深刻地反映了在近现代中国社会转型与社会危机之下,不同身份的知识分子对人生的不同追求和认识。

第一节 "为人生"与"叙述人生":雅俗何以越界

狄尔泰认为,理解历史人物和他们的产品需要"重新体验"或"设身处地",即想象在当时当地的特殊情况下,作为研究对象的那个历史人物如何思想,如何行动,会有什么喜怒哀乐。作家的创作意图与文本意义之间的关系是十分复杂的。

在创作意图上,鲁迅与张恨水都认为改造国民性是促进社会进步的重要方法,但在方式上却有着完全不同的观点。关于改造国民性的问题,鲁迅曾说道:"所以此后要紧的是改革国民性,否则无论是专制,是共和,是什么什么,招牌虽换,货色照旧,全不行的。"[1]张恨水也说

---

[1] 鲁迅:《两地书·八》,《鲁迅全集》第11卷,北京:人民文学出版社,2005年,第32页。

过类似的话:"今国难临头,必以语言文字,唤醒国人,无人所可否认者也。以语言文字,唤醒国人,必求其无孔不入,更又何待引申?然则以小说之文,写国难时之事物,而供献于社会,则虽烽烟满目,山河破碎,固不嫌其为之者矣。"[1]

鲁迅对纷繁复杂的"社会与人生"的认识,与他的日本留学经验有着密切关系。1902年,鲁迅刚刚去东京不久,梁启超就发表《论小说与群治之关系》并提出:"欲新一国之民,不可不先新一国之小说。故欲新道德,必新小说;欲新宗教,必新小说;欲新政治,必新小说;欲新风俗,必新小说;欲新文艺,必新小说;乃至欲新人心,欲新人格,必新小说。何以故?小说有不可思议之力支配人道故。"[2]梁启超的小说观是为政治服务的,相信小说改造社会的决定性作用。在梁启超看来,小说创作与人格的培养、社会的构建、政治的改良都有密切联系。不管是因社会思潮中西方新思想的输入,还是因小说发展本身在近代以来所带来的对艺术本质的探究,都是对传统小说观念的一次叛逆,而正是这种叛逆才确立了中国现代小说的新价值和地位。一直以来,传统文学视小说为闲书,梁启超的主张无疑是对封建文化的反抗。这种反抗精神正好迎合了"五四"反传统的思潮。梁启超"对小说的重视和提倡,在当时影响很大,令许多人对小说寄予厚望,不仅把它作为各种文学形式中最重要的品类来对待,更把这种方式作为改良社会的首选。而正在探求救国救民道路的青年鲁迅,接受了这种思想,走上文

---

[1] 张恨水:《〈弯弓集〉自序》,张占国、魏守忠编:《张恨水研究资料》,北京:知识产权出版社,2009年,第218页。
[2] 饮冰:《论小说与群治之关系》,载于1902年《新小说》第1号,原未署名,后收入《饮冰室合集》。

艺启蒙的道路，以'精神界战士'的姿态，把文艺作为改造国民精神的武器，也就在情理之中了"。[1]鲁迅接受了梁启超的小说观和反抗精神，认为："文章之于人生，其为用决不次于衣食，宫室，宗教，道德"，"所以者何？以能涵养吾人之神思耳。涵养人之神思，即文章之职与用也。"[2]

此时，鲁迅便认定欲改革社会，第一要著是在国人的精神，而善于改变精神的"当然要推文艺"；然而，由于主客观的现实条件的局限，当他在提倡新文艺运动时，他感到："独有叫喊于生人中，而生人并无反应，既非赞同，也无反对，如置身毫无边际的荒原，无可措手的了"。[3]于是，他从沉痛的教训中反省道："我决不是一个振臂一呼应者云集的英雄。"但是鲁迅并未因"寂寞的悲哀"而动摇自己以"提倡文艺运动"来"改良这人生"的志愿，倡导新文化运动和文学革命的阵营《新青年》约他写文章，他应邀而作，便是自觉地"听将令"而"呐喊"，并且"一发而不可收"。这说明鲁迅所说的"遵命为文"绝非偶然，鲁迅当时遵守的是"革命的前驱者的命令"，是《新青年》同仁提倡的以科学和民主展开新文学与新文化运动之命。"五四"时期，新文学接受了西方的现实主义思潮。这是因为"新文学先驱者普遍认为现实主义虽然在西方已经'过时'，但中国文学非常落后，仍然没有达到西方现实主义阶段那种如实反映与表现生活的水平。在新文学初期，进化论确实帮助先驱者们了解了世界文学发展的历史与动向，树立了'一时代有一时代之

---

[1] 李怡、郑家建主编：《鲁迅研究》，北京：高等教育出版社，2012年，第68页。
[2] 鲁迅：《坟·摩罗诗力说》，《鲁迅全集》第1卷，北京：人民文学出版社，2005年，第73、74页。
[3] 鲁迅：《〈呐喊〉自序》，同上，第439页。

文学'的革新意识,促使他们借鉴欧洲的现实主义,把现实主义作为中国新文学所要迈出的第一步。"[1]他们从社会启蒙的角度出发,强调文学与现实生活的直接对话,要求作者以写实的心态去从事文学创作。他们认为"文学是社会生活的表示"[2],"是时代的反映,社会背景的图画"[3],"它是人生的反映,是自然而然发生的。"[4]所以"实写"等于"真文学"的观念[5],构成了新文学的理论基础。在现实主义文学思潮的影响下,很自然地产生了"为人生"的口号。

1933年,鲁迅曾在《我们怎么做起小说来》一文中表示:"说到'为什么'做小说罢,我仍抱着十多年前的'启蒙主义',以为必须是'为人生',而且要改良这人生。我深恶先前的称小说为'闲书',而且将'为艺术的艺术',看作不过是'消闲'的新式的别号。所以我的取材,多采自病态社会的不幸的人们中,意思是在揭出病苦,引起疗救的注意。"[6]因为变革时期的文学主要是启蒙与关心现实的文学,是"为人生"而且"改良这人生"的文学。[7] 在鲁迅的心目中,"人生"不是一个抽象的概念,也不是部分人的生存发展,而是代表着整个民族、社会以及全体人所处的全部现实境况。"为人生"同时也是鲁迅从事文学创

---

[1] 温儒敏:《欧洲现实主义传入与"五四"时期的现实主义文学》,《中国社会科学》,1986年第3期。
[2] 胡适:《答觉僧君》,《胡适文存》一集卷一,上海亚东图书馆,1924年。
[3] 沈雁冰:《创作的前途》,《文学研究资料》(上),郑州:河南人民出版社,1985年,第171页。
[4] 郑振铎:《新文学观建设》,《时事新报》,1922年5月11日。
[5] 胡适:《文学改良刍议》,《胡适文存》一集卷一,上海亚东图书馆,1924年。
[6] 鲁迅:《南腔北调集·我怎么做起小说来》,《鲁迅全集》第4卷,北京:人民文学出版社,2005年,第526页。
[7] 严家炎、袁进:《现代性:二十世纪中国文学的显著特征》,《北京大学学报》,2005年第5期。

作的出发点之一,是中国新文学尝试现实主义风格的起点。在鲁迅的全部著述中,"人生"、"为人生"反复地出现,可以说是鲁迅笔下的核心词语,这与鲁迅改造国民性的创作意图紧密地联系在一起。他谈到文学的差异时曾说,"看人生是因作者而不同,看作品又因读者而不同"[1],因此他又强调现实文艺和人生之间的紧密联系:"现在的文艺,是往往给人不舒服的,没有法子。要不然,只好使自己逃出文艺,或者从文艺推出人生"。[2]也就是说,现代中国文学是不可能离开"人生"而存在的。孙玉石指出,鲁迅"为人生"的启蒙主义思想,"就是将封建社会中的被压迫者,即'病态社会的不幸的人们'身上的精神痛苦揭露出来,对'病态'的封建制度和精神文明进行无情的揭露和鞭笞,为被压迫的人民群众的解放呼号和反抗。"[3]因此,鲁迅所说的要"改良这人生",其包含的实际内容要广阔得多,意义也更为深刻。

同时,基于"现实主义"与"人生"的天然联系,鲁迅更偏好俄国文学与东欧文学。对此,鲁迅曾说道:"俄国的文学,从尼古拉斯二世时候以来,就是'为人生'的,无论它的主意是在探究,或在解决,或者堕入神秘,沦于颓唐,而其主流还是一个:为人生。"[4]因而,"俄国文学是我们的导师和朋友。因为从那里面,看见了被压迫者的善良的灵魂,的酸辛,的挣扎。而从文学里明白了一件大事,是世界上有两种

---

[1] 鲁迅:《集外集·俄文译本〈阿Q正传〉序及著者自叙传略》,《鲁迅全集》第7卷,北京:人民文学出版社,2005年,第84页。
[2] 鲁迅:《而已集·〈尘影〉题辞》,《鲁迅全集》第3卷,北京:人民文学出版社,2005年,第571页。
[3] 孙玉石:《走进真实的鲁迅——鲁迅思想与五四文化论集》,北京:北京大学出版社,2009年,第48页。
[4] 鲁迅:《南腔北调集·〈竖琴〉前记》,《鲁迅全集》第4卷,北京:人民文学出版社,2005年,第443页。

人:压迫者和被压迫者!"[1]新文学作家茅盾也曾说:"恐怕也有不少像我这样,从魏晋小品、齐梁词赋的梦游世界里伸出头来,睁圆了眼睛大吃一惊的,是读到了苦苦追求人生意义的俄罗斯文学。"[2]实际上,"为人生"的口号不仅是鲁迅文学活动的中心,它对中国新文学的发展也是影响深远的。因此,无论是为理解鲁迅文学思想演变的轨迹,还是探讨中国新文学的发展历程,研究鲁迅"为人生"的文学观都至关重要。

在"五四"新文化运动的浪潮之下,聚集了以陈独秀为代表的一批先进知识分子,提倡科学与民主,反对封建纲常名教。鲁迅作为其中的一个,为之呐喊鼓吹,当然"须听将令"。鲁迅在《新青年》上的作品,的确是听从了"将令",与"革命的先驱者"步调完全一致。进行文学创作时,他相信文学为人生必须"听将令",还说"也是我自己所愿意遵奉的命令,决不是皇上的圣旨。"[3]这是鲁迅对"五四"新文化运动的基本态度。诚如有学者曾分析,鲁迅的作品"所呐喊的所鼓吹的所反对的,如果从思想角度说,尽管深度远超众人,但在基本思想、主张上,却与当时他的朋友和战友们大体相同,并没有什么独特之处。"然而,"在中国近代思想史上,只有他才是真正深刻的。他在发掘古典传统和现代心灵的惊人深度上,几乎前无古人,后少来者。"[4]鲁迅的深刻使他成为一个时代浪潮之下自觉前进的先进分子的典型。为了鼓舞革命

---

[1] 鲁迅:《南腔北调集·祝中俄文字之交》,《鲁迅全集》第4卷,北京:人民文学出版社,2005年,第473页。
[2] 茅盾:《契诃夫的世界意义》,载于《世界文学》,1960年第1期。
[3] 鲁迅:《南腔北调集·〈自选集〉自序》,《鲁迅全集》第4卷,北京:人民文学出版社,2005年,第469页。
[4] 李泽厚:《中国现代思想史论》,北京:生活·读书·新知三联书店,2008年,第114页。

青年,为了"五四"文学运动呐喊,他"却不愿将自以为苦的寂寞,再来传染给也如我那年轻时候似的正做着好梦的青年","往往不恤用了曲笔,在《药》中的革命先驱瑜儿的坟上添了一个花环,在《明天》的单四嫂子终于没做到儿子的梦",在《故乡》的抒情议论中昭示"其实地上本没有路,走的人多了,也便成了路"。这都是鲁迅在小说中自觉地"删削些黑暗,装点些欢荣,使作品比较的显出若干亮色"[1]的努力。鲁迅作品中对人物悲剧命运的书写,不仅力求揭示悲剧的种种原因,也努力开掘人的精神美、性格美,其对"美"的欣赏和毁灭统一起来,产生出一种新的艺术效果;将鲁迅第一篇白话小说《狂人日记》和俄国果戈理的同名小说《狂人日记》相比,鲁迅更切实际地表现了狂人斗争的勇气和美好的希望。让人们从中既认出了疯子,又认出了一个真正的"人"。可以看出,鲁迅"为人生"的文学观恰恰是要求任何创作都表现人生、批判社会、改革现实。鲁迅之所以认真考虑作品的社会效能,是为了引导国人在新的条件下摆脱久有的"毒气"和"鬼气",从而营造一个全新的、向上的、和谐的、健康的民族精神。这又不同于大多数让人们面对严酷的现实而感到绝望的批判现实主义作家。鲁迅创作虽然还不能给人们指出明确的出路,但是却总是能给人们一点"亮色",促动人们想方设法疗治精神。在这一点看,"为人生"的创作观和鲁迅的启蒙者身份又是相辅相成的。因此他说:"文艺是国民精神所发的火光,同时也是引导国民精神的前途的灯火"[2],应该"以反动破坏充其

---

[1] 鲁迅:《南腔北调集·〈自选集〉自序》,《鲁迅全集》第 4 卷,北京:人民文学出版社,2005 年,第 469 页。
[2] 鲁迅:《坟·论睁了眼看》,《鲁迅全集》第 1 卷,北京:人民文学出版社,2005 年,第 254 页。

精神,以获新生为其希望"[1],寓理想于揭露批判之中。鲁迅向来不主张他的小说传给人"冷气",而是希望它能激发人们要求进步和改革现状的热情。从这个意义来说,鲁迅"为人生"的思想,比西方资产阶级人本主义思想,比俄国批判现实主义的"为人生"的内容更广泛。这就是鲁迅的创作意图。

鲁迅的卓越之处在于其发挥出了创作主体的独创性。他认为"在阶级社会中,文学家虽自以为'自由',自以为超了阶级,而无意识地,也终受本阶级意识所支配"[2]。鲁迅正确处理了"为人生"文学的"遵命"而"不受命",这使得他严格遵循艺术本身的规律,通过病态社会真实地反映现实人生,而这种倾向从各种情节和场面的处理中都有所表现。

于是鲁迅拿起手中的笔,呼吁民众为生存,为争取做"人"的权利,为实现"将来我们未曾经历过的社会"而努力奋起反抗。他的小说《呐喊》和《彷徨》就是这种努力的"尝试"。鲁迅小说的基本主题,是对当时污秽黑暗社会的鞭打,对民众人生道路的探求,对整个社会和人生至关紧要的问题的剖析。他的小说主题高度关注拯救"国民性"弱点,对造成这种状况的封建吃人制度予以无情的揭露。鲁迅小说中的深刻思想性和敏锐洞察力,与他当时所接受的启蒙主义思想、他怀有的文艺"为人生"和"改良这人生"的目的,以及对民众切身利益的关注是分不开的。鲁迅的小说展示了广阔的人生画面,塑造了社会上的众生

---

[1] 鲁迅:《坟·文化偏至论》,《鲁迅全集》第 1 卷,北京:人民文学出版社,2005 年,第 50 页。
[2] 鲁迅:《二心集·"硬译"与"文学的阶级性"》,《鲁迅全集》第 4 卷,北京:人民文学出版社,2005 年,第 210 页。

相。既有为民族解放奋斗的先驱者,又有苦闷彷徨的知识分子,然而,最深刻的还是生活于水深火热中的农民、小生产者以及深受欺凌的妇女。这其中,鲁迅又把最大的关切、热情寄予了"农民"。可以看出,他的小说中以农村为背景的,以农民处境为题材的占了很大分量。当时国民中的"小人物",特别是广大农民,遭受着经济上的剥削、政治统治上的虐杀、人格上的侮辱,更承受着封建迷信的灌输以及帝国主义列强的奴役。所有这些形成了他们逆来顺受的扭曲性格。这就是鲁迅当时痛心疾首的所谓"沉默的国民的灵魂"。鲁迅笔下的各种"小人物",其命运无一不充满悲剧性,令人悲不忍睹。《药》中的华老栓,在科学与巫术的混杂中,渴望延续食人者的生命,然而最终还是落了个人财两空的悲剧结局;《风波》中的七斤,为了一条"辫子",陷于苟活、自私、盲从的"无特操",最后闹的全家骚动;《故乡》中的闰土,他与幸福生活是绝缘的,苦度了几十年,却被这个残酷社会变成了一个"木偶人";《阿Q正传》里患有严重"精神胜利法"痼疾的阿Q,生活给予他的是摧残、侮辱、苦难,其盲目的自发性反抗亦终归失败,最后被绑赴刑场,成为"惩一儆百的典型"。

以"为人生"为创作宗旨的鲁迅,因立足于国民性批判而承担起"医师"的重任。他寻求揭示这一群小人物不幸的根源,并希望将他们引向"人"的未来。而这条路究竟怎么走,作为接受了进化论和个性主义的鲁迅,还未真正认识到。鲁迅苦闷地探索改良这人生的途径,他希望以"文艺救国"。他切盼国家尽快富强,国民不再受列强的欺凌。这种认识与当时大多数的仁人志士是一致的。他作小说的目的,决非将小说当做有闲阶级"茶余饭后"的消遣品。鲁迅自述其做小说的初衷是:"呐喊几声,聊以慰藉那在寂寞里奔驰的猛士,使他不惮于前驱。"[1]面对民族的劣根性,鲁迅认为要紧的是应该"转为人国","人国既建",即可"屹然独见于天下"。国民应该发扬"勇猛无畏"的精神,国家应该"独立自强",社会应该健康向上,不再有"上流社会的堕落和下层社会的不幸"。这也就是鲁迅"为人生"的文艺思想的内涵。从"为人生"的目的出发,鲁迅小说始终在改造"人"上下功夫,他认为拯救国民性的根本必在"立人",并且其内涵也在随历史发生变迁。

与其他主张"为人生"的作家不同,鲁迅自始至终都重视文艺的社会批判作用。因此,相比"与旧习对立,更张破坏,无稍假借"的雪莱、"以不可见之泪痕悲色,振其邦人"的果戈里和"轨道的破坏者"卢梭、尼采、托尔斯泰、易卜生更加能吸引鲁迅。在"风雨如磐"的旧中国,改良社会和改良人生,首先往往要对旧文明进行抨击,正如鲁迅先生所说,要"扫荡这些食人者,掀掉这宴席,毁坏这厨房"。1934年鲁迅回答"国际文学社"的问题时就明确表示:"我大约仍然只能暴露旧社会的坏处"。[2]在鲁迅看来,揭露和揭示,破坏与改造,也是疗治病态社会的关键。他曾号召生活在低落时代的青年要"敢说,敢笑,敢哭,敢怒,敢骂,敢打,在这可诅咒的地方击退了可诅咒的时代"[3]。

鲁迅的作品,不追求离奇曲折的情节,也不以复杂多变的故事取胜,他着重于解剖人的灵魂。批判"国民的劣根性"是鲁迅的核心主题,他始终以怀疑的目光分析奴才和主子的身份转换。像阿Q、爱姑、

---

[1] 鲁迅:《〈呐喊〉自序》,《鲁迅全集》第1卷,北京:人民文学出版社,2005年,第441页。
[2] 鲁迅:《且介亭杂文·答国际文学社问》,《鲁迅全集》第6卷,北京:人民文学出版社,2005年,第19页。
[3] 鲁迅:《华盖集·忽然想到》,《鲁迅全集》第3卷,北京:人民文学出版社,2005年,第45页。

鲁妈、赵大妈、咸亨酒店的掌柜、小D之流的"看客"正是占中国绝大多数的普通民众。鲁迅总在"看与被看""启蒙与被启蒙"的权力关系中提出对启蒙的质疑。比如,鲁迅的小说《一件小事》,较胡适、沈尹默的诗《人力车夫》、废名的《洋车夫的儿子》,虽题材相近,但作者的视角和思想深度迥异。不论是胡适、沈尹默还是废名,他们要么对"下等人"的感情分析显得单薄,要么只是对他们的生活状态作客观的描写,都没有作为知识分子的"我"与他们的精神互动。而鲁迅的《一件小事》揭示的是在车夫面前厌世主义的"我"对现实社会、对人心的反感,而真正引起"我"的好感的是人力车夫。特别是,车夫身上的正义、善良、热情、对贫苦人的尊重,在"我"看来,是现代国民最需要的基本素质。这逐渐改变了"我"对社会、人生和人性的看法。同时"我"也忽然发现,这种劳动人民的力量正是知识分子所缺少的东西。这件小事在"我"心中留下了很深的印象,他借此对包括"我"在内的知识分子的伪善进行拷问。不难看出,《一件小事》不是为了展现知识分子相对于社会底层群体在道德上的优势,而是重新探讨启蒙与被启蒙的权力关系,并对知识分子的道德和人格进行反思。知识分子既是时代的先驱者,又是传统文化的叛逆者、现代文化的开创者,他们肩负着思想启蒙的神圣使命。但启蒙的前提是相信大众的力量。正如钱理群所说:"启蒙者与被启蒙者都从对方有所汲取,知识分子既充当大众先生,同时又是大众的学生。"[1]因而,启蒙必然是"双向"的。在这"一件小事"中,可以发现,国人中仍有并非奴隶的"人",即理想人格的存在。理想人格的发现对"我"的灵魂产生了巨大震动,它重新赋予了"我"为

---

[1] 钱理群:《心灵的探寻》,石家庄:河北教育出版社,2000年,第87页。

民族未来奋斗的信念。

　　表面看来，鲁迅在他的创作后期否定了文艺的功用，但经过文学"无用"之悲苦后，鲁迅对文学功能有了新的认识与把握。一方面，他把文笔作为战斗的匕首与投枪，笔锋犀利而切实际；另一方面，他把创作与时代和现实紧密结合。例如，鲁迅在思考"革命文学"问题时，发现"革命文学"无论在文艺上，还是在"革命"上都没有实际的意义。无论是革命者还是反革命者，都以"革命文学"为标榜，以"反革命"去攻击异己的力量，从而陷入鲁迅所说的"革命，革革命，革革革命，革革"[1]的混乱中。其实，"革命"是一个道德力量的显示，一种政治立场的选择，一段探索真理的过程。鲁迅多次批判"尽先输入名词，而并不介绍这名词的涵义"的现象。在中国历史上，类似的空洞能指不在少数，如"反对八股成为了新八股"，"自由成为了复辟"，"屠杀大众的自由"，鲁迅曾被污为"拿卢布"，等等。因而，在革命文学的论战中，革命文学又被普罗文学、无产阶级文学等一系列概念所取代。或许创造社、太阳社的作家们也意识到了"革命文学"被滥用的危机。鲁迅到上海后，曾遭受太阳社、创造社和新月派"围剿"，同他在北京、厦门、广州的经验一样，这使他充满挫败感。而太阳社和创造社几乎是把"时代转换"作为他们的前提，在他们看来，鲁迅是"落伍者""小资产阶级""布尔乔亚""封建余孽""中国的堂吉诃德"。从一个线性的角度来看，两者都指出"革命"的必要性。但是，正如竹内好在鲁迅与孙文的对比中看到的，鲁迅对革命的理解是相当独特的："真正的革命是'永远革

---

[1] 鲁迅：《而已集·小杂感》，《鲁迅全集》第3卷，北京：人民文学出版社，2005年，第556页。

命',对于一个永远的革命者来说,所有的革命都是失败。不失败的革命不是真正的革命。革命成功不叫喊'革命成功',而是相信永远的革命,把现在作为'革命并没成功'来破除。"[1]实际上,对于鲁迅来说,"永远革命"的意义在于,革命必须最终能给民众和现实带来切实的改变,否则革命就不算成功。所以,鲁迅看到的不仅是他所面对的人,而且也看到了历史的"黑暗的闸门"。可见,鲁迅是不以革命为职业的革命家,他向来对于那些将革命当作饭碗的人保持强烈的警惕。他也不是某个革命集团的代言人,他似乎对那些集团一直抱有极深的怀疑。鲁迅既不属于"正人君子"一派,又不属于"革命文学"阵营,他正是在诸多否定力量中形成了自己的思想和战斗,相信真正的革命是向前的。

　　鲁迅对革命文学的独特见解是建立在其对革命的独特理解之上。在文艺和革命的关系中,鲁迅强调所谓革命是不安于现实,"凡有革命以前的幻想或理想的革命诗人,很可有碰死在自己所讴歌希望的现实上的运命;而现实的革命倘不粉碎了这类诗人的幻想或理想,则这革命也还是布告上的空谈。"[2]在鲁迅看来,革命的根基在"一要生存,二要温饱,三要发展。有敢来阻碍这三事者,无论是谁,我们都反抗他,扑灭他!"[3]鲁迅心目中的反抗和革命应当与争取人的基本生存权利息息相关。因此,鲁迅的革命观是不同于一般的革命斗争观,他

---

[1] 竹内好:《鲁迅》,李心峰译,杭州:浙江文艺出版社,1986年,第117、118页。
[2] 鲁迅:《三闲集·在钟楼上》,《鲁迅全集》第4卷,北京:人民文学出版社,2005年,第36页。
[3] 鲁迅:《华盖集·北京通信》,《鲁迅全集》第3卷,北京:人民文学出版社,2005年,第54页。

并不希望革命文学作家弃笔从戎,也没有把实际的革命与文学划清界限。他担心的是,文学一旦被当作革命的附属,或变成某个党派的工具,难以保持反抗的精髓,文学的特定场合也就消失了,反而变得无力,对于革命也毫无帮助。鲁迅强调的是革命与文学之间的辩证关系,他认为这种革命才是实实在在的革命。"我每每觉到文艺和政治时时在冲突之中;文艺和革命原不是相反的,两者之间,倒有不安于现状的同一。惟政治是要维持现状,自然和不安于现状的文艺处在不同的方向。文艺催促社会进化使它渐渐分离;文艺虽使社会分裂,但是社会这样才进步起来。"[1]社会有不同声音才会有进步,这种声音包括反对、批评、拥护等等。可见,鲁迅对"革命文学"这个词,基本上抱着"虚无"的态度。这固然和他对中国革命的看法有关,也与他的文学观有关。他认为"文学"是一个民族的文化产物,不是任何宣言可改变的。鲁迅还意识到当时在白色恐怖下,全面发挥文艺的力量是不可能的。他后期写了大量含蓄、老辣的杂文抨击时局。实际上,他终生都在自觉地践行着"文艺为人生"的核心思想。

鲁迅有自己独特的文学思想和艺术建构,若要充分理解,则必须回到鲁迅自己的语言方式中去,回到他的艺术世界中去,否则便会严重地扭曲其本意。鲁迅曾指出:

> 以前的文艺,好像写别一个社会,我们只要鉴赏;现在的文艺,就在写我们自己的社会,连我们自己也写进去;在小说里可以

---

[1] 鲁迅:《集外集·文艺与政治的歧途》,《鲁迅全集》第7卷,北京:人民文学出版社,2005年,第115、116页。

发见社会,也可以发见我们自己;以前的文艺,如隔岸观火,没有什么切身关系;现在的文艺,连自己也烧在这里面,自己一定深深感觉到;一到自己感觉到,一定要参加到社会去![1]

鲁迅将"为人生"的文学活动建立在人类自身与社会现实的基础上,从中可以看出他有属于他自己的文学感受和自己的文学创作主题。其中,如何"直面惨淡的人生"是鲁迅文学区别于其它现代中国文学的独特之处。这种对社会问题的思考,既是鲁迅与现实世界的对话,也是对自己思想艺术个性的坚持和对文学创作方式的选择。正因为如此,鲁迅的精神难以用传统的"现实主义"来简单概括,它显然还具有现代主义、象征主义的色彩,然而其与西方象征主义、现代主义的不同之处在于,他更关注中国人的现实生活状况。

在张恨水的创作中,社会意识也是很强烈的,其作品之所以具有顽强的生命力,与其始终面向社会、叙述人生的创作理念有关。张恨水在其文学创作中,一直相信文学应该承担一定的社会责任和社会理想,其先进思想应在对社会发展的效能中表达出来。他在题材选择上,十分重视对人生、社会、时代的把握,揭示社会所关注的,与民众切身利益相关的现实状况。张恨水的作品涉及了20世纪上半叶中国都市生活的各个方面,比如反对军阀统治,争取婚姻自由,主张抗战;暴露国民党的黑暗统治,争取民主权利,揭示民众的痛苦生活。从这一点看,张恨水最优秀的小说不是《八十一梦》《五子登科》《魍魉世界》等所谓国难(进步)小说,而是他的那些颇具有平民化精神的社会言情小

---

[1] 鲁迅:《集外集·文艺与政治的歧途》,《鲁迅全集》第7卷,北京:人民文学出版社,2005年,第120页。

说,因为它们更真实地反映了市民精神上的渴望和需求。[1]张恨水多次表示其通俗小说的创作是为"叙述人生":"小说有两个境界,一种是叙述人生,一种是幻想人生。大概我的写作,总是取决于叙述人生的。固然,幻想人生,也不一定就是超现实。但写社会小说,偏重幻想,就会让人不相信,尤其是写眼前的社会。"[2]

这种现实意识,在张恨水那里展现出来的就是日常生活庸俗平常的一面,以及这种琐碎庸常背后的真实。范伯群在《中国近现代通俗文学史》中论述道:"在张恨水的小说中,对新的社会生活的吸纳、批判是相当积极的。中国文人向来就有一个难解的'救世'情结,在这种情结的怂恿、激励之下,作家对他眼前的现实总不肯背过身去,并由现实的情景追想到历史中的相似的情境。关注时势,忧患民生,拷问历史,常常成为作家生活中的主题。张恨水虽然沉沦下僚,可他身上的感时忧世的情结与历史中的那些著名文人也是相似的。这就是张恨水小说内容常变常新的思想原因之一。"正如范伯群所言,张恨水的创作并不是一成不变的,其创作思想和重心是随着时代而不断调整的,每一次变化都能够反映出时代、社会的变革,"社会则是作家驰骋才华的广

---

[1] 无论是基于当下文学史对现代经典的建构视角,还是在普通读者的心目中,张恨水都是一个颇有争议的作家。对张恨水个人来说,入史意味着被学术界承认;可对于整个通俗小说创作来说,张恨水的入史并没有什么实质性的意义。因为说到底,史家仍是从高雅小说(文人小说、严肃小说)的角度来阅读、评判张恨水的小说,赞赏的是张恨水如何摆脱通俗小说的套路而向高雅小说靠拢,亦即肯定的是通俗小说中的非通俗小说因素。史家之所以贬低《春明外史》《金粉世家》《啼笑因缘》等通俗小说杰作,而大赞不雅不俗的《八十一梦》《五子登科》,就因为他们心目中没有通俗小说的独立地位,实际上是一种贬低——否认通俗小说有其独立的艺术价值。(参见陈平原:《小说史:理论与实践》,北京:北京大学出版社,2005年,第102、103页。)

[2] 张恨水:《〈金粉世家〉的背景》,《写作生涯回忆》,南京:江苏文艺出版社,2012年,第76页。

阔天地"[1]。正如张恨水所说的:"我的思想,时有变迁,至少我是个不肯和时代思潮脱节的人","不被自己的套子套住","花样无非翻旧套,文章也要顺潮流"。[2]这种"变迁"意识和"潮流感"一直是张恨水小说创作的准则,虽然他每段时期的转变幅度不同,但这些转变使得张恨水不断正视自己的不足,这实际上体现了张恨水在创作上的一种自觉的主体意识和时代意识。张恨水多次强调,小说是"现代的反映",更要让广大"匹夫匹妇"意识到"现代事物"。而且,他在现代章回体小说的改良中,也体现了"与时代俱进"的创新精神。

要理解张恨水的创作意图,首先要理解张恨水的文学选择。张恨水走上文坛的1920年代,"五四"新文学已经占据了文坛的制高点。"五四"新文化诞生之初,"启蒙"与"救亡","社会批判性"几乎成为新文学共有的特征。新文化运动高举民主和科学两面旗帜,从政治制度和文化上反对封建主义,提出以先进思想来"救治中国政治上、道德上、学术上、思想上一切的黑暗"[3]。根据当时的历史状况,他们指出,三纲五常、忠孝节义是一条"奴隶之道德",是同"今世之社会国家"的建设根本不相容。如前所述,张恨水从小深受孔孟儒学的影响,当然对全盘否定传统的观点不能苟同。他认为"孔子的学说,除一小部分为时代所不容外,十之七八是可崇奉的。我们正不必看着孔子过于古老,只问孔子所能的,我们能不能?"[4]

---

[1] 范伯群:《中国近现代通俗文学史》,南京:江苏教育出版社,2000年,第230页。
[2] 张恨水:《关于〈春明外史〉(三)》,《写作生涯回忆》,南京:江苏文艺出版社,2012年,第74页。
[3] 陈独秀:《本志罪案之答辩书》,《新青年》第6卷第1页。
[4] 张恨水:《谈孔子教人》,原载1939年8月27日重庆《新民报》。

张恨水创作的虽然是所谓"通俗小说",但他的自我追求是非常高雅的,他自觉地向新文学靠拢。因为张恨水认为新文学是时代的发展方向,所以他在主题上努力表达对现实的关注,不再为了言情而言情,而是加入了很多的社会现实成分。如张恨水自己所说的"期间以社会为经,言情为纬者多"。传统通俗文学注重消遣、娱乐功能,坚持"文以载乐"的传统规律,但是张恨水并没有因此放弃文人(文学)的责任。可以说,他的文学责任,从某种意义上说,比起某些严肃文学要强一些。比如,他走上文坛的成名作《春明外史》,通过一个报人杨杏园和其广泛的社交活动,揭露那个特定时代政界、军界、娱乐界、学术界的种种腐败现象。"五四"文学运动的一个非常重要的方面就是对"人"的发现,极力反对封建礼教对人性的扼杀。在张恨水作品中虽然没有明确提出反对吃人礼教的口号,但处处体现出个性解放、人格独立、婚姻自由等现代概念。这为唤醒民众自立、自尊、自信、自爱、自强的人本意识做出了极大的贡献。与当时流行的通俗小说不同,《金粉世家》着眼于当时上流社会,即国务总理大家庭的腐朽过程。这里张恨水塑造了国务总理金铨这样一个开明家长的形象。他没有迂腐封建专制的思想,更没有门当户对的等级观念。在中秋宴上,他提出解放"仆人",要仆人与家人同桌进餐;他的儿子金燕西要娶平民女子冷清秋,他很欣赏冷清秋的文学才华,反而担心自己的儿子配不上她;在金燕西和冷清秋的结婚典礼上,他发表关于门第婚姻弊病的见解,这又与同时代其他封建家长有所区别。巴金《家》中的高老太爷在传统社会意识的强烈支持下,粗暴地统治他的小王国。他的意志就是法律,无论他的意志多荒谬,谁都不能抵抗,否则他就用严厉的手段来处罚他们。"五四"新文化运动虽是新思潮对旧势力的一种示威,但封建制度的经济领导权并没有被根本消除,且依旧掌握在"父亲"手里,家人必须听家长的话,这就是高老太爷能够继续维持父亲权威的根本原因所在。

对于张恨水的创作而言,其着重描写的是封建专制背后家长的温柔人性与美德。也就是在他们身上体现出一种传统文化的优良品德。金铨希望他的儿子们继承家族事业,期待家族日益旺盛发达。但金铨的几个儿子,一个个游手好闲,坐享祖业,他们是在"金粉之香"的生活中,娶小妾、嫖妓女,是醉生梦死的放荡公子。儿子们一事无成,个个使他感到失望时,他背后的绝望是难以控制的。张恨水借用封建家庭子孙的依赖性,揭示了"父为子纲"伦理的崩溃、家族的衰亡。"家庭伦理不仅仅是表面化的演示,更是内在的情感上的认同与拒绝,是与人的生命体验紧密相连的复杂情绪。"[1]他在金铨身上,极力揭示出封建伦理培养腐朽生活寄生虫的过程,严厉批判这些寄生虫对家族生存根基的破坏,大大增加了小说的悲剧色彩。这些具有个性的人物形象,更显示了张恨水鲜明的现实主义特色。作者借此揭示,封建制度、父权制度在20世纪已经走到了尽头,封建礼教对人的束缚已经开始瓦解。张恨水对"父母之命,媒妁之言"的传统婚姻观的打破,正契合了"五四"时期"人"的觉醒,恋爱自由、婚姻自主的时代新主题。因此,张恨水的创作不是单纯地暴露,而是在故事中挖掘社会历史的风云、阶层的压迫与对立、人类生存的困境、人性的弱点。这使得我们不得不正视广阔的现实社会和普遍民众的各色人生。对此,张友鸾曾这样评价:"《金粉世家》如果不是章回小说,而是用的现代语法,它就是

---

[1] 范伯群:《中国近现代通俗小说史》,南京:江苏教育出版社,2000年,第232页。

《家》；如果不是小说，而是写成戏剧，它就是《雷雨》。"[1]这种评价难免有拔高之嫌，但也相当敏锐地发现了这部小说的"社会意识"。张恨水作品中所表现的这些自由、平等、民主的思想是符合当时社会进步思潮的，为"五四"新文化运动起到了促进作用。其作品中表现的"人"的意识逐渐进入社会群众之中，为"五四"新思想的普及也作出了一定的贡献。

张恨水作为一个"全能报人"，作为新闻记者、副刊主编，必须有强烈的时代感，必须跟着时代前进。新闻工作的职业特性是广泛接触社会现象，这使得他有更多的机会真实地接触社会的各个角落，对各阶层生活进行细致的观察，从而及时掌握大量的生活材料。他自言："我的游历，是要看动的，看活的，看和国计民生有关系的。我写出来，当然也是如此。这种见解，也许因为我是新闻记者的关系，新闻记者是不写静的，死的事物的。"[2]这些决定了他的小说投入了对社会、民生的关注，因此张恨水作品反映的生活几乎无所不有，具有很强的现实感和时代感。

这足以证明张恨水的通俗小说已经远远超过了传统鸳鸯蝴蝶派、才子佳人、言情的狭隘境界，而更进一步表达出了对社会人生的思考和对时代潮流的顺应，做到了与时代俱进。在这条创作和理念相融合的道路上，他的社会意识逐渐加强。张恨水的小说全面反映了20世纪20年代至40年代中国社会的生活画面和时代风云，反映了各种社会问题。可以说，其小说创作和理论在1920年代偏重消遣、趣味；

---

[1] 张友鸾：《章回小说大家张恨水》，载于《新文学史料》1982年第1期。
[2] 张恨水：《西北行》，《写作生涯回忆》，南京：江苏文艺出版社，2012年，第96页。

1930年代则侧重于"叙述人生",描写广阔的社会人生百态;1940年代后则转向为抗战服务,弘扬民族团结精神。从三十年间他发表的作品的前后顺序来看,其小说内容的更迭和时代演变的脉络是紧密联系在一起的。1920年代北洋政府时代,其小说全方位地展现了当时北京社会的各个方面,上至总理、军阀、政客、官吏、记者、商人、演员、教师、学生、妇女、模特儿,下至妓女、流氓、拉车夫、讨饭者,也描写了这些不同人群活动的日常生活空间,如豪门、公园、古迹、电影院、剧场、学校、公寓、高级饭店、妓院、咖啡馆、天桥、胡同、大杂院、贫民窟等都曾在其笔下出现。这是20世纪20年代至30年代一幅北京社会的立体画,比新文学更加生活化。他笔下的人物听大戏、捧戏子、看电影、溜达公园、吃馆子、喝咖啡、进商场购物等等,生存场景更加贴近现实。透过这些看似琐碎纷繁的日常生活,读者可以感受到人物所处的社会氛围、历史变迁。这也成为研究民国世俗风情史的重要史料。而且,这些社会的风流情史正好是能够引起平民百姓感情共鸣的生活题材。如果说张恨水早期代表作《春明外史》《金粉世家》《啼笑因缘》等的基本主题是反封建、反军阀、反官僚,提倡民主、自由、恋爱婚姻自主,那么他后期小说的主题则是反对战争、暴露日本帝国主义的罪行、揭露国民党当局的无能、同情弱小。张恨水终其一生反对强暴、武力,于是他笔下更深沉地表现了民众的欢乐与痛苦、屈辱与抗争,使作品更有一定的社会现实意义。正因为如此,1930年代南京政府时期出现了一批发扬民族精神,呼吁抗战的"国难小说"。所谓"国难小说"是指20世纪30年代,"九·一八"事变以后,通俗文学界出现的一大批反帝、反封建的作品。到"一·二八"事变后,这类小说的创作达到了高峰,但同时也遭到左翼文学家的批判:

在上海事变期间，封建余孽的鸳鸯蝴蝶派作家，在诗歌方面，固然呈现着强度的活跃，在小说的写作方面，也是非常的努力。一般为封建余孽以及部分的小市民层所欢迎的作家，从成为了他们的骄子的《啼笑因缘》的作者张恨水起，一直到他的老大家的程瞻庐，以至徐卓呆止，差不多全部动员的在各大小报纸上大做其"国难小说"。[1]

左翼文学家们通常认为通俗文学界的"国难小说"思想浅薄，艺术技巧极不成熟。但是在旧派通俗文学转向现代化的历史进程中，"国难小说"的文学地位是不可忽视的。此时，在与反动政府文化围剿和反围剿的斗争中，左翼文学的首要任务是传达准确的革命思想。在这样的社会背景下，向来重视娱乐消遣的旧派通俗文学也开始发表有关抗战主题的作品。1930年代中期以后，张恨水的小说无论是思想还是形式，都发生了很大的变化，日益受到文坛的关注。"我的写作意识，转变了个方向，我写任何小说，都想带点抗御外侮的意识进去。"[2]这种转变是张恨水骨子里深厚的爱国情怀和传统文人所谓"忧国忧民"的美德，使他在国难当头的时刻，用自己的创作去鼓舞抗战。在抗战这一个特殊时期，张恨水与新文学作家共同的国家情结，使他们殊途同归。"九一八"事变和"一·二八"淞沪抗战爆发后，张恨水创作了一系列"国难小说"，如短篇小说有《九月十八》《一月二十八》《最后的敬

---

[1] 钱杏邨：《上海事变与"鸳鸯蝴蝶派"文艺》，《现代中国文学论》，上海：合众书店，1933年6月。
[2] 张恨水：《抗日战争前后》，《写作生涯回忆》，南京：江苏文艺出版社，2012年，第160页。

礼》《仇敌夫妻》,长篇小说有《东北四连长》《满城风雨》,还有电影剧本《热血之花》等作品收入《弯弓集》,自费出版。他在《〈弯弓集〉跋》中说道:"至于今日,则外寇深入,国亡无日。而吾人耳闻目睹帝国主义者之压迫,为世界人类所不能堪。于此而犹言非战,更何异率吾民束手就缚之余,且洗颈而就戮? 不愿就缚与就戮矣,则发扬民族思想,以与来束缚来戮者抗,理也,亦势也,更何疑焉?"[1]这里最有时代特色的是《东北四连长》、《满城风雨》和《热血之花》。

《东北四连长》(又名《杨柳青青》)写的是"九·一八"事变后,东北军御敌的故事。作者关注的倒不是战争本身的书写,而是淋漓尽致地描写日军侵略后,中国军人家庭的悲剧和他们对战争的痛苦记忆。作品叙述了女主角杨桂枝和军人丈夫赵自强新婚不到一周,身为现役军人的赵自强为国尽忠而远赴战场,最后战死沙场的遭遇。当时军人的牺牲与悲剧命运,给读者留下了十分深刻的印象:

> 在海甸住家的人民,是常常经验过实弹演习响声的,桂枝并没有什么意外之感,以为这又是西苑驻军,在实弹演习。这就睡着沉沉的听了下去。忽然紧密的枪声,就发生在大门外,看时,一群大兵,正端了枪,背靠了院墙,向外射击。吓得自己周身抖颤,四下里张望,找不着一个藏躲的地方,只有向床头的墙角落里站着。接着又是一阵枪声,只见赵自强全副武装,手提了一支步枪,跑进屋子来。桂枝哎呀了一声,接着道:"你回来了!"上前去抓着他的手道:"你回来了,我等得你好苦哇!"赵自强摇摇头道:"我不

---

[1] 张恨水:《〈弯弓集〉跋》,《弯弓集》,北平:远恒书社,1932年3月。

能回来了。回来的是我的灵魂。"桂枝道:"什么?你阵亡了!那我怎么办呢?不,你是拿话骇唬我的。"赵自强道:"不信,你看我身上,我全身都是伤。"但见他上半身血渍斑斑,全是刀伤,心里一阵难过。……偏是这时,那轰隆轰隆的响声又起。赵自强举着手上的步枪,大声叫道:"我要杀日本鬼子去!"挣扎了许久,睁开眼来一看,原来是一场恶梦。但仔细想想那个浑身带伤的样子,在战场上打仗的人,也没有什么不可能,心里总蹩着一个想头,他老不写信回来,不要是阵亡了吧!〔1〕

作者为了写这部作品,专门找当时义勇军的学生长谈,甚至合作了三个月左右。所以《东北四连长》对当时军事生活的把握十分独到,反映了当时特殊人群的生存状态。

《满城风雨》写的是大学生曾伯坚遭受军阀的摧残,目睹联合军与同盟军争斗带给国家、民众带来的种种灾难。张恨水在作品的最后专门塑造了为社会奉献,而取得胜利的民众义勇军形象。这部作品与其早期社会言情小说相比,减弱了才子佳人的娱乐模式,增加了现实主义笔法,以曾伯坚与袁淑芬、袁淑珍姐妹的三角恋爱为线索,并在此基础上寄予了对抗战救国的期望。当然,在"国难当头"时,爱情是相当敏感的社会话题。比如,1932 年 4 月 5 日申报副刊《随便谈谈》中批评世态:"恋爱救国,原是现在最新鲜,最时髦的一个名词,'以国难为借口,公开恋爱,节省开支'。"但是,严格来说,在"国难小说"中的主人公的恋爱并不影响抗战救国的主题思想。换言之,主人公为救国而暂时

---

〔1〕 张恨水:《杨柳青青》,太原:北岳文艺出版社,1993 年,第 370、371 页。

放弃感情,随着情节的发展,这种报国行为本身更加成为他们感情发展的重要媒介。比如,《满城风雨》的男主角曾伯坚与革命女友袁淑芬面对敌人的威胁与逼迫,原本一直不投降,但是在女友的苦苦哀求中曾伯坚暂时只好屈服,后来甘心投军殉国,袁淑珍由于爱人的牺牲十分内疚,也跳河自杀。这种普通民众救国的曲折、生动的故事,比纯粹的歌颂英雄豪杰的新文学更加动人,获得了正在被压迫的市民群众的普遍共鸣:

"兄弟,我非常之惭愧。民众在那里骂汉奸,犹如尖刀刺了我的心一样!"伯坚道:"我不是汉奸,但是事实所逼,我惹有很大的嫌疑。当我被敌人拘捕的时候,他们用非人的待遇逼我在一章自治会宣言上签字。我为了那个袁女士,不能不留着生命保护她;而且我看那宣言很是空洞,不会有什么实效,所以我就大了胆子在那上面签了个字。至于将来能生出什么问题来,我自己也是不知道。但是在那上面签字的人,大概都可以说是汉奸,我和他们在一张宣言上签字,不等于是汉奸吗?现在民众对我这样欢迎,我良心上实在忍受不住;我只有牺牲我这条生命,来洗除我的耻辱了。你不用拦我,我这就走。我这回去,一定牺牲性命,作出一件光荣些的事来。"[1]

张恨水以敏锐的洞察力,全方位地叙述了在国灾民难中抗战英雄的内在矛盾,对个人与世俗之间的关系的思考显得更尤为细致。袁进

---

[1] 张恨水:《满城风雨》,太原:北岳文艺出版社,1993年,第327、328页。

在《张恨水评传》里也对这部小说加以肯定,他认为:"《满城风雨》充分发挥了作者善于安排情节的特长,风波迭起,情节曲折。但它与作者同时期另外一些作品不同,它有着在二十年代北洋军阀混战时的现实体验,有着较坚实的生活基础。作者的出发点不在讲一个故事,故事只是手段,紧紧围绕着一个现实主义的主题,即对军阀和外寇的揭露。小说中的趣味线索是曾伯坚与淑芬姐妹的三角恋爱,它们在作品中只占极少量的篇幅,退居到极为次要的地位,对军阀和外寇的揭露占了小说的绝大部分篇幅,主宰了小说。因此,在《满城风雨》中,它的现实性完全压倒了娱乐性。"[1]

《热血之花》描写的是抗日女英雄的故事。作品的女主角舒剑花为了抗日甘当女特务,故意接近日本间谍余鹤鸣,因她在用美人计执行特务任务时,与未婚夫华国雄发生误会,两人解除婚约,各自为抗日奔波。女主角临死前,她的上司张司令替她向未婚夫解释了内幕,而舒剑花完成了她的神圣使命,被日本特务刺杀。文中作者细致入微地观察及描述了完成革命任务后被敌军刺杀的女英雄、在义勇军里做出极大贡献的她的未婚夫、经过战争悲剧后改变心态做和尚的日本特务的种种心理。作者试图把抗战内容加上言情色彩,来构思抗日的新内容。这种创作风格体现出作品的思想性和写实性。仔细一想,左翼文学的"革命+恋爱"模式,与通俗文学的"抗战+言情"模式之间并没有实质性的区别。"爱情+革命+抗战+报国"的复杂、矛盾的社会命题,似乎是当时新文学作家和通俗文学作家所共同面对的。因此,撰写"国家+爱情"题材自然而然地成为文学作品的基本公式。"言情"

---

[1] 袁进:《张恨水评传》,南京:南京大学出版社,2012年,第169页。

本是张恨水最擅长的,但是他的"国难小说"里的"三角"恋爱模式染上了更多的"社会"成分,所以恋爱在小说中已非主线,而只是一条副线,这反而更加丰富了作品的沉重、感伤的气氛。张恨水笔下的主人公往往成为黑暗政治社会的牺牲品,这种悲剧是作者对当时社会感受的深刻表现。正如他所说的"夜深深地,夜沉沉地"[1],这与十年后巴金《寒夜》的结尾颇有相似之处。

1934年,张恨水曾亲自考察中国西北地区的社会现实,目睹了西北民众水深火热的生活困境:

在陕甘一度旅行,自然是得着关于历史的教训不少,但我更认识了中国老百姓真有苦的呀。陕甘人的苦,还不够人类起码的生活。十九年的旱灾和西安一年的围城,发生了人间不可以拟议的惨相。人总是有人性的,这一些事实,引着我的思想,起了极大的变迁。文字是生活和思想的反映,所以在西北之行以后,我不讳言我的思想完全变了,文字自然也变了。对西北的印象,我毕生不能磨灭。每当人家嫌着粗茶淡饭的时候,我就告诉人家,陇东关西一带,人民吃莜麦的事实。莜麦是一种雀麦磨的粉,乡人只有用陶器盛着,在马粪上烤干了吃,终年如此。不但没有小菜佐饭,连油盐都少见的。所以那里的东方人,盛传着老百姓过年吃一顿白面素饺子,活撑死人的故事。因此,我每每想着,我们生长在富庶之区,对生活实在该满足。"[2]

---

[1] 张恨水:《夜深沉》,太原:北岳文艺出版社,1993年,第482页。
[2] 张恨水:《西北回来》,《写作生涯回忆》,南京:江苏文艺出版社,2012年,第97、98页。

面对西北民众在天灾人祸里挣扎的悲惨生活,归来后的张恨水写下了长篇小说《燕归来》与《小西天》,再现了西北地区不忍目睹的惨景,作品中满溢着忧愤深广的情感,读来沉痛感人。张恨水笔下如此真实地反映了无人道的阶级剥削,足以证明他与广大民众有血肉般的联系。他笔下的新的官场现形记、旧社会的丑图,不仅映衬了当时社会的人生百态,而且表达了对普通民众的深切的人道主义关怀,其现实主义精神亦不逊色于当年的巴金、老舍、曹禺。张恨水对国民党统治的暴露和讽刺,"对当政的腐败和丑陋民族性的批判都不留情面"[1]。在民族危亡的时候,他到上海帮助成舍我主编《立报》副刊,后来又到南京独自创办《南京人报》,亲身参与大量的社会工作。1940年代抗战时代则状写大后方重庆官商勾结、囤积居奇、颓废没落、纸醉金迷的畸形社会现象,《八十一梦》《魍魉世界》《五子登科》《纸醉金迷》等是那一时代重庆现实生活的写真。"由这种国计民生的忧患情绪凝结成的杰出的书,是《八十一梦》。这是继张天翼《鬼土日记》、老舍《猫城记》、王任叔《证章》之后,现代文学史上的一部奇书。它表明自己同一大批优秀的新文学家一道,对民族命运、社会阴影进行慧眼独具的省察和深思。"[2]这样的生活经历和写作经验使张恨水由一个言情小说大家转变成为一个关心国家民族命运的新时代文人,他的作品里到处反映着那个特定时代的社会问题。

总而言之,张恨水的小说创作描写了辛亥革命前后到抗日战争胜利后一段漫长的社会历史风貌和时代问题,展现出一幅通俗易懂的国

---

[1] 钱理群、温儒敏、吴福辉著:《中国现代文学三十年》(修订本),北京:北京大学出版社,1998年,第264页。
[2] 杨义:《中国现代文学史》第三卷,北京:人民文学出版社,1993年,第728页。

难史画卷。"作品以特殊的方式展示了 20 年代至 40 年代中国社会的奇闻轶事、风俗习惯、民间疾苦、民族情绪和政治经济热点,尤其是对北京、江淮地区和重庆的下层社会和某些上中层社会的描写。"[1]20世纪 20 至 40 年代的中国社会的转型,在张恨水笔下得到了十分充分的反映,这对于其他作家是很少见的:

> 假如将他的作品依年代次序读下去我们可以对三十年来中国社会的变动,获得具体的了解。正因为他的创作能够对于每一时都留下艺术的记录,每一作品依着背景之不同而各显其色彩,所以一看起来,无论作品的题材、意识,都是很复杂或竟矛盾的。这不仅不足以损害他的艺术人格,而且正是他的忠实成功之处。一种作品的估价要针对其写作的时代,而一个作家的评判则须看能否与时代并肩前进。三十年来,恨水不断地写作,而无时不在进步,也没有一种作品落在写作时代的后面,我们应该替他欢喜。[2]

张恨水的小说是从俗的,但却不从媚俗,正如他所说的:"我不敢说我的文章好,但我绝不承认我的文章下流。"[3]与那些以描写男盗女娼来迎合低级趣味的小说截然不同,张恨水的小说提倡的是"五四"时代精神。他的小说敢于揭露社会黑暗,对普通大众的苦难生活表示同情,在国灾民难之际,显示出强烈的爱国热情,从而其作品呈现出很

---

[1] 杨义:《张恨水:热闹中的寂寞》,《文学评论》,1995 年第 5 期。
[2] 沙:《恨水的创作表现》,载于 1944 年 5 月 16 日重庆《新民报晚刊》副刊《西方夜谈》。
[3] 张恨水:《伪书》,《写作生涯回忆》,南京:江苏文艺出版社,2012 年,第 125 页。

强的进步意义,对"五四"新道德、新思想的推行和社会发展都产生了重要的影响。

　　"为人生"和"叙述人生"是鲁迅和张恨水分别对其人生经验的摹写,是在生活中挖掘出来的创作主题。在张恨水的小说中,人情风貌、地理景观、风俗文化的描写尤为突出,他的创作通过这样一种"个人"经验的摹写,从直观的印象中提炼出了具有普遍意义的观点,他对国民性的思考需要我们从表象故事中去挖掘。而鲁迅笔下的事件虽然都是横断面、片段的,但它却深刻地展示了一种精神现象,简洁精练的风格下隐藏着更丰富的精神资源。如果说张恨水通过对人物心理、社会场景的细致描摹揭示了宏阔的现实人生的话,那么鲁迅则是通过国民灵魂的勾画揭示了世俗人生背后的深刻人性,二人一显一隐,成为中国现代文学极为独特的存在。

第二节　思想启蒙与文化反思:不同文化判断下的历史责任

　　处于社会转型期的知识分子,不仅面临着民族矛盾和阶级矛盾所造成的复杂社会格局,还需面对他们自身独有的自省意识和现实焦虑。"五四"时期的一批相当数量的知识分子投身于艰苦卓绝的改革斗争中,这对于一百年来在恶劣环境中举步维艰的中国现代化事业而言,确实具有着至关重要的意义。[1]

　　所谓"文化心理",简而言之就是文化影响与制衡下的心理状态及表征。"它强调人作为一种社会存在,其个性心理与文化环境之间存在着相互依存、相互制约的密切联系,从而将关注的重心由单纯的精

---

[1] 何晓明:《知识分子与中国现代化》,上海:东方出版中心,2007年,第20页。

神分析转向对人际关系、风俗习惯、道德准则、社会风范等文化因素的兼顾。"[1]鲁迅和张恨水都在中西文化的碰撞中受到洗礼,一方面,从小接受四书五经等传统儒家教育,熟识传统文化;另一方面,又深受西方文艺思潮的熏染。故而历史"中间物"的文化心态成为他们特有的文化属性之一。最早提出"中间物"概念的是鲁迅。"一切事物,在转变中,是总有多少中间物的。动植之间,无脊椎和脊椎动物之间,都有中间物;或者简直可以说,在进化的链子上,一切都是中间物。"[2]汪晖更进一步解释"中间物"概念的涵义就在于,"他们一方面在中西文化冲突过程中获得'现代的'价值标准,另一方面又处于与这种现代意识相对立的传统文化结构中;而作为从传统文化模式中走出又生存于其中的现代意识的体现者,他们自觉或不自觉地对传统文化存在着某种'留恋'——这种留恋使得他们必须同时与社会和自我进行悲剧性抗战。"[3]人具有个体和社会的双重属性,处在这样的历史境遇中,现代知识分子几乎每个人都有过在外在束缚和内在需求之间挣扎的痛苦和矛盾。因此,"中间物"不仅是他们在历史上的立足点,也是所有知识分子在文化过渡阶段的共同精神困境。

实际上,中国文学的现代化和社会文化的现代化几乎是同步的,中国现代文学一开始就表现出了与文化密不可分的关系。从陈独秀的《文学革命论》到周作人的《人的文学》和《平民文学》,再到胡适的

---

[1] 王瑞:《鲁迅胡适文化心理的比较:传统与现代的徘徊》,北京:社会科学文献出版社,2006年,第4页。
[2] 鲁迅:《坟·写在〈坟〉后面》,《鲁迅全集》第1卷,北京:人民文学出版社,2005年,第302页。
[3] 汪晖:《反抗绝望:鲁迅及其文学世界》,北京:生活·读书·新知三联书店,2008年,第183页。

《建设的文学革命论》,以及《新青年》建构中国文学的现代化进程,大都是围绕文学在谈论文化问题,并以文化建设来带动文学建设。现代文学中的许多争论,比如,新文化派和复古派("甲寅"派、"学衡"派)的论争,"太阳社""创造社"与鲁迅、茅盾的论争,"两个口号"的论争,左联和"第三种人"胡秋原、苏汶的论争,左联与"新月派"的论争等,也基本上以改造思想、文化问题为主题。这样,中国文学的现代化形态,并没有通过纯文学、通俗文学等形式来改变,而是通过与政治、社会、民族、历史、文化等关系来表现。

近现代文学是在书写血与泪的过程中,不断坚持对国民的启蒙而逐步完成文学的现代化。在现代化的过程中,鲁迅不仅是一个文学家,更是一个思想家。这是鲁迅和张恨水在创作上所自愿承担的不同历史责任所致。值得关注的是,文学作为社会意识形态,尽管受到了社会、政治等诸多因素的干扰,中国现代文学还是沿着文学自身的审美目标不断发展,涌现出了不少具有非凡艺术价值的文学作品。鲁迅、巴金、曹禺、沈从文、张爱玲、钱钟书、张恨水等作家创作的《呐喊》《彷徨》《野草》《朝花夕拾》《家》《春》《秋》《寒夜》《雷雨》《边城》《传奇》《围城》《春明外史》《金粉世家》《啼笑因缘》《八十一梦》等经典作品,无不表明中国现代文学在促成中国文化的现代化进程中,从没放弃过对文学性的追求。这些文人为争取自己的自主性做过很大的努力,因而,中国现代文学无疑是"中国现代社会的先锋派的文学"[1],这些作品真实地反映了中国过渡时期的人文景观、社会风气。

---

[1] 王富仁:《中国现代主义文学论》,宋剑华主编:《现代性与中国文学》,济南:山东教育出版社,1999年,第239页。

鲁迅和张恨水具有一个共同的身份——现代知识分子。他们具有现代意识,却又保持着与中国传统文化难以割舍的联系,他们均不自觉地继承了中国文人的入世精神。自古以来,中国文人有一个共同的使命,即把自己的人生实践和国家兴亡结合起来。"修身齐家治国平天下"是知识分子的毕生追求,"先天下之忧而忧,后天下之乐而乐"的忧患意识为中国知识分子世代继承。鲁迅和张恨水都传承着传统文人的忧患意识和使命感,并将改造民族性作为民族兴盛、国家繁荣富强的首要任务。

批判国民性是为了改造国民性,即重建国民的精神。鲁迅对这个问题最有发言权,但鲁迅对此问题认识的深刻并不在于他对国民劣根性的揭示和批判,而在于他对其困难程度的深刻领悟。这一点,首先可以通过对《阿Q正传》的分析来说明。这部作品一直被称为鲁迅对国民性批判的杰作,显示出"沉默的国民的灵魂"。周作人认为"阿Q这人是中国一切的'谱'——新名词称作'传统'——的结晶,没有自己的意志而以社会的因袭的惯例为其意志的人,所以在现社会里是不存在而又到处存在的。"[1]沈雁冰在《小说月报》上说,"阿Q这人要在现社会中去实指出来是办不到的;但是他是中国人品性的结晶呀!"作为"中国人品性的结晶",阿Q的品性可以概括为"精神胜利法"。它的核心在于弱者以欺凌更弱者为乐,这使得鲁迅对阿Q的生存世界更加绝望。这个世界没有爱,没有同情,有的只是弱者通过欺负更弱者来博取欢乐,以致"遇见比他更凶的凶兽时便现羊样,遇见比他更弱的羊时便现凶兽样"[2]。鲁迅试图以对阿Q及社会常见事件的描写来隐喻

---

[1] 仲密(周作人):《阿Q正传》,原载1923年3月19日《晨报副刊》。
[2] 鲁迅:《华盖集·忽然想到(七)》,《鲁迅全集》第3卷,北京:人民文学出版社,2005年,第63页。

辛亥革命的失败,从这些人的生存方式来看,革命似乎一点希望都没有。这样,鲁迅陷入了国民性批判的自我否定的困境。他对国民劣根性看得越透彻,就越失去了改造国民性的希望。《长明灯》和《狂人日记》颇有相似之处,都表达了对封建传统的猛烈抨击,因他们都是自觉的独异个体,被庸众视为"异类"。但仔细观察,这两个人的区别在于,"狂人"关注的是庸众如何"吃人",而"疯子"关注的是对庸众如何"宣战"。鲁迅在1925年4月8日致许广平的信中说,"无论如何,总要改革才好。但改革最快的是火和剑。"由于"疯子"过去"熄灯"的方法都惨遭失败,因而,现在他想到的新方法更具体:干脆"放火",彻底烧掉那个庙。"疯子"的彻底行为正如鲁迅所说的:"对于旧社会和旧势力的斗争,必须坚决,持久不断,而且注重实力。旧社会的根底原是非常坚固的,新运动非有更大的力不能动摇它什么。并且旧社会还有它使新势力妥协的好办法,但自己是决不妥协的。"[1]从《狂人日记》"救救孩子"的呼声到《长明灯》结尾孩子们的歌谣,这是一个有意思的变化。关于"救救孩子",有的论者认为这意味着"对含混着地狱和天堂气味的'中间物'的否定,这种否定同时包含了对整个传统的最彻底的摒弃和对光明未来的最彻底的欢迎。"[2]鲁迅对此反思,"现在倘再发那些四平八稳的'救救孩子'似的议论,连我自己听去,也觉得空空洞洞了。"[3]所以,在《长明灯》里,可以看到,"救救孩子"的呼声已经转化

---

[1] 鲁迅:《二心集·对于左翼作家联盟的意见》,《鲁迅全集》第4卷,北京:人民文学出版社,2005年,第240页。
[2] 汪晖:《反抗绝望:鲁迅及其文学世界》,北京:生活·读书·新知三联书店,2008年,第193页。
[3] 鲁迅:《而已集·答有恒先生》,《鲁迅全集》第3卷,北京:人民文学出版社,2005年,第476、477页。

为一群孩子对"疯子"行为的嘲笑。这已经说明这些孩子们逐渐被纳入"人肉筵席",同时也是"吃人者"的接班人,他们已经被封建文化的价值观所同化,成功地成为最合理的"吉光屯"的居民。从他们身上,我们看到的是民族的麻木和脆弱,未来希望的破灭。正因为如此,"疯子"的战斗显得更加艰苦、孤独。狂人"的结局是"已早愈,赴某地候补矣","疯子"的结局是虽然失去了行动的自由,但仍然坚持反抗绝望。

如果说《狂人日记》是启蒙者(狂人)的精神虐杀的话,那么《药》便是"启蒙无效"了,如华老栓的愚昧落后,"二十多岁青年"的冷漠无情等。夏瑜对革命的追求和渴望,以及被捕后的牺牲精神,使之成为旧中国的破坏者,他的躯体成为愚昧民众下药的引子,但革命者的鲜血却终究不能将新的思想移植到病态的现实。"可惜中国太难改变了,即使搬动一张桌子,改装一个火炉,几乎也要血;而且即使有了血,也未必一定能搬动,能改装。"[1]革命者的牺牲可以享用,增加了群众的某些福利。这就揭示鲁迅所批判的中国人惯于"瞒和骗"的劣根性的根本症结所在:不是不懂真相,而是不敢说出真相。他们也"多少能够发现这种社会结构和实践过程的不合理性,但是在政治律令和道德伦理的种种重压下,有谁敢于公开说出这一点来呢?"于是"在等级特权的社会结构中间尽量做到苟且偷安,安于在'自欺'和'欺人'中间混日子与捞好处,这实在是最为平安的办法,不过正是这样才形成了一种喜爱和沉溺于虚假中间的思想文化传统,在阻碍中国切切实实地前进。"[2]

---

[1] 鲁迅:《坟·娜拉走后怎样》,《鲁迅全集》第1卷,北京:人民文学出版社,2005年,第171页。

[2] 林非:《鲁迅和中国文化》,天津:南开大学出版社,2007年,第238、239页。

在长期以来专制主义政治的束缚和蹂躏底下，中国传统文化中间的奴性主义氛围，已经渗透到了每个社会成员的心灵里面，绝大多数的人完全习惯于这样驯顺和悲屈地苟活下去，谁如果试图冲决这种精神的罗网，他立即就会受到统治者的惩罚，同时也会被陷入了奴性主义毒害中的人们所诅咒，被他们视为不共戴天的异类。[1]

国民性的批判在理论与实践上的矛盾无法调解，因为对一个普通的弱小民众来说，谋生是第一位的，哪怕是苟且地活着。所以国民性已经不再是主观上肯不肯拔除自己的坏根性的问题，而是从客观上能不能做到的问题。改造自我、改革社会是一个漫长、曲折的过程。这一点，在鲁迅小说中，吕纬甫和魏连殳等先驱者的悲剧结果，似乎代表了鲁迅对思想启蒙和国民性批判的失望。这正是他后来将思想重心转移到革命实践的内在动因。因此，晚年的鲁迅更彻底地意识到"单纯文化批判的虚无，在保持独立性立场、不做政治权力附庸的前提下，更实际地反对专制和封建思想，其行为远比单纯的启蒙更有意义。"[2]

要进一步理解鲁迅所批判的"国民性"，我们必须进一步研究鲁迅本人对"国民性"的认识及态度。鲁迅早在1903年在弘文学院与许寿裳讨论中国问题时，就曾指出："一怎么才是最理想的人生？二是中国

---

[1] 林非：《鲁迅和中国文化》，天津：南开大学出版社，2007年，第198、199页。
[2] 何仲明：《国民性批判：一个文化的谎言》，《探索与争鸣》，2009年第7期。

国民性中最缺乏的是什么？三它的病根何在？"鲁迅不像梁启超那样排列国民性的优缺点，而是深深解剖其背后的劣根性。鲁迅在其逝世的1936年说："我至今还在希望有人翻出斯密斯的《支那人气质》来。看了这些，而自省，分析，明白那几点说的对，变革，挣扎，自做工夫，却不求别人的原谅和称赞，来证明究竟怎样的是中国人。"[1]鲁迅反复思考真正完美的国民性是否存在？如何准确地看待中西之间的现代历史关系？西方殖民文化也对民族性格产生了影响，以西方的意识形态去满足西方文明和殖民抢夺的需要，无疑更助长中国虚伪、懦弱、奴役等欠缺的集体人格。西方对中国国民性的定义使得中华民族掉进了文化霸权主义的陷阱，"改造国民性"有意无意中了西方帝国主义的下怀，这造成了民族文化的自卑感，面对西方文化显得过于缺乏自信，于是将它不加区分地全盘接受。同时，中国国内戊戌变法和辛亥革命等政治变革的失败给知识分子带来挫败感和失落感，此时先进的知识分子认识到只有思想启蒙才能唤起民众的觉醒。所以，思想启蒙逐渐成为时代的主流话题。国民的劣根性必须经过改造才能适应新的生存环境，这是鲁迅与当时先进知识分子的共识。然而，问题的关键还是在于如何通过改造产生最现实的效用。

还需要注意的是，鲁迅批判国民性采用的特殊方式——文学。正如孙玉石所言，"用文艺唤醒人民群众的愤怒情绪和反抗精神，这正是鲁迅早期改造国民性思想的精髓。"[2]换言之，对于文学家的鲁迅来

---

[1] 鲁迅：《且介亭杂文末编·"立此存照"（三）》，《鲁迅全集》第6卷，北京：人民文学出版社，2005年，第649页。
[2] 孙玉石：《走进真实的鲁迅——鲁迅思想与五四文化论集》，北京：北京大学出版社，2010年，第36页。

说,文学永远是提出问题,而不是明确答复,它只是对那些未被人们认识的社会、生活、人性进行一种颇有深度的揭示。所以,鲁迅文学里的"国民性批判""国民性改造",不一定能够在现实中实现。鲁迅在《灯下漫笔》的开头记叙了袁世凯复辟期间钞票贬值的旧事,反映出了中国百姓由于长期的"一治一乱"而积淀的奴性心理。鲁迅以异于常人的眼光洞察到我们"想做奴隶而不得的时代"和"暂时做稳了奴隶的时代"[1]的交错。很显然,鲁迅非常重视人们的精神状态。所以,当他呼吁"第三样时代"的来临时,一再强调把这种奴隶精神的改变作为首要任务。"鲁迅本人的思想明白无误地显示出他对自由、民主、科学的现代性价值的追寻,他信奉进化论,一生追求中国社会摆脱封建主义,走向光明的现代世界。"[2]

那么如何看待鲁迅的"国民性批判"呢?鲁迅思想的核心是对中国人的精神疾苦和人格缺陷进行深刻反思。鲁迅毕生追求的奋斗目标,是由"立人"而达到"人国",从而让人类都正当地得到幸福。他的"国民性批判"是与反帝反封建的革命斗争、和被压迫人民的命运紧紧联系在一起的,因此,那种把改造国民性看成是鲁迅一生创作的"主旨"[3]的看法是值得怀疑的。在鲁迅作品中,可以看到,他分析社会、人生、历史、自己,而从未表达自我陶醉的气息。他充满了反省精神,不使自己的思想陷于某种现成答案和简单结论之中,也不用玩世不恭的态度来回避内心痛苦。正是因为这种反省精神,他调和了人们在现实和理想之间的困惑,提升了人们积极向上的精神。正如,他在谈到

---

[1] 鲁迅:《坟·灯下漫笔》,《鲁迅全集》第1卷,北京:人民文学出版社,2005年,第225页。
[2] 陈晓明:《现代性与中国当代文学转型》,昆明:云南人民出版社,2003年,第13页。
[3] 许寿裳:《亡友鲁迅印象记》,北京:人民文学出版社,1977年,第20页。

《阿Q正传》的创作意图时说道:"我的方法是在使读者摸不着在写自己以外的谁,一下子就推诿掉,变成旁观者,而疑心到像是写自己,又像是写一切人,由此开出反省的道路。"[1]

思想启蒙、文化反思和民族认同的相互交错,使不同时代的思想者产生不同的认识逻辑。晚清梁启超倡导的"新小说"观念,提倡由启蒙指向救亡图存的民族认同;民初以徐枕亚为代表的鸳鸯蝴蝶派小说的"隐性启蒙"指向了对文化层面民族认同的反思;陈独秀和鲁迅等"五四"主题由启蒙开始,指向对传统文化的反思、重建,直到政治层面的民族认同。但是如果从"开掘反省的道路"这个层面来理解鲁迅,那么,他对传统文化和国民性的批判,不仅能在理性上为我们所认可,在感情上也能产生某种亲近。"救国必先救人,救人必先启蒙,不是'黄金黑铁'或政法理工,而是文艺、道德、宗教,总之不是外在的物质,而是内在的精神,才是革命关键所在。"[2]这才是鲁迅所承担的历史责任。

张恨水几乎是与新文学同时登上历史舞台的作家。新文学运动的先驱者举起了"现代"的大旗,他们打破旧传统,热衷于从西方文化"拿来"。张恨水则不同,他更注重于本土文化的反思与改良,形成了一种由旧变新,新旧共存的文学世界。这类小说"虽从不标榜自己有从事'情感教育'或'个性解放'的启蒙意图,但却明显表现出了感性生命的丰富多彩,既承袭了传统通俗小说的世俗幸福观,又体现着冲破

---

[1] 鲁迅:《且介亭杂文·答〈戏〉周刊编者信》,《鲁迅全集》第6卷,北京:人民文学出版社,2005年,第150页。
[2] 李泽厚:《中国近代思想史论》,北京:生活·读书·新知三联书店,2008年,第456页。

藩篱颠覆固有秩序的叛逆意向。"[1]张恨水在新文化运动的影响下，意识到了传统文化中的糟粕。他立足于传统文化，取其精华，舍其糟粕，对之进行筛选和改良。他的小说抛弃了晚清以来的苦情、哀情模式，排斥建构一种美好的乌托邦世界，这在本质上体现了"立人"的宗旨。

从这种文化立场出发，张恨水小说世界中塑造的是一大批区别于过去旧文学的"半新半旧""亦新亦旧"的具有双重人格的人物，如《春明外史》的杨杏园、《啼笑因缘》的樊家树、《美人恩》的洪士毅、《小西天》的王北海、《东北四连长》（又名《杨柳青青》）的赵自强、《艺术之宫》的万子明等，都不同程度地表现了对传统文化的留恋，对西方文化有限度的接受。从这些正面人物身上，张恨水寄托了对"新旧合璧"的文化理想。张恨水的生活和艺术世界并不是同步的，为了维护传统文化，他拒绝接受某些现代性因素，而为了加强自己的文学创作和现实之间的关系，他又不断吸收各种现代性的体验和感受。他在现实和艺术世界之间有选择性搭建起了一座沟通的桥梁。如果小说是作家的自叙传的话，那么张恨水的成名作《春明外史》里的主人公"杨杏园"就反映了当时张恨水心路历程：

> 这个地方，本很僻静，一个人也没有。他在杏树底下，徘徊了一阵子，想起来了，前两年在这地方，曾和朋友游过，有一株杏树不过一人来高，还说它弱小可怜呢，那正是这株树。今日重逢，不料有这样大，真是树犹如此，人何以堪了。一个人扶着

---

[1] 张光芒：《启蒙论》，上海：上海三联书店，2002年，第17页。

树的干子,痴站了一会。风是已经住了,那树上的花,还是有一片没一片的落下来,飘飘荡荡,只在空里打翻身,落到地下去。杨杏园便念道:"叶暗乳鸦啼,风定老红犹落。"又叹道:"这地方,渺无人迹,就剩下这一树摇落不定的杏花。这树杏花虽然独生在这野桥流水的地方,还有我来凭吊它,只是我呢?"想到这里,长叹了一声,便在杏花旁边,找一块干净的石头坐了下去,两只腿并曲着,两只胳膊撑着膝盖托着脸望着杏花出神,不知身在何所。[1]

这段文字体现出中国传统文人的感伤情怀,也是一种"先天下之忧而忧,后天下之乐而乐"的忧患意识。杨杏园身上充分展示了张恨水的人生观。实际上,现代与反现代,这种矛盾的统一始终贯穿于张恨水的文学意识与生命意识之中,使他的作品更充满了艺术的张力。与"新旧合璧"的文化理想相一致,张恨水在其小说创作中对解放过度的"崭新人物"在文化道德上表示反思与批判。《金粉世家》的金燕西、金凤举兄弟,《似水流年》的黄惜时,《天上人间》的周秀峰,《落霞孤鹜》的江秋鹜,《杨柳青青》的甘积之,《现代青年》的周计春,《艺术之宫》的段天得,《平沪通车》的胡子云,《如此江山》的陈俊人等,都属于这类"崭新人物"。他们在男女两性关系上表现出随便、主动、大胆的态度,渴望奢侈的生活,追求物质享受,不务正业,自甘堕落。《天上人间》的周秀峰是留学英国的海归派,回国后在北京当大学教授。他虽然不是博士,但是经常在报纸副刊上发表洋洋大文,由中国旧文艺蜕化

---

[1] 张恨水:《春明外史》(中),太原:北岳文艺出版社,1993年,第448、449页。

而来,加上老诗哲拜伦、新诗哲泰戈尔的意味,创立了新体格,深受读者的欢迎。但他总是从世俗经济的角度来解读与平民女子陈玉子和贵族女性黄丽华之间的两段感情:"觉得黄丽华的情意,当时可以令人麻醉,玉子的情意,却可以令人过后欣赏;黄丽华的情,有如一只蜜桃,入口香甜;玉子的情,有如一颗橄榄,回味津津。有这样一个,人生也就幸福不浅,何况是两个呢!这倒是熊掌与鱼,不知何取何舍了。"[1]

作者有意把这类人物的奢侈和理想人物的朴素作了鲜明的对比,从而透露出自己的文化倾向。张恨水所塑造的"半新半旧"的才子形象在中国现代文学史上具有独特性。在"五四"新文学作家的作品中,新与旧是最常见的一对矛盾,在人物的塑造上也是如此。一般而言,他们笔下的人物或是新的,或是旧的,这样"亦新亦旧"的人物是比较少的。即使有,新旧之间总是冲突的。比如巴金《家》中的高觉新和老舍《四世同堂》中的祁瑞宣,传统在他们身上更多的表现为难以摆脱的重负,新与旧的激烈冲突造成了他们内心的悲苦。觉新的这种矛盾复杂性格来自逆来顺受的生活习性,他是通过"顺从"的方式取得生活的安宁、感情的平和。他是明明知道这个"家"已经打碎了他的全部人生,却没有信心去反抗。生活对他来说,是一个不断放弃的过程,"无抵抗主义""作揖主义"成为他的真实生活写照。从某种程度上讲,他的自我放弃,正是一个"牺牲者"的自觉要求。而《金粉世家》的凤举是"反家庭"的叛逆者,他在妓女晚香、戏子身上获得人格的独立、个体的自由。他借助金钱与势力,重新组织主客关系的完美"小家庭"。这个

---

[1] 张恨水:《天上人间》,太原:北岳文艺出版社,1993年,第127页。

真正属于他占有的空间,正是对传统大家庭生活残缺外的一种"弥补"。他是通过一番挣扎,暂时摆脱大家族的束缚,获得不同生活空间带来的自由与欢乐的。在这里,妓院逐渐变成了他真正的"家":

> 凤举在身上一摸,摸出两张拾元的钞票,放在桌上,把瓜子碟来压住。朱逸士看在眼里,和刘蔚然丢了一个眼色,刘蔚然微微一笑。凤举明知他二人说的是自己,他只当没有知道,依旧是坦然处之。晚香眼睛一瞟,早看见盘子下压两张拾元钱的钞票,这个样子,并不是来一次的客人,不由得心里喜欢出来。凤举和朱刘二人告辞要走,她也就不再行强留。朱刘二人已经走出房门,晚香却把凤举的衣服扯着,笑道:"你等一等,我有话说。"就在这个时候,赶紧打开玻璃橱子,取了一样东西,放在凤举手里。笑道:'这是新得的,送你作一个纪念。"凤举拿过来一看,却是一张晚香四寸半身相片,照得倒是很漂亮于是把它向身上一揣,笑道:"这真是新得的吗?"晚香道:"可不是新得吗? 还没有拿回来几天呢。"凤举道:"印了几张?"晚香道:"两张。"凤举道:"只有两张,就送我一张吗?"晚香道:"你这句话可问得奇怪,印两张就不能送人吗?"凤举道:"不是那样说,因为我们还是初次见面,似乎还谈不到送相片子。"正说到这里,朱逸士在院子里喊道:"你两人说的情话,有完没有? 把咱们骗到院子里来罚站,你们在屋子里开心吗?"凤举答应道:"来了来了。"晚香两只手握着他两只手,身子微微地望后仰,笑道:"你明天来不来?"凤举撒开手道:"外面的人,等着发急了,让我走罢。"一只手掀开帘子,那一只手还是被晚香拉住,极力地摇撼了几下,眼瞧着凤举笑道:"明天来,明天可要

来。"凤举一迭连声地答应来,才摆脱开了,和朱刘二人,一路走出。[1]

与此类似,《家》中的高公馆、《雷雨》中的周公馆、《金锁记》中的姜公馆等都是封建压抑的象征,作者都对这种封建家族伦理表示出激烈的批判态度。但张恨水笔下的"家"的含义是有所不同的。金公馆的家族是主动试验"离开—回来—再离去"的过程,不断地摆脱完整的"大家庭"。同时,他们在传统大家庭的基础下,重新建立"小家庭"。金氏家族的活动范围主要在这个"小家庭"。在这里,张恨水更加突出了"荡子"自身的矛盾冲突以及人格的悲剧。正如朱周斌所分析的:"张恨水拉开了与传统大家庭、大家族的距离,他用另一种方式完成了对巴金意义上的'家'的告别。如果说巴金是用他的反抗表明了这个'家'的必然和必须的崩溃的话,那么张恨水则用一种温和的'成长'来表明这个'家'的必然和必须的崩溃。"[2]

张恨水在叙述情节与塑造人物时,增加了文本空间叙事的意义指向。他反讽地表达了对传统的怀念、对现代的质疑与恐惧。自"五四"以来,传统与现代的二元对立在家庭内部的冲突中显得尤为明显。在描写现代家族的小说中,落后的封建传统思想与旧式家庭空间内部之间形成了一种"文化隐喻"的关系。在这里,张恨水对新文化与新文学极力进行"反驳",但这种反驳并没什么具体力量。张恨水所塑造的人物正处于现代社会的"过渡"阶段,他们与"五四"新青年又不同。"五

---
[1] 张恨水:《金粉世家》上卷,武汉:长江文艺出版社,2008年,第135页。
[2] 朱周斌:《怀疑中的接受——张恨水小说中的现代日常生活》,桂林:广西师范大学出版社,2010年,第211页。

四"新青年不断地寻找"新"的文化取向,而张恨水不否认"新",但他的"新"是在"旧"的土壤中生发的嫩芽,是在"传统"的温床中培植的"现代"胚胎,并非异质的移植。这种独特的文化态度代表着他所设想的传统文化现代化的理想形态。

对于张恨水来说,参加暴力革命不是他所擅长的,但是作为一个对民族、国家、社会有责任感的新闻记者和文人,他仍然选择了以文字作为思想实践的秘密武器。从这一点看,张恨水社会言情小说的启蒙意义在于借助通俗媒体,使其作品在最广大民众中产生影响:

> 面临着当前这样的大时代,眼看着一般大众急切地要求着知识的供给,急切地要求着文学作品来安慰和鼓舞他们被日常忙迫的工作弄成了疲倦而枯燥的生活,但因知识所限,使他们不能接受那些陈义高深的古文和旧诗词,也不能接受那些体裁欧化词藻典丽的新文学作品,因此我们要来倡导通俗文学运动,因为通俗文学兼有新旧文学的优点,而又具备明白晓畅的特质,不但为人人所看得懂,而且足以沟通新旧文学双方的壁垒。[1]

因此,要完成对国民的启蒙,弥合新青年与一般的社会群众之间的文化裂缝是极其必要的,而这恰恰是张恨水的创作所希望实现的。其代表作《啼笑因缘》以老北京为生活背景,全方位地展现了一幅巨大的民俗画卷。小说中,樊家树和沈凤喜第一次遇见的场所是天桥。这种独异的风景正是老北京的文化符号,对不了解古都北京的读者来

---

[1] 陈蝶衣:《通俗文学运动》,原载 1942 年 10 月《万象》第 2 年第 4 期。

说,自然有一种新鲜感。张友鸾曾说:"把北京的风物,介绍得活了。描画天桥,特别生动,直到今天,还有读过这部小说的南方人,到北京来必访天桥。"[1]张恨水正迎合了处于社会转型期市民的生活求知欲,满足了他们对于未知的生命体验的渴望。如果说《啼笑因缘》是对市民进行北京风土人情的知识普及,那么《春明外史》《金粉世家》《京尘幻影录》《春明新史》则展现了民国时期北京社会生活的各个层面。特别是《春明外史》"笔锋触及各个阶层,书中人物,都有所指……读者把它看作是新闻版外的'新闻'……年轻的人,没有那些经历,却可以从此中得到一课历史知识,看出旧社会的丑恶面貌。"[2]

张恨水的视野并没有局限于北京,他的小说与晚清谴责小说《二十年目睹之怪现状》颇有相似之处,也有民初社会小说《广陵潮》的影子,但仔细研读会发现,张恨水还对社会乱象进行了无情地批判。他选择的是以"社会为经,言情为纬"的方式,以通俗文学的方式最广泛地传播了现代白话文,同时又以谴责的态度批评社会的不公现象,潜移默化地影响到一般社会群众。杨义曾这样概括《春明外史》:"其间有官僚以爱妾巴结老师的亲信,钻营财政总管职位;国务总理到妓院吃花酒,为妓女出资置办衣服;下野政客结社扶乩,不服神灵的判决而罚跪请罪;16岁少年当外蒙地区手革督办,满口嫖经赌经;拥有两省地盘的军阀,一月发行 3000 万公债,一日以三四十条子召妓女,每天赏 4000 块钱,以太太和妹妹伺候他的人即日升为铁路局副局长"。[3]

---

[1] 张友鸾:《章回小说大家张恨水》,张占国、魏守忠编:《张恨水研究资料》,北京:知识产权出版社,2009 年,第 109 页。

[2] 同上,第 105、106 页。

[3] 杨义:《张恨水名作欣赏》,北京:中国和平出版社,1995 年,第 20 页。

如果说,《春明外史》是对社会包罗万象的揭示,那么《平沪通车》《似水流年》《现代青年》则是对混杂社会的人物群像的批判。小说《平沪通车》主要叙述银行经理胡子云在北平到上海的火车上遇到了时尚高贵的现代女子柳系春,两人互相勾引,柳系春设计灌醉胡子云将他的十几万公费偷走,从此胡子云流落街头。作者精心设计的这类骗子骗局小说的主题,不是宣扬"女人是祸殃"的概念,而是着力讽刺那些社会上顾面子的名人的虚伪:"现在这种年头,什么样的人没有,男人总是拿性命去换钱,女人自然也总是拿身体去换钱,什么出奇。以后总有那么一天,见了女人,就像在上海夜里碰到了瘪三一样,仔细让他剥了猪猡。花钱的老爷真冤,让人把东西抢了去了,自己反是成了一个畜类。"[1]纵观张恨水的作品,尤其是社会言情小说,在人物塑造层面上,他有明确的立场,既有推崇,又有批判。在这一破旧立新的历史转折过程中,张恨水不断探索"立人"的时代课题,以独特的方式去实现"救国"的理想。"近现代知识分子与作家总是不可避免地把自己的思想探讨纳入'救国'的大文化语境中,但这并不意味着无法离开救国而去谈立人问题。就如同康德在自己的哲学体系中规定了一些'不可问'亦'不可证伪'的逻辑前提一样,在中国启蒙主义的体系内,救国问题、政治制度问题仅仅是一个极外围的问题,它在启蒙哲学精神的建构中,是可以在某种程度上被抛开的。"[2]

鲁迅和张恨水同样认识到时代的乱局不仅归结于帝国主义的摧残,更在于世道人心礼乐纲常的压迫。鲁迅的《狂人日记》提醒国人:

---

〔1〕张恨水:《平沪通车》,太原:北岳文艺出版社,1993年,第133页。
〔2〕张光芒:《启蒙论》,上海:上海三联书店,2002年,第40页。

"我翻开历史一查,这历史没有年代,歪歪斜斜的每页上都写着'仁义道德'几个字。我横竖睡不着,仔细看了半夜,才从字缝里看出字来,满本都写着两个字是'吃人'!"[1]在这里,鲁迅对世道人心礼乐纲常对人的压迫的揭露方式是"翻开历史一查",可以说鲁迅是从理性角度在小说里对人性进行剖析,对几千年来封建专制下的礼教进行批判,而张恨水则贴近了现实社会,通过大量长篇小说对社会百态进行富有生活气息的描绘,在社会历史进程中解剖现代社会现象,从而提供认知时代的一种方式,引导读者反思。

在思想启蒙和文化反思方面,鲁迅深刻的批判和张恨水温情的揭示不同,这也显示出两者在选择救国图存和自身存在方式上的差异。时代沉浮,启蒙、立人、立国等成了鲁迅一生奋斗的思想和行动主题。但鲁迅始终要面临的是"众人皆睡我独醒"的痛苦境遇和先驱者"非彼不生,即生而贼于众"的被遗弃的悲哀。对鲁迅而言,"绝望"是最真实的,对"绝望"的反抗成为一种生存态度,是孤独、荒诞的个体存在的意义。因此,构成鲁迅人生哲学特点的,不是"绝望",而是对"绝望"的反抗,这种反抗又不是对希望的肯定,而是对个体觉醒的表达。汪晖在《反抗绝望:鲁迅及其文学世界》中说:"'反抗绝望'的人生哲学作为对自身存在状态的挑战,因而也趋向于走出自身,超越自身,表现自身,传播自身,而不可能停留于自身。……鲁迅深深地沉浸于自我存在的最深层次,却不由自主地发现了自我正通向外在的生命之流。当他在自身生命的沉思中体悟到'反抗绝望'的人生哲学时,他同时也意识到这种'反抗'必然会外倾于外部世界:社会、历史和文化。而在他'走

---

[1] 鲁迅:《狂人日记》,《鲁迅全集》第1卷,北京:人民文学出版社,2005年,第447页。

出'自身的过程中,他更清晰地洞见了自身。"[1]这样的态度、立场和观念直接影响了鲁迅的创作取向。知识分子的责任使鲁迅尖锐地面对社会,无论是小说还是杂文,都充满着启蒙、疗救、批判、战斗和反抗。

张恨水的作品虽然暴露了一些旧文化的陈腐,但远远没有达到鲁迅那样深邃的思想境界。个体生存的立场让张恨水置身于主流之外,让文学走回人间,在一定程度上消解了意识形态对文学的影响。他的小说多写男女之情、儿女的成长,坚持一贯的人道主义立场。而他的散文更是指向朴素生活的琐碎,个人的感触,寻找最真实而安稳的人生。正如他所说的:"十几年来,文坛提倡小品文,多半是主张冲淡。冲淡必须念成冲澹,因为是表示从容和平之意。"[2]这与鲁迅"热辣辣地不惜对旧社会勇猛地攻击"[3]不同,张恨水毕生反对彻底的破坏,要的是改善中求进步,从而建立一种符合东方文明社会的"上下古今牛马走,文章啼笑结因缘。世家金粉春明史,热血之花三十年"[4]式的民族文化。

不同的定位,使鲁迅与张恨水在文学创作中自愿承担了不同的历史责任。鲁迅的选择,正如王晓明所说的:"人生的种种滋味当中,他体味得最深的,正是那种从仿佛的生路上面,又看见熟识的穷途时的幻灭;那种从新找来的光明背后,又发现旧有的黑暗时的悲哀。"[5]在

---

[1] 汪晖:《反抗绝望:鲁迅及其文学世界》,北京:生活·读书·新知三联书店,2008年,第276、278页。
[2] 张恨水:《冲淡》,原载1946年4月27日北平《新民报》。
[3] 李长之:《离婚》,《文学季刊》创刊号,1934年1月1日。
[4] 老舍:《贺恨水兄》,载于1944年5月《万象周刊》。
[5] 王晓明:《无法直面的人生——鲁迅传》,上海:上海文艺出版社,1993年,第233页。

这种境遇中,鲁迅的执着现世正是执着于反抗,同时,也只有在这种命运激烈的反抗中,他才能体会到最真实的人生。可以说,鲁迅是以反抗拯救了自己。相反,张恨水的执着现世却是对现世的享受、包容。也正是他在世俗生活中寻找可触可感的欢乐,并借此活在人间。张恨水的自我意识和情感特征,不一定必须从彻底"革命""启蒙"等历史的宏大叙事上反映。与当时新文学的"革命性"相比,张恨水的启蒙性并不来自于明显的社会批判,而是体现在具有现代色彩的人文主义的平等、自由、平民意识和世俗生活合理化的信念情怀里。[1] 或许正是在这类"搽鼻涕""吐痰"之类的小事中,真正体现了过渡社会里的民众心理,对于这一点,张恨水有着自己的独到领悟。而他通俗易懂的白话散文,对白话文的普及也起到了一定的影响。可以说,精英意识和平民情怀的不同,使得作为"民族魂"的鲁迅和"才子梦"的张恨水的作品呈现出截然不同的风格。

---

[1] 温奉桥:《现代性视野中的张恨水小说》,青岛:中国海洋大学出版社,2005年,第74页。

第三章

创作观念差异下迥然不同的艺术风格

时代特征对文学形式、风格、内容等各方面的嬗变有着至关重要的作用。"五四"时期所谓"重新评估一切价值"的思想潮流带来了小说观念的变化。鲁迅曾在《〈草鞋脚〉小引》中说道："在中国，小说是向来不算文学的。在轻视的眼光下，自从十八世纪末的《红楼梦》以后，实在也没有产生什么较伟大的作品。小说家的侵入文坛，仅是开始'文学革命'运动，即一九一七年以来的事。自然，一方面是由于社会的要求的，一方面则是受了西洋文学的影响。"[1]小说这种长期被压抑的文体在"五四"时期开始得到释放与突显，而新小说为了进一步提高自身的地位，开始把想象性转化为现实的功利性，突出"启蒙"和"教化"的目的关注现实。正如罗家伦在《今日中国之小说界》中所说的："小说一件事，并非消磨他人的岁月，供老年人开心散闷的。小说第一个责任就是要改良社会，而且写出'人类的天性'Human Nature。"[2]西方列强用武力打开中国大门，清政府的改革一次一次夭折，辛亥革

---

[1] 鲁迅：《且介亭杂文·〈草鞋脚〉小引》，《鲁迅全集》第6卷，北京：人民文学出版社，2005年，第21页。

[2] 罗家伦：《今日中国之小说界》，载于1919年1月1日《新潮》创刊号。

命也以失败而告终，此时中国人发现小说具有启迪民众的社会作用，便自觉地应用起来。

值得思考的是，古代小说的历史悠久，但它的叙述模式基本相同，往往是以全知的视角叙事，以情节为中心。直到国门被强行打开之后，先进知识分子慢慢认识到改变国内的落后体系首先要进行思想启蒙。因此五光十色的西方进步思想，如人道主义、社会主义、进化论、西方现代主义小说、精神分析法等陆陆续续进入中国，使中国人看到除了小说的传统模式之外还有限制视角的非情节中心的诸多不同的叙述方式。在此之前，中国也有非常著名的翻译家，翻译了大量的外国文学作品，也吸引了广大读者群。对此，张恨水曾说道："虽然近代有小说学的译品，可是还不是供我们参考，所以我于此点，索性去看名家译来的小说了。名家小说给我印象最大的，第一要算是林琴南先生的译品，虽然他不懂外国文，有时与原本不符，然而他古文描写的力量是那样干净利落，大可取法的。"[1]所谓"林译小说"对中国国内读者认识外国小说起到很大的的作用。很多现代作家都从事过外国作品的翻译工作，比如说周氏兄弟、郭沫若、林语堂、茅盾等，他们翻译了大量外国名著。通俗小说家也关心中国以外的广阔世界，他们在坚守民族的美德的同时，也开始向外国文学学习先进的创作手法和技巧，他们中的不少作家也从事过文学翻译，如包天笑、陈冷血、周瘦鹃、程小青、恽铁樵、严独鹤、张舍我等。包天笑在1901年创办了《励学译编》，在此刊物上连载他的《迦因小传》。周瘦鹃的翻译从1911年开始，他最早翻译的作品是发表在《妇女时报》第三期上的《豪侈之我妻》。

---

[1] 张恨水：《我的小说过程》，《写作生涯回忆》，南京：江苏文艺出版社，2012年，第44页。

1917年，中华书局结集他翻译的文字出版《欧美名家短篇小说丛刊》三卷，曾经得到鲁迅与周作人的赞赏。包天笑和陈冷血主编的《小说时报》是近代的翻译小说刊物，包天笑在此刊上共发表短篇翻译小说50篇、长篇创作18篇、长篇翻译26篇。[1] 令人遗憾的是，这些刊物因被新文学视为鸳鸯蝴蝶派的产物而长期受冷遇。

无论是"五四"新小说家，还是通俗小说家，在他们的创作中，西方现代小说的新的表现手法都得到广泛应用，这是现代小说的重要特点之一。鲁迅的《阿Q正传》受果戈理小说的影响，《狂人日记》大量使用西方的表现手法。但鲁迅小说的"西式新体"的新奇感却被守旧派文人讥为"古怪而不足为训的体式"。[2] 鲁迅小说的"古怪"，正是他们这一代新文学作家的自觉追求。但是西方文学形式的输入使中国现代作家不但与古典传统割断了联系，而且更重要的是，与中国大众也割裂了联系。这启发我们作如下思考：长篇章回小说中的"说书人"模式是否能在新小说作家那里成为一种新的意义？这里，张恨水的贡献实质上证明了他在"新小说"观念上的进步与发展，虽然其本身仍然没有脱离传统的影响，却带来现代通俗小说的振兴。张恨水小说中的所谓"旧"，其实仅表现在其民间叙事上。张恨水小说的民间叙事性主要表现在两个方面：一是对"民间说书"艺术中的全知视角的借鉴，其小说大多采用的是章回体的创作体式，这种体式的创作者往往以说书人的身份出现，置身于作品的情节人物之外，站在局外人的立场上分析评价故事中的人物行动；二是对民间故事的第三人称限制视角叙述方

---

[1] 范伯群：《中国近代通俗文学史》，南京：江苏教育出版社，2000年，第16页。
[2] 张定璜：《鲁迅先生》，载于《现代评论》1925年1月号。

式的借鉴,这种视角有利于让故事讲述得更加生动和扣人心弦。另外,张恨水小说具有章回体的种种特征,如引首类和楔子类的开头模式,故事也是分回标目,并且每回故事的结尾总是以说书人的套语做结语。同时张恨水的小说在话语方式上也是以叙事语为中心,叙事者的干预也是明显的,这显然是继承了说书艺术的技巧,在叙述故事时采用了悬念、巧合和误会的技巧,增强小说的故事性以迎合民众的审美心理。张恨水的小说之所以蕴含民间叙事的因子,正是由于怀揣"读者意识"的张恨水自小深受与民间文化有着千丝万缕联系的《水浒传》《三国演义》《西游记》《红楼梦》《聊斋志异》等中国古代通俗小说的艺术熏陶。

随着近代中国社会城市化速度的加快,文学的发展也逐渐卷入商业化的文化市场之中。小说观念、创作、发行,读者和作家都逐渐靠拢市场并受其制约。现代稿酬制度也应运而生,为创作主体、读者群、传播媒介等的发展提供了保障。也为现代小说文体的定型奠定了良好的基础。

短篇小说是中国现代文学的发端,显示了新文学运动的辉煌成绩,是影响较大的文体之一。胡适在《论短篇小说》一文中,为短篇小说下了一个界说:

> 西方的"短篇小说"(英文叫做 Short story),在文学上有一定的范围,有特别的性质,不是单靠篇幅不长便可称为"短篇小说"的。
>
> 短篇小说是用最经济的文学手段,描写事实中最精彩的一段,或一方面,而能使人充分满意的文章。一人的生活,一国的历

史,一个社会的变迁,都有一个"纵剖面"和无数"横截面"。纵面看去,须从头到尾,才可看见全部。横截面开一段,若截在要紧的所在,便可把这个"横截面"代表这一人,或这一国,或这一个社会。这种可以代表全邦的部分,便是我所谓"最精彩"的部分。用纸剪下人的侧面便可知道是某人。这种可以代表全形的一面,便是我所谓"最精彩"的方面。[1]

胡适的这个理论基本来自于西方,因为尽管中国小说有悠久的历史,但是自古以来,小说有章回体或文白之分,从未把短篇小说单独视为一个独立的文体。可见,胡适用西方舶来的逻辑去审视中国小说史是不太符合中国短篇小说实际的。在他看来,最理想的短篇小说是都德的《最后一课》和《柏林之围》之类的作品。这种观念在今天看来不免偏激。张舍我在《短篇小说泛论》中也表示,中国自古以来就没有文学上所承认的小说,更没有"今世所谓之'短篇小说',有之,其自胡适之《论短篇小说》始乎!"[2]

在"五四"新文学作家眼里,短篇小说是一种崭新的文学形式。1920年代,新文学作家积极地投身于思想启蒙事业之中,篇幅短小的文学样式更容易上手,就像匕首与投枪,更能唤醒麻木不仁的国人心灵。因此,鲁迅的短篇创作就是以反映社会生活中的现实问题为宗旨,记录时局的动荡变化,揭露敌人的丑恶嘴脸,唤醒沉睡的百万民众,从而使人全面看到时代的面目。这当然是短篇创作在新文学发生

---

[1] 胡适:《论短篇小说》,载于1918年5月《新青年》第4卷第5号。
[2] 张舍我:《短篇小说泛论》,原载1921年1月9日《申报·自由谈》。

之初受到重视的一个重要原因。对此,1918年4月周作人在北京大学讲演时说:

> 新小说与旧小说的区别,思想果然重要,形式也甚重要。旧小说的不自由的形式,一定装不下新思想;正同旧诗旧词旧曲的形式,装不下诗的新思想一样。
>
> 现代的中国小说,还是多用旧形式者,就是作者对于文学和人生,还是旧思想;同旧形式,不相抵触的缘故。作者对于小说,不是当他作闲书,便当作教训讽刺的器具,报私怨的家伙。至于对著人生这个问题,大抵毫无意见,或未曾想到。所以做来做去,仍在这旧圈子里转;好的学了点《儒林外史》;坏的就象了《野叟曝言》。此外还有《玉梨魂》派的鸳鸯蝴蝶体,《聊斋》派的某生者体,那可更古旧得厉害,好像跳出在现代的空气之外,且可不必论也。[1]

这里,可以看出,新文学作家对小说形式的十分关注。在他们看来,时代进步了,思想也要革新。他们相信学习西方文学的潮流意味着中国文学未来的发展方向,实现中国小说的"现代化",就必须将欧洲文学系统"拿来"。"短篇小说"这一文体尤其受到了先驱者的极力提倡。

---

[1] 周作人:《日本近三十年小说之发达》,原载1918年7月15日《新青年》第5卷第1号。

第一节 深邃的启蒙与白描的画卷:新式短篇小说与传统长篇章回体

众所周知,鲁迅是近代中国出现的第一个短篇小说大师。在鲁迅身上,小说创作的实践和小说理论的研究都呈现出彼此交融的趋势。应《新青年》的邀稿之请,鲁迅写了第一篇白话短篇小说《狂人日记》,此后鲁迅笔耕不辍,陆陆续续写了35篇小说,集结成《呐喊》、《彷徨》和《故事新编》三部小说集。有趣的是,这些都是短篇小说,除了大约25000字的《阿Q正传》以外,其他的基本都是几千字的短篇。鲁迅以其短篇小说的实绩证明了短篇小说文体的独特价值,《呐喊》《彷徨》以及后期的《故事新编》里收容的小说至今仍被视成为现代短篇小说的典范。事实上,现代文学第一个十年的小说创作,以短篇小说创作成绩最为突出。那么是什么原因让鲁迅在创作之初选择了短篇小说的模式呢？

首先，鲁迅的创作动机是为了打破"铁屋子"，是"为人生"，是培养投身于社会革命的热血青年。面对那个黑暗时代，鲁迅意识到"在现在的环境中，人们忙于生活，无暇来看长篇，自然也是短篇小说的繁生的很大原因之一。"[1]就短篇小说这种形式自身而言，鲁迅发现了它与现代人的生活特点之间的某种必然联系。"鲁迅要以小说作思想启蒙、改良社会人生的工具，对长篇或短篇小说哪一种更适应于现代人生活特点的问题就不能不作考虑。正因为如此，鲁迅才热心于短篇的制作而放弃了长篇的创作。"[2]鲁迅认为："潜心于他的鸿篇巨制，为未来的文化设想，固然是很好的，但为现在抗争，却也正是为现在和未来的战斗的作者，因为失掉了现在，也就没有了未来。"[3]这段话正可为鲁迅的选择作一注解。然而，尽管短篇小说有如此多的优点，它却很难蕴含深刻的思想价值，更无力承担起改造现实的重任。由此，鲁迅在1927年以后基本上放弃了小说的创作（除了《故事新编》的几篇），开始转向写更具有现实评论意义的杂文。鲁迅始终强调文章不能"太板，要再做得花色一点。"[4]这里所谓的"花色"指创作的多样性。为了力求文学创作的多样性，文章无论从内容还是形式都得要新

---

[1] 鲁迅：《三闲集·〈近代世界短篇小说集〉小引》，《鲁迅全集》第4卷，北京：人民文学出版社，2005年，第134页。
[2] 朱晓进：《鲁迅文学观综论》，西安：陕西人民教育出版社，1996年，第63页。
[3] 鲁迅：《且介亭杂文·序言》，《鲁迅全集》第6卷，北京：人民文学出版社，2005年，第3页。
[4] 鲁迅：《集外集拾遗补编·我对于〈文新〉的意见》，《鲁迅全集》第8卷，北京：人民文学出版社，2005年，第368页。

颖。同时文章要力求短小精悍,不宜过长。鲁迅发表在《申报·自由谈》上的杂文基本上都是在2000字以内。在创作技法上,鲁迅的杂文和短篇小说往往透过古今中外的艺术经验创造出自己独特的写法,他使中国文学第一次认清了自己的"根"。因此,鲁迅的短篇文体观已经溢出了文体之外,还产生了另一种文化意义。林非在《鲁迅和中国文化》中,从文学启蒙的角度对鲁迅文学观做过精彩的分析。他认为鲁迅的文体观综合了梁启超的社会功能论和王国维的审美论,达到了中国文学启蒙的一个新高峰。这种分析为我们认识鲁迅短篇小说观提供了一个客观的背景。鲁迅将短篇小说作为思维方式的一个环节,一方面把小说与散文诗歌区别开来,另一方面他又重视文本的审美功能,从而给小说这一类文体赋予了新的内在张力和广阔的运作空间,使短篇小说文体更为自由的发展。鲁迅始终认为贴近群众、贴近实际的作品,才能起到批判现实的功用。鲁迅的文章许多都是为时事而作,对国家大事或是市井街巷谈论的小问题都有涉及,从不同的角度反映"时代的眉目"。1935年,鲁迅在《论讽刺》一文中写道:

> 我们走到交际场中去,就往往可以看见这样的事实,是两位胖胖的先生,彼此弯腰拱手,满面油晃晃的正在开始他们的扳谈——
> "贵姓?……"
> "敝姓钱。"
> "哦,久仰久仰!还没有请教台甫……"
> "草字阔亭。"
> "高雅高雅。贵处是……?"
> "就是上海……"

"哦哦,那好极了,这真是……"

谁觉得奇怪呢？但若写在小说里,人们可就会另眼相看了,恐怕大概要被算作讽刺。[1]

这说明有好题材的同时,更要讲求技术。鲁迅认为,作品的思想再好,如果没有好的技术来加以表现,也全是枉然。比如,在《故事新编》中,鲁迅从古代和现实中都选取素材,综合运用杂文和历史小说的写法,影射出现实社会中的众多人生相。同时,在真实和虚构的互换中,鲁迅的短篇小说就以真人真事为创作的根底,给短篇小说里的虚构艺术提供了新的价值。换言之,小说是对现实的转换,同时也是一种超越。这种超越不是通过科学的方式来验证,而是靠讽刺,即审美来完成的。鲁迅将小说视为人类的思维活动,从而抓住了小说技巧的实质。

对鲁迅来说,小说是文体化了的生活形式,小说的核心问题不在于故事性和历史性,而是围绕着人与事,从现实到文本的转换过程。可以说,鲁迅对短篇创作的体认与把握是自觉的。他在日本留学时期开始大规模地接触外国经典文学作品和论著。1909年回国后,周氏兄弟已经开始翻译国外短篇小说,发表于1913年的文言短篇小说《怀旧》还得到了文艺界的肯定。陈平原把《怀旧》视为"鲁迅整个小说创作的先声",并认为它体现了鲁迅后来所强调的"借一斑略知全豹,以一目尽传精神的革新意义。"[2]鲁迅自觉地借鉴外来小说的叙述方

---

[1] 鲁迅:《且介亭杂文二集·论讽刺》,《鲁迅全集》第6卷,北京:人民文学出版社,2005年,第286页。
[2] 陈平原:《二十世纪中国小说史》第一卷,北京:北京大学出版社,1989年,第186页。

式,但其作品丝毫没有模仿的痕迹,反而在借鉴中显示出某种超越。他一贯主张"采用外国的良规,加以发挥,使得我们的作品更加丰满是一条路;择取中国的遗产,融合新机,使将来的作品别开生面也是一条路。"[1]这就说明,他的短篇小说扎根于民族文化土壤之中。各民族有不同的历史文化传统、文学经验和生活方式,鲁迅从古典小说的阅读经验出发,在民族文化心理的审美沉淀中把小说上升为一种具有普遍意义的沟通方式。从这个意义上讲,"鲁迅的小说对中国现代小说的意义当然不只是创造出了前无古人的崭新形式,更表现在它们迅即成为中国现代小说生生不息的创造源泉滋养着后来者。"[2]沈雁冰对此这样描述:"在中国新文坛上,鲁迅君常常是创造'新形式'的先锋;《呐喊》里的十多篇小说几乎一篇有一篇新形式,而这些新形式又莫不给青年作者以极大的影响,必然有多数人跟上去试验。除了欣赏惊叹而外,我们对于鲁迅的作品,还有什么可说呢?"[3]如上所述,鲁迅真正做到了打通古今,融贯中西。更重要的是,他的短篇小说文体观在西方文化面前,提供了自身存在的合法性,使本国文化传统得以发展。"五四"时代,现代短篇小说达到一个高峰,并得到广泛的认同,这些成就无不得益于以鲁迅为代表的新小说家的贡献。

"五四"短篇小说"表现深切,格式特别"的文本体式与内容的创新形式,在通俗小说领域也同样存在。而这种新趋向反映到长篇小说领域,贡献最为突出的代表便是张恨水。长期以来,人们对张恨水的印

---

[1] 鲁迅:《且介亭杂文·〈木刻纪程〉小引》,《鲁迅全集》第6卷,北京:人民文学出版社,1981年,第47页。
[2] 叶世祥:《鲁迅小说的形式意义》,北京:作家出版社,1999年,第9页。
[3] 雁冰(茅盾):《读〈呐喊〉》,原载1923年10月8日《时事新报》副刊《文学》第91期。

象都停留在"多产""文笔细腻"的通俗文学作家刻板印象上,而对于他在报刊业上的成就,尤其是他作为新闻记者、副刊主编的经历知之甚少。事实上,张恨水从1918年安徽芜湖《皖江日报》开始到1948年北平《新民报》的工作为止,前后30年间先后担任过北京《益世报》的助理编辑、天津《益世报》的驻京记者、上海《申报》及《新闻报》的驻京记者;1924年和1925年先后担任过北京《世界晚报》副刊"夜光"编辑、北京《世界日报》副刊"明珠"编辑;1936年在南京创办《南京人报》并担任其副刊"南华经"编辑;1938年担任重庆《新民报》主笔兼其副刊"北海""最后关头"主编;1946年担任北平《新民报》副刊"北海"主编;等等。张恨水在近半个世纪的写作生涯中,创作了120多部中长篇小说,总字数近2000万。除此之外,他还参与撰写过大量文艺性、新闻性散文。单凭他被收录在案的3000首左右的其他诗词和一些剧本的文字创作记录,都足以把张恨水列为20世纪20年代至40年代中国最杰出的报刊专栏作家之一。

就写作速度与产出数量而言,1932年,张恨水在北平《世界日报》连载《金粉世家》的同时,也在北平《新晨报》上连载着《满城风雨》,在上海《红玫瑰》杂志上连载着《别有天地》,在上海《新闻报》上连载着《太平花》,在上海《晶报》上连载着《锦片前程》,在上海《旅行杂志》上连载着《似水流年》。不难看出,上海文化背景对张恨水而言颇具意味。例如,他曾担任上海1930年代有影响的媒体《立报》副刊的主编,其最负盛名的《啼笑因缘》等多部长篇作品连载于上海诸家报纸,在上海最先推出单行本,并由上海风靡全国。虽然张恨水后居北方,但始终与上海的文化传媒界保持着较密切的联系。某种意义上,张恨水是从上海走向全国,成为20世纪30年代"海派文学"的代表人物之一的。

就创作实绩而言,如孔庆东所分析的那样,在新文学中的长篇小说尚在短篇的拉长中摸索,找不到合适的感觉和姿态的时候,所谓"旧小说"派的张恨水已经写出了《春明外史》《金粉世家》等动辄上百万言的作品,新文学所占的是"势",而通俗小说则占有大片的"实地"。[1]

众所周知,张恨水小说的传播方式是报刊连载,这就决定了他拥有与新文学作家不同的创作心态。张恨水的两部代表小说《春明外史》连载于1924年4月12日至1929年1月24日的《世界晚报》,《金粉世家》连载于1927年2月14日至1932年5月22日的《世界日报》,均在报纸上连载整整5年,而这段时间恰好是张恨水作为一线记者为天津《益世报》、上海《新闻报》《申报》大量写稿,四处采访的时间。特别是在担任《世界晚报》的副刊主编期间,他结交了很多朋友社会上的朋友,其中不乏三教九流各色人物。据张恨水好友、著名报人左笑鸿的回忆,一战成名后的张恨水大概不会想到,广大读者为了能够提前一睹他的连载小说为快,每逢下午他的小说对应刊物的出版时间,总是风雨无阻地在报馆门前围得水泄不通。他可以从这些人的口中得到许多新闻材料,这成为他创作小说的基础。由此,张恨水的创作最终形成了以叙事为中心的"新闻文学"的基本格局。

张恨水是职业作家,所以市场效应和读者因素是他考虑的创作前提。正因为如此,他的小说创作也满足了"现代化"环境中的大众叙事想象。在其小说中,戏院、电影院、舞厅、咖啡馆等这些让人们对物质

---

[1] 孔庆东:《走向新文学的张恨水》,徐续达主编:《张恨水研究论文集》(三),北京:国际文化出版社,1997年,第13~15页。

文明产生渴望的地方成为了最为广泛的空间描写对象，而且小说中陈列的物品大多同广告上的商品有着某种联系，这些都使得小说同民众的生活有着很强的接近性，体现了一种与时代潮流相一致的精神取向。作者时时刻刻地把握这种"新闻意识"，并将其有意无意地融入到小说的写作中，这在一定程度上改变了原有的通俗小说的写作模式，为后来长篇小说的发展起到了典范作用。同时他也对人物的描写加入了更为丰富的信息量，使得读者可以通过这一群人物了解社会百态。长篇通俗小说同样要求迅速反映新鲜真实的现实生活，介绍现实的思想斗争，给人提供新的知识。其中，报纸为多数人所阅读，因此所载作品都要尽可能地做到明白畅达，要照顾到不同文学程度的大多数人群的阅读水平。[1] 张恨水在改造连载小说模式和内容上，为尽可能满足不同层次的读者需求，可谓是煞费苦心。他的小说在叙事中增加了不少文体变化，大大提高了读者的阅读兴趣。比如，《春明外史》和《金粉世家》里就有很多文言书信、对联、日记。这些形式在故事情节的发展中起到了令读者视角转换的作用。这不仅强化了叙事线索的立体感，而且在一定程度上增加了作品本身的吸引力。"选择书信体形式，可能'无事实的可言'，不外是借人物之口'以抒写情感与思想'，不再以情节而是以人物情绪为结构中心。"[2] 其次，张恨水坚持每日在报上保质保量地刊登约 500～600 字的小说。这么短小的篇幅，还要保证每日写的内容里必有故事，且还得必须保证这些故事可以衍生成更长的故事。所以，作家一定要把握好小说的文体形式，张

---

[1] 冯并：《中国文艺副刊史》，北京：华文出版社，2001 年，第 34 页。
[2] 陈平原：《中国小说叙事模式的转变》，北京：北京大学出版社，2010 年，第 194 页。

恨水不可能用太多的精力和时间去摸索新的小说形式,所以,他的小说基本上还是沿着熟悉的旧的章回体小说的路子走。再次,张恨水要突出它的小说情节和人物的互动,他需自觉地利用空间因素。很多现代小说家"利用空间来安排小说的结构,甚至利用空间来推动整个叙事进程。"[1]"在现代小说的空间结构形式中,空间化叙事是一种通过延缓小说的速度而停留在现在并评述现在的方法。"[2]小说的叙事空间和叙事时间,对长篇小说情节的展开以及对人物关系的设置都有着十分重要的作用。在《金粉世家》中,作者以金燕西和冷清秋一对夫妻的恋爱、结婚、反目、离散的感情历程为线索贯穿全书,写出了金公馆的悲欢离合与荒淫无耻的生活,也写了金铨及其妻妾、四子四女和儿媳女婿的精神面貌和寄生虫式的生活。这为情节发展和人物命运的起伏做了铺垫,成为小说的一种氛围色彩:

> 长篇小说与短篇小说,其结构截然为两事。长篇小说,理不应削之为若干短篇。一个短篇,亦绝不许搬演成一长篇也。
>
> 短篇小说,只写人生之一件事,或几件事一焦点。此一焦点,能发泄至适可程度,而又令人回味不置,便是佳作。
>
> 长篇小说,则为人生之若干事,而设法融化以贯穿之。有时一直写一件事,然此一件事,必须旁敲侧击,欲即又离,若平铺直叙,则报纸上之社会新闻矣。
>
> 短篇小说,不必述其主人翁之身世,有时并姓名亦省略之。

---

[1] 龙迪勇:《论现代小说的空间叙事》,《江西社会科学》,2003年第10期。
[2] [美]约瑟夫·弗兰克:《现代小说中的空间形式》,北京:北京大学出版社,1991年,第122、123页。

而长篇小说,则独不许。因短篇小说,又在一件事之一焦点,他非所问。长篇欲旁敲侧击,自必须言主人翁之关系方面,既欲知主人翁之关系方面,主人翁之身世,不得不详言之矣!中国以前无纯小说之短篇小说,如《聊斋志异》,似短篇小说矣。然其结构,实笔记也。……长篇小说,亦有注重述事者,若列国演义,然旧小说令人不能感兴趣者,亦以列国演义为甚,此可以知小说与历史之必异矣。[1]

可见,张恨水对传统小说的"技法"带有批判的眼光,重新寻找"改写"旧章回体小说的方法。这使他对传统小说的技法形成了独到的见解。他毫无偏见地认为,"《春明外史》除了材料为人所注意而外,另有一件事为人所喜于讨论的,就是小说回目的构制。因为我自小就是个弄辞章的人,对中国许多旧小说回目的随便安顿,向来就不同意。既到了我自己写小说,我一定要把它写得美善工整些。所以每回的回目,都很经一番研究。"[2]"《金粉世家》的重点,既然放在'家'上,登场人物的描写,就不能忽略那一个人。而且人数众多,下笔也须提防性格和身份写的雷同。所以在整个小说布局之后,我列有一个人物表,不时的查阅表格,以免错误。同时,关于每个人物所发生的故事,也都极简单的注明在表格下。全书的架子既然搭好,表格也填得清楚了,虽然这部书的字数,已超过一百万,但也未见得有什么难写。"[3]从这

――――――
[1] 张恨水:《长篇与短篇》,原载北平《世界日报》,1928年6月5日、6日。
[2] 张恨水:《关于〈春明外史〉(一)》,《写作生涯回忆》,南京:江苏文艺出版社,2012年,第71页。
[3] 张恨水:《〈金粉世家〉的出路》,同上,第77页。

一点看,张恨水的《春明外史》《斯人记》《金粉世家》《啼笑因缘》《美人恩》等作品,都采用了限制叙述视角、景物描写、心理描写等手法,这不仅保证了其作品具有无限延伸出其他故事的可能,改变了既定小说的文体形式效果,同时还使章回小说的审美价值在现代性的因素的加持下到达了前所未有的高度。如《金粉世家》的楔子以第三人称限知视角,客观叙述冷清秋从金府搬出来之后,在街上卖文为生的惨景及人生的经过;《燕归来》的第二回、第三回、第四回以杨燕秋的第一人称叙述她童年时期从甘肃逃到西安的经过;《现代青年》的第一回、第二回中冷静、客观地叙述周世良、周计春父子俩由乡村到城市求学的经过。在张恨水的作品中可以看到叙述人称的种种变换,如第三人称和第一人称的混合,第三人称全知叙事和第三人称限知叙事的结合。但整体上还是选择第三人称的叙述形式。实际上,二者本身并没有矛盾,作为一种叙述技巧,而在这种叙述技巧背后蕴含着作者对时代变革的某种自觉意识。正如陈平原所分析的:"从叙事结构着眼,'五四'作家醉心于那真诚的'独白',那独特的'感觉',以及各种'潜意识'的发掘,有意无意地突破了以情节为中心的传统模式。"[1]张恨水创作的宗旨是"叙述人生",作者则让位于叙事客体,而这人生就是其笔下人物的人生。对张恨水而言,叙述者只是客观传达人物所见和所感的执行者,而人物才是小说的观察者,故事的参与者。为此,他的大量作品使用小说人物视角,小说所讲述的故事不再是全知叙述,而是限知叙述。

为了追求"回目"的完善工整,张恨水自觉地制定了五项原则:"一,两个回目,要能包括本回小说的最高潮。二,尽量的求其辞藻华

---

[1] 陈平原:《中国小说叙事结构的转变》,北京:北京大学出版社,2010年,第121页。

丽。三,取的字句和典故,一定要是浑成的,如以'夕阳无限好',对'高处不胜寒'之类。四,每回的回目,字数一样多,求其一律。五,下联必定以平声落韵。"[1]从形式上看,张恨水的小说从《艺术之宫》开始,就把"章体"改为"回体"。而在抗战小说的创作中,1936年《如此江山》以后,逐渐放弃回目形式。或者说,很难将其1936年以后的小说称为"章回小说",称之为"长篇小说"更为恰当。

中国长篇章回小说经过千百年历史的演变受到作者和读者的广泛认同,形成了独有的模式。然而到清末民初,"说书人的腔调"明显呈现出衰落的倾向,其公式化的故事情节和固定模式,已经让众多读者失去了兴趣。所以在"五四"时期,传统章回体被视为"旧"文体,是封建余孽,应当被彻底抛弃。茅盾在《自然主义与中国现代小说》一文中,明确地表示出对张恨水式的章回小说的蔑视:

> 中国现代的小说,就他们的内容与形式或思想与结构看来,大约可以分作新旧两派。章回的格式,本来颇嫌束缚呆板,使作者不能自由纵横发展。现代的小说勉强沿用这章回体的,因为作者本非天才,更不像样了。圈子愈钻愈紧,就把章回体的弱点赤裸裸的暴露出来了。他们作品中每回书的字数必须大略相等,回目要用一个对子,每回开首必用"话说""却说"等字样,每回的尾必用"要知后事如何,且听下回分解",并附两句诗;处处呆板牵强,叫人看了,实在起不起什么美感。他们书中描写,一个人物第

---

[1] 张恨水:《关于〈春明外史〉(一)》,《写作生涯回忆》,南京:江苏文艺出版社,2012年,第71页。

一次登场，必用数十字乃至数百字用零用帐似的细细地把那个人物的面貌，身材，服装，举止，一一登记出来，或做一首"西江月"，一篇"古风"以为代替。全书的叙述，完全用商家"四柱帐"的办法，笔笔从头到底，一老一实叙述，并且以能"交代"清楚书中一切人物（注意：一切人物！）的"结局"为难能可贵，称之曰一笔不苟，一丝不漏。他们描写书中的并行的几件事，往往又学劣手下围棋的方法，老老实实从每个角做起，棋子一排一排向外扩展，直到再不能向前时方才歇手，换一个角来，再同样努力向前，直到和前一角外扩的边缘相遇；他们就用这样呆板的手段，造成他们的所谓"穿插"的章法。他们又摹仿旧章回体小说每回末尾的"惊人之笔"。我们看了这种"记帐"式的叙述，只觉得眼前有的是个木人，不是活人，是一无思想的木人，不是个有脑能思想的活人。现代的章回体派小说，根本错误即在把能受暗示能联想的人类的头脑看作只是拨一拨方动一动的算盘珠。[1]

茅盾的论述虽也有其自身的道理，但是他对章回体文类的偏见是基于自己作为新文学作家的优越感之上的，这就使其忽视了章回体小说的历史价值和潜在功能。当"五四"运动以秋风扫落叶之势攻击旧文学，人们竞相抛弃章回体的时候，张恨水却固守着章回体来进行创作。而他坚持采用章回体小说有自己正当的理由：

在"五四"的时候，几个知己的朋友，曾以我写章回小说感到

---

[1] 沈雁冰：《自然主义与中国现代小说》，原载 1922 年 7 月《小说月报》第 13 卷第 7 号。

不快，劝我改写新体，我未加深辩。自《春明外史》发行，略引起了新兴文艺家的注意。《啼笑因缘》出，简直认为是个奇迹。大家有这一感想，丢进了茅厕的章回小说，还有这样问世的可能吗？这时，有些前辈，颇认为我对文化运动起反动作用。而前进的青年，简直要扫除这棵花圃中的臭草，但是，我依然未加深辩。

我觉得章回小说，不尽是要遗弃的东西，不然，《红楼》、《水浒》，何以成为世界名著呢？自然，章回小说，有其缺点存在，但这个缺点，不是无可挽救的（挽救的当然不是我）。而新派小说，虽一切前进，而文法上的组织，非习惯读中国书，说中国话的普通民众所能接受。正如雅颂之诗，高则高矣，美则美矣，而匹夫匹妇对之莫名其妙。我们没有理由遗弃这一班人，也无法把西洋文法组织的文字，硬灌入这一批人的脑袋。窃不自量，我愿为这班人工作。[1]

张恨水从文学接受的角度重新探讨章回小说相较"五四"新小说在文法上的优势，认为其更符合大众的接受心理。作为"新闻记者"的张恨水，对军界、政界、学界、商界、娱乐圈"黑幕"的暴露显得更为真实有力，虽然小说中穿插人物众多，故事杂乱，但这种不固定、不完整的情节结构反而造成陌生化的效果，这种具有开创性的写作从根本上改变了传统章回体小说的单一化模式。这也就成为张恨水长篇小说的"调子"。张恨水富有现代感的"改造"，既反映了作者对普通读者的关

---

[1] 张恨水：《总答谢——并自我检讨》，《写作生涯回忆》，南京：江苏文艺出版社，2012年，第132页。

注,又表明了张恨水对时代的一种回应。这种对传统文化的各种"应变"方式,更具有高度自觉的开放意识和实践意义。"大家若都鄙弃章回小说而不为,让这班人永远去看侠客口中吐白光,才子中状元,佳人后花园私定终身的故事,拿笔杆的人,似乎要负一点责任。我非大言不惭,能负这个责任,可是不妨抛砖引玉(砖抛甚多,而玉始终未出,这是不才得享微名的缘故),让我来试一试,而旧章回小说,可以改良的办法,也不妨试一试。"[1]无论是新文学作家对新文体的选择,还是张恨水对章回体的改良和认同,都有自身的合法性,这里并不存在高低优劣之分。正如陈平原所分析的那样"每种文学体裁和类型都经历萌芽、生长、开花、成熟、僵化以至最后衰亡的全过程——衰亡不只是命定的,而且是必要的,没有衰亡就没有新生。"[2]

将鲁迅与张恨水作比较,鲁迅"力避行文的唠叨,只要觉得够将意思传给别人了,就宁可什么陪衬拖带也没有。我深信对于我的目的,这方法是适宜的,所以我不去描写风月,对话也决不说到一大篇。"[3]这间接地说明他为何选择白描写法。相反,张恨水看重的是一般大众所具有的传统道德观念在社会转型中的改变,其所关注的是:"对现代中国人的生活,既非维护其完美,亦非揭发其罪恶。既非对旧式生活进赞词,亦非为新式生活做辩解。只是叙述当代中国男女如何成长,如何过活,如何爱,如何恨,如何争吵,如何宽恕,如何受难,如何享乐,

---

[1] 张恨水:《总答谢——并自我检讨》,《写作生涯回忆》,南京:江苏文艺出版社,2012年,第133页。
[2] 陈平原:《小说史:理论与实践》,北京:北京大学出版社,2005年,第95页。
[3] 鲁迅:《南腔北调集·我怎么做起小说来》,《鲁迅全集》第4卷,北京:人民文学出版社,2005年,第526页。

如何养成某些生活习惯,如何形成某些思维方式,尤其是,在此谋事在人、成事在天的尘世生活里,如何适应其生活环境而已。"[1]与此同时,张恨水为了争取众多的读者,必须增加作品的"戏剧性",要求故事情节的曲折,这也是他无法减少其小说笔墨的原因。

无论是短篇,还是长篇,结构是尤为重要的因素。在叙述章法里,鲁迅与张恨水都非常重视故事的节奏、次序、剪裁等各种艺术形式。比如,鲁迅的《药》是双线结构,革命者夏瑜和革命活动没有正面出现,而是以暗示的方式出现,并且从茶馆里"庸众"的谈话中让读者逐渐意识到革命的失败是与群众的愚昧有关。革命是为了国家富强、民族独立,但在鲁迅看来如果革命离开群众,难以脱离奴隶的地位,革命也无法成功。所以,作者选择了将揭露民众的麻木不仁和疗救启蒙结合起来的双向线索,这是其独辟蹊径的地方。与此同时,鲁迅非常重视短篇小说的经济手段。"要极省俭的画出一个人的特点,最好是画他的眼睛。我以为这话是极对的,倘若画了全副的头发,即使细得逼真,也毫无意思。"[2]吴中杰指出:"鲁迅的小说,不但在用笔上惜墨如金,凝重有力,而且在整个艺术构思的过程中,都体现了简练的原则,以最简短的篇幅,概括了最丰富、最深刻的内容。"[3]结构的采用与选题是密切联系的。鲁迅选择"小题"的主要原因是受到短篇小说篇幅的局限,必须进行精心的剪裁。于是,他以横截面结构描写事实的最精彩的片

---

[1] 林语堂著,张振玉译:《京华烟云·著作序》,西安:陕西师范大学出版社,2003年,第2页。
[2] 鲁迅:《南腔北调集·我怎么做起小说来》,《鲁迅全集》第4卷,北京:人民文学出版社,2005年,第527页。
[3] 吴中杰:《鲁迅的艺术世界》,上海:复旦大学出版社,2006年,第83页。

段,充分发挥作品的社会效能。鲁迅的《示众》是一篇非常独特的短篇小说。这里似乎看不到什么故事情节,也没有人物的刻画,也没有抒情的气氛,主题、结构都较单一,因而给读者的第一印象是单薄。这里就只有一个场面——"看犯人"。作品的人物也没有名字,以"红鼻子胖大汉""长子""胖孩子"等来笼统概括。但反过来想,作者对这种"模糊"的艺术处理,反而让读者产生了更多想象的可能。钱理群、王得后认为"《示众》是鲁迅对人生世界的客观把握与对心灵世界的主体体验二者的一种契合。我们甚至可以把《呐喊》、《彷徨》与《故事新编》中的许多小说都看作是《示众》的生发与展开。"[1]鲁迅的众多作品中,"看与被看"的二元对立已经成为固定的模式,但鲁迅还专门创作以"示众"为主题的小说,这是很有趣的事。那么《示众》的艺术价值究竟在哪里?从小说的内容来看,作者描写的是生活中的象征性场面:马路上前奔的车夫、叫卖包子的胖孩子、忽然来的犯人和巡警、一群围观者。表面上看来这是一个再平常不过的场面,是我们生活的剪影。但鲁迅在这里却隐藏着极不普通的东西。处于"被看"地位的是下层民众,他们乐意供给他人谈资。而"看客"也不忘演戏,从中感到自我崇高的满足感,然后离去。鲁迅从中看到"看与被看"的关系中隐含的"吃与被吃"的关系。这种"选材要严,开掘要深"的原则让鲁迅选取了最能表现的主题,揭示人物性格的典型情节,进行剪裁,形成让读者最满意的艺术结构,并能以此表现广阔的社会生活。像"这回又完了"的陈士成和"执迷不悟"的孔乙己等因落榜而沮丧落魄的知识分子,因很难逃脱被吃掉的命而妥协动摇的吕纬甫和魏连殳,孤苦伶仃的农村妇

---

[1] 钱理群、王得后:《鲁迅小说全编·前言》,浙江文艺出版社,1991年,第4页。

女祥林嫂和单四嫂子,这些都是具有代表性的人物。正如鲁迅所说的"所写的事迹,大抵有一点见过或听到过的缘由,但决不全用这事实,只是采取一端,加以改造,或生发开去,没有专用过一个人,往往嘴在浙江,脸在北京,衣服在山西,是一个拼凑起来的脚色"。[1]这是鲁迅写人物的技法。"鲁迅小说之所以能达到这样的简练程度,不仅决定于作者高度的思想水平和深刻的观察力,同时还在于他纯熟地掌握了以少胜多的艺术规律。"[2]

同样地,张恨水小说创作则采用了"双极律"叙事结构。他把言情叙述和社会叙事相结合,演出许多花样。张恨水始终认为,一部小说,不能只是写一件事,要写许多事才有味道。从《春明外史》《金粉世家》《啼笑因缘》到《燕归来》《小西天》,社会叙述因言情叙事的介入而获得了艺术的感染力和人性的深度;言情叙事则因社会叙事的加入而获得了现实的深度和广度,从而引起小说的读法发生改变。作品中的许多情感关系,实际上也可以看作是复杂多变的社会关系。杨义在总结中国古代小说的叙事特征时曾提出"叙事谋略"的概念,张恨水对于言情叙事与社会叙事的交替运用正是"叙事智慧"的充分体现。"当一种叙事情调处于'强弩之末',用尽其势能之时,可以通过转换叙事情调而在新的方向上形成新的势能。"[3]《金粉世家》成功地把言情叙事和家族叙事高度融合,以一个下层女子的视角观察豪门的丑态,作品的凝聚力和传奇性都增强了。徐文滢在《民国以来的章回小说》一文中对

---

[1] 鲁迅:《南腔北调集·我怎么做起小说来》,《鲁迅全集》第4卷,北京:人民文学出版社,2005年,第527页。
[2] 吴中杰:《鲁迅的艺术世界》,上海:复旦大学出版社,2006年,第86页。
[3] 杨义:《中国古典小说史论》,北京:人民出版社,1998年,第576页。

《金粉世家》给予极高的评价：

> 承续着《红楼梦》的人情恋爱小说，在小说史上我们看见《绘芳园》、《青楼梦》……等等的名字，则我们应该高兴地说，我们的民国红楼梦《金粉世家》成熟的程度其实远在它的这些前辈以上。《金粉世家》有一个近于贾府的金总理大宅，一个摩登林黛玉冷清秋，一个时装贾宝玉金燕西，其他贾母、贾政、贾琏、王熙凤、迎春、探春、惜春诸人，可以说应有尽有。这些人物被穿上了时代的新装，我们却并不觉得有勉强之处，原因是他写着世家子弟的庸俗、自私、放荡、奢华，种种特点，和一个大家庭的树倒猢狲散而趋于崩溃，无一不是当前现实的题材，当前真正的紧要问题。作者张恨水，在描写人物个性的细腻及布局的精密上是做得绰绰有余的，作者所有作品中也惟有这部是用了心血的精心杰作。作者对于大家庭内幕的熟悉和社会人物的口语之各合其分，使这书处理得很自然而真实。既没有谩骂小说的谩骂，也没有鸳鸯蝴蝶的肉麻，故事的发展也了无偶然性和夸大之处，使我们明白"齐大非偶"和世家之没落有他必然的地方。这种种都是以大家庭为题材的许多新文艺作家们所还未能做到的好处。[1]

这段话较深刻地指出了《金粉世家》同传统才子佳人小说的重要区别，以及同"鸳鸯蝴蝶派"的言情小说之间的本质区别。

《啼笑因缘》的言情叙事、武侠叙事、社会叙事的交错，同样增强了

---

[1] 徐文滢：《民国以来的章回小说》，载于1941年12月《万象》第1年第6期。

故事的立体感。小说借多角恋爱故事控诉了封建军阀强抢民女的卑劣行为，暴露了封建贵族的丑脸，同时，通过对关氏父女的正义来歌颂了民众锄强济弱的高尚品格。《夜深沉》也是以车夫与女伶的恋爱故事为主要线索，反映了普通民众生活的苦难，鞭打了官僚阶级的残暴统治。张恨水意识到小说必须敢于面对社会现实，才能获得更广阔的叙事空间。从这一点看，鲁迅和张恨水巧妙地运用结构的形式来呈现丰富的主题内涵，这正是他们在艺术技巧上共同的高明之处。

  从鲁迅和张恨水分别选择短篇和长篇小说体制的背后，可以发现二人对于小说功能的理解以及对其社会作用认识的不同。相较于短篇而言，长篇可以达到对广阔的社会生活的详细记录和真实叙写的目的，张恨水在向市民读者普及未知的生活经验和生命可能的同时，也展现作家头脑中的社会景象，这正是大众化目标的现实主义创作；而相较于长篇而言，短篇以横断面式的技法截断的是社会生活的"标本"，是从特殊中看出普遍性的真相，这种体制介入社会的方式更为迅捷。也就是说，鲁迅选择短篇体制以及在 1930 年代转向杂文创作是有着选择的自觉的，他视文艺为改造社会的"良药"，这是他从事文艺的根底；而张恨水选择长篇体制以及对章回体小说的创造性保留则反映他对于小说忠实表现社会功能的认知，他创作的自觉是基于他的"叙述人生"的初衷，这也从根本上决定了他的文体选择和创作。

第二节 新旧文学的创作分歧:在改革与继承中的雅俗白话文创作

小说语言是一个复杂而统一的系统,正是小说语言的复杂性才使其呈现出多样化。正如巴赫金所说的:

> 在进入小说时,这些异质的文体组成一个有结构的艺术系统,它们均从属于整个作品的更高一级的文体统一体。我们不能在任何一个下属的文体统一与这个更高的文体统一体之间划等号。小说这种文体的独特性就在于能将这些从属的(但仍有其相对自主性,有时甚至是由不同语言组成的)各种统一体组合成更高一级的、属于整个作品的统一体:一部小说的文体存在于这部

作品的不同文体组合中；一部小说的语言实际上是它的不同"语言"组成的一个系统。小说语言中的任一成分首先均受制于它直接进入的那个从属性的文体……但同时，该成分及其直属的那个统一体均在整个作品的文体中起作用，它参与建构和揭示整个作品的统一的意义过程，并帮助构成整篇作品的特色。[1]

小说家是通过运用语言呈现风格。小说的叙事语言不是日常生活的仿造，而是探索与加工，是作者的个人语言经验与社会大众的普通语言经验所达到成某种契合。因此，没有语言的媒介，创造者心中的小说世界则实际上等于乌有。或更直接地说，没有语言就没有小说。

语言可以说是作者与读者之间的一座桥梁，也是衡量一个小说家创作水准的重要指标，即我们从小说的一段文字，可以理解作家的思想与艺术感觉。而且一篇小说的成功与否，最终要取决于作者的语言表述能力。作家一旦用语言把所要表达的内容表达出来，小说就不能把自己与语言特性分开，一个优秀的作家是善于运用具有个性化的语言来成就自己艺术特色的。那么如何使叙述语言功能在文学作品中得到更大的发挥？这是值得思考的一个问题。

王力在《中国语言学史》一书中指出"五四"以前的语文学家没有历史的特点，忽视了语言的发展。[2]"五四"以前人们往往把语言看成一种封闭的系统。在这样的情况下，"五四"语言革新的倡导者们从

──────────

[1] 申丹：《叙述学与小说文体学研究》，北京：北京大学出版社，2001年，第117页。
[2] 王力：《中国语言学史》，太原：山西人民出版社，1981年，第210页。

社会历史的发展变化观察语言的发展变化，基于时代前进的发现提出：语言文字也应适用时代的需求，因而新的语言规范必须要代替旧的语言规范。至此，反对文言文、倡导言文一致的白话文就成了"五四"语体革新的宗旨。现代白话不仅仅只是白话，更重要的是它是现代的，它是融合古今中外语言而成的，在词汇上远比作为民间口语的白话丰富，且更能表达现代人的思想。[1] 尽管现代白话和西方语言有着密切的联系，但它始终没有完全与文言文断绝本质上的联系，同时还夹杂着各种方言、民间俗语等因素。所以，现代白话是一个古今杂糅而产生的混血儿，其内容也非常复杂。众所周知，鲁迅学贯中西、博古通今，不仅创作小说与杂文，也翻译了许多外国文学作品，为中西文化交流和中国现代文学的发展做出了不可磨灭的贡献。但鲁迅作品中的"文白相间"的特点是无法避免的，这也是传统语言向现代语言迈进的必经的阶段。语言经过"五四"时期理论到实践的变革过程，文言文作为一种词汇素材纳入到白话文的创作中。两者的区别，主要在于白话文在整体上不刻意追求文言文凝练的整体风格，而是更为自然，是"我口说我心，我手写我口"的直接表达。因而白话文比文言文更具有亲近感，更适合人们日常生活中的真实表现。"因为章派的文章，不是人人能做的，就是能做的人，做一篇文章，也要费很大的力气。再就看的人方面讲，要看得很明白，也不容易。所以我们不能不提倡白话文了。然就事实上讲，用白话达极繁密的思想，比文言实在要容易得多。"[2] 鲁迅深信文学是语言的艺术，指出文学作品的语言必须

---

[1] 高玉：《语言运动与思想革命——五四新文学的理论与现实》，《文学评论》，2002年第5期。
[2] 真心：《关于新文学的两个问答》，载于《大公报》1920年1月16日。

坚实、生动。他甚至强调,作家要在文学作品中发挥文字的感染力,以满足读者的审美追求。文言的平仄和谐、句法精炼可以达到"言有尽而意无穷"的艺术效果,这种"文白相辅"的文学语言观,进一步体现了鲁迅文学的较高境界。这是因为"鲁迅的文言文和大多数现代文言文一样,为了表述的古雅和力度,需要使用古典,但同时又必须反映现代人生和现代思想内容,因而在写作中不仅难以回避俗词俗语,包括外来语词,而且也难于避免将古代的典故在现代意义上进行使用。"[1]因此其文言文写出了别人难以企及的个性。

作为20世纪"五四"白话文运动的先驱,鲁迅的语言改革实践是从创作白话文小说开始的。《狂人日记》是中国第一部现代白话小说,鲁迅的《呐喊》《彷徨》又是中国现代白话小说的开山之作,这集中反映了现代语言形式的变迁。但从小深受古典文化熏陶和落后民族文化心理影响的鲁迅在其文学创作中"无法摆脱旧文言的语言方式、语言习惯和语汇系统的浸染"。[2]鲁迅具有很深的国学根底,虽极力主张向西方学习,却他并未被"西化";他虽在时代浪潮中踽踽独行,却从来没有失去在社会上"发声"的机会。可以说,鲁迅的语言不仅是语言本身的问题,更是在转型时期知识分子书写方式和现代性悖论之间的关系问题。所以,鲁迅的语言就是那个时代奇妙的象征。鲁迅在对中国传统文化与自我关系的反思中曾这样说道:

别人我不论,若是自己,则曾经看过许多旧书,是的确的,为

---

[1] 熊焰、曹明丽:《鲁迅文言文活典活用现象》,《鲁迅研究月刊》,2010年第12期。
[2] 汪晖:《反抗绝望:鲁迅及其文学世界》,北京:生活·读书·新知三联书店,2008年,第246页。

了教书,至今也还在看。因此耳濡目染,影响到所做的白话上,常不免流露出它的字句、体格来。但自己却正苦于背了这些古老的鬼魂,摆脱不开,时常感到一种使人气闷的沉重。就是思想上,也何尝不中些庄周韩非的毒,时而很随便,时而很峻急。孔孟的书我读得最早,最熟,然而倒似乎和我不相干。大半也因为懒惰罢,往往自己宽解,以为一切事物,在转变中,是总有多少中间物的。或者简直可以说,在进化的链子上,一切都是中间物。

以文字论,就不必更在旧书里讨生活,却将活人的唇舌作为源泉,使文章更加接近语言,更加有生气。至于对于现在人民的语言的穷乏欠缺,如何救济,使他丰富起来,那也是一个很大的问题,或者也须在旧文中取得若干材料,以供使役。[1]

鲁迅从非科学化的民族思维定势、民族的愚昧心理和狭隘的中国古典语言的关系中,把文字改革的重要性视为中国社会文化改造的命题之一。他认为现有的文字已经不能全面代表中国的整个文化形态。从"自身受汉字苦痛很深"的经验中看到汉字是"我们的祖先留传给我们的可怕的遗产。人们费了多年的工夫,还是难于运用"[2]的道理。因此鲁迅等人提倡白话文是为了让更多人看懂文章、真正引起疗救,极力摆脱文言的"雕琢的阿谀,陈腐的铺张,迂晦的艰涩"[3],力求用

---

[1] 鲁迅:《坟·写在〈坟〉后面》,《鲁迅全集》第1卷,北京:人民文学出版社,2005年,第301、302页。
[2] 鲁迅:《三闲集·无声的中国》,《鲁迅全集》第4卷,北京:人民文学出版社,2005年,第11页。
[3] 陈独秀:《文学革命论》,《独秀文存》1集,第136页,上海亚东图书馆1922年。

"俗字俗语"[1]的白话来使文章通俗易懂。中国文字的复杂书写形式不仅未能成为思想沟通的工具,反倒阻碍了人与人之间的正常交流、妨碍了新思想的传播,使改造国民性的工作日益艰难。清代以来的思想禁锢使得人们不敢说自己想说的话是造成当时中国"无声"的历史原因。根据鲁迅回顾的"五四"以来的白话文运动,他认为白话文才能使得人们更好地交流,真正做到启迪民智,从根本上改变民族的精神风貌。从这个角度来看,思想革新需要有白话文这样一个工具来表达,才能让我们"说现代的,自己的话;用活着的白话,将自己的思想,感情直白地说出来。"[2]这样,中国才能摆脱无声的状态,才能避免亡国的危险。

可见,从语言的多样性来看,单一的白话文只会给固有的文学和文字发展套上无形的枷锁,限制了文学语言的多种表现形式,也限制了作家内在感情的力度。为此,作家完全可以通过调整文白的比例,使文融于白,保持流通可读的白话节奏,从而使作家的文笔富有弹性。鲁迅正是意识到传统语言不可全面被否定,而是应当从民间吸取生动的语言成分,从而对中国传统语言进行创造性的转化。他在《我怎么做起小说来》一文中就表达了一种崭新的意识:"没有相宜的白话,宁可引古语,希望总有人会懂,只有自己懂得或连自己也不懂的生造出来的字句,是不大用的。"[3]语言是"民族灵魂"的一种表达方式,是继

---

[1] 胡适:《文学改良刍议》,《新青年》第 2 卷第 5 号,1917 年 1 月 1 日。
[2] 鲁迅:《三闲集·无声的中国》,《鲁迅全集》第 4 卷,北京:人民文学出版社,2005 年,第 15 页。
[3] 鲁迅:《南腔北调集·我怎么做起小说来》,《鲁迅全集》第 4 卷,北京:人民文学出版社,2005 年,第 526 页。

承传统文化的一种载体,是探索民族心理的一个重要指标。鲁迅对语言和思想关系的深刻思考,使他深信中国文字是改造社会、民族思想的关键。他认为与旧文字的"告别"比"不读中国书"难得多。于是鲁迅提倡汉字的拉丁化,即变革语言的符号,才会建造中国的新文学、新文化。首先,将汉字改成以符合大众言说性质的拼音文字,摆脱"言为文拘"的历史谬误。其次,广泛普及简化了的拼音文字,使其成为大众参与社会工作的有力工具。同时,要尽可能排除妨碍发挥人的个性力量的横暴,主动带来文化的多元主义,促进中国文字与国际、地域之间的交流。对汉字拉丁化的主张,一直贯穿了鲁迅的后半生。从 1930 年的《文艺大众化》开始到 1934 年的《门外文谈》,再到 1936 年在病中接受的采访中,鲁迅仍然提出汉字改革的艰难性,尽管以现在的角度来看,这些观点有些偏激,但从中可以看到鲁迅当时已经深切地意识到文字和思想之间的关系。他期望通过普及较为容易理解的文字,从而提高普通民众文化水平,更好地改造中国社会及民族思想。

新文化运动的提倡者不得不以文言词汇作为创作的新材料。鲁迅融会中西,把一切有用的全部"拿来",丰富自己的语言。在鲁迅作品中保留着一些文言词汇,使得文章更加简练,并在特殊情况下用文言句式,以再现雅俗共赏的新奇感。鲁迅在其创作中,一直摸索新旧词语交替临界点的组合方式。在这些变幻中,可以发现某些词语演变的规律,看到现代汉语的某些特点。而词义、词形、句法的变化使得鲁迅作品产生了更多的书写形式。其中,语体色彩的变化、词义缩小和词义转移等变化,正是表示词汇发展的过渡形式。如《狂人日记》的小序部分是文言,狂人内心独白是白话。这样的语言设计颇有生动的艺术感,也符合小序要简明,写人、写景要朴实、生动的创作逻辑。其作品的开头叙述者我"出示日记二册"的目的是为"献诸旧友",给他们"供医家研究"。文言词汇可以压缩用词,有了文言的润色,文章就显得简练浑成。而具有自我阐述性的狂人的日记,却用白话来支撑。其目的是通过白话文的日常对话来拉近与读者之间的距离,顺便突出一下狂人发现的历史真相:"最可怜的是我的大哥,他也是人,何以毫不害怕;而且合伙吃我呢?还是历来惯了,不以为非呢?还是丧了良心,明知故犯呢?"在《孔乙己》中,鲁迅描写孔乙己双手护着一碟茴香豆,憨态可掬地念叨:"多乎哉?不多也。"此语出自《论语·子罕》。鲁迅在文中用的这句话虽然与其原意无关,但是这些文言放在白话文句子中间却合情合理,产生强烈的艺术感。如此一紧一松的文白节奏,更加符合故事发展的结构,更能激起文章的波澜。《药》里有:"路的左边,都埋着死刑和瘐毙的人,右边是穷人的丛冢。""瘐毙"的意思是关在监狱里的人因受刑或饥寒、疾病而死亡,也作"瘐死"。这里的"丛冢"和"瘐毙"都是典型的文言词,使读者反复思索,咀嚼回味。《端午节》中有:"准此,可见如果将'差不多说'锻炼罗织起来……"这里的"准此"的意思是按照这样办理。旧时常用于对下级和平级的公文。明代亦用于诰命。《幸福的家庭》的结尾写道:"但他又立刻觉得对于孩子有些抱歉了,重复回头,目送着她独自茕茕的出去;耳朵里那听得木片声。""茕茕"指孤独无依的样子,出于《楚辞·九章·思美人》:"独茕茕而南行兮,思彭咸之故也。"《长明灯》里写:"'我知道的,熄了也还在。'他忽又现出阴鸷的笑容,但是立即收敛了。""阴鸷"指阴险凶狠的意思。《资治通鉴·汉宣帝神爵四年》:"严延年为治阴鸷酷烈。""阴鸷"又解作"心思缜密且深藏不露"。从上述的分析中,可以看到,鲁迅的语言经历了一个由相对封闭到开放的过程,自 1918 年《狂人日记》

以后,在他的语言中出现了文白杂合的发展趋势。他认为两方都是不相同的混合体,各方都有不可比拟的优势,所以"杂合"可以说是一种适当的搭配方式。这也是鲁迅对传统和西方各方面语言资源的组合方式。鲁迅所反对的是一切"僵死"的语言,他提倡作家多使用鲜活的口语和生活中的日常语言。正如鲁迅所说的:"这白话得是活的,活的缘故,就因为有些是从活的民众的口头取来,有些是要从此注入活的民众里面去。必须这样,群众的言语才能够丰富起来。"[1]而且只要表达的方便,即使是文言也可以择取使用的。这也是鲁迅文章里充满"文白杂糅"妙趣的根源所在。实际上,对于鲁迅来说,文白语言的相辅过程,是文学的再创作过程,也是不断完善语言的过程。可以说,鲁迅所选择的"文白"措辞句式,促使其形成了独具一格的特色。事实证明,"文白相辅"既突出了汉语的语言特色,也对中国文学和文字的发展有启示作用。汪晖曾指出:"鲁迅作为历史文化的'中间物',他的语言,他的思维形式和内容,既是对中国传统语言与思维形式和内容的挑战、反叛、又是以本国语言传统的整个发展——文人传统与民间传统两方面为基础的,以社会文化关系的语言形式以及思维方式和内容为基础的;同时,鲁迅对本国语言传统的革新本身深刻地体现了东西两大文明的渗透和冲撞。欧化的语法结构和欧化的语词的出现,不仅是中国现代语言规范形成过程的必然现象和革新因素,而且意味着伴随语言方式的变化而必然发生的思维方式的变化。鲁迅小说语言确实体现了半文半白、亦文亦白、半中半西、亦中亦西的特点。但其基本

---

[1] 鲁迅:《二心集·关于翻译的通信》,《鲁迅全集》第4卷,北京:人民文学出版社,2005年,第392、393页。

内容却是现代普通口语。鲁迅小说语言的'混合的'、'过渡的'和'中间的'特点,既是作家'混合的'、'过渡的'和'中间的'文化心理结构的体现。"[1]"五四"前后鲁迅积极参加语言革命,提倡"博采口语,来改革文章",同时主张多用生动凝练的古语词、外来词来形成一个独立的语言系统。在他的小说中,对于不同风格的词语,鲁迅是"兼收并蓄"的,即博采口语、书面语。鲁迅的用语并非仅仅是日常交际的语言,还是高度精炼的文学性的语言,尽管比起文言来说,更多的是以口语为基础。有趣的是,鲁迅的口语常包括方言词语,虽然有很鲜明的地域文化色彩,但读起来也并不陌生。在《社戏》里形容"罗汉豆"时,鲁迅运用了两个令人难忘的词汇:"这回想出来的是桂生,说是罗汉豆正旺相,柴火又现成,我们可以偷一点来煮吃的。大家都赞成,立刻近岸停了船;岸上的田里,乌油油的便都是结实的罗汉豆。"[2]用"旺相"和"乌油油"具有特殊的意味。这个土生土长的桂生,当然不会用"乌油油"此类的书面语词,而用"旺相"一词来描写眼前的事物,实在是用得得体。在鲁迅看来,口语就是说话,最本色的口语是能够散发出个人气质的口语。中国是一个多民族的国家,大众语言是固有的多种方言口语和现代白话口语以及外来语有机结合的产物。这便形成了汉语口语的多元化特点:

几个读书人在书房里商量出来的方案,固然大抵行不通,但一切都听其自然,却也不是好办法。现在在码头上,公共机关中,

---

[1] 汪晖:《反抗绝望:鲁迅及其文学世界》,北京:生活·读书·新知三联书店,2008年,第255页。

[2] 鲁迅:《社戏》,《鲁迅全集》第1卷,北京:人民文学出版社,2005年,第595页。

大学校里，确已有着一种好像普通话模样的东西，大家说话，既非"国语"，又不是京话，各各带着乡音，乡调，却又不是方言，即使说的吃力，听的也吃力，然而总归说得出，听得懂。如果加以整理，帮它发达，也是大众语中的一支，说不定将来还简直是主力。我说要在方言里"加入新的去"，那"新的"来源就在这地方。待到这一种出于自然，又加人工的话一普遍，我们的大众语文就算大致统一了。[1]

写文章也是记录个人所说的话，这点看上去无足惊奇，但这是对文言统治时代人们在语言表达方式上的一种挑战。在"说的出，听得懂"的标准下发扬白话国语的现代性优点，所谓现代性不拘于固有的文言、方言、俗语，而"采用白话，欧字"，使口语表达更加丰富，写作更加方便。这样，从根本上消除了文言这种书斋里的教化形式导致的无视现实、盲目追求复古、无视自我价值的偏激思想。在这一背景下，整个文学观念发生了变化，这带来了新文学作家们的思维方式和文学观念的变革，促成了现代文学的新走向。胡适在《文学改良刍议》中提出白话文学的主张，用"活文字"，除去"死文字"，之后在《建设的文学革命论》中又把语言与文学结合，形成他"国语的文学，文学的国语"的主张。然而，他把"八不主义"改为"四条主张"："一、要有话说，方才说话。二、有什么话，说什么话；话怎么说，就怎么说。三、要说我自己的话，别说别人的话。四、是什么时代的人，说什么时代的话。"[2]胡适

---

[1] 鲁迅:《且介亭杂文·门外文谈》,《鲁迅全集》第6卷,北京:人民文学出版社,2005年,第100、101页。
[2] 胡适:《建设的文学革命论》,1918年4月《新青年》第4卷第4号。

对改良文学的基本观点,显示了一种历史发展的必然。他对语言改革的重视,引起了同时代人的兴趣,陈独秀、钱玄同、刘半农、傅斯年、周作人等都先后发表了文章。陈独秀的《文学革命论》、傅斯年的《文学革新申义》《文言合一草议》等,都对新文学语言问题提出了重要见解。周作人在《〈燕知草〉跋》中提出"以口语为基本,再加上古文、方言、欧化语等分子,杂糅调和,适宜地或吝啬地安排起来"。

但是这些语言材料究竟如何"杂糅调和"？这需要作家的深厚语言功底。现代的人能说自己的话,在这方面,真正获得成功的似乎只有鲁迅。因为鲁迅的小说语言真正做到了博采口语、外来语、欧化语、方言、古典小说语言等各种因素,形成了具有鲜明特色的语言风格。同时他将群众、理论与改革实践结合的趋向,视为时代变革的契机。鲁迅就是在这特殊时期的文化境遇中成就了一番事业的文化伟人。他对一切语言资源"都有选择地消化,有鉴别地利用,反对照单全收或机械地分出好坏。他的语言态度,基本上是既在潮流之中,又在潮流之外,即既大胆敞开汉语原有的音义语法结构,积极容纳新质因素,摆脱旧物,寻求新言,又能对各种在手边的语言观念和材料保持高度警惕,不盲目拒斥,也不盲目依从,不以潮流而淹没个性。"[1]这些语言资源并非只是鲁迅对传统白话文或欧化语言进行的简单重叠,而是经过鲁迅艺术再创造的结果。比如,地保如此教训阿Q："阿Q,你的妈妈的！你连赵家的佣人都调戏起来,简直是造反。害得我晚上没有睡觉,你的妈妈的！……"[2]七斤嫂怒骂七斤："你这死尸怎么这时候才

---

[1] 郜元宝:《鲁迅六讲》,北京:北京大学出版社,2007年,第59页。
[2] 鲁迅:《阿Q正传》,《鲁迅全集》第1卷,北京:人民文学出版社,2005年,第528页。

回来,死到那里去了！不管人家等着你开饭！"[1]嫦娥埋怨丈夫羿："又是乌鸦的炸酱面,又是乌鸦的炸酱面！你去问问去,谁家是一年到头只吃乌鸦肉的炸酱面的？我真不知道是走了什么运,竟嫁到这里来,整年的就吃乌鸦的炸酱面！"[2]其中可以感觉到浓郁的乡土气息,充满了富有情趣的世俗的笑语。鲁迅现代白话的决定性因素不是胡适所提倡的"白",而是把整个语言资源相互融合渗透到难以分别,从而达到出神入化的境界。

一切语言的创新,必须立足于人,鲁迅的语言创作也是如此。比如,新文化运动以前采用文言,以后全都采用白话。有趣的是,鲁迅讨论古籍时全用文言,甚至 1935 年撰写《〈小说旧闻抄〉再版序言》也用文言。鲁迅认为,这样做才可以保存原有的语气。鲁迅对语言有着特殊敏感,不仅自觉地消解了文白、欧化与口语化的二元对立,而且还创造出熔古今中外于一炉的丰富、生动的文学语言。鲁迅语言的"杂糅"包括对各种语言形式和内容的包容和超越,也体现出鲁迅文化精神中的悖论性,以及试图改变这种矛盾的努力。所以,鲁迅语言的杂糅,不是机械式的混杂,而是一种有机的组合,是站在新的历史高度对各种不同语言资源的兼收并蓄,逐渐成为折射转型期社会文化的主体性语言。换言之,处在这样一个时代的鲁迅,以他的杂糅、混杂、朦胧、矛盾、统一的复杂而丰富多味的语言,表达出了具有新旧重叠的生命体验。这正代表了包括鲁迅在内的这一时代人身上的半新半旧、新中有旧的精神面貌。对鲁迅而言,语言不再是简单的工具,而是人的生命

---

[1] 鲁迅:《风波》,《鲁迅全集》第 1 卷,北京:人民文学出版社,2005 年,第 492 页。
[2] 鲁迅:《奔月》,《鲁迅全集》第 2 卷,北京:人民文学出版社,2005 年,第 371 页。

存在的另一种方式，确立自己的思想、行为模式、情感态度的话语空间。从这个角度来看，语言既是作者的创造，又是读者的创造，体现着双方生命沟通的通道。总而言之，鲁迅努力自觉地在时代的浪潮中改造自己的语言，使其语言有了脱胎换骨的变化。而对鲁迅语言变化的研究，可以让我们更细致地认识现代汉语的转型，有助于我们更好地继承、发扬现代文学的语言传统。"鲁迅所创造的这种熔古今中外于一炉的炉火纯青的文学语言，无疑是作为文学家的鲁迅对汉语文学写作的最宝贵的奉献之一。"[1]

张恨水小说的最大的特点是俗中有雅，雅中有俗，新旧交融，引人入胜。他始终立足大众，强调小说的可读性，对社会、对读者都产生了极为深远的影响。对此，张爱玲曾这样说过：

要迎合读者的心理，办法不外这两条：（一）说人家所要说的，（二）说人家所要听的。说人家所要说的，是代群众诉冤出气，弄得好，不难一唱百和。可是一般舆论对于左翼文学有一点常表不满，那就是"诊脉不开方"。现在的知识分子之谈意识形态，正如某一时期的士大夫谈禅一般，不一定懂，可是人人会说，说得多而且精彩。

那么，说人家所要听的罢。大家愿意听些什么呢？越软性越好——换言之，越秽亵越好么？这是一个很普通的错误观念。但看今日销路广的小说，家传户诵的也不是"香艳热情"的而是那温婉，感伤，小市民道德的爱情故事。所以秽亵不秽亵这一层倒是

---

[1] 叶世祥：《鲁迅小说的形式意义》，北京：作家出版社，1999年，第86页。

不成问题的。

　　文章是写给大家看的,单靠一两个知音,你看我的,我看你的,究竟不行。要争取众多的读者,就得注意到群众兴趣范围的限制。我们自己也喜欢看张恨水的小说,也喜欢听明皇的秘史。将自己归入读者群中去,自然知道他们所要的是什么。要什么,就给他们什么,此外再多给他们一点别的——作者有什么可给的,就拿出来。作者可以尽量给他所能给的,读者尽量拿他所能拿的。[1]

张爱玲的这段话不仅直接地解释了张恨水的作品畅销原因所在,还从侧面间接地表达了她对张恨水通俗文学观的支持态度。张恨水的作品承上延续着明清以来传统白话小说的审美情趣,附庸着一般士大夫阶级的文人在精神层面的需求;启下革新了语言,既抒发了自己忧国忧民的爱国情怀,又能在更多的民间大众之间广为流传。因此,他的小说被认为是其个性化雅风和一般通俗化之间的强强联合。

由众多人对"五四"新文学的反思中可以感到,"五四"文学革命的重点任务是反对文言文,提倡白话文,将白话作为一切文学的工具。然而,"五四"后的新文学创作,则注重作家个人气质的贵族化、语言文字的欧化倾向以及"写实的社会文学"等风格,与当初推进通俗化、大众化的文学目标渐行渐远,其矛盾在语言层面上尤为突出。比如,不时夹杂的英文词汇、欧化的句子、倒装句等等,这不但影响了大众对阅读的吸收范围,更产生了作者和读者之间的距离感。对于这种问题,张恨水曾说道:"许多文人,觉得写出来的文字,如不带点欧化,会被人

---

[1] 张爱玲:《论写作》,《流言》,北京:北京十月文艺出版社,2012年,第80~82页。

家笑他落伍。假如欧化文字,民众能接受的话,就欧化好了,文艺有什么一定的型式,为什么硬要汉化?可是,无如这欧化文字,却是普通民众接受智识的一道铁关。"[1]当然,学习西方,用欧化文字、欧式文化创作是无可厚非的,人们在任何时代都有选择自己写作方式的权利,并且从异质文化的熏陶中汲取精华,有利于扬长避短,重造新文学。但是新文学碰到的问题是,如何处理欧化的写作与大众之间的关系。如果所有创作只为识字的高层人士,而作家与读者双方之间没有"默契",甚至难以沟通,那么新式小说的创作目的和意义何在就值得反思了。不难看到,当时不管是海归派作家或社会上颇有名气的人气作家,都从四面八方来到上海,他们所描写的生活情调也是"布尔乔亚"式的,这种生活观念和思想观念又深受西方文化的影响,这在一定程度上决定了他们的实际创作带有非大众化的倾向:

> 这样,个人的生活方式就开始成为文学倾向的象征。尤其是在左翼作家中,"亭子间"又是"象牙塔",他们这些艺术上的波西米亚人,仍然可以把赤贫的生存化为浪漫的想象。但外在的社会政治现实也迫使他们走出自我营造的"象牙塔",组织起来为社会服务或投入到更激进的事业中去。即使是政治上并不激进的作家,他们的私人空间"亭子间"和上海的公共空间之间的距离也够大了。而正是这个差距使他们要利用上海的某些公共空间和西方的物质文化。[2]

---

[1] 张恨水:《通俗文的一道铁关》,原载 1942 年 12 月 9 日重庆《新民报》。
[2] 李欧梵:《上海摩登:一种新都市文化在中国(1930—1945)》,北京:人民文学出版社,2010 年,第 39 页。

可见，新文学作家的问题不只是在思想层面的问题，还有在语言层面上读者和作者缺少一种"通道"的问题。实际上，中国的白话文学是从汉代民歌、唐代佛教文学、元代戏曲，一直到宋元话本、明清白话小说中不断扩展的。白话文学的语言在一千年的历史文化中，自然地吸取民间语言，丰富了其原有的生命力。值得关注的是，白话文经过文人的艺术加工，实际上只是成为了口语的"提要"，并没有真正达到"言文一致"的目标，这也是现代语言改革的一种悖论。与此同时，"五四"白话文在扩大其使用范围与功能时，对文言的过分剥削以及对外来语的不加区分的输入，也产生了过分"欧化"和"半文半白"的奇怪现象。不过，这种奇怪的语言反而带给大众一种熟悉感。正是有了这样的社会途径，张恨水对语言的选择不同于鲁迅等新文学作家。张恨水首先考虑的是读者的接受和文学的社会效能。他在《海派小说与国语》一文中表明了自己的文学立场：

> 近今之小说家，多出之于上海滩上。取其书而数之，当不愧汗万牛而充万栋。然吾于其布局命意以及一切，姑置不论。有一言格格于喉，不吐不快者，则为白话小说之措词，读之每觉若有奇异感触于身。
> 吾人读海派小说，苟稍稍留意，则觉其所为白话，既非教育界所规定之国语，亦非如红楼梦儿女英雄传所用之京话。更亦不是南人至北，北人至南，用以问答之一种普通话。盖彼等小说中之白话，乃杜撰之白话也。……其间有为沪谚，有为文言，读之极不顺口，盖此辈洋场才子，有终身未渡扬子江者，实不苏白而外，以何项之语体为普通之语言，故不能断定者，以文言代之。不能写

出者，则以沪谚出之。遂成怪现象矣。

固然，若北京各小报上之白话小说，完全用土语，如除非作错非，只要作自要，难道作难到，故意写别字，实不足取。然除去此等俗字，则直书北京话，中国人未有不懂者。故作白话小说，以京话为正宗，一定之理也。既作小说，则于文学上须有相当之贡献，并国语而不能书出，亦小说家之羞矣。[1]

张恨水正式进入文坛之后，写的第一部作品是1919年3月10日至3月16日连载于上海《民国日报》的短篇文言小说《真假宝玉》。他的成名作《春明外史》则在1924年4月12日至1929年1月24日被连载于北京《世界晚报》副刊"夜光"。从这个时间线来看，当时的《新青年》已经将白话文包装成彼时文坛的主流文体，鲁迅在此期间发表了其小说集《呐喊》，标志着中国现代白话文学的诞生。张恨水在文体的选择上，自觉地走上了"另一类"的道路。他既不属于"新文学"阵营，又不属于"甲寅派"。他的小说、杂文、散文、评论、杂感、通信等几乎都发表在当时重要报纸的副刊上。这是张恨水所选择的言论空间，也是与广大读者直接对话的空间。张恨水生前从未直接参与过任一文学团体组织的活动，但他早已认清"白话文"成为社会的主流文体是不争的事实。1926年张恨水评论蒲止水的语言风格时，就已能将白话文详细地分为欧化派、半欧化派、白描派、浪漫派、新蝴蝶派、土话派、典雅派等七类。但在他看来，这些所谓白话文里的分支流派都不能代表白话文的最高境界，究其根本白话文的最高境界理应是要能溶化典雅的文言。1928

---

[1]张恨水：《海派小说与国语》，原载1927年11月17日北京《世界日报》。

年,张恨水在陈述个人写作经验时,就有明显地要为文言文讨个公道的端倪,为此他还拉上当时已出名的"周氏兄弟"为自己撑腰打气:

予为小月旦,有时用语体,有时亦用文言,把笔即来,亦不自知其为何故,若笔调倾于白话,固无法为文言,即笔调倾于文言,亦无法作白话。意动于中,文发于外,其不能强如此。然则断断然白话文言之争者,亦未免过迂矣。……

予常见周氏兄弟作白话文,喜插一段文言在内,以示俏皮,而其文言,恰不可以白话易之,此又文言妙用之一证也。[1]

张恨水借周氏兄弟文白杂糅的语言风格,让自己为文言文的辩驳有了强而有力的理论依据,力证"文言"并不是"已经过时"的存在,至少它在一部分人的心目中是有相对实用价值的。新文化运动框定的历史语境本就让人无奈,惯性的"拿来主义"思维让"张恨水只能从某些感情层面上作文言写作的代言人,却不能更深入地剖析如何将文言加入到白话文体的建构中。"[2]这不仅暴露了文言正由盛转衰的时势所趋,也在一定程度上为新文学作家认识自身弊病提供了反思的契机。

张恨水"新旧杂糅"的写作态度与他深受古典文学熏陶的研学背景有着密切联系。受《花月痕》《红楼梦》的写作技巧影响,《春明外史》《金粉世家》《北雁南飞》《斯人记》等小说中,随处可见大量的高雅诗

---

[1] 张恨水:《文言之妙用》,原载1928年4月1日北平《世界晚报》。
[2] 朱周斌:《张恨水小说中的现代日常生活》,桂林:广西师范大学出版社,2010年,第70页。

词。如《春明外史》的四十五回,杨杏园翻李冬青的《秋心集》时,在最前面看到这样一首词:"风前习习帘波碎,鹦鹉呼茶,惊起南窗睡。几度凝眸浑不忆,梦中得句都忘记。门掩绿荫凉似水,不待秋来,先有秋来意。寒澈玉屏愁独倚,菱花相对人憔悴。"[1]杨杏园读后怆然有感,觉得一个满腹才华的女子填了这样伤心已极的词,令人十分惋惜,恐怕将来不会有什么好结果。在章回体小说中大量加入古典诗词元素,可以为平淡无奇的叙述添加几分抒情意蕴,既暗示着人物命运主线,又渲染气氛以突出中心思想。正如陈平原所说的:"对于说书场中的听众以及通俗小说的读者来说,听故事读小说只是一种娱乐。娱乐者难得思索,往往是希望得到一种替代性的满足。因此,最好先苦后甜。"[2]只有作品的文字做到清丽可读,才会使"新"文体代言成为广大读者喜闻乐见的新文学。

张恨水对语言改革较突出的贡献体现在他极力废弃"半文半白"的句法形式、积极接受和推广传播新文学的白话文上。他不仅以北京人地地道道的普通话来创作,还把安徽、江苏、四川等各地的方言融入其中,这是整个新文学发展史上不可磨灭的功绩。虽然人们谈到所谓"京味文学"时,由于这不是一个成熟的概念,还存在歧义,但毋庸置疑的是:张恨水的小说确实充满着地地道道的"北京气派"。[3]北京是新文学的发源地,"五四"始于北京,《新青年》最风生水起之时也在

---

[1] 张恨水:《春明外史》(中),太原:北岳文艺出版社,1993年,第709页。
[2] 陈平原:《千古文人侠客梦》,北京:北京大学出版社,2010年,第51页。
[3] 精通中华文化的日本友人矢原谦吉,与张恨水友善,他的总结尤为精到:"张恨水,皖人,而其'北京气派'似较京人尤甚。"(参见曾智中、尤德彦:《张恨水说北京》,成都:四川文艺出版社,2007年,第448页。)

北京。而到了现代,当我们每每提及文学史上真正了解北京文化的特质和文化精神的两个人时,都会首先想起老舍和张恨水:前者擅长表现地道的老北京文化,把"旗人"形象和"官样"特质刻画得栩栩如生;后者擅长捕捉鱼龙混杂的北京大杂院生活里,暗藏于底层市井小民日常中的点滴瞬间。张恨水的小说之所以被视为大杂院里的"传奇故事",是因为他的文体生动且传神,具备一般口语化传播的媒介特征。看似朴素无华的记录语气,凝结着许多北京文化的智慧结晶。

张恨水小说的叙述语言基本以普通话为主,而小说中的人物语言则用北京话。这不仅体现着他面对北京这块区域文化所表现出油然而生的自豪感,更展现经他手的故事情节更具平民化、亲近感、现实性的内涵。比如,专门描写古都北京生活的《春明外史》《金粉世家》《啼笑因缘》《夜深沉》《斯人记》《美人恩》《艺术之宫》《京尘幻影录》等作品里,常出现"吃馆子""作个小东""明儿""一会儿""好好儿的""土包子""玩艺儿""一点儿""压根儿""疙瘩丝儿""葱花儿""铜子儿""死心眼儿""改日会""劳驾""得了""怪贫的""瞧你""真够瞧的了""回头我再来"等纯正京腔。张恨水的北京话主要表现在人物性格(形象)、心理刻画和景物描绘之中。

京味小说的成功为现代文学引入了来自民间的思维方式和视野,更为现代作家提供了活用民族文化与民族语言去拓宽疆域的自信心。得益于张恨水的多产,从《春明外史》《金粉世家》《啼笑因缘》《夜深沉》《斯人记》《美人恩》《艺术之宫》《京尘幻影录》等一系列的京味作品的题目便可知晓,那北京特有的历史、人事、景物及礼仪风俗、游艺娱乐、衣食住行等,无一不被他详尽周到地纳入囊中。

总的来说，张恨水的京味文化全书相较于老舍等人所强调的京味是有所升华的。但凡只要细细品读，他那种经过个人生命体验过滤并升华的情感偏向，便会让当代的读者尝尽时令的五味杂陈。出于一个新闻记者对热点文化的高度敏感，张恨水将老北京的三教九流、五行八作尽收笔底，让那游走于生活缝隙里的"小人物"也有了一丝出走江湖的硬气。大众传媒的不断发展，让张恨水的许多文学作品得以通过影视剧的新形式和更多观众来一场跨时空的会面。这很大程度地帮助了他在近代、现代、当代三个维度渗透个人影响力。也由此，张恨水的京味文学在传媒和文化的双重作用下，开始别有一番风味："他的小说是'俗'的，是能与'匹夫匹妇'的思想感情与阅读习惯相'通'的；而他的格调是'雅'的，而不是粗糙或粗俗的，在这个意义上说，他打通了雅俗，而不是向新小说上去'靠'，这才叫打通雅俗。"[1]

正因为张恨水的小说寓教于乐，可读性强，所以才能收获像鲁迅母亲这样的广大知音。据荆有麟回忆，鲁迅曾提到："老太太看书，多偏于才子佳人一类的故事，她又过于动感情，其结局太悲惨的，她看了还会难过几天，有些缺少才子佳人的书，她又不高兴看。"史料证明，鲁迅到上海定居后，为母亲曾寄过几次张恨水的小说。例如，1933 年 1 月 13 日，鲁迅在日记中这样描述："矛尘自越往北平过沪，夜同小峰来访，以《啼笑因缘》一函托其持呈母亲。"[2]1934 年 5 月 16 日《致母亲》中写道："又，三日前曾买《金粉世家》一部十二本，又《美人恩》一部三本，皆张恨水所作，分二包，由世界书局寄上，想已到，但自己未曾看

---

[1] 范伯群：《中国现代通俗文学史》，北京：北京大学出版社，2007 年，第 447 页。
[2] 鲁迅：《日记二十二·19330113》，《鲁迅全集》第 16 卷，北京：人民文学出版社，2005 年，第 354 页。

第三章　创作观念差异下迥然不同的艺术风格　　　　　　　　　　　　165

过,不知内容如何也。"[1]1934年8月21日《致母亲》中又写道:"张恨水们的小说,已托人去买去了,大约不出一礼拜之内,当可由书局直接寄上。"[2]这充分说明张恨水从创作初期到现在甚至未来都拥有着不断壮大的各阶层读者群体,他也因此"使章回小说获得了新的生命"[3]。

张恨水的小说在表现形式上追求各小说语言的借鉴,从中产生更丰富、生动的艺术变调。这就能做到通俗而不媚俗,雅俗共赏的审美效果。他始终认为,现代性是多层次的,有进步、解放等宏大叙事,也有日常生活,不能因为强调某一方而忽视另一方:

> "日常生活"同"现代城市"一样,是现代性的标志。这并不是说前现代的社会形态里,便没有日常生活,芸芸众生便不生老病死、饮食男女;恰恰相反,正是在现代平民社会里,柴米油盐、家长里短"过日子"本身才正式成为一个意义范畴和思辨对象。如果说前现代,尤其是农业手工业式的社会里,人们的日常生活常常被赋予神圣性或者浓厚的象征意义,亦即直接的感官生活被不断转译成某种超验的意义和目的,那么现代城市文化则正是肯定日常生活的世俗性和不可减缩。日常生活,以至人生的分分秒秒,都应该而且必须成为现代人自我定义自我认识的一部分,如果不是全部的话。

---

[1] 鲁迅:《340516致母亲》,《鲁迅全集》第13卷,北京:人民文学出版社,2005年,第103页。
[2] 鲁迅:《340821致母亲》,同上,第201页。
[3] 茅盾:《关于〈吕梁英雄传〉》,《中华论丛》第2卷第1期(1946年9月1日)。

所以，现代人"直面惨淡的人生"的时候，其实是在索回人自身的价值，并且同时意识到这一价值的非神圣、非崇高甚至平庸。这也许是现代性的一个根本矛盾所在：人们用极其崇高甚至悲壮的气概和"淋漓的鲜血"换来的现代进步或解放，最终却必然是对平民的那种安宁琐碎的日常生活的肯定和保证。所谓人类解放、历史进步等现代理想并不意味着鲜红的太阳照遍全球，而只是一种悲喜剧式的反高潮，是八千里路云和月后的小巷人家。[1]

张恨水不仅在小市民层面上拥有绝对广泛的读者，还深深打动着其他更高层次的读者，其小说甚至在海外也广为流传。时至今日，包括美国国会图书馆以及一些美国著名学校的图书馆的书架上，都还珍藏着张恨水的经典作品。这足以证明张恨水不仅有自成系统的创作风格，更保持了作品本身的美学特征与市场效益之间的平衡，也让文字艺术没有地域界限、民族界限、语言界限，而有更多的共赏性价值。

从上述的分析中，已经可以看到，鲁迅和张恨水不仅仅把语言文字简单地作为文学创作的形式，更重要的是二人把它作为文学创作的思维模式，作为一种新文体的时代解放来认识。在二人看来，语言不仅是传达意义的工具，更是人类生存的根基。这一主要思想，几乎成为"五四"时期知识分子的共同心声，传达出一种新的文学观点。他们不仅发现了语言的叙事、抒情功能，也发现了语言的思想文化功能。所以当陈独秀等人打出"文学革命"的旗号时，已经意识到文言文的晦涩难懂的弊病及其包含的封建主义思想。那么白话不再是一个单纯

---

[1] 唐小兵：《蝶魂花影惜分飞》，《读书》，1993年第9期。

的形式问题,它所涉及的艺术思维和观念变革,是人们的共识。在鲁迅和张恨水的小说中,小说语言新旧交叉、雅俗相混、长短间杂,更兼其自由活泼、意蕴无限,令人产生朦胧深远的美感。二人所尝试的"错杂"的语言体式,不仅超脱了相对枯燥郁闷的传统艺术观念,还在与现实生活的结合中产生了一种奇妙的艺术效果。总而言之,鲁迅和张恨水对语言运用的自觉性和主动性不仅使其小说艺术形式别开生面,还为整个现代小说艺术生命、现代文学语言带来了新的生机。

第三节 雅与俗作为风格:语言质感的差异化策略

一般来说,艺术作品的风格主要指作家在创作实践中所表现的格调特色。风格与作家的创作个性、作品的语言情境及作品呈现的整体性等艺术特点有关。秦牧在《艺海拾贝·鲜花百态和艺术风格》中指出:"'风格'这个词儿,看起来很抽象,所以抽象,是因为它概括了大量事物的缘故。一个作家的生活道路、思想、感情、个性、选择的题材、运用文学语言的习惯和特色、生活知识积累的广度和深度……这一切总汇起来构成他的风格。"[1]因此,风格是一个作家独树一帜的标志,也是一部作品达到较高艺术水准的指标。鲁迅和张恨水都有自己的

---

[1] 秦牧:《艺海拾贝》,北京:中国青年出版社,2008年,第2页。

风格。

　　风格同作者的个性密切相关,当作者形成稳定的风格后,其艺术特色往往会在较长时间内保持不变。而正因为有这种稳定性,我们在欣赏不同作家的作品时,常常不看署名也能辨认出是哪位作家的作品。例如,鲁迅在白色恐怖下,为了斗争的需要,常常使用不同的笔名,但是明眼人还是能从风格中认出鲁迅的文章。纵观鲁迅的小说,无论是什么样的人物、事件都被非常无情地展现在读者面前,产生着震撼人心的艺术效果。这种力量并不是来自作家对人物与故事的着意渲染,而是来自于作家对人物冷静地洞察。鲁迅通过这些人群的特征,不动声色地去描写,去揭示灵魂。鲁迅甚至"从'中间物'的自我悲剧意识出发,创造小说中的悲喜体系,在'憎'的感情背景上表现悲剧与喜剧的相互转化与融合,把被嘲笑的人与被憎恶的人,甚至准备去复仇的人统一起来。"[1]这样,他更进一步在小说中对故事的悲剧性毫不留情地揭露,显示出具有个性化的冷峻风格。鲁迅曾说道:"我的确时时解剖别人,然而更多的是更无情面地解剖我自己,发表一点,酷爱温暖的人物已经觉得冷酷了,如果全露出我的血肉来,末路正不知要到怎样……还有一种小缘故,先前也曾屡次声明,就是偏要使所谓正人君子也者之流多不舒服几天,所以自己便特地留几片铁甲在身上,站着,给他们的世界上多有一点缺陷,到我自己厌倦了,要脱掉了的时候为止。"[2]鲁迅笔下展现的是半殖民半封建的社会时代背景

---

[1] 汪晖:《反抗绝望:鲁迅及其文学世界》,北京:生活·读书·新知三联书店,2008年,第214页。

[2] 鲁迅:《坟·写在〈坟〉后面》,《鲁迅全集》第1卷,北京:人民文学出版社,2005年,第300页。

下,人物心灵的阴暗、环境的阴冷、人情的冷漠。这是鲁迅对悲剧的独创性表达,是一种特殊的艺术风格。

  翻开鲁迅的作品,可以发现各种不同的笑声,鲁迅以他精彩的白描笔法写到了哄笑、调笑、苦笑、冷笑、暗笑、耻笑、怪笑、陪笑等种种笑相。这表现了封建思想文化笼罩之下的众生百态和人伦关系。不同人的声音直接影响着主人公的情绪起伏,由此产生了喜悲交错的艺术效果。在《孔乙己》中,恣情欢笑的外壳之下隐藏着的是冷冰、阴郁色彩的悲剧内核。孔乙己的可悲人生正是在众人的拍掌大笑中开始的。只有孔乙己到鲁镇酒店时,才"引得众人都哄笑起来,店内外充满了快活的空气"[1]。至于孔乙己的偷窃、被打折腿,同样会引得旁人的哄笑。被"知足常乐""忍气吞声"等封建教条洗脑后的奴才们显得如此冷酷无情,而数千年来封建私有制下自给自足的经济形态,更加深了人们的自私、对立,使人们变得极端隔膜。鲁迅有意识地把旁人的笑声、热闹的气氛与孔乙己个人的命运相结合,增强了整个作品的悲剧感。文本深层的内涵和残酷的现实表象,发人深省,促人觉悟。在《肥皂》中一个十八九岁的女乞丐当街讨饭,引起两个光棍的"打趣"和调笑。卫道士四铭也"从旁考察了好半天"[2]。他们对女乞丐的"调笑",决非停留在"笑笑而已",而在他们的嬉笑声中,作品的氛围也更显沉闷悲凉。这正是那冷漠社会的生动写照。鲁迅以喜写悲,从而使得作品的悲剧效果更加强烈。在《祝福》里,从祥林嫂和柳妈的闲聊中也可以看到鲁迅的冷峻深沉。柳妈说祥林嫂同何老六拜堂肯定是祥

---

[1] 鲁迅:《孔乙己》,《鲁迅全集》第1卷,北京:人民文学出版社,2005年,第458页。
[2] 鲁迅:《肥皂》,《鲁迅全集》第2卷,北京:人民文学出版社,2005年,第54页。

林嫂自己愿意的,要不然怎么后来竟依了呢?祥林嫂解释说是何老六力气大。柳妈问,祥林嫂这么大的力气怎么拗他不过?祥林嫂笑着说,那你试试看。然后,"柳妈的打皱的脸也笑起来,使她蹙缩得像一个核桃;干枯的小眼睛一看祥林嫂的额角,又钉住她的眼。祥林嫂似乎很局促了,立刻敛了笑容,旋转目光,自去看雪花。"[1]祥林嫂在对话中,感觉到话题变得越来越严肃,再没有勇气看柳妈的眼神,甚至感到沉重的羞耻感。鲁迅并没有直接表达心中的愤慨,也没有细致地描述人物的心理变化,只是不动声色地将一个活生生的冷漠社会摆在读者面前,让读者亲自审视,这充分显示了鲁迅笔法的冷峻深沉。《长明灯》里的"疯子"用自身闪亮的眼光回击众人"嘲笑似的微笑"。在《狂人日记》中,狂人表示了对吃人者的轻蔑:"他们这群人,又想吃人,又是鬼鬼祟祟的,想法子遮掩,不敢直捷下手,真要令我笑死。我忍不住,便放声大笑起来,十分快活。自己晓得这笑声里面,有的是义勇和正气。"[2]《孤独者》中的魏连殳看透了人世的苍凉之后,用冷笑拒绝别人的宽厚,以精神扭曲和自我毁灭的方式进行了绝望的反抗:"他在不妥帖的衣冠中,安静地躺着,合了眼,闭着嘴,口角间仿佛含着冷冰的微笑,冷笑着这可笑的死尸。"[3]鲁迅在庸众的暗笑中,发现精神界的战士们"都在社会的冷笑恶骂迫害倾陷里过了一生;现在他们的坟墓也早在忘却里渐渐平塌下去了。"[4]从中可以想象,死者最后的笑容意味着鲁迅式的复仇,也可以看到先驱者的惨伤里夹杂的愤怒和悲

---

[1] 鲁迅:《祝福》,《鲁迅全集》第2卷,北京:人民文学出版社,2005年,第19页。
[2] 鲁迅:《狂人日记》,《鲁迅全集》1卷,北京:人民文学出版社,2005年,第448页。
[3] 鲁迅:《孤独者》,《鲁迅全集》第2卷,北京:人民文学出版社,2005年,第110页。
[4] 鲁迅:《头发的故事》,《鲁迅全集》第1卷,北京:人民文学出版社,2005年,第485页。

哀。《伤逝》里的涓生和子君的各种苦笑充分体现着生活的悲剧。一开始敢于走出封建家庭的子君脸上"带着笑窝",后因现实生活的种种压力,子君和涓生的感情日益变得生疏。子君越来越不满涓生"装作勉强的笑容",但为了维持脆弱的婚姻,只能"陪笑",或"勉力谈笑,想给她一点慰藉。然而我的笑貌一上脸,我的话一出口,却即刻变为空虚,这空虚又即刻发生反响,回向我的耳里,给我一个难堪的恶毒的冷嘲。"然而,"子君有怨色,这是从未见过的,但也许是从我看来的怨色。我那时冷冷地气愤和暗笑了。"[1]作为历史的中间物,鲁迅对黑暗沉闷的历史、现实、人伦关系等复杂感受,使得他"对世事有一种阴郁却又无比深刻的把握方式"[2],这正是鲁迅对中国历史经验的独特把握。鲁迅将这种异己力量与社会传统的悲剧性相联系,更显示出"悲凉、冷峻的气氛,反映了作者孤独、苦闷的心绪,给人以重压之感"[3]。

从鲁迅小说的各种空间场所中,我们可以看到一个冷酷无情的吃人社会。鲁迅笔下的空间物象既营造着一种极大的精神压力,又隐喻着他的文化想象,带上了特定的时代气息。不难看到,其故事情节主要发生在监狱、刑场、土谷寺、文化山、神庙、衙门、街道、十字路口、咸亨酒店、茶馆、药铺、坟墓等空间,这些空间形态分别代表着神权、政权、族权、父权、夫权,它们表现出的是一种沉寂、昏暗、阴冷、悲惨的气氛。鲁迅对于这类空间意象的设计,意在突出它们的人文属性,而绝

―――――
〔1〕 鲁迅:《伤逝》,《鲁迅全集》第 2 卷,北京:人民文学出版社,2005 年,第 125 页。
〔2〕 汪晖:《进化的理念与"轮回"的经验——论鲁迅的内心世界》,《广东社会科学》,1989 年第 4 期。
〔3〕 汪晖:《鲁迅的精神结构与〈呐喊〉〈彷徨〉》,《社会科学辑刊》,1989 年第 5 期。

非要强调它们的布局、位置、建筑特点等。如咸亨酒店和鲁镇的具体位置在哪儿,作者始终没有交代清楚,只是让读者自己去想象。王富仁认为鲁迅小说中的"'当街的一个曲尺形的大柜台'与'隔壁的房子',就把'鲁镇的酒店'分割成了三个部分,分别对应商业的经营者(掌柜)、有权有势的顾客(穿长衫)、普通劳动者(短衣帮),通过这些不同的文化符号,鲁迅为读者开辟了异常宽阔广大的想象空间。"[1]这象征着一个人与人彼此隔膜的社会。鲁迅借此表达鲁镇的思想文化,并最终揭示鲁镇的封闭、腐朽是中国文化的一个悲剧。也就是说,鲁迅小说着力要表现的是这些空间意象的深刻内涵,以此来增加小说文本的思想厚度。

值得注意的是,鲁迅创作小说的目的是想挖掘和改造国人的灵魂。鲁迅并不专注经营故事,而注重发挥其细腻的艺术感觉与语言的诗性。鲁迅关心的是中国人的精神世界,是已经僵化了的封建文化的最深处。而这一切决定了他的小说要反映的是一个病态的社会,而不是相对客观的真实。这种小说的内在美,它所传达出的语言感觉,给人留下了巨大的想象空间。鲁迅小说语言感觉的独特性来自于他对人与自然、社会的观察,作者笔下的人与自然是紧密联系的。但是,鲁迅眼中的大自然又不是静止的画面,而是动态的情感,是包括人的灵魂的。鲁迅大量运用比喻、象征、意识流等艺术手法,将他眼中的民族悲怆和历史积淀的文化精神相融合。正因为如此,其艺术感觉和语言质感不可能是纯粹而简单的,鲁迅以简单明了的语言和对现代生命的悲剧体验,展现了他小说的独特风格。这不仅被投影到外在的社会空

---

[1] 王富仁:《中国文化的守夜人——鲁迅》,北京:人民文学出版社,2010年,第209页。

间,也与小说的内在生存空间融合为一体。如《白光》里陈士成最后的死是悲惨的,鲁迅用冷峻的语言来叙述这个场面:

第二天的日中,有人在离西门十五里的万流湖里看见一个浮尸,当即传扬开去,终于传到地保的耳朵里了,便叫乡下人捞将上来。那是一个男尸,五十多岁,"身中面白无须",浑身也没有什么衣裤。或者说这就是陈士成。但邻居懒得去看,也并无尸亲认领,于是经县委员相验之后,便由地保抬埋了。至于死因,那当然是没有问题的,剥取死尸的衣服本来是常有的事,够不上疑心到谋害去;而且仵作也证明是生前的落水,因为他确凿曾在水底里挣命,所以十个指甲里都满嵌着河底泥。[1]

显然,在纷繁复杂的生存语境中,因多数者的自私与不爱管"闲事",一个为生存拼命挣扎的孤零零的灵魂最终无法获得拯救。上层阶级的压迫、文化反抗者的孤独、下层庸众的陈腐构成了这个阴沉死寂的生存环境。在《药》中,可以看到村民们闲聊革命者夏瑜被砍头的情景:

花白胡子一面说,一面走到康大叔面前,低声下气的问道,"康大叔——听说今天结果的一个犯人,便是夏家的孩子,那是谁的孩子?究竟是什么事?"

"谁的?不就是夏四奶奶的儿子么?那个小家伙!"康大叔见

---

[1] 鲁迅:《白光》,《鲁迅全集》第1卷,北京:人民文学出版社,2005年,第575页。

众人都耸起耳朵听他,便格外高兴,横肉块块饱绽,越发大声说,"这小东西不要命,不要就是了。我可是这一回一点没有得到好处;连剥下来的衣服,都给管牢的红眼睛阿义拿去了。——第一要算我们栓叔运气;第二是夏三爷赏了二十五两雪白的银子,独自落腰包,一文不花。"

"包好,包好!"康大叔瞥了小栓一眼,仍然回过脸,对众人说,"夏三爷真是乖角儿,要是他不先告官,连他满门抄斩。现在怎样?银子!——这小东西也真不成东西!关在牢里,还要劝牢头造反。"

"阿呀,那还了得。"坐在后排的一个二十多岁的人,很现出气愤模样。……花白胡子的人说,"打了这种东西,有什么可怜呢?"[1]

他们的谈论让人心酸落泪。从启蒙的角度来看,"下层庸众"是"文化反抗者"启蒙的重点对象,而文化反抗者通过启蒙对话来完成革命行为也不是一件特别困难或奇怪的事情。但是在鲁迅的小说中,情况并非如此。在"常人"看来,他们没必要也没兴趣相信一个"疯子"的胡言乱语。而在"狂人"看来,这群"凡人"的胡闹与现代理性精神是相悖的。在这种"双向隔膜"的当下环境里,他们之间的对话变得难以持续。于是在这种沉寂中,启蒙者感到孤独与悲哀。而庸众听不懂启蒙者的话语,从而不能立刻发出心灵的回应。在社会的主客体之间形成这种两峰对峙的原因,一方面是因启蒙者没有把自己的话语说清,或

---

[1] 鲁迅:《药》,《鲁迅全集》第1卷,北京:人民文学出版社,2005年,第468、469页。

他们过于骄傲、过于软弱；另一方面则是因为被启蒙者(庸众)过于麻木，无法改变相互之间的分离与隔膜。这种难处分别出现于《祝福》中的"我"和鲁四老爷之间的对话、《狂人日记》中"我"与大哥之间的对话、《头发的故事》中N先生和"我"之间的对话、《在酒楼上》中的"我"和吕纬甫之间的对话、《孤独者》中的魏连殳和"我"之间的对话之中。因为对人生道路有着不同的选择，他们之间的对话也就难以和谐；对话的不融洽，给小说留下了开放性的语言空白。也就是说，鲁迅除了在文中抒发主观感情外，还为小说的社会讨论留下了充足的空间。换言之，鲁迅希望以启蒙者的身份让社会的两种"独立个体"直接接触、冲突起来。也就是启蒙者不要在荒原上呐喊，而是从荒原中走出来到大街上去呐喊，让群众在现场时时刻刻听到其痛苦的声音，由此调动庸众的情绪。或许，这种先觉者的举动会动摇已经僵化了的群众的生存环境。假如，革命者夏瑜在临终前与庸众华老栓以及茶馆里的看客们之间有了一场对话，或许能把一个冷漠无情的世界改造成一个充满情意的世界。虽然看客们希望用革命者的鲜血制作的人血馒头来治好小栓的病，但通过一场有意义的对话也可以让他们理解彼此的困境。改过自新的华老栓和看客们在清明上坟时，也为革命者的伟大牺牲流泪，从此原先没有温情的鲁镇和未庄社会逐渐充满了欢笑。实际上，鲁迅对启蒙、立人的思想一直进行着反思，国民之间普遍存在着沉默与隔膜，而对这些现实境况的书写也就形成了小说冷峻残酷的风格。

当然，鲁迅的悲剧性眼光并不是悲观性的眼光，而是对具有个性自由、独立人格、感情自主的"人"的积极关注。所以鲁迅才会安排在清明的寒冷里给革命者的坟头插了一圈红白的花，安排张靖甫患的是麻疹而非恶性猩红热,在悲剧性的冷峻基调之外小说更表现了理性批评的光芒和热切的救世情怀。鲁迅的小说语言简洁朴素,它在自然的真诚里,揭示出了日常现象背后的悲哀,以及现代人别无选择的痛苦。如果与同时期的其他作品比较,鲁迅的小说总是怀着深广的忧愤,他以冷峻的态度面对社会人生,以对炎凉世态的深刻洞察来解剖中国的现状,暴露国民的劣根性,热切地探索救国之路。鲁迅小说,在冷峻沉郁之中带着独特的理想主义色彩,这更充分显示了他的美学价值。

由上可见,鲁迅语言风格的形成因素是多方面的。首先,鲁迅善于学习劳动人民的语言,其作品中有很多民间口语,通俗易懂的白话,这也是鲁迅语言风格的一个重要特色。其次,他在具有口语化、散文化的语言基础上增加了语言的诗性能量。鲁迅始终考虑的其实就是人与现实的关系问题,所以他的写作离不开对现实生活的关注,但与此同时又留下了自我反思的空间。唯其如此,他的文章与作品才能容纳更广阔、深刻的现实因素,而不只是与现实建立一个简单的对应关系。这种写作姿态渗透到他的文学语言之中,突显出血肉的质感。

在处理现实生活与语言的关系上,鲁迅选择的是具有现代生活气息的日常口语,从中来捕捉时代转型期民众复杂的主观感受。比如,鲁迅在作品中常用的"无边的荒野""病叶""剥落的高墙""冰谷""无声""广漠的旷野"等,在其他作者的语言环境下,有可能会显得生硬。但在鲁迅的作品中,读起来就很有节奏感,甚至提升了其作品的"荒凉""孤独""庄严"的审美效果。更精彩的是,"孤独的雪""死掉的雨""颓败线的颤动""失掉的好地狱"等一类词汇的搭配大大改变了现代汉语的表达习惯。鲁迅在写作过程中的语言的设计与创造,仿佛是他自己生命的跳动,从中把现实社会与自我的主观情愫巧妙地结合起来。由此，鲁迅把一种看似平淡的词汇变得更有力度，更有语言质感。从而打破了"雅俗"语言的格局，进而在文学书写中逐渐确立语言的艺术性。在鲁迅看来，作家叙述的不单单是故事的背景，还应该借助语言手法来深刻表达作者的写作境遇。在鲁迅的语言中，整体与部分始终错综复杂地联系在一起，而这种近乎矛盾、分裂的写法同样反映出鲁迅写作时的矛盾心态。这种语言结构往往使读者产生各种新的语言意象。这恰恰是不同读者欣赏鲁迅的作品时，能够产生不同感受的深层原因。鲁迅对人类未来失去希望的同时，拒绝承认现实状况的合理，即使明知人类无法改良，也要硬着头皮在绝望中斗争。这便是鲁迅的伟大之处。可以说，鲁迅小说中的冷峻风格是他的独特艺术个性，在给读者艺术享受的同时，更能引发他们审视人生、感悟人生。

与鲁迅相比，张恨水小说的语言则少有严峻和壮烈，留下的更多是凄凉。他总是与小说中的人物、故事保持距离，以客观的冷眼看世界。张恨水是一个敏感于人性之恶、关怀人类终极命运、在精神方面具有极强理性思维能力的作家。他的小说世界有一种沧桑感，而其内核又很独特，带有普适性的悲剧，即人无法抗拒命运。因此，张恨水把这种时代的凄凉转化为人物个体的悲哀。透过亲情、爱情的悲剧，他从官场的丑恶中挖掘出那个时代最普遍的状态，来展现人类生存的困境。他特别善于描写人在突然的变故中的尴尬处境，如亲情的丧失、两性关系的不平等、强势与弱势殊途同归的悲剧等等，这些都构成了张恨水小说的"淡漠凄凉"的风格。

首先，张恨水通过挖掘与反思人性的迷失，来对亲情异化、人性沉沦、良知泯灭现象进行拷问。在《斯人记》中，作者专门写到了亲情在贫穷面前的无助和变异：

她(珍珠花)妈道:"做姨太太怕什么呢?只要享福就是了。做正能卖多少钱一斤。一个娘们,不吃不喝,就能过一辈子吗?越是做大官的人,越是做太太没有意思,花花世界都让给姨太太的。再说唱戏的人,压根就不是什么有身份的人,做了大官的姨太太,那就不屈。"

"只要他和你好,又能出力又能出钱,比有一百五十个人捧你都强。"

"……人生在世,都无非是求名求利,女子若没有职业,自然把身子去换金钱。女子若没有技能,在社会上没有地位,所以又把身子去换虚荣。此外你所举的第三种,无论男子什么手段,不外乎名与利,中了男子的手段,她就是为名为利。"[1]

这些女孩子缺乏父系亲族的保护,却要反过来供养本应该保护她的父系家族和母系家族。为了谋生,身为父母的经常出卖女儿的身体。张恨水对灵魂的自省更多的是对人性迷失根源的追问,对精神救赎的探讨,对生命终极关怀的探索。然而,"人性之恶"随处可见,这种价值体验渗透在作品中就形成了一种特殊的创作心境:"迷惘"与"苍凉"。但是,不管对亲情的拷问、灵魂的审视多么复杂,张恨水所要探索的似乎只是这些根本的问题:人性中到底有没有一种纯洁而高贵的精神品质?人注定要在充满物质利益的现实世界中沉沦吗?与此同时,

---

[1] 张恨水:《斯人记》,太原:北岳文艺出版社,1993年,第86、87、347页。

在上述的例子中可以感觉到作者的声音是客观平静的,并没有对这种悲剧做出哀痛的姿态,只是带些讽刺,更多的是凄凉。这也是张恨水所要达到的审美效果,他要摆在读者面前的人生并不圆满,只有残酷。

其次,张恨水多次刻画了弱者与强者对抗,其中弱者的生命就像嫩草一样柔弱,在强势面前不得不低头任人摆布。比如,《京尘幻影录》中专门描述了弱肉强食的生存法则:

> 第一项,就是能听上司的话。上司好譬是老子,属员好譬是儿子,做儿子的能不听老子的话?就打我说吧,咱们上面管着一个大总统,这就是我的老子,所以大总统下的命令,他怎样说,我就怎样好。有老子自然有叔伯,好像国务总理吧?就是咱们的叔叔。这话你懂了吗?[1]

> 官场中就是这样,人家越是瞧不起,我们越要将就,练到人家骂了我,我对他笑,人家打了我,我对他磕头,无论如何,那人不能向我再生气了。只要他不和我生气,我就有办法求他了。[2]

张恨水关注弱者生存的艰难和灵魂的苦痛,关怀弱者灵魂深处对于自由、安稳生活的渴望。张恨水笔下的人物,无论是弱者,还是强者,都试图与命运抗争,希望自己给自己的命运做主,但是在一些更强大的外来势力面前,又不得不牺牲他人,损害别人的利益,在命运面前

---

[1] 张恨水:《京尘幻影录》(上),太原:北岳文艺出版社,1993年,第326页。
[2] 张恨水:《京尘幻影录》(下),同上,第529页。

低下头来。在这个腐朽不堪的世界里,虽然人们被剥夺享受美好生活的权利,但依旧渴望自由飞翔的独立人格,由此可见,这些悲苦的生命在残酷的现实面前并非麻木不仁。张恨水对这一群可怜众生的卑劣灵魂,也表示一种宽容的态度。

张恨水以寻找归宿的艰辛以及走投无路的苍凉绝望,表达了对社会、对生命、对人生的深深无奈,展示了失落者失去自我的悲哀,同时传达出他对这个转型时代的忧虑。其实,这种无奈的失落者形象并非张恨水的独创,"五四"以后,郁达夫笔下的"零余者"和鲁迅笔下的"孤独者"就是这类形象的典型。遭受歧视、处境孤寂、生路迷惘,是这类群体的典型特征。这类群体以张恨水笔下的知识分子为代表,如《春明外史》的记者杨杏园、《斯人记》的梁寒山、《落霞孤鹜》的中学教师江秋鹜、《天上人间》的大学教授周秀峰、《满城风雨》的大学生曾伯坚等等。他们不但在物质上窘迫,精神上也极度困顿,虽然有强烈的梦想,但无力实现。生活的贫困,使他们对人生不再抱更大的希望,反而感到软弱无力、忧郁沉闷,内省、自卑成了他们共同的心理特征。这与鲁迅笔下的狂人、夏瑜、陈士成、吕纬甫、魏连殳、涓生等颇有相似之处。他们不被理解、受尽委屈,思想行为和现实世界矛盾尖锐,最终只能沦为独自远行的孤独者,体验着"梦醒了无路可走"的事实。张恨水笔下的失落者基本经历了"追寻—无望—失落"的生存模式,以自身的生存困境诉说着心灵感伤和绝望痛楚。

张恨水的失落者是对孤独者、零余者形象的扩展。这代表着作者本人的心声。张恨水不想刻意去改变现状,这使他在叙述人生的悲剧时,语言显得更客观、冷静。比如,在《落霞孤鹜》的开头中,张恨水这样叙述世俗生活的情景:

这是一个冬天的早晨。天气阴黯黯的,天上不见太阳,也不见云彩,只是雾沉沉的。旧京的东城,离城墙不远,有一条冷静的胡同,空荡荡的,家家都关闭着门户。似乎这胡同里的居民,都像这天气一样,萎靡不振。胡同尽头,有个成衣铺,铺外挑出一块布市招,在空气中微微摆动着,这可以知道有点风了。在这风里头,忽然撒鹅毛片似的,撒上一阵大雪。地面上立刻铺上了一层薄的白毡。这雪片落在地下,不曾有人踏破,整整的一片白色,非常之好看。全胡同里,一点声息没有,两边人家墙里头,权权桠桠的树枝,各伸出来,互相的望着。这雪一阵一阵涌了下来,向瓦上树上盖掩着,仿佛这树上也有点瑟瑟之声,如春蚕吃桑叶似的,然而这越显得这胡同是寂静的了。[1]

从背景、气氛、故事到人物心理的感受,在小说中张恨水所营造的艺术世界,并没有灯火、热闹的音乐,只有黑沉沉的景色、微微的风,给人留下的是难以言喻的凄凉。在这种风格的背后,是张恨水在语言上的独特追求。张恨水在"活"的北京口语的基础上锤炼其文学语言。有趣的是,在他的诸多作品中,张恨水有意不用知识分子的腔调,而是专用群众口语,来创造出雅俗共赏、清浅俗白的语言风格。在他的作品中,无论写景、人物对话,还是修辞手法,完全采用经过加工的地道的北京口语,既不晦涩,也不华丽,但让读者处处感觉到新鲜活泼、平易生动。比如,作者用心描述南北方的不同饮食习惯,这有较高的民

――――――――
[1] 张恨水:《落霞孤鹜》,吉林文史出版社,1986年,第1页。

俗文化价值。《春明外史》的杨杏园和何剑尘请了一个日本客人吃北京烤鸭,作者较细致地描写了北京人的吃法:

> 三人一同出来,坐了门口停的汽车,一路到华乐园看戏之后,就到鲜鱼口一家烤鸭店去吃晚饭,走上楼,便在一间雅座里坐了。板井笑道:"到北京来了这久,样样都试过了,只有这烤鸭子店,还没有到过,今天还是初次呢。"杨杏园道:"一个吃羊肉,一个吃烤鸭,这是非常的吃法。外国人到敝国来,那是值得研究的。"不一会儿工夫,只见那伙计远提着一块雪白的东西前来。及至他进屋,方才看清楚,原来是一只钳了毛的死鸭,最奇怪的,鸭子身上的毛虽没有了,那一层皮,却丝毫没有损伤,光滑如油。板井看着,倒是有些趣味。那伙计手上有一只钩,钩着鸭嘴,他便提得高高的给三人看。板井笑着问道:"这是什么意思?"何剑尘笑道:"这是一个规矩,吃烤鸭子,主顾是有审查权利的。其实主顾倒不一定要审查,不过他们有这样一个例子,必经客人看了答应以后才去做出来。犹如贵公司订合同,必经两方签字一道手续一般。"……接上,另外一个伙计,用一只木托盘,托着一只完全的烤鸭,放在屋外的桌子上。板井在屋子里向外望,见那鸭子,兀自热气腾腾的。随后又来了一个伙计,同先前送鸭子的那个人,各自拿着一把刀,将那鸭子身上的肉,一片一片割下来,放在碟子里,放满了一碟子,然后才送进来。板井这才明白原来是当面割下,表示整个儿的鸭子,都已送来了之意。[1]

―――――――――

〔1〕 张恨水:《春明外史》(下),太原:北岳文艺出版社,1993年,第1051、1052页。

群众间的大白话运动如火如荼地进行着,经过各位作者略微雕琢的艺术品显得线条清晰。这与赵树理语言的群众化路线有所不同,赵树理对"大众化"的语言追求,不是一种美学上的追求,而是一种要通俗的让大众津津乐道的表现。因此,他的作品的语言不留一点模糊,把事情交代得清楚明白。与此相反,张恨水的小说则告诉读者,俗也得有俗的力量,即使只是用一句最简单不过的口语,也可以是符合人物身份、社会地位及文化水平的真情流露。而且俗白的口语,对以南以北的读者都展现了充分的友好。于北京读者而言,相似的真实故事能让人感同身受;于南方读者而言,出于对新鲜事物的好奇心,即使不那么浅显易懂,也能享受阅读过程中带来的探索乐趣。

张爱玲曾说,喜欢看张恨水的小说是因为他看似不高不低的"文化策略"竟能牢牢抓住读者的兴奋点。"如张恨水的《啼笑因缘》《夜深沉》之属,不无京味,却也并不具备京味小说的审美特征——这里又有严肃文学与通俗文学的不同旨趣,令人感到京味小说作为风格现象其审美尺度的严肃性。"[1]因而,张恨水的大众化、民族化风格的含义更广,他进一步把语言的通俗性和文学性结合起来,做到了平易而不粗俗。张恨水对语言艺术的探索与创造,不刻意模仿任何文派,也不受任何艺术法则的干扰。这种选择使得张恨水小说突出了高雅化的通俗,其审美情趣的雅俗兼有。张恨水拥有了一种平和客观、宽容达观的态度来理解凡俗人生的一切。张恨水笔下的凄怆感不只是纯粹的凄凉、灰暗的混乱,而是加入了达观、慈悲的感情色彩,以更接近世情真相的方式去表现它,从而使作品增添了更深沉的苍凉色彩。

---

[1] 赵园:《北京:城与人》,上海:上海人民出版社,1991年,第20页。

鲁迅、张恨水作品中冷峻和凄凉的风格差异与其对世界、人性的看法有很大的关系。张恨水喜欢描写世俗生活，这一艺术倾向是建立在他对人这个概念的特殊把握和认定上的。他实际喜欢的是一个平凡的世界，凡俗使他感到和谐、充实、亲切。张恨水认为创作能够进入民间，进入复杂的现实，在那里抹掉英雄主义和浪漫主义的幻梦，从而把握人生的妙趣建立文学的真实基础。因此，张恨水笔下呈现的是一个日常、世俗的世界，这个世界与大历史、大时代无关，是由男人和女人的婚恋故事、他们的衣食住行所构成，甚至不无琐碎、平庸。正是在这些"极平常的，近于没有事情的悲剧"的开掘中，他描摹到真实生命的图案，揭示了都市小人物的烦恼人生或堕落人性。他一直纠结于一个问题："世上有许多人，有积时（或是）不相容的仇恨，只在一件小问题上和解的。世上又有许多怙恶不悛的人，一旦忽然省悟。这种人我们说他是性善呢？还是习善呢？……大概人类的恻隐心，羞恶心，是非心，不能说是没有。就看他旁的观念，能不能胜于恻隐羞恶是非。能胜的，自然是个好人，不能胜的，也不免间或作一个好人。这不必自己作主却免不了以环境为转移的。我们对着性善的人，固然要钦佩。对于性恶的人，也只以防范着为止，不必去和他为难。他天然生下恶劣的根性，有什么法子纠正呢？"[1]从这一点看，张恨水写俗是基于对人生凄凉的把握，因而他能把形而下的俗事作为形而上的问题而进行思考。张恨水对笔下的人物有悲悯，但他只是表示理解和同情，没有进一步表示对他们生命逝去的悲愤，更不用说再去刻意地改变。因为在他看来这才是"以生为本"的俗人的"生活史"，是生活本身。如果人

---

[1] 张恨水：《随感录——性善？性恶？》，原载1929年12月16日北平《世界日报》。

生中真有无法避免的悲剧因素，那么我们也只能在现实中以更多的世俗趣味来消解悲痛。所以，张恨水常常宽恕人性的弱点。绝望而不悲观，面对浓郁的悲剧现实却不消极，荒凉与绚丽的结合，凄凉与温馨的融合，这是张恨水对社会与人生的独到见解，也是与鲁迅用以改造国民性为宗旨的现实主义文学的巨大不同。从而可以看到，张恨水在"俗人的哈哈大笑"背后，透露着一种苦中作乐的淡淡凄凉。可鲁迅不一样，他是"含着眼泪"鞭打中国人的灵魂，因此他的小说语言更多倾向于深情，甚至悲壮。对鲁迅而言，面对黑暗的社会、严酷的现实，他已不可能再用小巧玲珑的笔法来刻画众生，只能用如椽巨笔来抨击现实的罪恶与不合理。鲁迅不得不"站在沙漠上，看看飞沙走石，乐则大笑，悲则大叫，愤则大骂，即使被沙砾打得遍身粗糙，头破血流，而时时抚摩自己的凝血，觉得若有花纹，也未必不及跟着中国的文士们去陪莎士比亚吃黄油面包之有趣。"[1]他终身的审美趣味的主要特点是壮美、崇高之美，而不是优美淡雅。面对生存的困窘，是直面，还是回避？执着于对理想的向往，挣扎于对现实的反抗，孤独的灵魂、不屈服的意志、绝望的呐喊，这是沉沦，还是超越？鲁迅以其决绝的反叛姿态，打破了迷惑人心的神圣价值体系，以自己独有的感性认知和理性分析超然而冷静地凝视这世界。正如他所说的："青年思想简单，不知道环境之可怕，只要一时听得畅快，说得畅快，而实际上却是大大的得不偿失。这种情形我亲历了好几回了，事前他们不相信，事后信亦来不及。而很激烈的青年，一遭压迫，即一变而为侦探的也有，我在这里就认识几个，常怕被他们碰见。兄还是不要为热情所驱策

---

[1] 鲁迅：《华盖集·题记》，《鲁迅全集》第3卷，北京：人民文学出版社，2005年，第4页。

的好罢。"[1]要认清的是,"不要为热情所驱策"并不是不要热情,而是用冷静、客观的态度去包容热情,这是为当时的斗争环境所决定的,也是抗争的正确态度。所以冷峻深情是鲁迅人格的反映,这与战斗是分不开的。同时在冷峻的格调下,庄严、锋利就是一种力量。

总而言之,无论是鲁迅艰深的语言所致的冷峻风格,还是张恨水俗白的语言所致的凄凉底色,都深刻地揭示了二人的不同。鲁迅身为新文学作家,作品所承载的思想启蒙的分量使得文章思辨性强,理解起来有一定困难,这势必又会造成启蒙的阻碍和下层民众的隔膜;而张恨水作为通俗文学作家,立足于民间,他的语言通俗浅显,行文流畅,思想也不隐晦深涩,容易被下层民众"消费",而不易产生隔膜。但是二人作品中的雅与俗并非是截然对立的。鲁迅作品中也有绍兴民间的"土气息",张恨水作品中也经常流露出高雅的士大夫情调,雅与俗在二人的作品中呈现一种辩证的交融。丰富完善而又成熟的艺术风格是作家创作个性在作品中的反映,是作家艺术独创性的标志。可是艺术风格并不是作家主观性的任意表现,而是作家主观精神和各种客观因素的有机结合。一部作品艺术风格的形成除了选材内容、感觉特征、体验方式、表现手法等之外,也包括语言这个重要的组成部分。正因为如此,风格成为作家语言的独特形式。每个作家的语言特点都会在其文本中形成固定标记。鲁迅语言的冷峻和张恨水语言的悲怆,让二人的艺术风格分别趋向悲壮和凄凉,对它们细加品味,我们便更能领悟语言运用中的奥妙。

---

[1] 鲁迅:《331031·致曹靖华》,《鲁迅全集》第12卷,北京:人民文学出版社,2005年,第472页。

第四章

严肃启蒙与传统通俗:中国知识分子在现代化中的两种选择

人作为一种社会关系的总和,无时无刻不处于错综复杂的矛盾之中。小说作为精神世界的产物,它既可以通过各色鲜明的人物形象来展示社会现实中的生命个体,同时也能传达出作者自身的审美体验和深刻思考。人物作为小说的灵魂,在社会现实中具有典型意义,因此每个小说家都十分注重作品中人物形象的塑造。鲁迅和张恨水在批判、继承、发扬中国传统文化的基础上,以自己的复杂生命体验,塑造了一系列典型人物形象,体现出对"人"的关注。二人以自身深切的生命体验塑造了中国知识分子、劳动者、女性的形象。虽然人物所生活的环境不同,所具有的性格特点也不尽相同,但是他们身上都寄托着作者的情感,体现了作者精神探索的轨迹。

　　知识分子问题是中国近现代历史上的重大课题之一,"从戊戌经辛亥到五四,从五四经大革命到三十年代,知识分子是中国革命的先锋和桥梁,同时又具有各种严重的毛病和缺点。他们的命运、道路和前途,他们的成长、变迁和分化"[1]成为鲁迅和张恨水所十分关心的

---

[1] 李泽厚:《中国近代思想史论》,北京:生活・读书・新知三联书店,2008年,第473页。

问题。二人的作品真实地记录了中国知识分子在严峻的现实中心灵的变化,这对于研究中国知识分子内在的精神特质,思考他们在中国现代社会的作用,具有非常重大的意义。尤其是在近代中国社会转型的过程中,知识分子在社会中的地位、作用发生了巨大的变化。他们摆脱了政治依附,不再走"学得文武艺,货与帝王家"的传统文人的人生道路,虽然他们的社会和经济地位相对降低了,但获得了人格的独立和生活的自由。从而,研究中国现代知识分子在转型期的存在处境以及精神、心理的变迁就显得非常重要。

知识分子通常被看成是社会的精英阶层,他们与国家的前途、民族的兴衰息息相关。在不同的历史阶段中,他们总是自觉地站在时代的前沿,成为推动社会发展的主要力量。自古至今,中国从不缺乏有志的、正直的、先进的知识分子。大致而言,晚清一代的读书人,如康有为、梁启超、谭嗣同、严复、章太炎等,都是从士大夫到知识人过渡的一代,直到"五四",陈独秀、胡适、鲁迅,再加上更年轻的傅斯年、顾颉刚、闻一多等人,则是比较纯粹意义上的第一代现代知识分子——尽管是第一代现代知识分子,他们依然继承了传统士大夫的许多精神和文化遗产。[1] 这种情况在通俗文学阵营中也出现过。包天笑、周瘦鹃等作家们既继承了中国小说的创作传统,又努力尝试翻译工作。因此,《礼拜六》的作者与读者,并不像叶圣陶所想的"宁可不娶小老婆,不可不看《礼拜六》的广告那样侮辱自己,侮辱文学,侮辱他人"[2]的游戏文学,与此相反,这一类作家大多数都是接受过新式教育的高等

---

[1] 许纪霖:《中国知识分子十论》,上海:复旦大学出版社,2003年,第82页。
[2] 叶圣陶:《侮辱人们的人》,原载1921年6月20日《文学旬刊》第5号。

知识分子。为了清楚了解所谓"鸳鸯蝴蝶派"作家的职业情况,本书根据史料列出如下表格以供参考:

姓名	职业	工作单位	代表作
李涵秋	教师	江苏省立第五师范学校	《广陵潮》
包天笑	记者	《小说时报》 《妇女时报》 上海《立报》	《上海春秋》
顾明道	教师	上海国华中学	《荒江女侠》
徐枕亚	教师、记者	常熟虞南师范学校 《民权报》 《小说丛报》 《小说季报》	《玉梨魂》
严独鹤	教师	上海南区小学 江西上饶广信中学	《人海梦》
毕倚虹	律师	中国公学	《人间地狱》
平襟亚	律师	上海法政大学	《人海湖》
程小青	教师	上海国华中学	《江南燕》
张恨水	记者	安徽《皖江日报》 北平《世界日报》 上海《立报》	《春明外史》 《金粉世家》 《啼笑因缘》
周瘦鹃	教师	上海民立中学	《亡国奴日记》 《祖国之徽》 《卖国奴日记》
郑逸梅	教师	上海国华中学	《艺林散叶》 《文苑花絮》 《书报话旧》

从他们的教育背景和职业情况来看,这群人决不完全是传统意义上的旧文人。通俗文学作家毕竟与封建余孽有所不同,除了守旧的、耽于文字游戏的传统文人之外,大多数都接受了西方文化的潮流,也

不排斥新文学。这群人的职业多少都与媒体有关,由此容易养成求"新"求变、与时代俱进的品格。

在中国现代文学史上,新文学作家也塑造了形形色色的知识分子形象。王卫平曾说:"从人生派小说到乡土派小说,从浪漫抒情小说家到女性作家群体都创作过知识分子题材的作品,形成了现代知识分子题材小说创作的第一个高潮。"[1]比如,鲁迅的《孔乙己》《白光》《孤独者》《伤逝》《幸福的家庭》《弟兄》《高老夫子》《肥皂》《头发的故事》,郁达夫的《沉沦》,茅盾的《子夜》,老舍的《四世同堂》,丁玲的《莎菲女士的日记》,巴金的《家》《寒夜》,叶圣陶的《潘先生在难中》等作品里的知识分子形象都呈现出孤独、苦闷、迷惘、恐慌的个性特质。鲁迅可以说是中国现代知识分子题材小说的开拓者。他以冷峻、独特的视角开辟了以现代知识分子为题材的小说。鲁迅敢于直面人生,珍视知识者的觉醒,更深感他们自身的软弱无力,复旧与妥协。因此,鲁迅的描写和解剖是毫无留情的,自我反思也是前所未有的。鲁迅对中国知识分子题材小说的深刻剖析,对同代以及后代创作产生了巨大的影响。张恨水也有知识分子题材的作品,其笔下的男性人物大多数是知识分子,出现最多的是记者、中学教师、大学教授和学生。有专以各类知识分子生活为主的作品,如《春明外史》《斯人记》《落霞孤鹜》《巴山夜雨》《小西天》《天上人间》《啼笑因缘》《中原豪侠传》《满城风雨》等。张恨水笔下的知识者形象基本都是20世纪中国转型时期颇有市民气质的新型知识分子,这与古代才子读书人有所区别。也与此前新文学作家

---

[1] 王卫平:《"五四"及二十年代前半期的知识分子小说》,《海南师范学院学报》,2006年第3期。

写知识分子题材不同,它虽然有正面的知识分子形象,描写更多的却是负面性质的。正面知识分子大多是社会的精英,他们拥有丰富的科学知识、人生的智慧,而且肩负着历史使命,是道义的坚守者。但是张恨水笔下的知识者,从市民立场出发,一反传统文学中知识分子的视角,采用了平民化的姿态。也就是说,将知识者放到市井生活圈子里,突显出颇有市民气质的新型知识分子的真实生存状态。这与新文学作家所涉及的"革命加恋爱"或"大我与小我"的形象不同。虽然张恨水笔下的知识者也会为民族的未来苦苦探索,也关心国事民事,但却不像茅盾、巴金等小说里的知识分子会投身于革命。张恨水自己是参加过"五四"和"抗战"等一系列爱国运动的,但是他毕生都没参加过任何有党派色彩的运动。所以在张恨水笔下的知识分子身上看不到什么轰轰烈烈的革命事迹,他们也不是时代的英雄。他们一方面拼命坚持自己的精英立场,另一方面又面临着世俗生活的诱惑,具有一定的普遍性。

小说中的知识分子形象与作家本人的生存体验和写作策略有关,也反映着作家和知识分子在情感上的对峙和审美观点上的差异。鲁迅与张恨水的作品都对特定时代知识分子的命运和所承担的社会责任有所表现,揭示了不同历史时期中国知识分子精神成长的轨迹。

第一节　知识分子精神上的两种分歧：现代启蒙与虚无的传统

以知识分子为对象的研究大致始于 19 世纪。一般认为，它是由俄国作家博博雷金于 19 世纪 60 年代首先提出来的。而知识分子作为一个特殊的阶层，在没有被正式命名之前，它作为一个群体就已经长期存在。一百多年来，学者对"知识分子"的诠释众说纷纭。美国学者 E. 希尔斯在《知识分子与当权者》一书中指出："(知识分子)是对神圣事物具有特殊的敏感，对他们所处的环境之本质和社会之规律具有不同寻常的反思能力的人。"[1]这就表明,所谓"知识分子"除了受过一定的教育并献身于专业工作之外,同时也要具备深切地关怀国家、社会乃至人类的品格。在20世纪反封建斗争中,在民族革命的过程中,在促进中国现代化的进程中,中国知识分子扮演了至关重要的角色,起到了不可替代的先锋作用。我们用E·希尔斯予以知识分子的特定含义来衡量中国历史上的知识分子,会发现颇有相似之处。

回顾历史,传统中国社会的各阶层与知识分子概念最相近的群体是"士",但"士"与现代意义上的知识分子在本质上有一定的区别;传统中国的"士"是四民之首,在政治上,整个官僚系统由他们掌握;在文化上,他们对上可以劝谏帝王,对下可以教化万民。因此,传统中国社会的"士"一直处于社会的中心地位。拥有专门文化知识、提倡经世致用、注重修身养性、讲究道德文章是传统"士"人的基本特征。"万般皆下品,唯有读书高","羞利而不与民争业"。将精神追求置于首位,是"士"区别于社会其他阶层的重要特征之一。其中,决定士大夫中心地位的关键在于科举制度。隋炀帝创立的科举制度为中国读书人和下层民众提供了阶层流动和社会地位提升的可能。进入宋代以后,科举制度进一步完善,士大夫地位变得稳固。然而,两次鸦片战争让中国封闭的国门被列强强行打开后,中国原有的社会结构开始发生变化,一系列社会、历史的大变动导致近现代知识分子的社会地位和文化心理都发生很大的变化。这一时期,士大夫阶层的地位也开始转变,部分士大夫留洋出国学习新的知识,或者投入政治运动,或者投笔从戎,

---

[1] Edward Shils, *The Intellectuals and the Power and Other Essays*, Chicago: University of Chicago Press, 1972, p. 3.

苦苦探索救亡自强的道路，但是对这个"士"阶层致命打击的事件还是1905年清王朝废除科举制度。许纪霖曾说"没有1905年科举制的废除，1911年很可能就不会发生辛亥革命"。这句话，颇有几分道理。参与辛亥革命的是那些青年军官们，本来有机会通过科举的渠道进入仕途，但因科举制度被废除，他们只能进军事学校，后来成为推动辛亥革命的主心骨。废除科举直接导致了中国传统社会和文化结构的瓦解，也导致了读书人失去上升的通道和生存的根基。由此，士阶层与政治权力逐渐疏远，他们在政治、文化上的优势逐渐被边缘化。最后，士大夫通过科举制度获得的经济地位也消失了。对此，徐复观曾这样总结传统知识者的人生：

> 传统知识分子最关键的问题是将政治作为唯一的出路，缺乏社会的立足点。而到了近代以后，工商业的发展支持了知识分子的独立性，然而，中国的情况就不一样了。由贵族没落而形成的中国士大夫，在社会上没有物质生活的根基，除政治之外，亦无自由活动的天地。在战国时代出现的"游士""养士"两个名词，正说明了中国知识分子的特性。"游"证明了其在社会上没有根，"养"说明他只有当食客才是生存之道。而且，"游"和"养"的圈子也只限于政治。于是中国的知识分子，一开始便是政治的寄生虫，便是统治集团的乞丐。[1]

---

[1] 徐复观：《中国知识分子的历史性格及其历史的命运》，转引自许纪霖：《中国知识分子十论》，上海：复旦大学出版社，2003年，第98页。

真正的知识分子,是知识的探索者、知识的传播者。但是中国的知识分子,在统治者软硬兼施的政策下,却失去了这种功能,一步一步蜕变。对他们而言,人生的意义就在于为天下做一份贡献。从思想渊源看,中国士大夫以儒家思想为核心,偏重于关心人与国家的关系,而不注重自我价值,主要以内化自省来约束自己,并不关心自我独立人格的实现,只是以"进则仕,退则隐"的人生态度保持自己的身心平衡。这样,随着时代的更替,意识形态日益狭隘,在两千五百年的历史中,中国知识分子就由"士"蜕变为"策士",再由"策士"蜕变为"谋士",最后,又由"谋士"蜕变为"进士",而且,"进士"们所学习、掌握、运用的知识也变得虚假。所以,传统上,中国对知识分子的称呼有多种多样,如文人,这是指他们不会"武";读书人,是说他们只会读书;士大夫,指做官的文人;士子、举子,是考功名的文人;秀才,是以读书为业的人。[1]众所周知,在传统中国,"做官"往往意味着"发财",科举制度最能改变一个人的命运与前途。中国官本位的政治权力和伦理本位的传统文化相互渗透,赋予了"士大夫"阶层"亦文亦政"的双重身份。古代统治者将"修身齐家治国平天下"推崇为知识者的道德修养,和国家的管理是同构的。被迫服务于皇权统治,读书人也很难真正有选择人生道路的自由,因为除了"读书"这一终极理想,"读书"本身却毫无用武之地。正像鲁迅所说的,按照"中国向来的老例,做皇帝做牢靠和做倒霉的时候,总要和文人学士扳一下子相好。做牢靠的时候是'偃武修文',粉饰粉饰;做倒霉的时候是又以为他

---

[1] 周非:《中国知识分子沦亡史》,上海:上海三联书店,2011年,第29页。

们真有'治国平天下'的大道。"[1]而"做文章的人们几乎都是帮闲帮忙的人物。"[2]张恨水也说过类似的话:"我常说,读书为做人。要做人不能不去读书,读了书,然后知道为人之道。但是中国人读书发生很大的误会,以为读书为做官……因此为发财享福而作官的,固居多数。……于是乎,……卒中国的读书人都去作官,其余的事,都没有读书人去理会,这是一件如何危险的事。"[3]权力对读书人以"文"的方式加以统治,而读书人或主动或被动地向权威顺从。这些鲁迅是看得很透彻的,中国早期现代知识分子首先要解决的问题,就是必须要纠正文人几乎深入骨髓的依附权力的心态。直到科举制度被废除后,这个阶层丧失了生存的土壤,他们的心里已容不下其他。

随着科举制度的废除(1905年),又由于中国社会历史由古代迈向近代化,"知识分子"的含义也发生了变化。中国现代意义上的知识分子是在接受西方新知识过程中的产物。卡尔·曼海姆(Karl Mannheim)指出:现代以后,"知识分子从'上流社会'中解放出来,发展成为或多或少与其他阶层相分离的阶层,以及从所有社会阶级中得到补充,导致了自由的智力和文化生活的惊人繁荣。"[4]虽然知识分子失去了国家所赋予的功名,失去了政治和文化上的特权,但是他们依然不是一般的平民,而是特殊的平民,依然是社会的精英,在这礼崩乐坏的时代里,充满着对时代与民族的忧患意识,以及"以天下为已

---

[1] 鲁迅:《二心集·知难行难》,《鲁迅全集》第4卷,北京:人民文学出版社,2005年,第347页。
[2] 鲁迅:《集外集拾遗·帮忙文学与帮闲文学》,《鲁迅全集》第7卷,北京:人民文学出版社,2005年,第406页。
[3] 张恨水:《读书为什么》,原载1929年11月3日北平《世界晚报》。
[4] [德]卡尔·曼海姆:《重建时代的人与社会:现代社会结构的研究》,张旅平译,北京:生活·读书·新知三联书店,2002年,第83页。

任"的责任感。他们所形成的自我意识和使命感,从外域的"知识分子"概念中得到了一定的启发。"天下兴亡,匹夫有责"是传统士大夫和现代知识分子共同的担待。鲁迅的启蒙思想和改造国民性,从"立人"到"立国"的确立深受康有为、梁启超的影响,他们也都是从知识分子立场出发,以思想文化来解决国家、民族问题。可以肯定,现代知识分子对待古代文人的精神,是不能用继承或批判的继承来简单概括的。当传统"士大夫"被现代知识分子所取代,"士大夫"终身追求的"道"被现代知识分子的"民主"、"科学"、"启蒙"所取代之后,"学而优则仕"精神在制度上已经被封堵。可以说,使20世纪现代知识分子与古代士大夫完全不同的社会力量正在于此。正如林贤治所分析的:"随着社会改革的进行,知识分子集团处在不断的分裂、变化和组合之中。总有一部分依附权势者,一部分为新生的阶级所吸引;一部分力图维护既存的秩序,另一部分则致力于秩序的瓦解。昔日生气勃勃的革命者,今天很可能成为暮气沉沉的守旧派;从前是革命整体的催生者,后来反而做了它的掘墓人。历史上这样的例子很不少,看起来有点不可思议,其实是势所必然,非人力所可遏止。"[1]一个没有独立人格的文化集团,一个并未拥有现代文化资本的知识分子群体,要肩负如此沉重的历史使命,必是苦不堪言。中国知识分子的得与失也许正在于此。戊戌变法、立宪运动、辛亥革命、"五四"运动等都可以说是现代知识分子运动,经过一系列社会变革,中国的知识分子重建个体人格之后,又分化成了以下三个群体:一是传统士绅阶级,二是新生一代

---

[1] 林贤治:《鲁迅的最后十年》,上海:复旦大学出版社,2011年,第146页。

知识分子，三是市民型知识者。[1] 按照这个三分法，鲁迅和张恨水小说中的知识分子形象，大致可以列成下表：

传统士绅阶级	新生一代知识分子	市民型知识者
《孔乙己》孔乙己	《在酒楼上》吕纬甫	《春明外史》杨杏园
《白光》陈士成	《孤独者》魏连殳	《斯人记》梁寒山
《肥皂》四铭	《伤逝》涓生、子君	《落霞孤鹜》江秋鹜
《高老夫子》高尔础	《狂人日记》狂人	《小西天》程志前、王北海
《祝福》鲁四老爷	《头发的故事》N先生	《天上人间》周秀峰
《阿Q正传》赵太爷	《幸福的家庭》我	《巴山夜雨》李南泉
《离婚》七大人	《药》夏瑜	《啼笑因缘》樊家树
《斯人记》金续渊	《长明灯》疯子	《中原豪侠传》秦平生
《中原豪侠传》秦镜明	《祝福》我	《满城风雨》曾伯坚
《北雁南飞》姚廷栋	《端午节》方玄绰	《艺术之宫》段天得
—	《一件小事》我	《如此江山》陈俊人
—	《故乡》闰土、我	《杨柳青青》(又名《东北四连长》)甘积之
—	《弟兄》张沛君	《天河配》(又名《欢喜冤家》)王玉和
—	—	《现代青年》冯子云
—	—	《燕归来》程力行

[1] 这些不同类型的知识人，虽然成了职业不同的社会"游士"，但是他们并不处于互相排斥、隔绝的状态，而是保持着一个紧密联系的社会关系网，是一种"知识分子社会（intellectuals society）"。

作为文化启蒙者的鲁迅敏锐地洞察到,科举制度不但摧残知识分子的人格和性灵,成为其精神的枷锁,还把知识者的精神取向紧紧地束缚在统治集团的功名利禄之内。在这种科举意识的强烈毒害之下,处于封建社会末期的知识分子在无形中忽略了自我的存在,成为封建统治者的依附者,他们的心灵受到严重损伤但却意识不到这一点。《孔乙己》的丁举人、《祝福》的鲁四老爷、《离婚》的七大人、《中原豪侠传》的秦镜明、《北雁南飞》的姚廷栋均属于这种悲剧形象。他们由科举制度的受害者异化为科举制度的自觉维护者,这些知识分子的思想精神被纳入封建统治者的标准,他们自身的人格被全面奴化,逐渐变成封建传统文化的载体,虽然他们是科举制度下的幸运儿,但最终难免走向了人生的悲剧。像《祝福》的鲁四老爷,依然是一个封建宗法势力的化身,以封建教条来作为处事的最基本准则,他用"败坏风俗"和"可恶"来定位祥林嫂的重婚、逃婚,当祥林嫂死后,他冷淡地说一句:"不早不迟,偏偏要在这时候,——这就可见是一个谬种!"这种毫无人情味的言辞凸现了他自身的人格沦丧。丁举人和七大人也属于此类型,他们亲手毁灭弱者的幸福生活,也亲手埋葬了自我的独立人格。由此成为"异化"的"他者"。这种情况,在张恨水作品中也出现过。

鲁迅与张恨水之所以重提知识分子与封建势力的关系,是因为他们发现"真的"知识分子不被人理解,遭遇被敌视、抛弃的命运,因而更难出现。鲁迅在小说和杂文中为文人知识分子画了一幅生动的肖像,并毫不留情地嘲讽了假知识分子的丑态。最典型的病状是"假"知识分子在权力面前的依附、恭维的奴才心态。这种从古至今不能除却的文人媚态,是鲁迅最为深恶痛绝的。他在《从帮忙到扯淡》一文中指出,帮闲文人是"权门的清客",他们的文章不谈国事,而到了谈国事的境地，帮闲就晋升为"帮忙"了。《二丑艺术》中的"二丑"，也具有帮闲"智识阶级"的习性，不但奴性十足，还随时准备去别家帮闲，连忠奴也算不得，唯权重者马首是瞻。鲁迅的这种文化精神，就是"对祖国和祖国人民的鲁迅式的爱的独特的表现方式。在现代文化理想——人道主义的理性精神的烛照下，鲁迅以他敏锐的感悟力，发现并且揭示几千年封建传统文化的精神奴役在中国人的灵魂中沉重的积淀和深刻的精神创伤，正是这种沉重的精神奴役创伤的积淀，构成中国传统文化独特的惰性。"[1]这正表明鲁迅特别憎恨知识分子的奴性，任何形式的奴役与被奴役都是他所不能容忍的。反过来说，这也是鲁迅对现代知识分子独立人格的一种捍卫。鲁迅对"真的"知识者的评价可以归纳为一句话："真的知识阶级是不顾利害的"，"他们对于社会永不会满意的，所感受的永远是痛苦，所看到的永远是缺点，他们预备着将来的牺牲。"[2]令人遗憾的是，鲁迅在那里却找不出几个志同道合的革命战友，没有几个知识分子真正保持头脑清醒和精神独立，所以鲁迅无奈地说"现在没奈何，也只好从智识阶级——其实中国并没有俄国之所谓智识阶级，此事说起来话太长，姑且从众这样说———面先行设法，民众俟将来再谈。"[3]启蒙历来是中国知识分子义不容辞的神圣使命。但是要想启迪民众，必须要先克服自身的奴才心理，当然也不是简单盲目地推翻政权，而是要处处为民众的生存考虑，拒绝向权

---

[1] 胡尹强：《破毁铁屋子的希望——〈呐喊〉〈彷徨〉新论》，北京：人民文学出版社，2001年，第147页。
[2] 鲁迅：《集外集拾遗补编·关于知识阶级》，《鲁迅全集》第8卷，北京：人民文学出版社，2005年，第226，227页。
[3] 鲁迅：《华盖集·通讯》，《鲁迅全集》第3卷，北京：人民文学出版社，2005年，第26页。

力投降。然而,知识分子往往只是自命为启蒙者,却忽略了是否具备启蒙的资格。那么在启蒙与被启蒙之间,知识分子应该如何摆放自己的位置?现实中的不同知识分子做出了不同的选择。由此问题出发,我们系统地看一看,在中国现代作家笔下,知识分子扮演了什么样的角色?作家是怎样想象现代知识分子形象的?在新文学和通俗文学中知识分子题材作品又是怎样展开的?

张恨水与"五四"新文学精英不同,他把小说看作一种生命内在的需要,而不是专门为"改良"人生的手段:

> 予尝谓中国小说家之祖,与道家混。而小说之真正得到民间,又为佛家之力。盖佛教流入中国,一方面以高深哲学,出之以典,则之文章,倾动士大夫。一方面更以通俗文字,为天堂地狱,因果报应之说,以诱匹夫匹妇。[1]

直到抗战初期,张恨水仍在他的杂文里对以鲁迅为代表的左翼文学运动表示不满:"在鲁迅领导一部分文人的当年,文坛上的发表多于治学,叫嚣多于研讨,虽也是环境使然,而给予后来及当时青年的影响,却是浮躁与浅薄。"[2]实际上,在张恨水小说中呈现的现实境况是,这些所谓的知识分子更多地消融于对各种复杂的社会关系的依附之中,常常不是面对世俗的诱惑就是不得不为生计着想,总是处于一种不能适应社会变化的失措之中。他们一方面摆出一种"名士"的风

---

[1] 张恨水:《小说考微》,原载1931年2月10日至8月25日北平《晨报》。
[2] 张恨水:《文人谦和了》,载于重庆《新民报》1942年9月21日。

范,另一方面其行为本身免不了俗气的一面。他们在言行上常常不一致。张恨水通过小说人物的言行,要彻底打击他们虚伪的姿态,还原知识者真实的面目,以此来表明同类知识分子的虚伪和生活的分裂。在张恨水看来,知识分子身上这种依附人格是通过儒家的入世哲学、科举制度和宗法制度的伦理纲常形成的,它们把知识分子的身心牢牢地钳制了起来。由士而仕,辅佐君王,治理天下,是儒家知识分子的最高理想人格。这种经世致用的哲学自有积极的一面,但是其弊端则是容易导致知识分子思维模式的僵化,并且还扼杀了知识分子的开拓精神。在这样的思想、伦理的控制下,中国知识分子很容易丧失自我意识,形成为皇权势力异化的依附人格。正因为这样,张恨水才要把这群知识者身上的虚伪假面彻底撕下来。

张恨水笔下的知识者有两种形象:一类带有张恨水影子的知识者形象,另一类是负面的知识者形象。第一类如《春明外史》的杨杏园、《斯人记》的梁寒山、《巴山夜雨》的李南泉等,这些人身上具有孤高傲世的名士气质——为人正直、善解人意、不随流俗,是陶醉于书中乐趣的地地道道的"读书人"。杨杏园和梁寒山等人都传达出浓郁的旧文人的气质,还对耿介贫寒的老前辈读书人十分敬重:

> 梁寒山道:"老先生,我是没有跟上读旧书的人。大概老前辈所谓名教中自有乐地,像你老先生是真能得着此中乐极了。"金续渊道:"不然。所谓名教中自有乐地的话,乃是学理学的人说的话,我原来是学词章的,知一班老先生根本就不协调。在老弟台你这样大年纪的时候,人家一样的说我是狂狷之流,倒不料如今成了昏庸老朽的人物了。"金续渊越说越是高兴,前三十年后三十

年,他一生闲情逸致的事,都说了出来。

梁寒山见这老头子十分高兴,也就不十分拘着长幼之别,开怀和他一谈。金续渊送客出了而后,只见他太太由里面走到书房里来,皱着眉道:"无原无故,吃个什么酒,请个什么客!"……金续渊笑道:"这算请什么客呢?不过朋友来了,喝一点儿吃一点儿助助谈兴。"金太太道:"学堂里的薪水,怎么样了?快发了吧?"金续渊道:"哪里有一点消息,这一个月里,决计是无望的了。"金太太道:"我看你吃吃喝喝,这样高兴,以为是发了一笔财了,原来还是黄柏树下弹琴,苦中作乐。"金续渊叹了一口气道:"咳!君子固穷,小人穷斯滥矣。"[1]

在这些作品中,多次出现"冠盖满京华,斯人独憔悴","我是一个孤独者,到哪里都是一个人"等言语。与此同时,从这些知识分子身上,也可以看到张恨水人格的缩影,他一生洁身自好,以读书人的品位观察混杂的世界。除此之外,这些知识分子通常比较喜欢作诗、听戏等传统的消遣活动,不太适应现代化的娱乐场所。《啼笑因缘》的樊家树虽是一个新式学生,但不喜欢上舞厅,反而喜欢去北京天桥之类的地方去听鼓书。

值得注意的是,张恨水笔下除了正面知识者形象之外,还有负面的知识者形象。如《落霞孤鹜》的教师江秋鹜、《天上人间》的海归派教授周秀峰、《艺术之宫》的新式学生段天得、《如此江山》的大学生陈俊人、《杨柳青青》的新式学生甘积之等。在这些小说中,张恨水似乎对

---

[1] 张恨水:《斯人记》,太原:北岳文艺出版社,1993年,第229~231页。

欧化的知识分子或学生都没有很好的印象。有的论者认为这一群"负面人物正好都是大学教授,但这些人负面的人格并非与职业有关,而是用来凸显正面理想人物的节操。"[1]在由传统士人向现代知识分子艰难转型的过程中,他们处于传统与现代的夹缝中,激进的改革者很容易变为失意的孤独者和颓唐者。在这种新旧价值冲突的双重困境下,知识分子心态极端异化,对现实持着一种无可奈何的态度:

"我们教书,能教三块现洋一点钟,人家就觉得挣钱很容易。要是这样吃法,教一个礼拜的书,算他每天一点钟,也只够阔人一餐饭钱,又何容易之有呢?"周秀峰一想,人世的繁华,真是如幻梦一般。刚才在平安影院里,五光十色,是多么热闹,只十几分钟,就变得一点痕迹都没有了。这个时候的我,和那拉车的车夫,不是在同一个境地里吗?一夜欢娱是这样,扩充起来,十年八年的欢娱,也是这样。

回国的留学生,常是分着两派,一派看透了外洋的习惯,总不如中国那样敦厚,而且觉得外国人也不过如此,我是留过学的人了,不应当跟着国里的人,胡乱模仿皮毛,因之,回国以后,一切都恢复中国人原状,所以许多名教授们,一年不露一回西装。还有一派就处处要表示他留过学,异于平常的中国人。换言之,由德国回来的,变了德国人;由美国回来的,变了美国人。周秀峰的脾气,大概是属于前者的,不过还没走到极端罢了,因此,他对于没有出洋的女子,装束那样欧化,觉得是躐等的盲从,非常不赞成。

---

[1] 谢家顺:《张恨水小说教程》,合肥:合肥工业大学出版社,2011年,第41页。

而且他自从回国以后,渐渐离开了洋式的交际,不曾和女友跳过舞,跳舞场,人品太杂,也一回没有去过,所以今天这一跳舞,把已隔别三四年的跳舞滋味,又重新温起。[1]

可以看出,张恨水对欧化的知识分子的行为是极尽嘲讽之能事的。他在叙事策略中,故意将知识分子的性格弱点放大到极致。作者看透了这群现代知识者从来没有意识到自身,而退居到社会边缘的残酷现实。张恨水以独特的"反"知识分子的书写方式将知识分子拉到与普通人相同的生存平面,以凸显知识分子的真实生命状态。正如陈晓明所说的:"我们不能要求任何时代只有一种知识分子⋯⋯在不同的时代知识分子必然以不同的方式生存于历史之中,不是知识分子选择了历史,而是历史选择了知识分子。"[2]中国现代知识分子是一个非常复杂的群体,他们承受传统精英信念与世俗生活环境的两面夹击,确实存在着一大批与世俗生活格格不入的知识分子和都市文化人。在如此复杂多变的社会面前,一向自我感觉良好的知识分子被迫从理想的世界降落到普通人的行列之中,在现实生活的轨道上难免会显出一些尴尬。张恨水小说中刻画的知识者形象和对他们人生的探讨更多应算是一种抛砖引玉,以此激发人们对知识分子面临的现实问题的关注。

一般而言,知识分子题材要比农民题材、工人题材和商人题材等更难把握。然而,知识分子题材和此类形象的塑造始终是作家们关注的热点,书写新旧知识分子在压抑、黑暗的时代中是如何探索民族命

---

[1] 张恨水:《天上人间》,太原:北岳文艺出版社,1993年,第10、14、236、241页。
[2] 陈晓明:《反激进与当代知识分子的历史境遇》,孟繁华主编:《九十年代文存》(上卷),北京:中国社会科学出版社,2001年,第133页。

运和追求自身精神归宿成为小说写作的主旨。而且在此一时期的小说中,作家笔下对彷徨、苦闷的主人公们都寄予了深深的同情。当然,也有部分作家对知识分子的负面性格持着怀疑与批判。比如,1920年代鲁迅笔下绝望与颓唐不堪的吕纬甫、魏连殳、子君、涓生,郁达夫笔下不甘沉沦而无法自拔的"他",茅盾笔下幻灭、动摇的知识分子群像,叶圣陶笔下庸俗自私、苟且偷生的潘先生;1930年代蒋光慈笔下热烈浪漫而自暴自弃的王曼英,沈从文笔下虚伪、软弱、庸俗的都市知识分子等。这些作品都从侧面反映了知识分子在国统区政治挤压和文化钳制的环境下的人格扭曲、精神失落。

就反映知识分子生活而言,张恨水小说对知识者形象的塑造也是建立在嘲讽与反思的基础上。张恨水对知识分子形象的剖析,同样也是对那些颇有缺点的知识分子表示批判的态度,但是和以前文学作品的形象传达出的意味稍微不同。张恨水是站在市民价值立场上反思知识分子的言行,通过对那些在社会转型时期处于边缘地位的知识分子的漫画化塑造,展示了知识分子在世俗化的商业社会中的尴尬处境。张恨水发现身心处于"虚空时代"的知识分子无法以超然的态度完成对普通民众的拯救任务。因此,张恨水作品一方面展示了市民阶层和知识分子之间的冲突,另一方面注意到市井文化与知识分子文化之间也存在着某种对话的可能。张恨水笔下的市民型知识分子是时代的弄潮儿,他对其笔下知识分子的调侃并不是因为自己更高尚,更忧国忧民,而是因为这类知识者群像活得更实在,他们的内心更真实。可以说,张恨水较早地通过通俗小说把握了这种文化变动的趋向。或许,张恨水借"知识分子"的书写来寄托自己内心的迷惘与失落,对知识分子的嘲讽式的描写中也隐含着一种寓言式的社会意义。

第二节　知识分子的人生歧途:清醒的孤独者与泥潭中的挣扎者

在历史上,知识分子一直充当着社会先驱者的角色。因此,他们的社会地位通常高于普通大众,是大众的启蒙者,他们的思想又往往与大众紧紧地联系在一起,成为民众的代言人。然而,步入现代社会以后,随着民众自我启蒙意识的觉醒,大众开始拒绝知识分子的"代言",这种尴尬的处境让现代知识分子陷入深深的失望之中。许纪霖认为,现代知识分子的精神困境来自于:"一方面是取得了一定的职业和经济自主,另一方面却享受不到独立于政治的实际保障;一方面是精神和心灵的自由解放,另一方面却遭受外界环境的残酷压抑。"[1]
这种情况常常使知识分子内心焦虑,加上处于新旧转型的时代,旧的
信仰已经破灭,新的终极关怀尚未建立,人生的苦闷、孤独、彷徨,往往
使得知识分子的心境显得格外沉重。这逐渐构成了鲁迅所谓知识分
子的"孤独感"。读鲁迅的小说,常常会苦涩地感到理想与现实如同两
条互不相干的平行线:"一方面,是一个历史如此悠久的文化传统面临
着最艰难的蜕旧变新,另一方面,是现代社会尚未诞生就暴露出前所
未有的激烈冲突;一方面,'历史的必然要求'已急剧地敲打着古老中
国的大门,另一方面,产生这一要求的历史条件与现实这一要求的历
史条件却严重脱节,同时,意识到这一要求的先觉者则总在痛苦地孤
寂地寻找实现这一要求的物质力量;一方面,历史目标的明确和迫切
常常激起最巨大的热情和不顾一切的投入,另一方面历史障碍的模糊
('无物之阵')和顽强又常常使得这一热情和投入毫无效果……"[2]
由此,他们的人格也呈现出一种分裂的状态。既有对个性解放的强烈
呼吁、自我独立人格的追求、改造国民性的启蒙精神,又不得不因历史
条件的不成熟而屈服于现实。他们清醒地目睹着知识分子自身由奋
起归于沉沦、迷惘,由完整走向分裂的悲剧命运。《在酒楼上》的吕纬
甫和《孤独者》的魏连殳便是这种分裂人格的典型。事实上,"鲁迅写
知识分子的小说是一篇一境界的,没有当时同类题材作品常见的雷同
现象……他已经更为系统和深刻地展开了我国新、旧民主主义革命交

---

[1] 许纪霖:《从中国的〈忏悔录〉看知识分子的心态与人格——读〈远生遗著〉述感》,《读书》1987年第1期。
[2] 黄子平、陈平原、钱理群:《二十世纪中国文学三人谈》,北京:人民文学出版社,1988年,第15页。

替时期的社会意识结构及其发展历程,遂使小说的现实主义富有深邃的历史感。"[1]由此,坚强的孤独者会在孤独的状态中完成对生命的沉思。

鲁迅的孤独感源于主体意识的觉醒之后"叫喊于生人间"的寂寞和彷徨。鲁迅毕生践行"我以我血荐轩辕",他对民众"哀其不幸,怒其不争",并塑造了与庸众对峙的"孤独的先驱者"形象,如他笔下的夏瑜等形象就是在鲁迅对先驱者和群众并置的思考下产生的。面对社会的黑暗、愚昧的群众、启蒙之路的艰难,鲁迅一步步陷入了"毫无边际的荒原"[2]。这使得他始终在传统与现代,理性与情感,语言与行动之间挣扎。张恨水由于其身上的才子气以及作品中的才子佳人模式而被新文学阵营批判为鸳鸯蝴蝶派作家,而鸳鸯蝴蝶派又因其格调偏新也不予承认,这种游离于鸳鸯蝴蝶派与新文学之外的境况使他倍感孤独。因此,"孤独感"可以算作"五四"知识分子的普遍心理状态。

在这个时期,现代社会中的知识分子与中国传统文人相比,更深刻地体验到物质生存层面对金钱的迫切需求,也意识到金钱对自己的生存问题与思想的深刻影响。在这个意义上,金钱的书写也可以说是中国知识分子对自我尴尬处境的一种反思。由于内忧外患的社会现实,中国现代知识者的现实经济处境并不像理论设计中那样理想。因为缺少经济的保障,被迫挣扎于生存底线,原先作为教导的"看者"转身为时代的弄潮儿,知识分子被拉到大众之中,不再以大众的精神(启蒙)导师的面貌出现。与孔乙己、陈士成、金续渊等旧式文人不同,接

---

[1] 杨义:《中国现代小说史》(第一卷),北京:人民文学出版社,1986年,第180页。
[2] 鲁迅:《〈呐喊〉自序》,《鲁迅全集》第1卷,北京:人民文学出版社,2005年,第439页。

受现代教育的知识分子自身有能力来维持基本生活,他们并不否认物质生活的必需品"金钱"的价值和作用。然而令人难堪的是,在现代知识者的生存环境中,他们的价值观念并不被周围人所接受与理解,并且理想人生的价值也并非以社会知识来衡量。从而,在现实和理想的冲突中,他们或多或少屈服于这样的生存环境,金钱与理想的对立隐喻着他们人生的两种选择。这使得现代社会的知识分子被置于两难的悖论处境之中。正如"社会事业虽渐渐发达,却不是很快的发达,却不能与知识分子增加的速度成正比例,……于是在事实上,发生一种供过于求的现象。"[1]由于巨大的社会落差造成了现代知识者的不平衡心态,在中国现代小说中,经常出现一大批现代知识分子无力改变现实困境而感到痛苦和耻辱的情况。

鲁迅在中国现代文学史上,一直被称为"启蒙导师""精神领袖",似乎人的精神问题是鲁迅唯一思考关注的对象,但是事实上,鲁迅从未放弃过对人的经济境况的思考,其小说中有关知识分子物质层面的生存困惑频繁出现。在《呐喊》和《彷徨》的25篇小说中,有15篇出现了知识分子对物质问题的焦虑,占百分之六十之多。这些作品展示了鲁迅对现代知识分子问题的一系列思考,也充分体现着他对人的物质问题的审视,这开启了对现代社会的一种反思。在鲁迅的笔下,不少知识分子都是比较复杂的艺术形象。这些艺术形象带着进步和局限的双重性,即从这个角度看是肯定性因素,从另一个角度看则是否定性因素。正因为如此,忠实于鲁迅对作品的实际描写,对知识分子复杂性格的分析,由此可以恰切地评价其思想意义和审美价值。《呐喊》

---

[1] 周谷城:《中国社会史论》(上册),济南:齐鲁书社,1988年,第249页。

《彷徨》中的不少知识分子，往往经历了由进步转向落后、由积极转向消极、由空想转向现实、由幻灭转向追求的曲折历程。在这些历程中，知识分子的生活道路、思想性格逐渐发生不同方向的变化。[1]生存困境下的人性尴尬与道德困惑，反映在《弟兄》这部作品中颇耐人寻味。作者在《弟兄》中表现了对生存困境的知识分子灵魂的审视，对人性弱点的反思和对传统伦理道德的思考。一些研究者认为，这部小说的内容来自于1917年周作人刚到北京治病的情况。许寿裳在《我所认识的鲁迅》中回忆："大约在1917年的春末夏初吧，他和二弟周作人同住在绍兴会馆补树书屋，作人忽而发高热了。那时候，北京正流行着猩红热，上午教育部有一位同事且因此致死。这使鲁迅非常担忧，急忙请德医悌普尔来诊，才知道不过是出疹子。"据许寿裳的回忆，《弟兄》中的张靖甫似乎是周作人，这一点又可以从周作人那里得到印证：

> 我们根据了前面的日记，再来对于本文稍加说明……普悌思大夫当然即是狄博尔，据说他的专门是妇科，但是成为名医，一般内科都看，讲到诊金那时还不算顶贵，大概出诊五元是普通，如本文中所说。请中医来看的事，大概也是有的，但日记上未写，有点记不清了……医生说是疹子，以及检查小便，都是事实，虽然后来想起来，有时也怀疑这恐怕还是猩红热吧。[2]

---

[1] 冯光廉：《鲁迅小说研究》，天津：天津人民出版社，1989年，第77页。
[2] 周作人：《鲁迅小说里的人物》，北京：北京十月文艺出版社，2013年，第244页。

这样来看,可以将张沛君当作鲁迅某种思想的原型,并且鲁迅通过张沛君的意识和潜意识矛盾,深刻地审视了包括自我在内的现代知识分子的新旧道德、生活作风、人格矛盾和处世哲学等一系列问题。张沛君相信自己的弟弟得的是当时的不治之症猩红热,虽然正面表示过对弟弟病情的忧虑以及无尽的关爱,但这种关切背后仍然预示着弟弟的死。张沛君一开始对物质利益看得比较单薄,努力追求兄弟和睦,在同事面前他们兄弟是被宣传的榜样。但是同事对张沛君的表扬反而增加了他无比沉重的心理压力。严峻的现实、经济的压力激发出张沛君心中的潜意识。得绝症的弟弟死了倒也罢了,但弟弟留下的两个侄儿自然应该由他来抚养,自己抚养自己的儿女已有足够的压力,如果再加两个弟弟的孩子使他十分明白自己原有的生存压力更加沉重,所以不得不在这五个孩子中进行抉择。于是无法调节的矛盾就出现了:

  他仿佛知道靖甫生的一定是猩红热,而且是不可救的。那么,家计怎么支持呢,靠自己一个?虽然住在小城里,可是百物也昂贵起来了……。自己的三个孩子,他的两个,养活尚且难,还能进学校去读书?只给一两个读书呢,那自然是自己的康儿最聪明,——然而大家一定要批评,说是薄待了兄弟的孩子……。

  后事怎么办呢,连买棺木的款子也不够,怎么能够运回家,只好暂时寄顿在义庄里……。[1]

---

[1]　鲁迅:《弟兄》,《鲁迅全集》第2卷,北京:人民文学出版社,2005年,第140页。

张沛君的矛盾主要来自于自己必须保持在同事面前的高大形象与不得不放弃侄子的抚养权来维护自己儿女的优越生存条件之间的冲突,这正是表达了人性的自私。于是张沛君在这种困境之下,闪现过要抛弃自己侄儿的念头,这在张沛君的梦中充分体现出来:

——靖甫也正是这样地躺着,但却是一个死尸。他忙着收殓,独自背了一口棺材,从大门外一径背到堂屋里去。地方仿佛是在家里,看见许多熟识的人们在旁边交口赞颂……。

——他命令康儿和两个弟妹进学校去了;却还有两个孩子哭嚷着要跟去。他已经被哭嚷的声音缠得发烦,但同时也觉得自己有了最高的威权和极大的力。他看见自己的手掌比平常大了三四倍,铁铸似的,向荷生的脸上一掌批过去……。[1]

张沛君在梦醒之后偷窥自己的自私心理,于是再唱不出"兄弟怡怡"的高调。从此以后,他的内心经历了前所未有的波澜。其实,"好人"形象都是被别人加上去的。这个形象只好一次又一次地继续做下去,否则立刻变成人民公敌。从张沛君的性格来看,他格外重视别人对自己兄弟的过分评价,这使得他不得不掩盖自己的恶劣行为,从而维系"兄弟怡怡"的关系来满足理想的蓝图。但是面对经济压力,他逐渐暴露出人性的弱点,然而计划虐待弟弟的孩子,这就显示了张沛君用"瞒和骗"的暴力来暂时释放精神的压力。由此看出,当一个人生存窘迫时,物质需求往往超过精神追求,这既是一种真实的选择,又是无

---

[1] 鲁迅:《弟兄》,《鲁迅全集》第2卷,北京:人民文学出版社,2005年,第143页。

奈的妥协。鲁迅看透了经济的重压、生存的困境会让血浓于水的亲情发生变异的事实。

鲁迅的生命历程，磨砺了他直面人生中所有惨淡的勇气，他在革命进程中察觉到了自我意识里的一些负面东西，却敢于直面它们。只有如此，他才有可能不被这些负面的东西所征服。《端午节》这部作品生动地描写了北京新兴知识阶级的无聊生活。方家是只有父母儿子的小家庭，方家的经济只是依靠官方和大学所发的工资。但是大学的工资和官俸欠了半年，所以对方家来说，端午节只是结算的节日，它并没有什么传统节日的价值。这种环境，只能使方玄绰日夜考虑生存问题。鲁迅在文中，突显出1920年代北京社会的新旧两种风俗、新旧两种意识形态的矛盾冲突。主人公方玄绰是表面上进步，骨子里落后的旧知识分子。他是因循守旧，看不惯新事物的，总是喜欢在过去的世界里思考问题。他出身于高等学府，表面上是新式文人，天天捧着《尝试集》，但在家里则是坐吃等伺候的"封建家长"，在社会上是袖手旁观、静观待变的"看客"。处于所谓"古今人不相远"，"性相近"的体制下，他偶尔意识到老年与青年、官与兵之间关系变位的可能：

> 譬如看见老辈威压青年，在先是要愤愤的，但现在却就转念道，将来这少年有了儿孙时，大抵也要摆这架子的罢，便再没有什么不平了。又如看见兵士打车夫，在先也要愤愤的，但现在也就转念道，倘使这车夫当了兵，这兵拉了车，大抵也就这么打，便再也不放在心上了。[1]

---

[1] 鲁迅:《端午节》,《鲁迅全集》第1卷,北京:人民文学出版社,2005年,第560页。

面对政府的压迫,作为现代知识分子的他不应该安分守己,但又察觉到自己没有奋斗的勇气,所以只能欺骗内心,事不关己高高挂起。从而引发了方玄绰关于"差不多"的理论,为人物自身的懦弱而作出理论上的开脱。他毫不介意被政府或阔人操纵,他的选择则是"从不惹祸"。鲁迅在1926年《记发薪》一文中清楚地表示,这时候的情形与写《端午节》的四年前基本情况是一致的,即北洋军阀政府因无力向教员和官员们支付薪金,因而导致了1921年6月3日的索薪示威流血事件。方玄绰就是在这个背景下塑造的一个充满矛盾的现代知识者形象,端午节变成了交付债款的传统日子,这已经蕴含了一个知识分子正为了钱而苦恼的现实。但是对方玄绰来说,教员兼官僚这个社会身份是很重要的,当教员们领不到薪金的时候,在他那里还有官饷。因此,方玄绰比起那些到新华门前喋血的教员们更要面子:

> 他自己虽然不知道是因为懒,还是因为无用,总之觉得是一个不肯运动,十分安分守己的人。总长冤他有神经病,只要地位还不至于动摇,他决不开一开口;教员的薪水欠到大半年了,只要别有官俸支持,他也决不开一开口。不但不开口,当教员联合索薪的时候,他还暗地里以为欠斟酌,太嚷嚷;直到听得同寮过分的奚落他们了,这才略有些小感慨,后来一转念,这或者因为自己正缺钱,而别的官并不兼做教员的缘故罢,于是也就释然了。[1]

这种懦弱性格与方玄绰所处的环境、个性、社会身份地位都有深

---

[1] 鲁迅:《端午节》,《鲁迅全集》第1卷,北京:人民文学出版社,2005年,第561页。

刻的联系。这似乎是作者比照着自己的经历说的,因为鲁迅有着借钱与欠债的经历。方玄绰对那些当权者格外反感,所以不敢见,不愿见。他总是在"差不多"理论中寻找一种心理平衡。鲁迅在此明言:"我曾经说过,中华民国的官,都是平民出身,并非特别种族。虽然高尚的文人学士或新闻记者们将他们看作异类,以为比自己格外奇怪,可鄙可嗤;然而从我这几年的经验看来,却委实不很特别,一切脾气,却与普通的同胞差不多,所以一到经手银钱的时候,也还是照例有一点借此威风一下的嗜好。"[1]这里鲁迅明确地提出官与民的"差不多",以此消解令人苦恼的心理状态。在精神层面,具有现代意识的知识分子拥有更多的文化与社会知识,但在物质生存层面,他们和普通人一样必须首先满足生存的基本需求。物质的贫困对精神层面的直接影响就形成了这些知识者的"畏惧"与"胆怯"。在这些文本中,经济压力、生活逼迫是导致知识者感情的变异、理想的破灭、追求的动摇最直接因素。如出身贫寒的魏连殳,他曾经出国留学,所学的是动物学,却学非所用,做了一名历史教员,又由于他发表"无所顾忌的言论",受到攻击,终于被辞退而失业,失业之后几乎沦为乞丐,最后在求职无望的绝望中,当了军阀的顾问。贫穷导致了主人公自身人格受到严重伤害,知识者对自己作为弱者的无能而深感屈辱与自卑。与此同时,人性本身的各种弱点,如自私、软弱、虚伪、喜新厌旧、贪图安逸等又在不同程度上促成了知识者的悲剧。孔庆东曾指出,"鲁迅很重视钱,绝不假装清高。鲁迅的日记里仔仔细细地记着他的几乎每一笔收入支出。鲁

---

[1] 鲁迅:《华盖集续编・记"发薪"》,《鲁迅全集》第3卷,北京:人民文学出版社,2005年,第368页。

迅反对,认为饭碗可以跟理想分开。鲁迅其实重视饭碗,重视物质生活对于精神生活的决定作用。"[1]纵览鲁迅的知识分子题材作品,可以发现,作者特别重视对生存困境中文人的隐秘心理的揭示,并以此作为洞察人性弱点的主要途径。这其实与鲁迅本人的早年经历有很大关系。此外,中国现代知识分子对自身文化思想方面的主导性和物质生活中的边缘处境充满焦虑,这种焦虑可以说是现实生存的折射,也是传统生存话语和现代经济发展冲突的表现。这种焦虑、反差终究成为知识分子对物质与金钱内涵的现代性反思的一个重要起点。鲁迅对金钱与物质始终保持有一种清醒的认识,既没有将所有人性的罪恶归于金钱,也不承认金钱是万能的,而始终从理性的角度去分析金钱的客观功能与价值。鲁迅肯定了知识分子对超越性的理想追求,但没有因此否定人的现实物质的欲望,在鲁迅那里,形而上的精神追求和现实物质的需求是同等重要的因素。

　　张恨水的小说极力发扬的是一种市民型知识者的生存哲学,在他的笔下,可以看出知识分子自觉地融汇到市民社会中。生活在现代经济社会中的张恨水在自己以卖文为生的现实体验中感受到金钱对都市文化人的积极作用,无法否认人们在物质层面上对金钱的需求。张恨水将人们对物质的追求与渴望看作是一种人性的必然,对其常常抱以宽容的态度。但是在这个物质社会中,在面对现实的琐碎问题时,小市民往往比知识分子经验更丰富,更懂得适者生存的道理,而很多穷书生往往纠结于日常生活的琐事。因此,在张恨水的作品中,常常以滑稽、荒诞的笔法刻画小市民知识分子的生活窘境,甚至怀疑现代

[1] 孔庆东:《鲁迅的世故》,《思维与智慧》,2009年第3期。

知识分子的生存能力,也塑造了一些假清高的知识分子形象。我们已经注意到,张恨水小说中因其对现实的观照而控诉人性中的阶级性的弱点,即金钱与权力对人性的异化。正因如此,"中国现代文化启蒙的焦点与方向就不应是个体生命意识的范畴,而应是在或更主要的是在现代自由主义的政治哲学的范畴,即这个启蒙的方向不应是或不必是鲁迅的方向。"[1]张恨水小说对知识分子精神困境的描述给予我们的启示,也同样具有深刻的文化意义。《落霞孤鹜》可以说是一部现代版才子佳人小说,这与作者在新旧杂陈的"过渡时代"的生存经历息息相关。小说通过现代革命分子江秋鹜和底层女子落霞、冯玉如的三角关系,描写了过渡时代青年男女的苦情。作为革命者的江秋鹜一开始出现的时候有双重社会身份:一是现代社会的革命者,二是普通中学教员。他极力拯救贫困女子落霞脱离困境,也在落霞的帮助之下,顺利逃到南边,江秋鹜对落霞充满着感恩,他始终念念不忘这个少女的恩惠:

落霞女士惠鉴:我写上这一封信,恕我冒昧了。我上次有了生命的危险,蒙你不避嫌疑来救,我用不着说客气话,实在是感激到一万分。我的良心责备我,不许我对女士置之不理。但是离开北京几千里,没法感你的大德,所以只好写一封信来问候。你若是用得着金钱帮忙的地方,请你不客气,转告着送信的人,要把钱寄到什么地方,我一定尽我的力量帮助。钱虽是万恶的东西,用

---

[1] 张鲁高:《图景的融合与图景的分裂——张恨水与鲁迅的文学世界》,合肥:安徽文艺出版社,2013年,第39页。

之得法，也可以帮人作好事，帮人作好人。[1]

然而，当江秋鹜重新回北京的时候，则完全失去了现代革命者身份的形象。在小说中，只出现过"革命"二字，但却不曾有过主人公的任何"革命"行为。中学教员这样的知识者屈从于革命者这样的身份，是在一个普通的关于"革命者"的故事里非常合理的情节模式。然而，阅读整篇小说，可以看到，"革命"二字只不过是整个故事的陪衬而已。作为报人作家的张恨水，十分重视读者的需求，而读者的人生态度也自然会在潜移默化中影响张恨水小说的价值取向。"这些读者群大体上不会是激进的革命者，因此很难相信，张恨水会通过自己的人物来教导自己的读者去选择'革命'这种崭新的思考方式。从而导致了革命及革命者不过充当了这部小说的外衣，使之成为一个失去所指的能指。"[2]这也是张恨水不能让江秋鹜成为真正革命者的原因。他关注更多的是这五花八门世界背后知识者的"情感"困境。江秋鹜对明媒正娶的落霞是一份救恩的感激之情，而对"梦中情人"冯玉如是没有能够终成眷属的遗憾之情。在这样的心境下，他对冯玉如的同情心渐渐转变为爱情，从此开始了一段婚外情：

落霞执着他的手问道："她自然是二十四分爱你的，你呢？也未必不爱她。"……秋鹜道："你这话，可有点委屈我。我虽有点爱

---

[1] 张恨水：《落霞孤鹜》，吉林文史出版社，1986年，第36页。
[2] 朱周斌："'新旧之旧'与'旧中之新'——张恨水〈落霞孤鹜〉解读"，《池州学院学报》，2008年第6期。

她,说是把你抛下,我绝对没有这种意思。天地间,总是有些缺憾的,我和她交个朋友,你和她作个姊妹,那也不坏呀。"[1]

以江秋鹜为代表的知识者是一群生活在社会转型时期的"夹缝式"的人物,是找不着自己位置的一群人,他们一方面有着知识分子拥有"文化资本"的优越感,另一方面又有着现实人生中的尴尬处境,过着"双面人"的生活。在纷繁复杂的物质生活中,他们在精神上追求着精英化的文化生活,而在现实中又无法忽视世俗的趣味。这种形象背后体现了张恨水对小市民知识分子徘徊于物质、知识和爱情间的尴尬处境的思考。

张恨水的小说通过对行走于市井的知识分子处境的观察,展示了不同社会阶层和不同文化层次之间的交互过程,借此重新审视知识分子与市井小市民生活的关系。作者发现小市民也有资格教导知识分子的实际情况。正像鲁迅研究专家所说的:"尽管鲁迅比当时任何人都能清楚地感受到劳动群众背负的精神重担的沉重性,但他依然认为,平凡劳动群众那朴实无华的心灵,仍然是值得知识分子学习的。知识分子应当在他们的身上,发现自己的不足,时时自新,增长自己前进的勇气和希望。"[2]这种思想在张恨水小说中也有体现。《天上人间》中的陈竹子是男主人公周秀峰所住的教员宿舍对面洗衣房的二女儿。她是个十二岁的可爱、淳朴的平民女孩,但是她非常懂得在适当的时候引起周秀峰的注意。为了试探周秀峰对自己姐姐的感情,她处

---

[1] 张恨水:《落霞孤鹜》,吉林文史出版社,1986年,第280页。
[2] 王富仁:《中国反封建思想革命的一面镜子:〈呐喊〉〈彷徨〉综论》,北京:中国人民大学出版社,2010年,第63页。

处尝试着与知识分子进行对话,但因为二人在价值观和文化水平上差异太大,他们之间的对话终究难以达到真正的"沟通"。然而,就在这种失败的"沟通"中,出现了一个很有趣的现象:都市小市民从自身的立场和追求出发,往往把知识分子看作是"装酷"的怪胎,或者是"胡说八道"的对象。这里,张恨水颠覆了以往的知识分子与市民之间存在的启蒙者和被启蒙者的二元关系:

  竹子道:"她生了气了。"……周秀峰道:"这就奇怪了,她有什么事为我生了气呢?"竹子将嘴一撇道:"你别装傻,你自己做的事,你自己会知道。"周秀峰脸色红了一红,连忙就笑起来道:"看不出你这小孩儿,你还会说俏皮话,我做了什么事会惹得你姐姐生气,我真有些想不起来。"竹子道:"你干嘛好几天不理我姐姐,昨天又带了一个黄小姐来家里玩呢?你这屋子里,我姐姐瞧都没有瞧过,别人可以在这里随便来坐,有说有笑,你说她不会生气吗?"周秀峰打了一个哈欠,笑道:"就是这样一件事吗?这很不值什么,你姐姐若是愿意到我这里来坐,我很欢迎。我的朋友很多,女朋友也不少,……你就这样回去对她说。"竹子笑道:"你这是诚心,我姐姐可不会讲自由,怎么能和你交朋友。"周秀峰笑着站起来,一拍手道:"这倒很有趣,你也知道'自由'两个字。"竹子道:"你别考我,我全知道,这不是好话,比方说,一个姑娘,不好好在家里呆着,跟人家爷儿们上街去胡溜跶,这就叫'讲自由'。我妈常说,姑娘学自由,那就不是好人。"周秀峰真乐了,……只管哈哈大笑。

  ……周秀峰笑道:"你听到这位小姑娘讲'自由哲学'没有,自由的定义,是这样简单明了。"……魏丹忱望着周秀峰道:"怎么样? 这里就含有新旧思想的冲突。"又向竹子笑道:"现在戏园子里,男女同座,饭馆子里,爷们可以去,姑娘也可以去,你上公园瞧瞧,一对儿一对儿的多着呢,难道说这都不是好人吗? 难道爷儿们去的地方,娘儿们、姑娘就不能去吗?"竹子笑道:"您还是大学堂里的老师呢,说这样不开通的话儿,这年头儿,要讲自由维新,男女平权。……"竹子笑道:"开通,这有什么难,谁都行。"[1]

也许,张恨水在现代知识者枯燥乏味的生活中,看到了他们为人冷漠、思想僵化、瞧不起平民、与世俗格格不入的一面。作者试图冲破知识分子文化与市民文化的隔膜,最终突显出温情的世俗生活。尽管有时在张恨水的小说中也不回避市井粗俗、丑陋的一面,但这一面常被淡化。其实,张恨水这样处理的目的并不是存心嘲笑知识分子的清高和不识时务,而是在"含泪的笑"中揭示知识分子滑稽背后的尴尬与无奈。

此外,在中国社会的近代化进程中,张恨水渐渐意识到知识分子不得不重新调整和社会的关系,以及行为方式和价值观。张恨水意识到,世人对金钱欲望和功名利禄的宽容,使得一部分知识分子失去了自己的信念,逐渐变成金钱、权力的奴隶:

马国栋道:"我到了北京,倒是找到了东家,原来是教一位少爷、两位小姐的书。他们原都在学校里的,不过回家来,我给他们

---

[1] 张恨水:《天上人间》,太原:北岳文艺出版社,1993年,第258、259页。

补习一点汉文。少爷倒是罢了,两位小姐,嫌我是乡下人,很不听话。……学生一不尊重先生,连听差的都不爱和我说话,常言道,'士可杀而不可辱',我还教什么书!……我决计不干。他(东家)没法,就送了一百块钱的川资,让我回家。我因为到了北京来,马上就教书,各处的名胜,都没有去看。……等了一个月,川资也就用光了。……所幸在家无事的时候,学过占卦和算命两件事,原来是好玩的,现在用得着他了,就在街上摆卦摊子度日。又怕遇见东家的下人,他们少不得嘲笑我,所以留了这一把长胡子,再弄一副眼镜一戴,人家都认不出来了"。[1]

在精神层面上,中国现代知识分子原本是社会文化的先觉者,然而,在物质生存层面上,贫困的生活处境又使他们变成社会的"零余者"。重要的是,知识分子首先是人,然后才是知识分子。那么在中国现代文化语境中,如何平衡自我内在的物质欲望和高尚理想之间的冲突?如何看待金钱在人的精神与物质上的地位和意义?这些都成了中国知识分子不得不面对的一个生存问题。金钱对知识分子的意义不仅限于生存层面,更是直接影响到知识分子的精神状态。具有现代经济理性的金钱观念使得那些精神觉醒的知识分子在周围群众中处于被他者化的位置,除非附和流俗才可能去除尴尬的生存境况。比如,鲁迅笔下的魏连殳、吕纬甫、方玄绰,他们虽然极力想摆脱传统金钱观的束缚,但令人遗憾的是,金钱非但没有成为他们安身立命的手段,最终还成为导致人生理想失败的元凶。《孤独者》的魏连殳不把物

---

[1] 张恨水:《天上人间》,太原:北岳文艺出版社,1993年,第38、39页。

质视为自己人生的终极目标时,结果却是无法融入周围的环境,无法获得维持生活的基本保障。当他不择手段地去谋求金钱时,他又无法坚守自己的理想。魏连殳的生存悖论,不如说是书写主体对现代性生活的一种深刻的心理体验。鲁迅曾说:"钱这个字很难听,或者要被高尚的君子们所非笑,但我总觉得人们的议论是不但昨天和今天,即使饭前和饭后,也往往有些差别。凡承认饭需钱买,而以说钱为卑鄙者,倘能按一按他的胃,那里面怕总还有鱼肉没有消化完,须得饿他一天之后,再来听他发议论。"[1]张恨水同样强调人的物质生存对精神的影响,张恨水以"报人"起家,以"卖文"为生,用作品作为谋生的最佳选择,就成为他脑子中的想法。其小说在报纸上连载,他将作品的社会效益和经济效益统一起来,吸引了更多的读者,能打开报纸的销路是理所当然的,也是合乎生活逻辑的。

总而言之,无论是鲁迅还是张恨水笔下的知识分子们,当他们身处于已经变化了的现代社会中,时时深受现实生存的逼迫,理想和现实的冲突就成了他们痛苦的根源。启蒙话语权的失落使他们无法再扮演"民众代言人"的角色,而与市民话语以及价值观的不同又使他们行走于市井而游离于世俗之外。由此,革命的、灰色的、吃人的、被吃的各种各样的知识分子形象,不约而同地出现在鲁迅和张恨水笔下,蔚为大观。鲁迅与张恨水对这一类知识分子给予了很大的同情,同时又给以批判。对物质的强烈欲望和对金钱的彻底否定的矛盾心态最终造就了中国文人的人格分裂。文人虽在现实中体会到金钱的重要

---

[1] 鲁迅:《坟·娜拉走后怎样》,《鲁迅全集》第1卷,北京:人民文学出版社,2005年,第167、168页。

价值,可在书写中却有可能因害怕被金钱沾污了自己的清高而不得不把真实的物质欲望隐藏起来。由此看来,程文超的观点颇有道理:"于是对金钱,文人便进入又怕又爱,又追求又逃避的尴尬境地。一面千方百计地捞钱,一面又毫无留情地骂钱,十有八九是个文人。"〔1〕

本章通过分析鲁迅、张恨水自身的知识分子角色和二人笔下的知识分子形象,得以管窥中国现代知识分子在现代化进程中的复杂处境。鲁迅对于知识分子的体验带有个人深刻的生命体验和历史感悟,而对知识者的颓唐、孤独以及可笑的尴尬处境等严肃问题的探讨,也表明作家在传统文人现代化的必然性中艰难探索着现代新型知识分子确立的可能。而张恨水对欧化知识分子的嘲讽、对小市民知识分子市侩化以及掣肘于金钱的尴尬境遇的洞观,也显示出他对特殊历史时期知识分子精神人格和生存现实的探索。二人对知识分子的关注有很多相通之处,但如果说张恨水在对知识分子西化、市侩化的失望中转向对传统士人品格的眷恋和回归的话,鲁迅则刚好背离张恨水的选择,他在审视自我以及吕纬甫、魏连殳等辗转于传统与现代文人之间的处境之后,把对中国现代知识分子独立品格的探索向前推进了一步。这正好弥补了张恨水笔下知识分子由于缺乏思想观念而导致的平庸。总之,正是因为鲁迅小说的知识分子(启蒙者)的思想世界和张恨水小说的市民型知识者的世俗生活世界的互补,才会使小说美学形成了一个更完整、理想的模式。

---

〔1〕 程文超:《寻找一种谈论方式:"文革"后文学思绪》,广州:中山大学出版社,1997年,第353页。

第五章

批判与缅怀：两者乡土情结差异的探源

鲁迅与张恨水在写作中都关注农民的命运、现实苦难、家族观念等问题,书写农村生活是二人共同的艺术追求。但由于他们对社会观察的视角、人生经历、个人气质、文学创作的目的各异,以及表现的主题内涵和思想内容等各方面的差异,二人笔下的农村题材小说又呈现出截然不同的艺术风貌。

作为启蒙大师的鲁迅注重再现社会的弊病,揭示国民的劣根性,而张恨水以不同的方式关注改善民生的问题。无疑,他们对农民的理解与同情,对社会动荡的农村的窥视,以及对农民精神乃至对人性的探索有一致的方面。鲁迅将人物置于时代变革的大浪潮中,把现实与象征结合深刻地刻画逆来顺受、自欺欺人、温顺驯良、甘心为奴的农民形象,从而展示了被封建意识扭曲的灵魂。阿Q、闰土、七斤等人物的个性,使读者在对农民文化人格的观照过程中自觉地对国民性问题进行思考。而张恨水则注重客观公正地把自己所知道的中国真实情况如实地写下来。他在与普通百姓的共同生活中,真实地体验了普通中国人的思想感情,并形成了平民百姓才是中国的生力军的看法。张恨水曾说:"几千年的封建思想和家族制度,以及农村社会经济,把他们捆绑住了。因为愚昧而不懂政治,他有时也会胡来。而穷困得不能生存下去时,他们也更会铤而走险。……所以因老百姓听话而轻视了他们,那是一个极端的错误。"[1]由此,亲历过战乱兵祸的张恨水能够对启蒙有着独立的思考。在这个问题上,鲁迅曾有过颇有警惕意义的比喻:"假如一间铁屋子,是绝无窗户而万难破毁的,里面有许多熟睡的人们,不久都要闷死了,然而是从昏睡入死灭,并不感到就死的悲哀。现在你大嚷起来,惊起了较为清醒的几个人,使这不幸的少数者来受无可挽救的临终的苦楚,你倒以为对得起他们么?"[2]这个比喻事实上反映出当时中国启蒙者所面临的困境。"五四"以来的中国新文学作家常常揭示启蒙者与被启蒙者之间存在着的巨大鸿沟。由审视农民的文化人格进而审视国民弱点,是一种具有历史必然性和现实合理性的思维模式,但随着文学自身的发展和时代的前进,作家们不得不考虑这样一些问题:在新的历史条件下,农民的个性或文化人格会不会不断变化?在这样的时代环境下,应该"怎样"审视农民文化人格本身的发展?农民性格特征是否一定与国民性有着必然的关联?从这样的角度来看,鲁迅与张恨水对中国农民的生活变迁和命运浮沉,以及对启蒙者与被启蒙者应有的关系层面,既表达了深切的关爱,又显示出诸多截然不同的态度。本章试图通过比较鲁迅与张恨水在探索农民心灵历程上的异同来分析农民题材小说创作的演变。

---

[1] 张恨水:《中国老百姓听话》,原载1945年2月17日重庆《新民报》。
[2] 鲁迅:《〈呐喊〉自序》,《鲁迅全集》第1卷,北京:人民文学出版社,2005年,第441页。

第一节　新旧文学的叙事矛盾:"死去"的农村与"淳朴"的农村

费孝通曾说:"从基层上看去,中国社会是乡土性的。那是因为我考虑到从这基层上曾长出一层比较上和乡土基层不完全相同的社会,而且在近百年来更在东西方接触边缘上发生了一种很特殊的社会。我们不妨先集中注意那些被称为土头土脑的乡下人。他们才是中国社会的基层。"[1]众所周知,中国是一个传统的农业国家,历来以农业为本。它构成了中国人的文化身份,支配着他们的价值观念、文化观点、审美角度、思维方式、生活方式等多个方面。费孝通所谓的"乡土

---

[1] 费孝通:《乡土本色》,《乡土中国》,上海:上海人民出版社,2007年,第6页。

中国"指的就是中国传统文化生长的土壤,也是每个中国人基本的生存根基。因为"知识分子因其教养和精神生活,也因其与土地的'非基本生存关系',更利于保存古旧梦境、传统诗趣。'知识分子'往往具有比'农民'更严整的'传统人格'。"[1]不管是20世纪还是当下,"乡土"依然是中国作家最基本的生存舞台。其中,农民问题是中国社会的重大问题,即便社会发展到今天也仍然是一个关键问题。很长一段时间里,中华民族一直认为农业是国家生存的基础和根本,一直到鸦片战争惨败,中国人才渐渐地改变了这种观点。面对西方列强的欺侮与挑战,中华民族逐渐意识到另一种陌生而更强大的文明,那就是以工业化为中心的城市文明。这使得国人从另一种视角发现以"农业"为根本的中国传统文化的局限性,开始了对农业子民的真实处境的反思。

从1917年新文学开端到解放后,农民形象成为上世纪中国文学作品中的新的群体。庄汉新、邵明波主编的《中国20世纪乡土小说论评》中指出:"乡土小说作家竟是整个中国20世纪小说作家中一支实力雄厚、阵容强大、人多势众的生力军、主力军。他们在数量、质量、知名度和影响力诸方面,竟占了整个20世纪小说作家的大半以上。他们浩如烟海,汗牛充栋的名篇佳作,竟成为了20世纪整个小说发展的主流,构成了20世纪整个小说世界的基本面貌,甚至在整个20世纪文学的家族中,都占有重要的地位。"[2]然而,令人遗憾的是,在相当长的一段时间里,在中国人的"现代化"观念中,农业和现代文明并不是互补的,而是对立的关系。在"五四"知识分子那里,当"现代"成为

---

[1] 赵园:《〈地之子〉自序》,北京:北京大学出版社,2007年,第10页。
[2] 庄汉新、邵明波:《中国20世纪乡土小说论评》,北京:学苑出版社,1997年,第3页。

时代的主流价值观时,乡村、农业、农民被视为反价值、反时代的阻碍:

> 新文化对于乡土社会的表现基本上就固定在一个阴暗悲惨的基调上,乡土成了一个令人窒息的、盲目僵死的社会象征。最有代表性的是鲁迅的短篇《祝福》和《故乡》,当然还有《阿Q正传》。三十年代也有不少写农村生活的小说把乡土呈现为一个社会灾难的缩影,只有不多的几个作家(如沈从文)力图以写作复原乡土本身的美和价值,但是多罩以一种抒情怀旧的情调。新文学主流在表现乡土社会上落入这种套子,一个重要的原因在于新文化先驱们的"现代观"。在现代民族国家间的霸权争夺的紧迫情境中,极要"现代化"的新文化倡导者们往往把前现代的乡土社会形态视为一种反价值。乡土的社会结构、乡土人的精神心态因为不现代而被表现为病态乃至罪大恶极。在这个意义上,"乡土"在新文学中是一个被"现代"话语所压抑的表现领域,乡土生活的合法性,其可能尚还"健康"的生命力被排斥在新文学的话语之外,成了表现领域里的一个空白。[1]

正因为如此,可以把农民群体作为研究乡土中国的现代化和现代文学关系的一个切入点,透过中国现代作家对农民的审美想象,来探讨中国农民在现代化进程中的形象变化和思想觉醒,现代文学色彩各异的农民形象是中国现代文学审美叙事的重要角色。随着乡土中国的现

---

[1] 孟悦:《〈白毛女〉演变的启示》,参见唐小兵:《再解读——大众文艺与意识形态》,牛津大学出版社,1993年,第87页。

代化和农民的变迁,中国现代文学与农民形象之间存在着一种充满互动性的共生关系。从这一点看,农民形象不仅是审美的艺术结晶,而且是一种建构乡土中国现代化的文化力量。

陆耀东、唐达晖在《鲁迅小说独创性初探》中也指出:"鲁迅是以现代革命家的态度去对待千百年来处在社会底层的农民","他不仅在中国小说史的艺术画廊中,为劳动农民塑象,更难得的是,他第一次以平等的态度去描写农民。"[1]鲁迅和张恨水都在劳动者身上倾注了极大的热情和关怀,都特别希望看到他们生存环境的改善。鲁迅幼年时期每年都要跟随母亲回到乡下的外婆家去避暑,那里淳朴的民风滋润了鲁迅幼小的心灵。童年时期的亲身经历和耳闻目睹使得鲁迅获得了对农村社会和农民的深刻印象。比如,照顾鲁迅幼年生活的保姆——长妈妈也是一位从乡下到城里打工的农村妇女,她给了鲁迅很多关爱,过了30多年之后鲁迅还专门写《阿长与〈山海经〉》一文来纪念她。随着年龄的增长、思想视野的开阔,鲁迅对乡土中国和农民有了更深刻的认识。1906年的幻灯片事件使得鲁迅彻底走向文学启蒙的道路,通过启蒙医生的角度来观察以中国农民为代表的中国病人。[2]因而"农民问题是鲁迅注意的中心,他把最多的篇幅,最大的关注和最深的

---

[1] 陆耀东、唐达晖:《鲁迅小说独创性初探》,长沙:湖南人民出版社,1984年,第228页。
[2] 20世纪20年代,作为"思想医生"的小说家和作为"病人"的中国国民已经成了社会的核心问题。有趣的是,这种现象在通俗文学作家的创作中也出现过。1928年,周瘦鹃在其寓言小说《十七岁了》中对"中国病人""病态中国"有一段生动的描写:"可怜他雨打风吹,路欺雪虐,连过了几年苦痛的生活,先天既已不足,后天又复失调,终年不断的伤风咳嗽,忽然忽热的发疟病,身体既淘虚了,便益发容易外感,再也没有抵抗的能力。于是面黄肌瘦,弱不胜衣,虽是一个小小孩子,竟好似变故了个痨病鬼。"(周瘦鹃:《十七岁了》,载于上海《申报元旦增刊》1928年1月1日。)

同情给予农民。"[1]

鲁迅独特的个人成长经历和青年时期学医经历，为鲁迅小说创作提供了新的视角。鲁迅作为思想医生，结合童年的生命体验，塑造了一批在中国现代文学史上具有典型意义的农民形象。并且他在创作中力求寻找这些群体在剥削摧残中无知、麻木、落后的根本原因。像《阿Q正传》里的阿Q、小D、王胡，《故乡》的闰土，《风波》的七斤；还有一些小市民形象，如车夫、街坊、胖孩子和众多看客们，以及《药》的华老栓夫妇等，鲁迅深刻意识到这种悲剧的形成不仅在于压迫与被压迫之间的问题，而且在于中国几千年的封建制度对他们思想的束缚。这导致了这群人的共同遭遇，使他们很难脱离社会的最底层。

比如，阿Q生活在阶级矛盾最尖锐的一个江南农村——未庄，他是一个极度贫困的流浪雇农，无亲无故、无家无业，只借住在一个土谷祠里，靠着给人做短工维持生活。阿Q社会地位非常低，连姓氏都不知道，阿Q曾认为自己姓赵，却被赵太爷否认，这也意味着他的姓氏都被无情地剥夺。他被赵太爷辞退，没有人愿意再雇佣他，帮他解决生存危机，他最终失去了最基本的经济权利。再加上一场"恋爱风波"，更彻底导致了阿Q终生的悲剧。革命的风声刚传到未庄的时候，阿Q对革命世界尚不理解，便想到"革命党便是造反，造反便是与他为难，'革这伙妈妈的命，太可恶！太可恨！……便是我，也要投降革命党了。'"同时想到"似乎革命党便是自己，未庄人却都是他的俘虏了。"于是他得意嚷道："造反了！造反了！"[2]这句话，真实地表现出被损害

---

[1] 钱谷融：《艺术·人·真诚》，上海：华东师范大学，1995年，第358页。
[2] 鲁迅：《阿Q正传》，《鲁迅全集》第1卷，北京：人民文学出版社，2005年，第538、539页。

者农民的心声,虽然他们对旧社会的不合理无比愤怒,但是革命风浪来临时,却又对革命持着毫无根据的自我陶醉。阿Q的自高自大、妄想症,使得他在面对现实的失败时,索性选择在精神幻觉中求得胜利,取得安慰,排斥羞耻、恐慌。鲁迅在《圣武》中也提出,阿Q的"革命幻想曲"是一个老中国农民所具有的典型特征:"简单地说,便只是纯粹兽性方面的欲望的满足——威福,子女,玉帛,——罢了。然而在一切大小丈夫,却要算最高理想(?)了。我怕现在的人,还被这理想支配着。"[1]这样看来,乡土中国的农民就成了中国现代化进程的障碍。而吃苦耐劳、诚恳厚道的传统农民形象则逐渐淡化,取而代之的是愚昧、麻木、迷信、保守、吝啬的"新"农民形象。或许,中国的现代化追求根本就是被动的、身不由己的,一开始就伴随着西方列强的肆意欺凌。进一步考察会发现,阿Q的精神胜利法所包含的实质内容与其革命幻想的内涵之间并不存在矛盾。我们知道,阿Q的精神胜利法里并没有现代的平等意识,没有劳动者的正义(对小D和王胡),没有对弱小的同情和怜悯(对小尼姑),也没有对他者的爱(对吴妈)。所以,在这种环境里生存的阿Q既卑鄙又凶残,或许这才是最真实的一个阿Q形象。鲁迅为阿Q记下来的精神胜利法,终究成为中国乡土文化的象征,也成为上世纪中国革命的一个预言。在如此情形下,现代化追求和民族(农民)解放就成了同一硬币的两个面。于是在民族的自我认同和社会现代化的过程中,中国农民的心理呈现出社会转型期的历史阵痛。[2]

---

〔1〕鲁迅:《热风·"圣武"》,《鲁迅全集》第1卷,北京:人民文学出版社,2005年,第372页。
〔2〕黄曙光:《当代小说中的乡村叙事——关于农民、革命与现代性之关系的文学表达》,成都:巴蜀书社,2009年,第10页。

鲁迅在《故乡》中，以对比的方法写出了少年闰土和中年闰土的不同形象。少年时期的闰土是一个"紫色的圆脸，头戴一顶小毡帽，颈上套一个明晃晃的银项圈，这可见他的父亲十分爱他，怕他死去，所以在神佛面前许下愿心，用圈子将他套住了。"[1]这句话，证明少年闰土过着无忧无虑的童年。在小说中，鲁迅继续描写闰土月夜手捏一把钢叉刺猹的场面，表现他的聪明伶俐的一面。然而，随着帝国主义的侵略，中国沦为半殖民地半封建社会，农村社会日益破败，闰土的生活也变得贫乏困顿。"他身材增加了一倍；先前的紫色的圆脸，已经变作灰黄，而且加上了很深的皱纹；眼睛也像他父亲一样，周围都肿得通红。他头上是一顶破毡帽，身上只一件极薄的棉衣，浑身瑟索着；那手也不是我所记得的红活圆实的手，却又粗又笨而且开裂，像是松树皮了。"[2]这是中年闰土的形态。他不找生活艰难的根本原因，还是把希望寄托在香炉上，祈求神灵的保护，"多子，饥荒，苛税，兵，匪，官，绅，都苦得他像一个木偶人了。"闰土的自叙虽然简略，但是他已经把心中的压力讲出来了："非常难。第六个孩子也帮忙了，却总是吃不够……又不太平……什么地方都要钱，没有定规……收成又坏。种出东西来，挑去卖，总要捐几回钱，折了本；不去卖，又只能烂掉……"[3]鲁迅通过对当时农民社会环境的描写，表达出对不公正的社会制度在物质和精神上压迫农民的愤怒，以及对农民精神麻木的焦虑。鲁迅认为闰土和其他农民一样，是在"铁屋子"里沉睡的老中国的儿女，是沉默的中国人的灵魂，他们正是沉睡而不觉醒。

---

[1] 鲁迅：《故乡》，《鲁迅全集》第1卷，北京：人民文学出版社，2005年，第503页。
[2] 同上，第506、507页。
[3] 同上，第508页。

鲁迅特别在《故乡》《阿Q正传》《社戏》等作品中，形象地记录了旧中国农民痛苦忍耐、愚昧沉寂的心理状态，他对中国社会变革的思考是深沉的。"对于闰土的深情，绝不只是对于某个人或社会上一部分人的感情，而是一个伟大革命家对于所有劳动人民的爱的一种表现，是对于国家民族'将来'问题的思索。"[1]有趣的是，鲁迅在这些作品中，为了突显出旧中国农民生活的沉滞、物质生存的压力、农民的悲惨处境，有意设置了主人公的"偷窃"行为。如果不了解鲁迅深刻的思想意义，会误读了文本。如孔乙己是"替人家钞钞书，换一碗饭吃"，而当生存危机时却偷走了人家的书籍和纸张笔砚。对此一情节的解读要结合作品的思想主题，要分析"偷窃"行为发生的内在原因，孔乙己的偷窃行为不是因为他品行的问题，而是他对生存的焦虑。在科举时代中不了举人的孔乙己，又不知道如何谋生，竟然到讨饭为生的地步。他虽然口口声声地说自己是不可缺少的君子，却被别人当作无聊生活中的"谈资"，这种反差让我们将社会底层人的悲惨命运看地一清二楚，让人继续着对那个荒谬社会的怀疑。在旧社会的横暴之下，孔乙己迫于生计，"免不了偶然做些偷窃的事"。由于他"偷书"的不良习惯，没有人再相信他是"钞书"。但是作者却对孔乙己的"偷窃"行为表示深深的同情和理解："但他在我们店里，品行却比别人都好，就是从不拖欠；虽然间或没有现钱，暂时记在粉板上，但不出一月，定然还清，从粉板上拭去了孔乙己的名字。"[2]解读文本，处处可以体会到孔乙己对偷窃行为的某种羞耻感。若不是迫于无奈、迫于生计，他也不愿

---

[1] 陆耀东，唐达晖：《鲁迅小说独创性初探》，长沙：湖南人民出版社，1984年，第229页。
[2] 鲁迅：《孔乙己》，《鲁迅全集》第1卷，北京：人民文学出版社，2005年，第458页。

意当小偷,孔乙己身上原本有很多优点,高贵的品格、善良、诚信,只是生不逢时。他的偷窃行为与他的为人相比,不算是严重缺陷。孔乙己身上原本有很多优点:他善良——在自己生计颇为窘迫的情况下还分茴香豆给孩子们吃;他有符合旧体制的真才实学——知道"茴"字有四种写法。从另一方面想,他的偷窃行为不会让人憎恶,反而让人可怜和同情。当他忍不住心里上的不平衡、不满足,便会做出一些平常人做不出的事情,说出一些平常人说不出来的话,违反社会的"常规"。大概因为如此,丁举人和何大人才对孔乙己如此的残酷和凶暴。[1]

同孔乙己的遭遇相似,阿Q向吴妈下跪"求爱"之后,再也没有人找他做短工,于是也出现了生计问题。没饭吃,无奈偷了一回萝卜,而进城之后开始给丁举人打工,后来由于游手好闲、好吃懒做,干脆跟着别人走上小偷之路。在鲁迅的笔下,阿Q是一个情感比较淡漠、人际关系疏离、缺乏自尊自爱的自我压抑型的人物。他在现实生活中,独自承受着生活、情感等压力,而压抑、焦虑等负面情绪没有找到合适的出口,内心的冲动便会四处冲撞,寻求发泄。他的心理越是不平衡,他就越要向更高的社会权威挑战。这是人性的必然,也是在潜意识中寻求心理平衡的某种方式。阿Q在权力世界、劳动者世界、经济世界都得不到任何同情和理解,这种生存环境只能使他从失败中走向失败,使他的人生成为一部耻辱的历史。从这个角度来看,阿Q的那些缺点可以原谅,但赵太爷之流的行为以及其代表的那个阶层是应该要灭亡的。该枪毙的是赵太爷、假洋鬼子,而不是阿Q、王胡、小D。可见,没

---

[1] 王富仁:《中国文化的守夜人——鲁迅》,北京:人民文学出版社,2010年,第219、220页。

有一场反封建的思想革命，阿Q们的命运只能如此。鲁迅对小说中人物偷窃行为的描写并非简单的道德评判，而是体现了一种对充满罪恶、不合理的社会的批判。

导致农民奴性人格的因素是复杂的，不能简单认定封建意识导致了农民的目光短浅。农民性格特征本身包括丰富、复杂的文化内涵，这实际上远远超过了经典作家们的文学想象。多年来，以李泽厚为代表的一派人提出了一个颇为流行的观点，他们将历史进程的变化一律概括为"救亡压倒启蒙"。这种说法，其实很容易给人造成二者不可并置的印象，从而忽略二者背后可能的互补性或一致性。同样是中国农民，为什么在革命话语和现代话语中对他们的描述迥然不同呢？就事论事，从历史的角度来看，启蒙和救亡的主题不是互相排斥的，而是一致的。在启蒙阶段中，知识分子眼里最需要改造的是农民，他们普遍认为农民是落后国民性的代表群体，是中国现代化进程中的最大障碍。而在救亡和解放双重变奏中，农民成了最重要的革命资源。比如，与发生"五四"运动的中国最有影响的大城市不同，在毛泽东那里，农村成了中国革命的根源地，中国的革命成了一个由农村到城市的发展过程。正是这种历史任务的不同，决定了农民在历史进程中所扮演的不同角色。此外，农民虽然占着中国人口的绝大多数，一直以来却成了一个没有发言权的落伍群体，总是由"他者"来叙述其周围环境的变化。然而，由于"他者"的身份和视角的不同，描述也相差悬殊。对于知识分子来说，农民是启蒙的对象，而对于革命家来说，农民又是无产阶级革命的主力。对于这个问题，毛泽东曾这样分析中国农民：

农民——这是中国工人的前身。将来还要有几千万农民进入城市,进入工厂。如果中国需要建设强大的民族工业,建设很多的近代的大城市,就要有一个变农村人口为城市人口的长过程。

农民——这是中国工业市场的主体。只有他们能够供给最丰富的粮食和原料,并吸收最大量的工业品。

农民——这是中国军队的来源。士兵就是穿起军服的农民,他们是日本侵略者的死敌。

农民——这是现阶段中国民主政治的主要力量。中国的民主主义者如不依靠三亿六千万农民群众的援助,他们就将一事无成。

农民——这是现阶段中国文化运动的主要对象。所谓扫除文盲,所谓普及教育,所谓大众文艺,所谓国民卫生,离开了三亿六千万农民,岂非大半成了空话?[1]

随着时代的发展,农民的作用和意义有所变化,但是农民作为传统农业社会的主要群体,却无疑是20世纪中国历史演变的重要角色。虽然中国农民并不一定清楚地认识到自己在历史中所扮演的角色,但这并不影响改革所指向的历史目标。20世纪中国农民在一定程度上不管情愿不情愿,在一定程度上都被动地卷入社会的现代化进程。"五四"新文化运动一直强调对农民的启蒙,但是启蒙的实际效果是非常有限的,而且启蒙的过程也被救亡所中断。所以当中国农民用自己

---

[1] 毛泽东:《论联合政府》,《毛泽东选集》第3卷,北京:人民出版社,1991年,第1077、1078页。

的血汗为中国社会的改造无偿奉献时,他们并非真正体会到自己已经融入到了那个环境之中。在一定程度上,他们仍然生活在传统的"乡土中国",并非生活在"现代化"的社会之中。于是乎,20世纪的中国农村和农民就处于一种"割裂"的状态。

同样,张恨水也将农民(劳动者)作为他倾注一生心血去探索理解的对象。《现代青年》《似水流年》《丹凤街》《小西天》《燕归来》《天河配》《石头城外》等都是张恨水高度关注农村生活、展现劳动者生活的作品。然而,张恨水与鲁迅作为远离家乡的知识分子,对农民的关注有所不同。鲁迅的《阿Q正传》《故乡》《风波》《社戏》等均是乡土小说系列的典范之作。鲁迅之后,台静农、许杰、许钦文、王鲁彦等一大批乡土作家将"乡间的死生、泥土的气息移于纸上",形成了中国现代文学史上乡土小说创作的第一个高峰。但总体来说,这些乡土小说中的农民都不是真正意义上的农民,都是被意识化、修饰化了的农民,他们的生存境况和现实生活中的农民颇有距离。更何况,在这些作品中,看不到农民与土地的实际关系,更多地是启蒙者对农村和农民的一种"俯瞰"。而张恨水笔下的农村题材小说,虽然也出现于乡土小说创作的高峰期,却因作者"生活在别处"而呈现出异样的魅力。张恨水笔下的农民与劳动者头脑中存在种种旧观念,他们是带着沉重的精神负担迈向现代社会的一代人。他们或已身在新的社会,或在新旧社会中徘徊(黄守义、周世良),在现代文明的冲击之下他们既有农民的忠厚善良,又有小生产者的保守意识,他们集合着新旧时代的特征。所以张恨水笔下的农民是新旧转型时期复杂的一代农民,是在寻找新的一代农民。从这一方面来说,张恨水扩展了整个现代文学作家的农民形象系列,呈现出现代农民精神的发展前景。他不仅对中国农民的悲苦命运表示同情,而且对他们的优秀品质高度赞赏。在张恨水的心里,中国农民是朴素大方、勤劳善良、富有幽默感的。

在《现代青年》中,张恨水以平淡的口吻叙述男主角周计春从农家子弟到"现代青年"的坎坷命运,而为造就儿子,父亲周世良离开家乡奔跑于异地,最后病死于他乡。作者以逆子的故事,进一步表达出这类现代青年因物质的引诱而堕落的过程,实际上包含着警醒世人的目的:

> 《现代青年》一书,予不敢谓佳,然下笔时,不敢超出社会实况,则较之作《似水流年》,有过之而无不及,读者而疑吾言,则在青年驰逐之场,稍加研究,必可发现不少之西装革履,皆父母血汗之资所易也,吾人极不赞成养儿防老,积谷防饥之旧观念。但见若干青年,耗其父兄血汗挣来之钱,如泥沙争掷去,劳逸相悬,亦良为不平。而此等人则尚高谈主义,以现代青年自命。……故余亦唯有出之以叹息之态,而名此书曰《现代青年》![1]

《现代青年》可以说是一部传统意义上的通俗小说。这与"五四"新文学所提倡的反封建、反传统、个性解放、妇女解放等激进派的作品颇有距离。这里,张恨水十分关注现代都市文明对人性的异化、对亲情的扭曲,以及城乡文化的冲突等时代的主流话题,表达出他对传统伦理道德的遵守和重建的期望。

父亲周世良是一个非常老实的农民,是一个宁可让自己吃亏也不

---

[1] 张恨水:《〈现代青年〉自序》,西安:陕西师范大学出版社,2007年。

会占别人便宜的正面人物。并且他时时刻刻不忘自己的本分,通过自食其力养活儿子。他不肯续弦是为了儿子的幸福与前途,他为了孩子的幸福宁可牺牲自己的一切。儿子周计春看到父亲这样劳苦,也就不能不用功读书,后来在安庆模范中学考第一,父亲为之感到自豪。可惜,好景不长,当他到北平求学,认识了富家小姐孔令仪,深受外物的引诱逐渐糟蹋自己,也忘记了父亲和老师冯子云对自己的用心良苦。当孔大有(外号孔善人)要送给周世良一百块钱的川资,让他马上去北平拆散自己的女儿孔义伶和周计春的时候,周世良拒绝了孔家的好意,把自己用心经营的豆腐店卖给孔大有,凑足路费去北平找儿子回来。

　　这里,可以看出张恨水的人生态度和做人原则。他毕生强调"出自己的汗,吃自己的饭"。张恨水一方面非常欣赏以周世良为代表的诚心诚意的农民,另一方面表达出对儒家传统文化中的孝道、善解人意、节俭等优良民族精神的赞赏。张恨水虽然迷恋传统,但是他对传统文化糟粕的舍弃是相当自觉的。他主动接受"五四"新文化运动的"民主与科学""自由与平等"的新观念,并把这些时代命题引到自己的文学创作里。周世良虽然是传统意义上的农民,没有文化修养的社会底层人,但是,张恨水却让读者思考一个问题:乡下人在城里人眼里的"愚昧"的根据是什么?他们由于目不识丁而不被人注意,但是目不识丁并非意味着愚昧。文中可以看到,周世良为了孩子前途,诚恳地接受校长冯子云的忠告,决定把田地、豆腐店等家产都卖给东家,全力帮助儿子到省城安心读书:

　　　　"我也知道东家老爷是很厚道的,东家老爷答应给我十吊八足钱,我也谢谢,但是我周世良是个傻子,只许人家占我的便宜,我可不愿占人家的一个钱的便宜。"

"在这个庄子上,我这样的穷命,只配和人家帮工,田也未必种得好。这样吧,我就把这田卖给东家吧。"

"一来,我儿子小学快毕业了,我要随着我儿子到省城里去。二来,我要供儿子念书,我田里出不出来那些个钱。……我情愿把我名下的田也卖了,身上带些现钱,可以到省城里去做点小本生意。"

"有什么不下决心?田跟着庄屋一齐卖,犁耙锹锄跟着耕牛一齐卖,我卖空了,我要有点后悔的意思,我就不姓周。"[1]

靠种地谋生的人才知道土地的可贵。城里人通常用"'土气'来藐视乡下人,但是乡下,'土'是他们的命根。而种地的人却搬不动地,长在土里的庄稼行动不得,侍候庄稼的老农也因之像是半身插入了土里。"[2]这就是几千年的农业文明造就的中国农民对土地的依恋情怀。

随着时局的变化,张恨水变换了一个角度,进一步提高了故事的审美效果。他开始将劳动者的集体意识和行为转化为建设国家的主要动力之一。在《啼笑因缘》中,关氏父女的侠义精神不再局限于个人之间的关系,而是成为被国家意识形态所容纳的一部分。[3]这一时

---

[1] 张恨水:《现代青年》,西安:陕西师范大学出版社,2007年,第36、37页。
[2] 费孝通:《乡土本色》,《乡土中国》,上海:上海人民出版社,2007年,第7页。
[3] 朱周斌:《张恨水小说中的现代日常生活》,桂林:广西师范大学出版社,2010年,第261页。

期,中国正处于现代国家的转型时期,张恨水意识到了民间侠义精神转变为现代民族精神的可能。由此可以看到,张恨水小说的主题意识仍然非常到位。在他的小说中,"侠义"总是民间、个体的侠义而非官方的侠义(关寿峰、关秀姑父女)。这代表社会底层的被压迫者的侠义,他们总是为被侮辱者打抱不平(丁二和、童老五)。他们以几个哥们一起合作的方式,与强权力量相搏斗,但是他们本身的力量是非常薄弱的,这也注定了失败的命运。但这些孤独个体虽不被关注,他们的抗争意志却很大程度激发了我们。所以,从某种程度上来讲,这种民间侠义带给读者更深层的启示意味。张恨水小说中的"侠义"来自于市民社会的内部,这些人物往往是市民群体的一部分。他关注的是如何把"无知识"的普通民众变成一个国家——民族的力量,如何把底层平民的正义和平等意识转化为更完美的现代品格,从而让传统意识在没有经过巨大破坏的情况下融入现代意识形态。

小说《丹凤街》进一步将武侠精神扩展到民间劳动者中间,它叙述了一帮底层民众,卖菜的童老五和他的哥们,杨大个子及其妻子杨大嫂、卖酒的王狗子、面馆的伙计李二、茶馆的跑堂洪麻皮、卖花的高内根等人,急救被迫嫁给次长做小妾的陈秀姐的故事。为了帮助陈秀姐摆脱困境,杨大嫂指挥众人,试图把陈秀姐解救到乡下来,但还是以失败而终。童老五对陈秀姐的帮助,既是对她的暗恋,更是穷人对穷人的仗义。他们虽然知道弱肉强食的生存世界的法则,但始终没有屈服,反而更努力地跨越穷人生存的门槛。这里我们可以读出穷人的心灵之美。文中的叙述者这样分析劳动者之间的友情:"识字不多的人,他有他的信仰点。这信仰点,第一是鬼神迷信,第二是小信小义。如妨碍着这信仰点,人是很可能出一身血汗的。其实仗义的人,是见人有危难,就要前去帮忙,私人的恩仇,倒应当放在一边。"[1]陈秀姐被迫嫁出去,丹凤街的好汉们在乡下找间房子,安顿一下寡妇秀姐娘:

> 秀姐娘究竟是大城市里生长出来的人,却不曾走到城外偏僻的旧街道上来。……洪麻皮跟在后面便插嘴道:"姑妈,你怎么会把为什么下乡来的意思都忘记了?你这回来,不就为的是要把你心里的疙瘩解开来吗?你老下乡来,这是第一着棋,将来第二三着棋跟了作下去,你老人家自然就会有省心的那一天了。"何氏道:"那就全靠你们弟兄帮扶你这可怜的姑妈一把了。"洪麻皮道:"那是自然,我们不出来管这事就算了,既然过问了这事,单单把你老一个人接到乡下来住着,那算个什么名堂呢?"[2]

通过上述的描述,可以令人想到生性善良、朴实、温情、宽容的中国传统劳动者形象。在一些文学史中,张恨水或老舍小说中民间劳动者的侠义故事往往受到讥讽,他们认为市民的行侠仗义不可能改变黑暗现实,而只能表示作者对小市民不切实际的意愿,云云。在这里,值得思考的是,张恨水小说与1930年代左翼小说同样关注社会上的压迫者对被损害者的剥削、侮辱,表达对这个不公正社会的某种抗拒。虽然雅俗文学对抨击不公正社会的态度迥然不同,但是两者同样表达了人道主义和现实主义的观念。作为作家,张恨水有自己的价值立场。他受到了中国儒学的熏陶,从而培养起了宽厚仁爱的良好品质和

---

[1] 张恨水:《丹凤街》,太原:北岳文艺出版社,1993年,第216页。
[2] 同上,第228、234页。

人文关怀,这使得他的创作始终以"匹夫匹妇"为服务对象。毫不夸张地说,童老五这样的劳动者属于中国传统社会中执着、坚强、韧性的劳动阶级,从他们身上可以看到中华民族许多的传统美德。因此,张恨水小说选择的是民众个体的侠义,他们的身份和行为打破了神秘性和模糊性。这与鲁迅《铸剑》中的黑衣人形象是不同的。黑衣人虽然来自民间,但是我们始终不知道他的真实身份,其形象显得抽象化。他仿佛不是生活在市井中的侠客,而是来自观念世界的侠客。我们在黑衣人身上感到的是具有浪漫主义色彩的神话风格。相反,张恨水笔下的民间侠客们基本不离开自己的现实生存舞台。他们是这个社会土生土长的、民间最底层的儿子,也是家中的大孝子。他们以非暴力、和平、平等、正义的方式去完成自己的任务。应该说,张恨水笔下的侠客只是市井小民,作者借此把浪漫主义的侠义传奇转化为颇有现实主义的故事。而且,今天看来,张恨水和老舍小说中的市民侠义精神并不肤浅。如果这样的劳动者都无法过上好日子,那么还有谁比他们更有资格过上好日子呢?那只能说明他们所生存的社会有问题了。

总起来看,张恨水在小说中要建构"国家""普通民众""侠义"三者融合为一体的新的社会结构。在中国传统文化里,正心、诚意、正义感是让人尊敬的一种道德人格。即使穷困潦倒,时运不济,道德人格却可以在相当程度上弥补现实层面的不足,使人在精神上获得自足,从而超出物质层面的缺憾。因而,从某种程度上来讲,张恨水的作品成为国家意识和民间力量之间的中介,给传统文化的力量赋予了新的实用价值。

综上所述,鲁迅对落后农民病态精神的暴露,是通过对人物在历史与现实的双重压迫下扭曲的心灵的洞察,发掘出国民乃至人性的劣根性,进而达到对病态社会的批判。一个阿Q代表着"沉默的国民的灵魂";七斤的辫子风波反映出一场革命的滑稽可笑以及失败的必然性;麻木不仁的中年闰土、为临死前没有在认罪书上画出一个漂亮的圆圈而烦恼不已的阿Q,无疑是反映封建礼教对农民精神残害的典型形象。而对农民弱点及其形成的社会原因进行探索时,张恨水把笔墨深入到对中国人普遍心理的挖掘上。他在探究劳动者的心路历程中,总是将他们置身于广阔而复杂的社会背景之下,以写实的笔墨更加立体的突显劳动者形象。我们极少看到鲁迅站出来为农民抒发心声,他更多的则是冷静地注视,客观地展现他眼中的农民的生活和灵魂。他总是寓热于冷,是理性和情感的高度统一。而张恨水以农民、劳动者喜闻乐见的通俗形式,用生动的民间口语来展现农民、劳动者亲自经历的日常生活,那种亲切感是鲁迅小说中所没有的。如果说鲁迅笔下的阿Q的世界是一个冷酷无情的世界,那么张恨水笔下的劳动者世界则是一个令人振奋的温情世界。因此,读张恨水的小说,会发现生活在其中的是自己所熟悉的人,这种强烈的共鸣,使读者容易理解作品的内涵。而鲁迅的深刻就在于它尖锐的批判性。鲁迅以强烈的批判精神去鞭打不健全的人格心理,寻找症结所在。如果说在鲁迅小说中,没有启蒙者在场而只有庸众在场的时候,这些生存画面并不令人感动,那么张恨水的批判更多的是善意温情的嘲讽,不像鲁迅那样犀利。张恨水似乎能够理解底层民众的内心麻木,可以说他的批判是基于对农民、劳动者的同情和理解之上的。因此,张恨水小说里,麻木不仁的庸众成了一个有情的、充满生命意志的个体,也变成了与鲁迅塑造形象不同的独立个体。在这一点上,张恨水作品对鲁迅的文学世界进行了一次有益的补充。而鲁迅的批判则是内心的悲愤和焦虑,张恨水的作品缺少鲁迅的深刻,无法触及灵魂的深处。如果说鲁迅小说对劳动者的叙述是基于国民性批判的思想层面,那么张恨水小说对民间的叙述则是基于失落者对理想社会的期望层面。对于劳动者题材的小说创作来说,也许将鲁迅和张恨水结合起来,才能真正熟悉农村和市民,这或许是农民与市民题材小说创作的真正突破所在。

第二节　批判与缅怀:作为知识分子精神支柱的故乡

故土是永远说不尽的话题,对于故土的眷恋是大多创作者无法摆脱的情结。李欧梵曾指出,到"五四"时期,再到1920年代,中国的城市已经接受了新的纪元,但是中国人的文化意识中仍然保留了一些旧有的观念,因此中国现代生活中存在两套时间观念。[1]与城市相比,中国农村还保留着自身的特点。在农村,农耕文明所代表的价值观和生活作风在相当程度上主导着中国农村社会,"现代"只是一种舶来品,不是中国农民的自觉选择,更无法在短时间里成为他们自己的价值观。因此这个时期的乡土作品与以往的怀乡主题是有所不同的。

---

[1] 李欧梵:《中国现代文学与现代性十讲》,上海:复旦大学出版社,2002年,第6、7页。

在时代思潮的冲击之下,诸多知识分子更清楚地认识到时代的变化。他们通过对故乡的描写抒发个人的怀乡情结,也揭示了社会的黑暗,民众的麻木不仁。1930年代被鲁迅称作"乡土文学"作家的蹇先艾、许钦文、王鲁彦等人身在城市却心在故土,带着哀愁写故乡的苦难,作品里呈现出了具有浓郁色彩的风土人情。鲁迅在1935年《中国新文学大系·小说二集》的导言中写道:

> 蹇先艾叙述过贵州,裴文中关心着榆关,凡在北京用笔写出他的胸臆来的人们,无论他自称为用主观或客观,其实往往是乡土文学,从北京这方面说,则是侨寓文学的作者。但这又非如勃兰兑斯(G. Brandes)所说的"侨民文学",侨寓的只是作者自己,却不是这作者所写的文章,因此也只见隐现着乡愁,很难有异域情调来开拓读者的心胸,或者眩耀他的眼界。许钦文自名他的第一本短篇小说集为《故乡》,也就是在不知不觉中,自招为乡土文学的作者,不过在还未开手来写乡土文学之前,他却已被故乡所放逐,生活驱逐他到异地去了。[1]

鲁迅所谓的"乡土文学"是深深带有浓郁的乡土气息和乡愁之情,虽然作者多站在启蒙立场以批判的眼光打量故乡,却不缺乏依恋故土的情怀。而且这种眷恋和童年的回忆相结合,使得"乡土中国"与作家的生命感受融为一体。

---

[1] 鲁迅:《且介亭杂文二集·〈中国新文学大系〉小说二集序》,《鲁迅全集》第6卷,北京:人民文学出版社,2005年,第255页。

故土难离是传统中国人的一种特殊情怀,处于农业社会的中国人,无论上学还是工作,往往都对故乡魂牵梦绕。这片土地是人的精神寄托,伤痕累累的人们可以寻找聊以慰藉的精神家园,如母亲的怀抱般温暖。早年置身于异乡求学的鲁迅,同样难免思乡之情。这是一个长期在外边尝试人间的悲凉,受尽人情冷暖的疲惫的游子返乡探寻温暖的普遍心理,正如王晓明所说的:每当现实的苦闷压得他艰于呼吸的时候,他都会不自觉地转向过去,以对往昔印象的重新描绘,来缓解阴郁的情绪。从1918年鲁迅发表的以故土为背景的小说集《呐喊》始,到1928年又出版了回忆性散文《朝花夕拾》,甚至到了晚年鲁迅依旧不忘怀念幼年的第一个师父,以及家乡目连戏中的女吊形象,先后创作了回忆性作品《我的第一个师父》和《女吊》,以此表达恋乡之情。鲁迅在《我的第一个师父》中回忆,自己幼年因生为周氏的长男,父亲怕他长不大,不到一岁把他送到长安寺里拜了一个和尚为师。而且这和尚对人非常和气,不教"我"念经,也不教"我"有关佛门规矩。他自己平常也不念经,在"我"的眼里,不过是一个"只管着寺里的琐事,剃光了头发的俗人"。而且这和尚师父又有老婆。后来他的孩子成了"我"的师兄弟。这和尚师父从不回避这些话题,然而向"我"说道:"和尚没有老婆,小菩萨那里来!?"[1]年幼的"我"彻底觉悟和尚也需要老婆的道理,这不禁让读者哭笑不得。在《女吊》中,也展现了许多具有浙东乡镇气息的民俗文化。这不得不说是鲁迅早年在故土的受民俗熏染的结果。文中写到了在目连戏中女吊出场之前,幼年的鲁迅曾扮演过剧中的一个"鬼卒":

---

[1] 鲁迅:《且介亭杂文末编·我的第一个师父》,《鲁迅全集》第6卷,北京:人民文学出版社,2005年,第602页。

在薄暮中,十几匹马,站在台下了;戏子扮好一个鬼王,蓝面鳞纹,手执钢叉,还得有十几名鬼卒,则普通的孩子都可以应募。我在十余岁时候,就曾经充过这样的义勇鬼,爬上台去,说明志愿,他们就给在脸上涂上几笔彩色,交付一柄钢叉。待到有十多人了,即一拥上马,疾驰到野外的许多无主孤坟之处,环绕三匝,下马大叫,将钢叉用力的连连掷刺在坟墓上,然后拔叉驰回,上了前台,一同大叫一声,将钢叉一掷,钉在台板上。我们的责任,这就算完结,洗脸下台,可以回家了,但倘被父母所知,往往不免挨一顿竹篠(这是绍兴打孩子的最普遍的东西),一以罚其带着鬼气,二以贺其没有跌死,但我却幸而从来没有被觉察,也许是因为得了恶鬼保佑的缘故罢。[1]

故乡民间文化中所蕴藏的人民智慧与"滑稽趣味"对鲁迅的影响是深刻的[2],对于这些民间文化鲁迅十分重视,他还称目连戏是"真的农民和手业工人的作品。我想:比起希腊的伊索,俄国的梭罗古勃的寓言来,这是毫无逊色的"。[3]鲁迅与故乡民间文化有血肉般的联系,从一个层面来说,他将自己的思想和艺术的"根"扎在中国民族的生活和艺术的土壤之中,鲁迅对它们的喜爱也正因为如此。

此外,鲁迅小说中众多民俗的描写,构成了其创作题材的一个重

---

[1] 鲁迅:《且介亭杂文末编·女吊》,《鲁迅全集》第6卷,北京:人民文学出版社,2005年,第639页。
[2] 钱理群:《心灵的探寻》,石家庄:河北教育出版社,2000年,第209页。
[3] 鲁迅:《且介亭杂文·门外文谈》,《鲁迅全集》第6卷,北京:人民文学出版社,2005年,第102、103页。

要方面。作为民俗个体,作家生活在一个相对稳定的民俗文化语境中。因此"民俗潜移默化的影响不仅制约作家的思维方式和行为方式,而且能够激发主体的创作灵感和审美激情。现代乡土小说的民俗描写大都与作家民俗生活有关,民俗无疑构成了作家的艺术构思和审美活动的重要组成因素。"[1]作为中国现代文学的拓荒者,鲁迅的民俗观具有鲜明的文学倾向性,他将民俗纳入其创作视野,把它作为思想启蒙的重要手段。鲁迅在1934年写给陈烟桥的信中曾提到:"我的主张杂入静物,风景,各地方的风俗,街头风景,就是为此。现在的文学也一样,有地方色彩的,倒容易成为世界的,即为别国所注意。"[2]在写给罗清桢的信中还提到:"我想:先生何不取汕头的风景,动植,风俗等,作为题材试试呢。地方色彩,也能增画的美和力,自己生长其地,看惯了,或者不觉得什么,但在别地方人,看起来是觉得非常开拓眼界,增加知识的。……而且风俗图画,还于学术上也有益处的。"[3]可以看出,鲁迅对民俗、地方色彩的重视。在鲁迅小说中,多次写到了民俗生活中的岁时节日,尤其是这些岁时节日的礼节和民间信仰等。最有代表性的是《祝福》中的描写。祝福,是鲁镇的年终大典,致敬尽礼、迎接福神、祭祀祖宗,拜求一年中的好运,年年如是,家家如此。这是普通民众的趋吉避凶的心理状态。小说描写鲁四老爷家准备福礼的过程,每每都是宰杀生灵的过程:"'杀鸡,宰鹅,买猪肉,用心细细

---

[1] 张永:《民俗学与中国现代乡土小说》,上海:上海三联书店,2010年,第21页。
[2] 鲁迅:《340419·致陈烟桥》,《鲁迅全集》第13卷,北京:人民文学出版社,2005年,第81页。
[3] 鲁迅:《331226·致罗清桢》,《鲁迅全集》第12卷,北京:人民文学出版社,2005年,第532页。

的洗,女人的臂膊都在水里浸得通红,有的还带着绞丝银镯子。煮熟之后,横七竖八的插些筷子在这类东西上,可就称为'福礼'了,五更天陈列起来,并且点上香烛,恭请福神们来享用;拜的却只限于男人,拜完自然仍然是放爆竹。年年如此,家家如此,——只要买得起福礼和爆竹之类的,——今年自然也如此。"[1]这一段描写,不仅揭示妇女在封建礼教文化中的地位,还似乎在暗示她们在传统礼俗中的悲惨命运。

然而,鲁迅在文中还着力描绘祭祀的"禁忌"事项:鲁四老爷祝福的时候忌讳死亡之类的词语。于是鲁四老爷见到祥林嫂,每每皱皱眉,"讨厌她是一个寡妇",是"败坏风俗"的,祝福时"用她帮忙还可以,祭祀时候可以用不着她沾手,一切饭菜,只好自己做,否则,不干不净,祖宗是不吃的。"小说第一次对祥林嫂的衣裳是这样描写的:"头上扎着白头绳,乌裙,蓝夹袄,月白背心,年级大约二十六七,脸色青黄,但两颊却还是红的……"穿白带孝是中国传统丧服的形态。按照绍兴旧俗,妇女在吊丧期间要在发髻上扎上白头绳。带孝要过百日。寥寥数语清晰地传达出特定的民俗气息。民间忌讳没有脱孝之前就外出,这自然引起鲁四老爷的反感。但是,从另一方面想,鲁四老爷尽管讨厌祥林嫂是寡妇,但他仍然给她机会在自家作短工,继续给她生存的可能性。对此,孔庆东曾这样分析:"一个地主家里,雇来一个仆人,给她吃,给她穿,给她工资,那你不能说对她不好。但是有一点,鲁四老爷看不起她,但是看不起她也不能说鲁四老爷有什么不对,他就是一个读书人,他就是书香门第的地主,看不起祥林嫂这样一个人是很正常

---

[1] 鲁迅:《祝福》,《鲁迅全集》第2卷,北京:人民文学出版社,2005年,第5、6页。

的。所以说鲁四老爷跟祥林嫂之死是有关系,但不是主要的关系。"〔1〕祥林嫂对人生绝望的真正原因是其信仰和生存境遇的对立,对她来说,真正可悲的是她死抱着这种观念意识,并用它实施精神自戕。所以鲁迅较详细地描写祥林嫂去捐门槛赎罪以求得到解脱,揭示主人公根深蒂固的民俗信仰。在这一点上,鲁迅深刻地认识到民俗中的糟粕对人们精神和行为的戕害,这也是造成某些社会底层民众悲剧人生的一大"恶"源。丧礼在民俗中也是一件大事,鲁迅在小说《孤独者》是以"送殓始,以送殓终"。开头描写魏连殳祖母的丧礼,从中写亲丁、闲人如何计划对付魏连殳这个向来不讲道理的"新党""异类",必须使得他屈服,而村人们暗算计划着一种出人意外的奇观,等着看一场好戏。结尾写魏连殳本人的丧葬,当他从精神到肉体被环境所吞噬后,无聊的亲戚们以发丧的名义,贪图他的遗产。中国人向来强调"生尽孝,死尽礼",所以一直盛行"厚葬"的观念,但这个观念本身表现的是传统文化中厚死轻生的观念误区,因此鲁迅从"关怀"的背后看到了其庸俗的本质。当魏连殳还活着的时候,由于与旧思想不相容,他成为被旧势力所攻击、排斥的对象,死后却成为无聊看客的"木偶";而当魏连殳真的被彻底吞噬后,他又被当成争夺财产的工具。这种观念的腐朽性和虚伪性可见一斑。所以钱理群认为这部作品充满着残酷性:"写整个社会怎样对待一个异端,怎样一步一步地剥夺他的一切,到最后,他生存的可能性都失去了。这是社会、多数对一个异端者的驱逐,一种非常残酷的驱逐。"〔2〕

---

〔1〕 孔庆东:《正说鲁迅》,重庆:重庆出版社,2008年,第114页。
〔2〕 钱理群:《鲁迅作品十五讲》,北京:北京大学出版社,2003年,第69页。

以上通过从童年叙述和民俗两个角度,分析了鲁迅的故土情结。这种故土情结一直停留在他对童年的回忆中。在鲁迅的情感中,确实有两个故乡:一个是美好童年时期的具有温情的故乡,一个是令人绝望的、无法归去的故乡。鲁迅深深怀念的是前者,而鲁迅的作品里描写的故乡是后者。其实,20世纪20、30年代的现代文坛上,叙写童年经历的创作者不在少数。在现实的生活中,这些创作者大多有过乡村生活体验,他们熟悉故乡的风土民情,这成为他们的精神摇篮。由于理想与现实之间的差异,城市体验的孤独与寂寞,使得这些创作者在那片熟悉的故土中才获得某种安全感。然而,"五四"思想先驱者普遍处于尴尬境遇中,在他们的呐喊背后,隐藏着矛盾复杂的情绪,现代文学史上的大量作品都表现了这一种痛苦。经历了由"恋乡"到"厌乡",再到"归乡",最后到"弃乡"的历程后,他们的精神家园已不存在了。实际上,鲁迅在"故乡"也并没有真正获得亲情、温馨、团聚、宁静、慰藉,鲁迅在小说中不断地"回乡",又是不断地失望而最终"离乡"。于是他们笔下的故土实质成了他们心理世界的故土。也就是说,有过回乡经历的鲁迅,对故土持一种理性的眷恋。对鲁迅而言,在异国他乡并不可怕,因为总有一天可以回归精神家园,最可怕的是叶落不能归根。不幸的是,鲁迅最终失去了故乡后,成了"异乡人"。

在张恨水小说的现代性特征中,"都市"与"乡村"的两种文化的冲突具有双重含义,即城市的现代化和乡村的都市化。张恨水小说的主流意识形态往往从现代性视野中的"市民"群众价值观出发,从而表现因为都市形态的复杂而带来的市民文化意识的纷繁。都市生活的压抑和阴影使得市民产生感情上的亲疏之别。但处于乡村与都市文化交叉地带的市民,对都市的新型经济形式、谋生手段、社会人际关系等又表示向往。从现代社会的角度来看,城市是人类社会进步的产物,是人类文明发展的标志。现代都市意味着人类物质欲望的诱惑和满足。都市的发达和市民思维的分离,或许正反映了"'乡村被都市异化'到'都市向乡村回归'"[1]的过程。因此张恨水小说的"还乡"情结大致可以分两类:一是"归来"模式。带着乡民血统的市民大都厌倦了都市的畸形生活,于是对田园精神表示二度认同。二是"归来—离去"的模式。城市人到乡下,看到了自然风景的美丽、乡下人的纯朴情感,但不能忘却物质文明的便利,最终还是回归城市:

> 城市这个空间,第一次取代乡村而成为代表中国现代化发展和社会现实的中心舞台,城市文化终于构成了独立于农业文化的文化实体,拥有了自己的价值形态和生存方式,由此成为中国文化当下和未来的发展轴心。……城市已不仅仅是一个地理概念、社会概念,它还是一个内涵极其丰富的文化概念——它意味着一种与乡村完全不同的生活方式。城市正在重新规范人与人的关系、重新注解人性本身、重新赋予人们各种基本的价值理念和社会意识。[2]

张恨水笔下的城里人与乡下人包含着太多内涵。没有人能够否认,中国文学中的城市和乡村始终具有鲜明的阶级和时代标志,于是在文学创作中常出现一个二元对立的城市与乡村世界。针对中国社

---

[1] 董炳月:《卢梭与老舍的小说创作》,《中国现代文学研究丛刊》,1996 年第 1 期。
[2] 贾丽萍:《转型与变化》,《云南社会科学》,2004 年第 4 期。

会结构的实际状况,费孝通认为:"中国最大多数的人民是住在乡村里从事农业的,要使他们的收入增加,只有扩充和疏通乡市的往来,极力从发展都市入手去安定和扩大农业品的市场,乡村才有繁荣的希望。但是从过去的历史看,中国都市的发达似乎没有促进乡村的繁荣。相反的,都市兴起和乡村衰落在近百年来像是一件事的两面。"[1]但是城市本身是张恨水内心活动的场景,是精神生活的背景,是写作者的前提和归宿。在张恨水那里,个人城市身份的建立更是对乡村的逃离,城市该怎样对待乡村是个严肃的命题。首先,他是城市生活敏锐的观察者、参与者、叙述者。张恨水为读者勾画出"城乡相克"的现实图景,是要告诉读者"乡村没有了都市是件幸事,都市却绝不能没有乡村"的事实,因为"自给自足得到的固然是安全,但是代价是生活程度更没有提高的可能"[2]的社会原则。张恨水以不同的视角观察城乡的互动,并立体地表达历史传统和现代文化的重建过程。因此,在张恨水的文本中,常常出现城市与乡镇的对比。张恨水的《石头城外》,原名叫《到农村去》。从作品的名字中,可以想到,作者以城市人的身份要表达的创作意图何在。作者通过"美丽故乡"和"丑陋都市"的对比,表达了人们厌倦现代都市的绝望情绪,通过艺术化的想象向广大读者传达人们在都市难以自愉的负面因素,以及渴望回归乡村生活的精神祈求。在新旧交替的转型期,带着乡土血统的市民群众对现代都市生活感到不适应。他们寄予都市理想生活的憧憬,但又对缺乏生趣的都市生活产生排斥心理,这种矛盾隐喻着20世纪中国作家对现代

---

[1] 费孝通:《乡村·市镇·都会》,《乡土中国》,上海:上海人民出版社,2007年,第253、254页。
[2] 同上,第257页。

文明的怀疑。

《石头城外》的主人公金淡然是一个小公务员。他是完全离开乡村,在都市养活老母、妻子和儿子小宝的都市市民。通过文本得知金淡然原本出生于乡村,其母供他念许多年的书,希冀儿子在城里发展。文中,张恨水故意略写了金淡然在乡村成长的过程,只注重描述他的城里生活,从中要突显出金淡然的"城市人"身份。对金淡然而言,"乡村"是一种记忆,是一种迷惘的乌托邦。金淡然虽然没有勇气做世俗的叛徒,但是在逃避现实困境时,他心目中的"乡村"是足够成为慰籍心灵的栖息地,他相信在田园牧歌般的乡村世界中,能够得到自我保护的力量。于是金淡然离开城市之前,特意在报纸上登"启事":

> 金淡然启事:淡然一行作吏,逐臭年年,冠盖京华,有同虱寄。感攀附之无缘,忍炎凉之久受?兹已携眷入乡,躬耕自给。敢逃名之自许,免托钵之堪怜。自后友朋赐函,请寄东门外浩然坊邮局留交。负来上道:未及一一走辞知交。春树暮云,再图良晤。[1]

从这个意义看,张恨水笔下的"乡村"是相对独立于城市之外的空间。金淡然在追求现代文明世界的时候并是不盲目的,也不向物质欲望表示屈服,而是始终保持"中立"态度。金淡然决定离开大城市回归乡村的最初动机是由城市文明带来的不便所造成的:

---

[1] 张恨水:《石头城外》,太原:北岳文艺出版社,1993年,第21页。

若不是为了吃饭问题，不容易解决，我真不愿意在这城里住着了。……我现在感到这见人磕头的小官，实在混不下去了。你看，拿钱多的，工夫闲的，并不当怕热，可是他们老早地就上庐山去了。我们一天做上七八个小时的工作，汗水由脊梁上流下来，把裤腰都淋湿了。[1]

在这样的文本中，张恨水对乡村的向往，溢于言表。他渴望城乡是和谐共处的关系，而不是对立的。金淡然首先在城市生活中发现很多负面问题，如气候问题、生存问题、工作问题、教育问题。对他来说，乡村不再是原始的乡野，而是城市人重新打量下的想象中的乡村世界。有趣的是，金淡然因烦腻城市生活而开始欣赏大自然，从中获得"暂时"的安宁的。借此，张恨水对都市人的精神迷惘、孤独寂寞，以及不堪承受生活压力的现象进行了深思。"思乡是以精神还乡似的方式来重塑替代性的家园"[2]。但是"乡村"又不能成为都市人最终的精神归宿。张恨水敏锐地察觉到都市的新型经济带来的各种社会关系的转变，以及都市社会转型期市民的复杂心态。

张恨水的另一部作品《似水流年》，却包含了不同于《石头城外》的城乡内涵。《似水流年》的主人公黄惜时是一开始厌倦乡村生活，被都市现代生活所引诱而离开乡村的。在城市生活中，由于种种内外部的原因，他既无力反抗城市，又不能回乡村，最终以失败而告终。黄惜时到了都市后完全辜负父亲黄守义的期待，在都市女性的诱惑下，变成

---

[1] 张恨水：《石头城外》，太原：北岳文艺出版社，1993年，第3页。
[2] 高秀芹：《文学的中国城乡》，西安：陕西人民教育出版社，2002年，第96页。

了堕落的现代青年。他最终面对走投无路、无家可归的窘境时，仍不愿回乡下种地，于是为了打破地狱而入了地狱。张恨水用谴责的叙述描写传统伦理意识的崩溃，批判充满罪恶的城市：

> 乡村人家，到处都露着古风，物质上的设备，往往是和城市上相隔几个世纪的。在城市里的人，总是羡慕乡村自然的风景，在乡村里的人，也总是羡慕城市里物质文明。……惜时立刻想到住在城市里，电灯是如何地光亮，而今在家里，却是过这样三百年前的生活。然而还有城里人，老远地跑了来过这种日子，这又可想各人见解不同了。父亲每年收着整千担稻子，要合四五千块钱，为什么省着一盏玻璃罩的油灯都舍不得买。
>
> 后来惜时又说："人生要钱，无非是为的衣食住，……本来不花钱，何必拼了命去挣呢？"……惜时觉得一盏灯的事小，挣钱为了什么？……倒是这话打动了黄守义的心，就折中两可，买了三盏玻璃罩灯，惜时的书室里一盏，卧室里一盏，厨房里桌上一盏。[1]

黄惜时对乡村家里油灯的不满，对都市电灯的怀念，已经表示"物质文明"成为衡量幸福生活的尺度，是人们进入现代生活的核心标志。黄惜时经过"乡村—安庆—北平"的不同生活，干脆全盘认同都市，亲自体验着暧昧不明的都市社会生活和道德的沦丧。从而，自己也背弃了乡村人的情感、血缘和德行，被一种实用功利的现实扭曲，继续"享

---

[1] 张恨水：《似水流年》，西安：陕西人民出版社，2008年，第3、4页。

受"着进入都市后的"废人"状态。有一次,黄惜时失恋后,生了一场大病,父亲黄守义为了探访儿子从乡村来到北平。黄惜时很怕别人看见父亲是乡下人、旧农民,所以不认父亲。

从线性的时间角度来看,黄守义是生活在现代的落伍者,况且一直处于现代的边缘,也可以象征城市的过去。而黄惜时无法脱离和自己的生活环境一直格格不入的旧式父亲所带来的精神痛苦和尴尬境地。因此,他只好选择自我折磨。最后,黄惜时洞察了都市社会中地狱般的黑暗,感到了灵魂的窒息,选择了自暴自弃。对黄惜时而言,"乡村"只是作为"都市"的陪衬而存在。城乡的畸形模式使每个人都无法摆脱新旧交替时期的各种关系的纠缠,这是近代中国社会转变的症结所在。正是在这一点上,张恨水通过他的小说,传达了这特定时代的景象,卓越地揭示了人性内在的要求和文明发展之间的矛盾。

值得关注的是,张恨水对都市化或都市的表现完全按照自己的情感体验。他对都市性叙述的标准,主要是根据现代城市的生活方式和现代人的价值观而定的。于是在现代生活中,具有乡民心态的市民成为张恨水笔下的特殊人群,从而形成了现代城市与传统乡村的互动结构。可以说,张恨水的传统心态和现代意识在这里得到了融合。

以《石头城外》这部小说为例,金淡然要寻找的诗意就在他要返回的地方。他在世俗与理想之间、在剥夺人类心灵的都市与治愈心灵的乡村之间,最终还是选择了精神的回归。实际上,"回乡"一词有多层次的含义。首先是在地理空间上的回乡。但是一般来说,在回乡的过程中,精神层面的回归占的更多。如果,再扩大其意义的话,回乡可以意味着"反思和冥想式的对自我存在感的确定,对自我意识的探求,表示一种对于宁静和谐的永恒精神家园的向往。"[1]这是一种文化隐喻,隐喻金淡然不能忘怀乡村的记忆。那么"回归自然"是现代性的特殊命题,也代表着对田园文化精神的回归。这个隐喻又可以作为一种"拯救"的力量,帮助金淡然寻找心灵的宁静和提升他的精神。金淡然到了乡村,第一时间看到的是美丽的乡村风景。他在邻居田行之的引导下,体验着不同生活的感受:

> 两人离开公路,向一条沙子小路走去。虽说是小路,依然还有三尺宽阔。路两旁,栽着丈来高的洋槐,间杂着少数大叶梧桐。由路这头向路那头看,绿油油的一条巷子。人由太阳光里,走进这浓绿荫下,凉风吹过绿野扑到了身上让人有一种说不出的舒适意味。行之不远,有一道小水沟,由上面田里流来,穿过这条绿巷,流到下方田里去。在水沟穿断绿巷小路之处,路面上架了白板木桥,接通两方。行到桥上,靠了那枯树做的栏杆向下望去,沟里长满了绿草,水在绿草上漂流过去,格外醒目。最妙是有那一两寸长的小鱼,迎着水浪纹向上游泳,摇头摆尾活泼极了。水里长的草,被水冲刷着向下拖垂,像许多绿丝带在水里摆动,更添了游鱼的姿势。[2]

可以看出,金淡然向往着主体和世界之间的和谐统一,想摆脱厌

---

[1] 冯亚琳:《感知、身体与都市空间》,合肥:安徽教育出版社,2009年,第82页。
[2] 张恨水:《石头城外》,太原:北岳文艺出版社,1993年,第14、15页。

倦的现实，也要回归自我意识，这就是一种"回乡"的寓意。但是从这种想象中创造出来的"自然"与陶渊明式的大自然是有所不同的。都市和乡村在张恨水的文本中，不是地域空间的意义上的，而是一种隐喻意义上的，不同文化形态和社会形态共存的"生存"空间。金淡然的妻子华素英更有独特的城乡体验。她逐渐认识到乡村和城市原来是两个不同的空间，诗意的乡村无法带来轻松，因此更怀念熟悉的城市。在这一点上，她不但无法完全投入乡村生活，反而一直活在对城市的回忆中：

> 其实这几本杂志，除了在城里时，看过一遍不算，拿到乡下来，又消遣过两三遍，再看也透着乏味。……自己走出门外，在走廊上站了一站，看那对面的小山峰，平平的也没有什么峰峦，不觉什么趣味。而且就是有趣，天天看看，时时看看，也觉是熟而生厌了。心里有了烦厌的意味，就不能在这里站着赏玩山景了。[1]

在城市里长大的人虽然在乡下住几个月，总不能把住在城里的习气完全改掉，于是他们最后还是回到城市的怀抱里去。张恨水在这个问题上，敏锐地洞察到城市与乡村并存的可能。其目的是通过乡村体验和对城乡文化关系的挖掘，防止对现代性文化内涵的片面化强调。作者努力描述城乡各自特有的兴趣、利益，特有的社会组织。两种文化形成既互相对立，又互相补充。与《石头城外》的金淡然相反，《似水流年》的黄惜时在都市中经过了一切磨难后又重新认识乡村。他在女

---

[1] 张恨水：《石头城外》，太原：北岳文艺出版社，1993年，第134页。

人的诱惑下,在充满欲望的城市北平中最终成为破产的乡村人。此时,他才开始对故乡苦苦思念。他最终看到了都市背后的本质,也就是说,在城乡差异化的时代进程中,渴望融入在都市中的黄惜时,实质上是被都市排斥的。都市的本质在精神略微丰满的时候并不能窥见,而是在希望破灭的时候才能看见:

> 自己的身世,现在也和这落叶差不多,一凭造化的播弄,流落到哪里为止,自己是毫无把握。……这半年以来,我是如何地奋斗,偏是逐次失败,这就可以说,是非战之罪也。在黄金时代,什么都是便利的,失了那个黄金时代、想再创造一个黄金时代,那是不容易的了,越想是越感到希望断绝,不能走了。[1]

对于绝大多数中国农民来说,只要不满足于温饱,他们就只得进城。但"永远在城市打工是不行的,大部分人都是干上一阵就回去了,或者伤残就回去了,只有少数人能在城市里站住脚,但也发不了财"。[2] 城市究竟不是他们的城市,不改变农民身份就无法获得市民待遇。于是他们便只能成为城里的"隐身人"。谁也说不清楚,他们的未来和希望到底应该是在城市,还是在乡村,他们只能疲惫地往返于城乡之间,成为身份不明的人。北平对黄惜时而言,是一个能够创造黄金时代的地方。但他后来在都市的流浪中,发现繁华的城市没有因为这个乡村的穷汉而发生任何改变。一个以金钱与商品为主宰的现

---

[1] 张恨水:《似水流年》,西安:陕西人民出版社,2008年,第279页。
[2] 张英、贾平凹:《从"废乡"到"废人"——专访贾平凹》,《南方周末》,2007年10月25日。

代都市社会中,经济、社会、个人权利密切相关。这些乡村人向往都市的美好生活,却因谋生能力的缺乏以及经济的窘困,而失去了都市中的地位,受人漠视,只能处于社会底层。乡村人先前对都市生活的期待是一种虚幻的梦想而已。乡村人期望融入都市社会并获得社会的认同是充满艰辛的。所以都市人的乡村情结和乡村人的都市向往,揭示出都市人寄予文化想象的诗意乡村,以及被乡村人作为美好生活象征的都市背后隐藏着的文化内涵和精神实质,从而产生都市人和乡村人对异质文化、生活方式的期待和想象。但历史的复述与文化史提醒我们:乡村与都市、传统与现代、西方与东方都是以杂糅、混杂、交错的面貌出现在真实的城乡之间的。这合起来才成为一个完整的现代生活的图景。这里,要清楚的是,张恨水的文本所讨论的城乡叙述的"同质化"概念是在"文学的想象"层面上的城乡叙述。从而体现出城乡之间的复杂关系,城里人和乡下人两种不同身份的内涵,表现了城市与乡村作为重要的生存空间缺一不可的理念。正因为如此,张恨水努力纠正在现代文学中存在的二元对立的城市与乡村模式。城乡各有各的特点,是现代化过程中无法分离的两个载体。"乡村虽然贫瘠,却意味着情感与灵魂的自足;城市虽然富裕,却让人空虚、失落。似乎还有必要倒过来表述一下:乡村虽然让人感到情感与灵魂的自足,却意味着贫瘠;城市虽然容易让人空虚、失落,却意味着物质的富足。这样一来,无论是城市还是乡村,似乎都不存在圆满自足的人生。如果真是这样,问题也就变得相当简单,无外乎选择与取舍。"[1]在时代的变化

---

[1] 黄曙光:《当代小说中的乡村叙事——关于农民、革命与现代性之关系的文学表达》,成都:巴蜀书社,2009年,第313页。

中,城乡互相矛盾,互相纠结,但又相辅相成,缺一不可。如果中国一直以牺牲农民的方式追求现代化,将会带来什么样的后果?如果只在乎现代化带来的物质财富,而漠视传统农业文明所蕴含的生命体验,是否会毁了我们的精神,让我们充满焦虑和自责?张恨水正处于"过渡"时代,城市文化自然成为他的写作参照和对象。但这并非代表着张恨水对乡村生活毫无兴趣或对乡民没有感情。更清楚地说,已经习惯于大城市生活的他突然发现以自己的理性或感性是无法全面掌握完整的乡村生活,从此只能更倾向于他所熟悉的城市生活。这样的境遇,以及由此带来的对创造力的挑战,也是任何一位作家必须面对的。

作为20世纪文学中最重要的人物形象之一,农民形象在不同层面上被书写,从鲁迅到沈从文、赵树理等,他们都着重描写了农民与土地、历史、政治、国民性等种种问题。在现代化进程中,农民与都市的关系实际上一言难尽。首先中国城市居民的绝大多数来自于农村,"在中国,第一批领受近代城市训练的市民,大多来自乡村社会(包括知识者本身),带着浓厚的中国乡土文明,从而在上海构成如罗兹·墨菲所描述的,一种奇特的亦新亦旧的'都市乡村'的文化景观。"[1]在这样的情况下,都市化的一个重要特征是农村的都市化,农民的市民化。这样的背景和身份就造成了中国都市文化的复杂性。而且在都市现实中,进城的都市边缘人——农民和打工者存在于都市的每个角落,他们的生活显然迥异于真正都市身份的市民阶层,因而,对这群人的书写成为都市小说中的另类风景。其中,现代商品经济对人性的异

---

[1] 叶中强:《从想象到现场——都市文化的社会生态研究》,上海:学林出版社,2005年,第12、13页。

化,以金钱为代表的城市文明对相对封闭、没落的乡土文化的侵犯、城市人对乡下人的鄙视与戏弄,繁华的街道带给"外地人"的恐慌与屈辱,这是张恨水对现实社会最不满的根源所在。文中的现代青年周计春、孔令仪、陈子布、袁佩珠、年轻作家余何恐、舞女陆情美等一大批形象,虽然身份不一、性格不一、职业不一、性别不一,但都一律贪图享受,不务正业。张恨水笔下的社会败类和纸醉金迷的寄生虫,基本都是败家子,在国灾民难中一点帮助都没有。他们只会追赶时髦——如,看电影、去舞厅、上咖啡馆、坐汽车、听戏、喝白兰地,而对现代生活和科学知识没有彻底地把握。于是张恨水对从农家到城市求学的乡下青年人没有坚持自己的本分感到悲愤,甚至认为他们好像做了贼似的总是躲躲闪闪,最后在绝望中感到他们的胆怯和畏缩,这预示着他们被淘汰的命运。正因如此,文中从头到尾都不怎么出现真正的时代青年,也始终没告诉读者真正的现代青年应当是什么样子的。

　　回顾"五四"新文化运动,当时的先进人物提倡个性解放、婚姻自由等新思想。但是对新旧矛盾、夫妻矛盾、父子矛盾,分析的过于简单化了。当时新文化革命的主将——鲁迅由于受到进化论的影响,一开始相信"将来必胜于过去,青年必胜于老人",但是过不久,鲁迅意识到这种二元论的对立变成普遍的思维定势后,不利于解剖社会现象。事实上,鲁迅也逐渐看到进化论的偏激。对此,他说:"我在广东,就目睹了同是青年,而分成两大阵营,或则投书告密,或则助官捕人的事实!我的思路因此轰毁,后来便时常用了怀疑的眼光去看青年,不再无条件的敬畏了。"[1]鲁迅彻底感觉到社会已经转变了。从这一点看,张

---

[1] 鲁迅:《三闲集·序言》,《鲁迅全集》第4卷,北京:人民文学出版社,2005年,第5页。

恨水的《现代青年》试图引起人们对于儒家传统价值进行重估的兴趣。其目的在于，纠正新文学作家们对青年思想的一些偏激认识，同时又鞭打文中周计春之流的现代青年的享乐主义、腐化、不图上进。这部作品虽然在当时未十分得到观众的注意，但可以看出张恨水的超前眼光。实际上，张恨水也逐渐认识到他所沉醉的儒家思想体系已经崩溃，因此他的作品经常显露出自己的矛盾心态。但是，文中的结尾，他依然描述"不孝子"周计春在父亲的坟前，承认自己的错误，自称为"天地间一个罪人"，请求父亲的宽恕。这种情节的设置，一方面表示了张恨水的无可奈何的心情，另一方面流露出他对传统文化所抱有的希望。

通过对照可以发现，鲁迅和张恨水对于乡村与城市、农民和市民的体认有模糊和精确之别。在鲁迅小说中，农村以及农民多是抽象化的场景和群体，正如鲁迅在杂文中塑造类型化形象时主要是抓住人物的神髓进行勾勒一样，乡村环境以及生活在其中的农民形象更多是以一种轮廓式的宏观面目出现，体大而宏阔，其重点是在拷问农民灵魂的麻木和愚昧。而张恨水的小说自然也含有乡村、都市现代化进程的思考，但是他更多是如实反映乡村大环境中的农民个体和农民生活实况，甚至兼及在城镇化过程中农民心理的变迁，细致而入微，虽然并未触及灵魂本质，但也提出了城乡对峙等值得探讨的严肃问题。从二人的不同书写和处理中，我们发现新文学和通俗文学的互补之处：新文学居高临下地审视农民群体的精神痼疾并不能真正拯救民众群体，而通俗文学对民间、乡土的人文关怀却能慰藉民间群众，弥补鲁迅这样的新文学作家与乡民的隔膜；但是通俗文学对农民始终局限于表层的审视并不有益于读者真正了解农民群体，新文学对乡村农民批判性的洞察有利于弥补张恨水这样的通俗小说家探视不深的缺憾。

切入文学的视角和创作目的的不同,决定了鲁迅和张恨水在写作立场上的差异。鲁迅以启蒙为目的,旨在疗救国民的灵魂,这决定了鲁迅涉及农村题材时,更多描写的是乡村愚昧、野蛮的习俗。因此,鲁迅对故土的情结是十分复杂的,他作品中的诗意画面其实源于矛盾、批判的心理,是哀民众之不幸,怒民众之不争。而张恨水则站在人道主义、平民立场上,向世人讲述那些地位贫贱、遭受欺辱但心地善良、品格高尚、为人质朴的普通中国劳动者的故事,因而他看到更多的是中国农民的勤劳、坚韧、倔强、顽强的一面。张恨水一直以平视甚至间或以仰视的角度来打量中国农民,对他们由于生活环境的闭塞、观念的落后而产生的狭隘,采取理解和宽容的态度。可以说,鲁迅借农民写国人,张恨水写的就是地地道道的农民,作品都具有超越题材自身的意义。所以二人观察社会的视角和焦点迥然不同。张恨水的市民题材的小说创作与鲁迅倡导的"为人生"的创作,造成了二人的不同乡土文学观。侨寓北京的张恨水,由于没有启迪国民的心理负担,在充分自由的精神境遇里从容勾画异域文化的图画,反映特殊的风土人情,以满足广泛读者的阅读期待,这种创作选择是符合他的身份的。令人欣慰的是,尽管他们的文学目的和角度不同,二人在文学领域的成就都是十分明显的;鲁迅为中国文坛塑造了一系列具有典型意义的农民形象,而张恨水则是较全面、细致地再现中国农民的平凡而真实的生命历程,他们的创作都具有里程碑的意义。

第六章

批判的女性解放与解放女性的批判的殊途同归

鲁迅、张恨水二人创作的同中有异，这正是雅俗文学在不同作家身上的表现。这在二人对女性问题的思考中更为突出。从他们对女性命运的关注中，我们可以一探二者的女性观，并可将之置于中国妇女解放这个时代洪流中，以衡量它们各自的意义。

在中国"君为臣纲、父为子纲、夫为妻纲"的社会秩序及"修身、齐家、治国、平天下"的思维逻辑中，男性建立了至高无上的独立身份和地位。直到19世纪末期，由于西方列强的侵略，中国几千年的封建传统被打破。其中，中国女性的命运与中国社会的命运有着错综复杂的联系。在"五四"启蒙运动的浪潮之下，以《新青年》为发祥地，有识之士高举"科学""民主"的旗帜，追求人的解放。在"非人"处境中，中国妇女受迫害最深，所以妇女解放运动应运而生。因而，处于社会边缘的女性开始成为文学的主题。从此，"五四"精神所倡导的独立、自强，主要表现在女性争取婚恋自由、经济独立和人身自由的层面上。

严肃文学作家关注农村妇女的命运，揭示她们麻木的精神、奴隶般的生存困境，如鲁迅的《祝福》《明天》，柔石的《为奴隶的母亲》等；有的写出知识女性的叛逆精神，如庐隐的《海滨故人》，丁玲的《莎菲女士的日记》等。还有关于女性解放的议论文章，如胡适的《贞操问题》、叶圣陶的《女人人格问题》、鲁迅的《我之节烈观》、周作人的《〈贞操论〉译记》、周建人的《节烈的解剖》等，分别批判了封建礼教对女人身心的残害。但是在"五四"中，中国女性解放的历程与西方是不同的。中国女性是在男性主体(或当时"五四"知识精英)的启蒙倡导下被解放的。所以，女性主体本身是极少直接参与这场运动的。"对于男性所确立的这种制度化的非人道性进行追问，便成为鲁迅启蒙叙事的重要部分。"[1]鲁迅作为特定时期的知识分子，他以独特的社会洞察力，从"个性解放"的时代共鸣中聚集到女性的解放和命运问题。他指出："大小无数的人肉的筵宴，即从有文明以来一直排到现在，人们就在这会场中吃人，被吃，以凶人的愚妄的欢呼，将悲惨的弱者的呼号遮掩，更不消说女人和小儿。"[2]鲁迅始终同情和关注女性的命运，写出了女性经济地位的缺失、个性的丧失，精神迷惘等沉沦中的挣扎。在鲁迅笔下的文学世界里，女性在封建宗法制度下所承担的历史负荷、所遭受的残酷迫害、忍受的屈辱生活，耐人寻味。她们是旧中国女性悲剧的缩影。值得关注的是，在鲁迅小说中，女性不是故事的主角，虽然有时也可以是，但整体来说，女性基本处在社会的边缘、是被虚化的一个符码。所以，鲁迅在描写中国农村妇女时，多是以女性的悲惨命运来实现他的批判目的，并没有为女性问题而写女人。在男权主导的社会，鲁迅终究也不能超越时代的局限性，他同样是以外向化的"忏悔"性的男性视角来描写的，对于女性内在的痛苦是基本回避的，鲁迅的

---

[1] 冯奇：《服从与献身——鲁迅对中国女性身份的批判性考察》，《鲁迅研究月刊》，1997年第10期。
[2] 鲁迅：《坟·灯下漫笔》，《鲁迅全集》第1卷，北京：人民文学出版社，2005年，第229页。

女性观不可避免带有男性启蒙立场的印迹。或许这种人生苦恼是来自于一个文化启蒙者的神圣使命与他内在的爱情之间的矛盾。这正是鲁迅"以一种男性意义投射出来的,绕开女性的内在本质和精神立场的女性观"[1],试图为现代女性打开一个真正实现人生价值的新空间。

应该说严肃文学以启蒙姿态在"五四"时期揭示、批判而改良人性,其作品中的女性形象也引起了当时许多女性的效仿,对个性解放也起到了很重要的作用。然而,这种带有强烈说教式色彩的教育或批判性的启蒙往往让人觉得不胜负荷。通俗文学则在社会发展中寄予了普遍的人性关怀,使人在轻松的气氛中反思社会中的女性存在境遇。张恨水深受"五四"新潮思想的影响,他的社会言情小说一直贯穿着"以社会为经,以言情为纬"[2]的主线,在言情中寄予了深广的社会内涵。换言之,言情或男女的爱情,只是张恨水小说表达思想的一种形式,其内容还是社会的。基于此,张恨水的女儿张明明这样写道:"父亲的小说中都离不开爱情的故事。诚然如此,但父亲的小说是以言情为纬,社会为经的,爱情不过是穿针引线的东西,他所要表现的,是社会上真真实实存在过、发生过的事情,应该属于社会小说,记述的是民初野史。"[3]这种主题,主要以过小日子的、婚恋中的年轻女市民以及她们身边的琐事,来展示现代进程中的社会百态。因此,张恨水笔下的女性已不再是被男性叙说的对象,而是跟男性一样,她们也有

---

[1] 孟悦、戴锦华:《浮出历史地表》,北京:中国人民大学出版社,2004年,第41页。
[2] 张恨水:《总答谢——并自我检讨》,《写作生涯回忆》,南京:江苏文艺出版社,2012年,第133页。
[3] 张明明:《回忆我的父亲张恨水》,天津:百花文艺出版社,1984年,第61页。

自己的痛苦与欢乐。这正体现着张恨水小说对男女双线平等叙事模式的接受。此时"五四"新青年们借助"娜拉",呼吁女性们与封建家庭决裂。于是在很多作家笔下的女性大多反叛封建包办婚姻,大胆出走旧式家庭,对父权作出抗议。但是她们共同面临着"出走后该怎么办"的现实问题。张恨水笔下的女性同张恨水一样生活在城市的街道小巷,处于社会的中下层,每天算计着柴米油盐。她们受着西方资本主义思想的熏陶,在传统道德伦理和现代女性观念中挣扎。张恨水的关注点在于女性出走封建家庭之后自觉意识的形成。他打破了鲁迅所说的"要么要么"的二元论,而真正为出走的女性打开了一条独立自强的新的活路。

当然,鲁迅和张恨水同样强调女性对教育就业的认同。她们相信只有谋求生存的本领,才可以走出一条自立自强的新路来。但是张恨水笔下的女性出走之后,既没有堕落也没有回去,而是独立自尊地生存下去。因为她们可以凭自己的本领取得生活物资,以坚强的品质来克服谋生的苦难。进入张恨水文学世界中的女性,大多正视自身的处境,但为解决经济困难,有时不得不因金钱问题而失去人生自由。因此,张恨水从经济角度来重新关注两性关系。他笔下的世俗女性没有一个脱离经济生活而谈婚姻的,包括与男性的性关系,都与女性的生存问题紧密联系。由此,张恨水把"五四"小说中的女性"惟爱情主义"拉回到世俗层面来。从这一点看,金钱在婚恋中的支配作用,比封建主义的"父母之命,媒妁之言"更进步了一些,是资本主义伦理观对封建婚姻的一种冲击,也是对经营现代启蒙婚姻的一种超越。总之,张恨水笔下的女性形象,既不同于雅文学作家塑造的激烈感性派,也不同于一般男性作家笔下麻木不仁的农村妇女。她们一般是生活在城市角落的小户人家,她们清楚自己的行为,也有着自己的一套生活理念。换言之,她们既对现实保持清醒,又不在世俗中迷失,无论是哪一种类型的女性,都不叛逆,也不麻木,更不迷惘。她们为温饱问题计量,可能有虚荣心,也有尊严,但最大的特点还是正视现实。这既不同于为了革命理想而离家出走的狂热女性,也不是整天为纯情吃错药了的奴隶般的女性。而是一切从现实出发,这是她们生活的基本原则。因此可以说,她们是活在当下的一群有血有肉的俗人群体。她们的文化心理、道德理念和悲喜人生以及日常生活,在一定程度上更能代表历史转型时期女性的现实状况。

第一节　雅俗文学对女性解放的不同关注

鲁迅和张恨水的成长都并非是顺风顺水,品尝了生活艰辛的他们,在婚姻的道路上也并非如此顺利。婚姻的悲剧是时代的悲剧,鲁迅同张恨水、郭沫若一样一方面要求自由恋爱、婚姻自主,一方面受着"孝"的束缚,都遭遇了包办婚姻的不幸,这使他们更自觉地体会到婚姻自由对青年的重要意义。正因为如此,他们对女性问题极为关注。

实际上,传统文人对这种"牺牲模式"的选择与当时特殊的文化背景有关。无论是鲁迅还是张恨水,当时的文人在行为模式和思维定式上与传统保持着不可割舍的联系。这种牺牲来源于中国传统知识分子,特别是长子对家庭的责任,从这一点看,鲁迅本身是对中国传统文化中牺牲精神的一种继承。[1]鲁迅与张恨水都处于新旧过渡时代,一方面从人性解放的角度彻底否定无爱的包办婚姻;另一方面表示着"又不敢舍弃这遗产,恐怕一旦摆脱,在旧社会里就难以存身"[2]的新旧道德之间的矛盾心态。

众所周知,鲁迅在很长一段时间都在为无爱的婚姻做出牺牲。他始终高举匕首与投枪,毕生从事于思想启蒙和个性解放的事业,但在传统孝道的影响下,默默接受了母亲的"礼物"。"感激,那不待言,无论从那一方面说起来,大概总算是美德罢。但我总觉得这是束缚人的。譬如,我有时很想冒险,破坏,几乎忍不住,而我有一个母亲,还有些爱我,愿我平安,我因为感激他的爱,只能不照自己愿意做的做,而在北京寻一点糊口的小生计,度灰色的生涯。因为感激别人,就不能不慰安别人,也往往牺牲了自己,——至少是一部分。"[3]他是中庸传统的坚决反对者,但在个人婚姻问题上,却也不得不作出了带有浓厚调和色彩的选择。[4]面对母亲为自己安排的无爱的婚姻,鲁迅选择了接受,然后沉默,然后冷却,然后过着苦行僧一样的生活。朱安比鲁迅大三岁,思想守旧,目不识丁,有着一双尖尖的小脚。想到十年来,母亲接二连三地承受祖父入狱、父亲病故、四儿子夭折等一系列沉重的打击,为了不再让母亲受伤,他也无力反抗。从结婚到走向生命的尽头,鲁迅始终与原配夫人朱安过着有名无实的夫妻生活。"朱安是母亲送给我的礼物,我只能好好供养他,爱情是我所不知道的。"然而,

---

[1] 钱理群:《心灵的探寻》,石家庄:河北教育出版社,2000年,第107页。
[2] 鲁迅:《两地书·八二》,《鲁迅全集》第11卷,北京:人民文学出版社,2005年,第224页。
[3] 鲁迅:《250411致赵其文》,同上,第477页。
[4] 钱理群:《心灵的探寻》,石家庄:河北教育出版社,2000年,第108页。

在生命中最后十年，爱情终于降临。女学生许广平的出现，照亮了鲁迅文学与生活。概括来说，鲁迅与"爱我者"——母亲、朱安与许广平之间的感情纠葛，都是特定历史时代的产物。

与鲁迅相似，张恨水在18岁那年为了不伤母亲的心，为了传宗接代，也接受了"母亲赠送给他的礼品"——甘心成为包办婚姻的牺牲品。他的第一任妻子徐文淑是张恨水为了母亲所娶的。张家到北京后，母亲又要求张恨水给徐文淑添一个孩子，直到她怀了孩子后，张恨水对母亲叩拜："母亲，我的任务已经完成了"。众所周知，张恨水有过三次婚姻，第一任妻子是作者"最不愿提及"的包办婚姻的对象。这原因有很多，其最大的原因是张恨水对美貌和才智的看重，谁知亲家玩了"掉包计"，结婚那天张恨水娶的却是一位门牙外露的文盲丑女。他无法接受这个事实，几天后离开了家乡。但为了不伤母亲的自尊心，从未提出过离婚。这次婚姻的双方都不幸，女方晚年一个人在故乡死去。除了第一次的封建包办婚姻之外，另外两次婚姻可以说都是他主动选择的。1920年代初，张恨水刚到北京，偶然的相遇使他结识了第二任夫人胡秋霞。她是张恨水小说《落霞孤鹜》女主人公的原型。张恨水从贫民习艺所领出孤女胡秋霞，不仅给了她一个完整的家，也给了她文化知识。这是在张恨水小说中常见的故事模式。直到抗战前，张恨水决定在南京创办同人报，胡女士拿出全部的私房钱，促成了《南京人报》的诞生。1949年张恨水的全部积蓄被人骗走，突然中风，胡秋霞拿出全部的首饰为张恨水治病。但是胡秋霞性格粗放，不完全符合张恨水内心的理想婚姻。1929年，张恨水成为一名大作家，当时北京春明女中的学生周淑云爱看张恨水小说，也很仰慕他。他们可以说是一见钟情。结婚后，张恨水取《诗经·国风》里《周南》之雅意，为他的第三夫人改名周南。周南是北京城里小有名气的票友,夫妇俩经常夫拉女唱。这种温馨的家庭生活,终于让张恨水的情感世界有了归宿。[1]

"五四"的反封建、个性主义思潮的开创具有重大意义。鲁迅的国民性批判达到"五四"人性批判的最高峰。张恨水小说对女性命运的探索远远超越了"五四"作家对女性生存状态的描写,将对女性命运的关注上升到人性关怀的程度。正是在这一层面上,鲁迅和张恨水有了可比性。但是由于二人创作视角的不同,对女性关注的选材也不同。鲁迅是现代乡土文学的鼻祖,关注的是乡村生活,张恨水是20世纪20、30年代都市乡土小说家[2],他们的关注点是女性,共同点是对女性命运表示深切的关注与同情。关注个体解放、反对封建礼教的压迫、争取科学与民主,其中妇女解放是反封建的最重要的一环。在封建中国,因为宗法制度的原因,男性在社会上居于绝对优势的地位,而女性则受"三从四德"规范的束缚,社会地位极为低下。"五四"之后,在新思潮的冲击下,很多作家开始关注女性的社会地位和命运问题。

---

[1] 谢家顺:《张恨水小说教程》,合肥:合肥工业大学出版社,2011年,第14页。
[2] 张恨水的"都市乡土小说"侧重于都市的民间生活,直接反映都市老百姓的凡人小事、民间生活的酸甜苦辣。而新文学的乡土文学作家被故乡放逐后,生活到异地,他们靠对乡土的依恋或童年的记忆来构造文学作品。张恨水则是通过对都市的生活体验和对都市生活的细微观察,来进行创作。因此,鲁迅认为,新文学的自称为乡土文学的作者都是城市的"侨寓者",他们虽然离开故乡来到城市侨寓,但是他们写出来的作品却体会不出真实的现代都市的民间生活,基本上描写的是"父亲的花园"。由于新文学界的乡土小说的题材都是小城镇,于是后人误认为乡土小说就是写小城镇或乡村的小说。按范伯群的话说,在20世纪20年代通俗小说家对现代中国的最大贡献是他们善于写"都市乡土小说"。这些名称与一般的"市井小说"有所不同。它们将"中国的大都会的民间民俗生活,包括这些城市发展的沿革与地方性,和盘托出于读者之前。这些是新文学界写乡土小说的作家所不熟悉的生活。"(参见范伯群:《多元共生的中国文学的现代化历程》,上海:复旦大学出版社,2009年,第27页。)

鲁迅的"立人"思想中就包括对妇女解放前途的思考。这比同时代作家提出的解决方案更深一层，也引发了近代知识分子对封建文化和国民劣根性更彻底地思考。张恨水也看到了女性解放僵死的现实，中国女性仍旧没有摆脱受压迫、受歧视的边缘地位。这一主题贯穿着二人文学创作的始末。正是在对女性命运更深层的思考上，我们得以将鲁迅和张恨水联系起来。二人共同探索了中国人奴隶般的命运，尤其是女性一生的奴隶生存境遇，在女性异化书写这一创作主题上鲁迅和张恨水是一致的。但张恨水作为具有鲜明大众意识的作家，与肩负中华民族启蒙大任的战士鲁迅在女性命运的探索之路上采取的态度和视角还是有所不同的。

　　鲁迅对妇女问题的关注是一个比较明显的主题。他集中批判封建宗法社会的"三纲五常""节烈""孝道"，这些问题在其创作中可以看到。比如，从他日本留学归国后发表的第一篇论文《我之节烈观》起，《随感录》系列二十五、四十、四十九，到《我们现在怎样做父亲》《娜拉走后怎样》《寡妇主义》《记念刘和珍君》《以脚报国》《关于女人》《关于妇女解放》《上海的少女》《男人的进化》《病后杂谈》《病后杂谈之余》等杂文都对女性问题有着深入的探讨。鲁迅关注的是现实人生中女性的受难与死亡。作者用血与泪的笔墨再现了女性的悲惨命运，塑造了旧中国的女性形象，如《祝福》的祥林嫂、《明天》的单四嫂子、《伤逝》的子君、《离婚》的爱姑等。鲁迅笔下的旧中国女性大多丧失了自我独立的思考能力，安于现实。"是一个性别压迫的漫长的社会化过程，致使妇女渐渐丧失了思考和表达的能力，当这种压迫经过若干代演化最终成为心灵上的桎梏之后，女性精神与心理的畸形，也就不可避免了。"[1]作者在"几乎无事的悲剧"中塑造了一系列被侮辱的女性形象。在《男人的进化》中进一步指出了父权社会对男女两性设计的不同道德标准：

> 父母之命媒妁之言的旧式婚姻，却要比嫖妓更高明。这制度之下，男人得到永久的终身的活财产。当新妇被人放到新郎的床上的时候，她只有义务，她连讲价钱的自由也没有，何况恋爱。不管你爱不爱，在周公孔圣人的名义之下，你得从一而终，你得守贞操。男人可以随时使用她，而她却要遵守圣贤的礼教，即使"只在心里动了恶念，也要算犯奸淫"的。[2]

在这种恶劣的环境下，女性存在的价值和目的几乎只是作为供男性生儿育女的工具。她们的善良和淳朴也给不了她们幸福的日子。因此，鲁迅极力大赞妇女解放，剖析女性奴役心理，抨击压迫女性的男权社会的残酷统治，在他逝世之前一个月还写了《女吊》，来肯定女吊的复仇精神，以此寄托了他对现实女性反抗黑暗的渴望。鲁迅的33篇小说中6篇是以女性为主人公，作为思想家的鲁迅，不论是"五四"时期还是后来长期的文学创作生涯中，都始终关注女性命运和出路，在鲁迅将近30篇关于妇女问题的论著中，我们可以看到，鲁迅对女性关怀的自觉意识和对其男性立场的超越。无论是他的小说还是杂文，

---

[1] 冯奇：《服从与献身——鲁迅对中国女性身份的批判性考察》，《鲁迅研究月刊》，1997年第10期。
[2] 鲁迅：《准风月谈·男人的进化》，《鲁迅全集》第5卷，北京：人民文学出版社，2005年，第301页。

都体现出了鲁迅对女性问题的深刻解剖。

《祝福》中的祥林嫂为夫家的传宗接代而存在,丈夫死后,她连为传宗接代的身份都失去了,婆婆有权把她卖掉。再嫁时出阁的闹剧,与其说是对压迫者的反抗,还不如说是为了乖乖守寡。后来她跟了贺老六,是因为拜过堂之后他是名正言顺的老公,就安心跟了他。但过不久,她唯一想保持的"做稳了的奴隶"也做不下去了。丧夫、失子、改嫁的一系列悲剧,使她更变得麻木,再次出来打工时,"她手脚已没有先前一样灵活,记性也坏得多,死尸似的脸上又整日没有笑影。"而且变得"很胆怯,不独怕暗夜,怕黑影,即使看见人,虽是自己的主人,也总惴惴的,有如在白天出穴游行的小鼠;否则呆坐着,直是一个木偶人。"[1]最后,只好成了乞丐,在一片祝福声中,结束了自己的生命。"祥林嫂一生都处于被损害者的地位,但是,那些损害她的人,却都有当时社会所承认的理由,或者可以说是按照社会风俗行事。"[2]鲁迅把这篇小说命名为《祝福》,绝不是随随便便的。应该是他对所有先驱者的深深祝福。但是什么样的人与生命才可以得到鲁迅的祝福呢?这正是鲁迅对这篇小说命名"祝福"二字的真义。祥林嫂的悲剧并非来自于体力劳动的负担,而是来自鲁四老爷把她看做"败坏风俗"的侮辱,让她彻底失去了"人"的尊严。然而,当她以捐门槛来赎罪,想借此而重获正常人的权利时,她已经变成了一个超越赎罪者的形象,甚至可以成为一个伟大的牺牲者。有论者曾说:"找遍中国,作为精神世界的战士究竟在哪里?有谁能发出真诚的声音,把我们引向美好刚健的

---

[1] 鲁迅:《祝福》,《鲁迅全集》第2卷,北京:人民文学出版社,2005年,第16、21页。
[2] 吴中杰:《吴中杰评点鲁迅小说》,上海:复旦大学出版社,2003年,第204页。

境地吗？不是产生不出来这样的人，即使产生出来也被群众所扼杀。"[1]祥林嫂既被人抛弃，也被神抛弃，孤独与死亡是无可避免的命运。她是无辜的牺牲者，现实的制度正是祥林嫂悲剧命运的根源所在。因此，祥林嫂得救的唯一希望，应该建立在新的社会制度和新的思想文化层面上。正因为如此，她对思想启蒙有强烈的内在需求。所以，关于祥林嫂的形象，不能单纯概括为愚昧与不觉悟。

《明天》中的单四嫂子与《祝福》里的祥林嫂颇有相似之处。这篇小说的重要性常常被研究者忽视，吴中杰就指出："《明天》在鲁迅小说中并不很引人注意，各种选本也很少眷顾，但在表现社会的冷漠和底层妇女的悲苦命运上，却是极有震撼力的作品。"[2]她们同样是守寡，有一个两三岁的儿子。封建伦理纲常规定女人在家从父，既嫁从夫，夫死从子，谓之"三从"。不幸的是，祥林嫂和单四嫂子的儿子都夭折，她们一生中为妻为母的希望都没有了。更何况，单四嫂子怀着急切的心情去问庸医何小仙时，听到的只是"这是火克金"，开的药方是"保婴活命丸"。在孤独无依时，她又遭到蓝皮阿五、红鼻子老拱之流假借帮忙之名的性骚扰。这样的情况下，她想守节也不容易。而且，单四嫂子对宝儿的死也有一份的责任在内。她是一个"粗笨女人"，对科学知识的匮乏，下层劳动妇女的生长环境，都耽误了儿子治病的机会。可惜，她从未思考过面对儿子的死要承担起什么样的责任，更不会想到在宝儿的死上自己扮演了什么角色。单四嫂子对儿子的爱是深沉的，但她心中对日常生活的迷信，使她失去了准确的判断力，反抗更无从

---

[1] 魏绍馨：《鲁迅早期思想研究》，曲阜：曲阜师范大学出版社，1985年，第239页。
[2] 吴中杰：《吴中杰评点鲁迅小说》，上海：复旦大学出版社，2003年，第52、53页。

谈起。宝儿的死不仅是单四嫂子的悲剧,同时也是中国社会的悲哀。

《离婚》中的爱姑和一般农村妇女最大的不同是,她敢于向伤害自己的封建势力进行反抗。"如果说,单四嫂子在命运的摆布面前,表现出无可奈何的悲哀,祥林嫂是带着灵魂有无的疑问死去,那么,爱姑比她们都前进了一步,她对于现实进行了切切实实的抗争。"[1]小说中描写爱姑的丈夫找了一个寡妇,爱姑干涉丈夫的行为,公婆却袒护儿子压制爱姑,请了一些乡绅来评理,因此爱姑哭回娘家。但她并不怕那些乡绅,对于这些人勇于喊出自己的声音:

"自从我嫁过去,真是低头进,低头出,一礼不缺。他们就是专和我作对,一个个都像个'气杀钟馗'。他就是着了那滥婊子的迷,要赶我出去。我是三茶六礼定来的,花轿抬来的呵!那么容易吗?……我一定要给他们一个颜色看,就是打官司也不要紧。县里不行,还有府里呢……。"

"那我就拼出一条命,大家家败人亡。"[2]

文中"大畜生"(公公)、"小畜生"(丈夫)和爱姑及她的父亲庄木三找七大人来调节矛盾,但是父女俩看到"知书达礼"的七大人就没有了底气,便预感到对自己的处境不利,这自然使父女俩有些不安了。最后,父女俩就被七大人的"威严"所征服,半句话也说不出来,终于不能坚持了。由此可以看出,爱姑并没有自觉地认识到反抗的本质,对于

---

[1] 吴中杰:《吴中杰评点鲁迅小说》,上海:复旦大学出版社,2003年,第353页。
[2] 鲁迅:《离婚》,《鲁迅全集》第2卷,北京:人民文学出版社,2005年,第154页。

眼前发生的事情，她以阿Q式的"精神胜利法"来解释。在懂得自己的奋斗没有发生效果时，她很快就动摇了，虽然她"在糊里糊涂的脑中，还仿佛决定要作一回最后的奋斗"，但终于在七大人"来～～兮"的一声中，彻底崩溃了。"权力用屁塞来象征，这本身就暗含着一种嘲弄；而泼辣如爱姑者居然被'屁塞'所吓退，这又隐藏着一种辛酸。"[1]爱姑是醉心于封建家庭的利害斗争，视为生活的常规，她总是幻想封建制度来惩罚她的婆家，以便获得"暂时做稳了奴隶"的地位。"无所不在的封建权力关系，依然枷锁般地紧紧束缚着女性的思想和躯体。在这种权力关系下，妇女既没有自主的选择权利，更不可能具备独立不倚的表达权，她们的思维要由男性和权力的体现者来主宰。妇女做的只能是服从——对于权威的一种下意识的服从。"[2]因此，爱姑并没有推翻封建统治的秩序的想法，相反，她是以封建方式来反封建的，这就使她逐渐陷入了一个历史的怪圈。正如戴锦华所分析的："作者塑造这些女性人物并不是要给你留下一个难忘的发人深思的性格审美形象，而是为了以她们的苦难印证封建历史的非人性，再现社会的罪恶，而以她们的麻木来衬托这罪恶的不可历数。在某种意义上，她们的肉体、灵魂和生命不过是祭品，作品的拟想作者连同拟想读者，都在她们无谓无闻无嗅的牺牲中完成了对历史邪恶的否定和审判。"[3]爱姑把自我人格的实现寄托于对男性的依附和纠缠上面。这实际上表

---

[1] 钱理群：《与鲁迅相遇：北大演讲录》，北京：生活·读书·新知三联书店，2003年，第131页。

[2] 冯奇：《服从与献身——鲁迅对中国女性身份的批判性考察》，《鲁迅研究月刊》，1997年第10期。

[3] 戴锦华、孟悦：《浮出历史地表》，北京：中国人民大学出版社，2004年，第25页。

达了她强悍的外表下面不堪一击的奴性心理。"女人的天性中有母性,有女儿性;无妻性。妻性是逼成的,只是母性和女儿性的混合。"〔1〕

《离婚》中的爱姑虽然自己也不能清醒地意识到这种斗争的社会作用,但她对于现存秩序的破坏还是有其合理性的。而且,对历史合理性的反抗在当时中国又是不可能实现的,因为封建势力过于强大。辛亥革命以后,招牌虽换,货色依旧。1925 年前后中国社会再度提倡"尊孔读经",一方面要求妇女的节烈,却又允许"一夫多妻";一方面鼓吹"纲纪伦常",却只是借美名结党营私。所以,《离婚》的写作,是为了暴露封建礼教的虚伪性和反动性。因此,要实现民主的胜利,要继续改造国民性,进行思想上的革命,这就是《离婚》所显示的客观的思想意义。

《伤逝》表面上写的是一对青年男女的爱情悲剧,而作者的出发点还是对女性生存困境的思考。鲁迅看到了新文化运动的启蒙者虽然唤起了不少民众救国救民的爱国热情,但人们对现代文明却没有本质性的理解,这使得精英阶层逐渐陷入"虚无"的尴尬境地,导致被启蒙者陷于"无爱的人间"。"子君的反抗,只是反抗封建礼教对婚姻的束缚,子君的追求,只是追求恋爱的自由。而她在争取到了恋爱自由和婚姻自主之后,依旧如同几千年来的中国妇女一般,将婚姻当成是最终的目的,凭借婚姻和丈夫,取得在社会上的立足的资本和地位,实际上仍旧是将自己变成一个男人的附属品而存在。"〔2〕因而,鲁迅对"觉

---

〔1〕 鲁迅:《而已集·小杂感》,《鲁迅全集》第 3 卷,北京:人民文学出版社,2005 年,第 555 页。
〔2〕 李波:《梦醒了走向何方:鲁迅笔下的女性形象》,《文学界(理论版)》,2011 年第 11 期。

醒"本身持了怀疑。"爱情、觉醒这类'希望'因素乃是先觉者得以自立并据以批判社会生活的基点,恰恰在'希望'自身的现实伸延中遭到怀疑。这种怀疑很可能不是指向新的价值理想本身,而是指向这一价值理想的现实承担者自身:'我'真的是一个无所畏惧的觉醒者抑或只是一个在幻想中存在的觉醒者?!因此,觉醒自身或许只是一种'空虚'?!在这里,'绝望'的证实也决不仅仅是'希望'的失落,不仅仅是爱情的幻灭,而且包含了对'觉醒'本体的忧虑。"[1]

对传统婚恋有着切肤之痛的鲁迅自然深受新时代潮流的影响,在其作品中不断涉及这一问题。不同的是,鲁迅对整个社会婚姻和爱情持着悲观与绝望的态度。"个性解放思想是直到五四时期才为许多新文化战士和青年学子所接受,而早在十多年前,鲁迅就痛恨封建礼教的束缚,率先提出了'掊物质而张灵明,任个人而排众数'的主张;但是,当个性主义成为时代思潮,青年人纷纷效仿易卜生笔下的人物,走出家庭,追求婚姻自由时,鲁迅又看到个性主义的不足,提出了'娜拉走后怎样'的问题。"[2]鲁迅对"铁屋子"和"娜拉走后怎样"的疑惑,反映着他对"五四"启蒙的深切忧虑。他认为,"五四"时期的先觉者对西方文明的理解和接受,还处于幼稚肤浅的状态;启蒙者(涓生)与被启蒙者(子君)的思想里,存在着鼓吹"娜拉"式的叛逆行为,然而"黄金世界"远远没有来临,子君终于梦醒了却无路可走。在茫然与虚无的人生漂泊中,涓生渴望得到解脱,主动远离子君,甚至莫名其妙地想到她的"死":

---

[1] 汪晖:《无地彷徨——"五四"及其回声》,杭州:浙江文艺出版社,1994年,第406页。
[2] 吴中杰:《吴中杰评点鲁迅小说》,上海:复旦大学出版社,2003年,第326页。

我觉得新的希望就只在我们的分离；她应该决然舍去，——我也突然想到她的死，然而立刻自责，忏悔了。幸而是早晨，时间正多，我可以说我的真实。我们的新的道路的开辟，便在这一遭。

我和她闲谈，故意地引起我们的往事，提到文艺，于是涉及外国的文人，文人的作品：《诺拉》，《海的文人》。称扬诺拉的果决……。也还是去年在会馆的破屋里讲过的那些话，但现在已经变成空虚，从我的嘴传入自己的耳中，时时疑心有一个隐形的坏孩子，在背后恶意地刻毒地学舌。[1]

这无疑是鲁迅对"五四"启蒙的反讽，也是对女性解放的质疑。中国的妇女解放运动到 1920 年代"五四"新文化运动前后达到高峰期，其中，1918 年胡适翻译的《玩偶之家》中的"娜拉"，成为"五四"妇女解放形象的象征，以"娜拉出走"为自己的行为准则。然而，人们却被乌托邦的现代价值理念所迷惑，无视自由恋爱的随意性和盲目性。

1923 年鲁迅在北京女子高等师范学校演讲《娜拉走后怎样》中，对于推行现代价值观的实践者表示深刻的怀疑。他认为，没有社会制度的保障，出走的娜拉"不是堕落，便是回来"的悲惨结局。《伤逝》不仅写出新一代知识分子的浪漫体验，还进一步表现了知识分子的精神需求和不完整的现实社会结构之间的矛盾冲突。用真实的生命换来的人生的空虚，恰恰是作者对乐观主义人生的深刻批判，也是"娜拉出走"后这现代性命题的某种反思。1925 年对鲁迅而言，是特殊的一年。首先，鲁迅同情北京女子师范大学的学生运动，与章士钊发生了激烈

---

[1] 鲁迅：《伤逝》，《鲁迅全集》第 2 卷，北京：人民文学出版社，2005 年，第 126 页。

的冲突,并被免去了在教育部担任的佥事之职,由此引发了一场笔墨官司,主要是以陈西滢为代表的现代评论派对他进行污蔑和人身攻击。同时,与许广平发展为恋人关系,这又将鲁迅推向道德批判的平台。由此看来,1925年是鲁迅由"呐喊"沦落到"彷徨"的关键时刻,此时的思想矛盾,恰恰是涓生和子君的思想冲突,也是先觉者对中国社会现代转型的艰难性的深刻体会。因此,涓生的消沉与空虚,也是鲁迅此时的孤独和寂寞的真实写照,他们都体验到梦醒了之后无路可走的残酷现实。而鲁迅和涓生一样不知如何跨出这一步。正如他所说的"我决不是一个振臂一呼应者云集的英雄"[1],"倘说为别人引路,那就更不容易了,因为连我自己还不明白应当怎么走。"[2]这说明了包括鲁迅在内的革命者并没有找到明确的社会发展方向,所以感到如此的痛苦。《伤逝》是一部爱情悲剧,既包括启蒙的茫然无措,又包含被启蒙者的精神幻灭,这正是鲁迅对"五四"现代思想启蒙的不同理解。因此,《伤逝》的主题凸显出现代理念冲突背后的两难的历史处境。对此,1926年高长虹对其作品的复杂内涵做出这样的分析:"似乎已闪出无名的、意外的新的期待,却终于写出更大的破灭与绝叫,且终于写出更深刻而悲哀的彷徨,则作者终是较深刻的意义上而生活而创作呢,也还终是时代的原因呢?"[3]

《幸福的家庭》的创作日期是1924年2月18日,也是以新式婚恋

---

[1] 鲁迅:《〈呐喊〉自序》,《鲁迅全集》第1卷,北京:人民文学出版社,2005年,第439页。
[2] 鲁迅:《坟·写在〈坟〉后面》,《鲁迅全集》第1卷,北京:人民文学出版社,2005年,第300页。
[3] 高长虹:《走到出版界——写给〈彷徨〉》,原载1926年10月10日《狂飙》周刊上海第1期。

为题材的小说。1923年12月26日,鲁迅在北京女子高等师范学校文艺会上发表了著名的《娜拉走后怎样》的演讲,50多天后,鲁迅又写作了《幸福的家庭》。可以说,《幸福的家庭》是《娜拉走后怎样》中所表达的思想的补充。当诸多作家把同居生活作为爱情的终点时,鲁迅却对爱情的终点进行解剖。鲁迅的两部爱情题材小说——《伤逝》和《幸福的家庭》就反映了两种不同结局:一个是爱情丧失后死去,一个是维系无爱的婚姻生活。他们的爱情都从激情开始,但是短暂的激情消失后,平淡生活开始主宰他们的爱情。爱情是一种责任,这不仅仅基于双方的激情。他们失去了精神上的交流,男人吃力养家糊口,女人沉迷于庸俗的家务。爱情失去了原有的魅力,生活显示出平庸的真面目:

  他忽然觉得,她那可爱的天真的脸,正像五年前的她的母亲,通红的嘴唇尤其像,不过缩小了轮廓。那时也是晴朗的冬天,她听得他说决计反抗一切阻碍,为她牺牲的时候,也就这样笑迷迷的挂着眼泪对他看。他茫然的坐着,仿佛有些醉了。[1]

婚后不久,当初她"笑迷迷的挂着眼泪"的眼睛已经变成了"两只毫无感情的"、可怕的"阴凄凄"的眼睛了。表面上讲述的是世俗婚姻的悲剧,实际上从中折射出的是鲁迅自己对爱情婚恋的真实思考。如果《伤逝》的爱情悲剧给了人沉重的悲凉,那么《幸福的家庭》则让我们在讽刺中感到了无奈与伤感。值得思考的是,"绝望"并不是鲁迅在这

―――――――
[1] 鲁迅:《幸福的家庭》,《鲁迅全集》第2卷,北京:人民文学出版社,2005年,第41页。

部小说中给我们的结论。扼杀青年作者的艺术个性,温柔可爱的妻子变成泼妇,归根结底还是在于黑暗现实。这对青年夫妇是被社会扭曲的牺牲品,是无辜的被损害者。鲁迅要无情鞭打的是当时丑恶的社会,并对青年夫妇充满同情与关怀。他在一封给许广平的信中曾说过:

> 我的作品,太黑暗了,因为我只觉得"黑暗与虚无"乃是"实有",却偏要向这些作绝望的抗战,所以很多着偏激的声音。其实这或者是年龄和经历的关系,也许未必一定的确的,因为我终于不能证实:惟黑暗与虚无乃是实有。所以我想,在青年,须是有不平而不悲观,常抗战而亦自卫,荆棘非践不可,固然不得不践,但若无须必践,即不必随便去践,这就是我所以主张"壕堑战"的原因,其实也无非想多留下几个战士,以得更多的战绩。[1]

正因为不能证实"惟黑暗与虚无乃是实有",而黑暗与虚无正是一种"绝望",而"绝望"又是鲁迅要反抗的。所以,总得向着新的生路踏进一步,在"新生"的愿望中完成了他的"反抗绝望"的人生哲学。

综上所述,可以看出,鲁迅笔下的农村妇女面临的生存困境,主要是吃人的封建礼教对她们的摧残。而知识女性的生存困境则主要是女性自立意识的缺乏与传统思维的束缚。鲁迅自幼丧父,由母亲将其抚养长大,因此鲁迅对孤儿寡母有着很深刻的认知,在他的小说中不

---

[1] 鲁迅:《250318 致许广平》,《鲁迅全集》第 11 卷,北京:人民文学出版社,2005 年,第 467 页。

仅揭示了寡妇的凄凉人生和生存遭遇,而且更深层地挖掘出这一弱势群体的备受欺凌,进一步揭示了她们作为封建时代牺牲品的悲惨命运。实际上,"对寡母抚孤的文化歧视增强了女性自身的身心负担和精神压力。"[1]而鲁迅正是通过女性的苦难人生揭示封建伦理道德漠视人的生命价值、反人性的真面目,无论是农村妇女,还是美丽的新女性,在封建宗法制度的统治下,最终还是无法脱离被吃的命运。鲁迅以强烈的批判态度,控诉了封建礼教对女性生命的残暴行为,抒发了对饱受封建礼教折磨的女性命运的同情和理解。

张恨水也写了女性所面临的多种生存困境。由于她们家境的极端贫苦或父亲的缺席而造成了她们的悲剧,被迫放弃自己对婚姻的自主权。张恨水笔下的这类被迫无奈的女性是社会上最可悲的,她们只求基本的生活保障,以及基本的婚恋自由的权利。但往往只有接受安排。《春明外史》的杨杏园是孤身隐居北京的记者,是个清高的才子,偶然一次机会去妓院游玩,认识了妓女梨云。梨云的活泼天真,在他的眼里似乎没有青楼女人的习气,所以产生了感情。然而,梨云毕竟不是自由身,她的鸨母轻视杨杏园的贫寒,阻止两个人的交往。她不但监视他们的恋爱,甚至向杨杏园要钱。鸨母的干涉使他们之间产生了不少误会,因而彼此感到痛苦。实际上,杨杏园对梨云的追求,基本停留在一个才子对女性的感性愉悦,未深入到两人的心灵相处。所以,对杨杏园而言,替梨云赎身是不可能的事:

---

[1] 翟瑞青:《二十世纪中国文学中的母爱主题和儿童教育》,北京:人民文学出版社,2008年,第79页。

> 你看她们的行为很下贱,若用新学说什么"恋爱自由"四个字说起来,不能不承认她是爱情作用。我再进一步说,大概妓女对于嫖客的去取,可分三项:一是人物漂亮,二是性格温存,三是言行一致。至于钱的话,那是她们生意经,并不在内。……只要能维持生活,她就可以将就。[1]

杨杏园尽管渴望爱情,但并非真正去关怀恋爱对象的生存困境,只是弥补自己对异性的感性需求。他教梨云识字写信并不是让她自觉地改善妓女的生活条件,而是为增加两人感情的插曲。梨云正视自己的悲剧命运说:"当姑娘的不是亏空得不能抽身,就是为了亏空,把身子卖给人家做姨太太,总是亏空二字送终。"[2]杨杏园善于自省,但他始终不理解梨云对自己的感情是生意手段还是超越生意的真实爱情。甚至他不能接受梨云为谋生必须和其他客人周旋的现实困境。他只会因为梨云对自己不够热情而感到不满。杨杏园只顾自己的面子和身份地位,并不关怀对方的生活苦难。在这种无望的感情中,最后梨云病死,杨杏园立刻反思自己的行为,却变得深情至极,过度伤心大病一场。其实,梨云的生病前后,杨杏园的反差极大。他对梨云病后产生的所谓"深情"不是来自于他们的心灵共鸣,而是来自同情。梨云的死也是不公正的社会制度所造成的。张恨水把控诉的矛头指向于只认金钱的腐败社会。

《小西天》的朱月英,同祖母、母亲一路逃难来到西安投奔舅家。

---

[1] 张恨水:《春明外史》(上),太原:北岳文艺出版社,1993年,第109页。
[2] 同上,第37页。

舅母不愿养活她们一家人，决定卖掉月英，条件是对方要养活她的祖母和母亲这两代寡人。当时陕西这一代贫困破败的生活情境让人心痛，正如文中所说的"陕西大旱之年，人民卖儿卖女，这已是外省人听熟了的话。"[1]因此，将女儿像牲口一样随意贱卖，为了生存的人不得不屈服。朱月英虽然绝望中不得不靠卖身来谋生，总还是怀着不平，她清醒地认识到自己只不过是一种讨价还价的物品。为了把自己的价格卖得高一点，几次三番讨好对方，这就是产生悲哀的根源：

> 穷人看到有钱的人，享受着种种好处，那总是怀着不平的，以为同样是人，为什么苦的这样苦，快乐的这样快乐呢？可是到了和有钱的人一有来往以后，这就很愿和他关系密切一点，为的是想得着他一点帮助。
>
> 月英也觉得这位老爷是真正的有钱，假如就把这条身子都卖给他，全家人也就都活命了。对这个人是应当客气点，不能够得罪的。[2]

对于她们而言，只要能生存下去，人身自由的权利即使被剥夺，其实也顾不上了，只求遇到一个活菩萨或慈善一点的买家，这也够不上虚荣心。张恨水在西北行之后，真切感受到西北市民的艰苦生活，创作了以卖身为生存而斗争的苦命女性形象。张恨水对这类女性的书写，"决不是闭门造车的东西，乃是一种实实在在的"[3]的真实人物。

---

[1] 张恨水：《小西天》，太原：北岳文艺出版社，1993年，第191页。
[2] 同上，第48、84页。
[3] 杨义：《张恨水名作欣赏》，北京：中国和平出版社，1995年，第208页。

如果朱月英是被经济的压迫无奈做金钱的玩物的话,那么《北雁南飞》的姚春华就是被三从四德推进无爱婚姻的埋葬品。姚春华是江西三湖镇姚家村经馆先生姚廷栋的爱女,在封建家庭的熏陶下,她从小就念书写字。"春华的书底不错,念过《女儿经》、《女四书》之后,又念完了一部《列女传》,一部《礼记》,现在正念着《诗经》呢。"[1]她是斯文的、天然纯真的十四岁的美少女,但被父母安排嫁给自己非常讨厌的癫痫丈夫,心中总是受到很大的委屈。在这个时候,遇见了书堂的新生李小秋,在姚家仆人毛三婶、毛三叔、五嫂子的帮助下,两个人偷偷摸摸地开始交往。小儿女感情的生长,使他们逐渐看到三纲五常的弊病,要开始计划打破"父母之命,媒妁之言"的约束。如果没出现李小秋这个纨绔子弟,那么,姚春华不会违背父母定下的亲事,不会重新反思"贞操"两个字。后来姚春华的父母发现女儿违抗三纲五常,追求自由恋爱,父亲气得生病,母亲天天监督女儿的一举一动,计划尽快把她嫁给癫痫头。姚春华用"死"来反抗父母的约束,但最后还是不能逃脱这个火坑,只好将真爱放逐:

> 到管家去死,那还不如留住这干净的身子,就在家里死了。她就不想到她糊里糊涂把我配个癫痫头,害我一辈子。看这情形,不用说是有什么犯家规的事,就是口里多说一句男人的字样,母亲都要指着脸上来骂。这日子简直没有开眼的一天,不如死了吧。虽然有些对不住父母,我一死自了,总算是保全了清白的身子,那还是对得住父母的。

---

[1] 张恨水:《北雁南飞》,太原:北岳文艺出版社,1993年,第13页。

好在管家也不择日子完婚,这条身子,依然是我自己的。只要留住了这条身子,什么时候有了机会,什么时候就能跳出这个火炕。万一逃走不了,就是最后那一着棋,落个干净身子进棺材,也不为晚。[1]

姚春华在追求"恋爱自由"的同时,突显了传统与现代之间的裂痕。她的性格是既新且旧的,在想要美好结果的同时,又忍不住做最坏的打算。张恨水在文中借李小秋的嘴控诉封建残余对人伦的伤害,散发着类似鲁迅文章启蒙的味道:

"我们革命军战争是为中国全民族来求解放的,军阀,固然是我们要来打倒的,便是封建社会所留下来的一切恶势力,也要打倒。封建社会里,就鼓吹人家组织大家庭,因之这一个家庭里,谁是有能力挣钱的,谁就肩起这家庭的经济责任来。其余的人,都可以作寄生虫。又如男女都是人,但在封建社会里,只许男子续弦,不许寡妇再嫁。女人,向来和男子是不许平等的。男子发出来的命令,女子只有接受,不许违抗。现在我们革命军势力达到的地方,不分阶级,不分男女,一律要让他们站在平等地位上,那些被压迫的同胞,哪一个不是早举着手在那里等人救他?"[2]

在张恨水的小说中,专门描写封建包办婚姻的题材是不多见的。

---

[1] 张恨水:《北雁南飞》,太原:北岳文艺出版社,1993年,第281、282、504页。
[2] 同上,第532页。

这恐怕与作者本人的婚姻经历有着深刻的联系。值得关注的是,姚春华的困境不是来自于世俗的诱惑或父母的虐待,而是由封建道德引发的罪责。她愈是试图脱逃三纲五常的围墙,则愈是陷入传统道德的压迫。大胆追求自己的幸福爱情,反而被内心的宿命论困住。作者在《〈北雁南飞〉自序》中说道:

> 这部书的命意,很是简单,读者可以一望而知。这不过是写过渡时代一种反封建的男女行为。虽然他们反封建并不彻底,在当时那已是难得的了。我若写他们反封建而成功,读者自然是痛快,但事实决不会那样。
>
> 这书里,有些地方,是着重儿女情爱的描写。但笔者自信,无丝毫色情意味。相反的,那正是描写被压迫者的一种呼吁。现在大都市里,婚姻是自由了,可是看看穷乡僻野,像《北雁南飞》这种情节的故事,恐怕还很多。现在作父母的,应该比以前的人开明些,这书当可作为人父母的一种参考。[1]

这种描述和严肃文学所提倡的婚姻自由稍微不同的是:张恨水一贯用平淡的笔调来叙述平民视野中的世俗的婚姻观,他的侧重点还是在"被压迫者的呼吁"中,而不是主张积极的出走与逃离。张恨水对"爱情"的总结是:"爱"是一种主动性的体现,而不是被动性的情感。作者通过姚春华的人生经历,揭示女性主体对反封建思想的现代意识的不足。同时,在传统道德和现代理性的冲突中,文化心理的割裂是

---

[1] 张恨水:《北雁南飞·自序》,太原:北岳文艺出版社,1993年,第1页。

不可避免的。

　　1932年至1934年连载的长篇章回体小说《天河配》(又名《欢喜冤家》)是张恨水作品中描写个人与社会、理想与现实冲突最突出的作品。文中的戏子白桂英和北京交通部的小差事王玉和勇敢追求个性解放、婚姻自由，组织了幸福的小家庭。王玉和的朋友都劝他别娶女戏子的时候，他反驳说："唱戏也是一种职业，一不偷，二不抢，三不行骗，为什么没有好人！正正堂堂的，和女戏子交朋友，这也没有什么要紧。"于是想"自己的终身大事，不能因为第三个人不赞成，变更自己的态度。"[1]可是，面对当时特定时代的黑暗现实，两个年轻人的生活并不圆满，王玉和失业了，在经济压迫下，他们之间的感情难以保持，不得不分手。他们在婚姻上的失败，表明了社会没有全面解放，个人的幸福是无法取得的，正如文中所说的"爱情原是重于一切，结果爱情受了一切事情的支配了"。那个时代虽然提倡个性解放，妇女解放，但是世俗人基本认为娶坤伶为妻是"败坏风俗"。张恨水在文中展现出了"礼教杀人"的残酷现实，诚如作者在《〈天河配〉自序》中所说的："我觉得女子谋职业，实在不易，尤其作伶人，很难逃出社会的黑暗层。而同时又感到青年用非所学，不能吃苦耐劳，虽有学识，也是容易落入陷阱的。这种故事，实在是现成的小说题材，不应该放弃。"[2]白桂英为解决城里生活的经济困境，与丈夫暂时回到乡下住，却成为"新闻中的人"，难免遭受被认为是"卖脸""卖身"的职业歧视：

----

[1] 张恨水：《天河配》，太原：北岳文艺出版社，1993年，第109～111页。
[2] 张恨水：《自序》，《天河配》，太原：北岳文艺出版社，1993年，第1页。

"据我想,这年头,什么也不能大似吃饭,若是现时没有别的较妥善的法子,暂时上台唱些时候,也没有什么关系。只是……只是……能不能改一改名字上台呢?因为世兄自己,当然也是要出来作事的,恐怕和你前途有些影响。我们分明知道唱戏是一种职业,可是你要到什么机关里去就事,若是有人挑眼,说你家中是吃戏饭的,恐就不好办了。你总不能有了夫人出来唱戏,就不用得找事了吧?"

"说起青年人这些奋斗的话来,我倒是赞成。你们贤伉俪,也算能奋斗的,只可惜你们奋斗得不彻底。你们是既要和环境宣传,又要和环境妥协。这好比无故和仇人宣战,打到半中间,泄了气,就当上了俘虏了。"[1]

通过以上的分析,女性的弱点在鲁迅与张恨水作品里都有不少的反映。当然,他们对女性生存苦恼思考的出发点是不同的,鲁迅是从改造国民性的立场入手,而张恨水则是从女性视角来看的,重点突出女性对男性的依赖性。张恨水揭示:弱者的反抗对象不是指向强者,而是指向更弱者。沈凤喜、李秀儿、朱月英在不断追求自己人性解放的同时,又将其他女性设置为奴隶,最终在被压迫和压迫别人中形成破碎的人格。而鲁迅是以一种男性视角看女性社会地位的低下。"实际上,中国人向来就没有争到过'人'的价格,至多不过是奴隶,到现在还如此,然而下于奴隶的时候,却是数见不鲜的。"[2]其实,鲁迅并不

---

[1] 张恨水:《天河配》,太原:北岳文艺出版社,1993年,第404页。
[2] 鲁迅:《坟·灯下漫笔》,《鲁迅全集》第1卷,北京:人民文学出版社,2005年,第224页。

了解这些女性的琐碎生活,他只是着力刻画她们在封建礼教的束缚下女性悲惨的奴隶生活,但还未对造成她们奴性心理的原因进行揭示就停笔了。而在此继续写下去的张恨水对女性的奴性意识的成因作了精细剖析。这样的差异可以从鲁迅的主观态度上找出原因,鲁迅身为启蒙思想家,把造成女性不幸的原因多归结于社会,他凭着男性的自省精神对男权社会给女性带来的不幸表达了忏悔和同情的态度,这在《伤逝》中表现得最为明显。而张恨水对女性生存的描写,从社会出发,又回到家庭内部,从家庭视角审视宗法父权社会吃人的本质。

从父系社会开始,女性确实没有摆脱"第二性"的缺陷,而是长期处于依附地位,同时为了进一步加强男性特权,统治者不断禁锢女性的思想和行为。女性为了生存,不得不屈服于男性的统治之下。但是不能忽视保持饭碗对精神生活的决定作用。久而久之,她们认同了这种残害女性的社会制度,甚至成为这种畸形制度的辩护者。因此,傅立叶在《经济和协作的新世界》中说,"某一历史时代的发展总是可以由妇女走向自由的程度来决定,因为在女人和男人、女性和男性的关系中,最明显不过的表现出人性对兽性的胜利。妇女解放的程度是衡量社会解放的天然标准。"可见,古往今来,妇女在专制统治下,一直受到禁锢,地位一低下,婚姻也不自由。如果不守妇德、放荡淫逸、影响世风、败坏伦理纲常,重则会被判处死刑。所以,民主只是少数人的民主、奴隶主的民主,妇女和奴隶只要安分守己,不触犯法律,生活还是幸福的。在统治者为巩固他们的政权而编制的金字塔似的等级秩序中,女性永远在底层,是永远脱离不了奴性的奴隶。关于如何去除掉人的兽性而成为健全的现代公民,鲁迅的秘密武器是"立人"和"呐喊",这正是鲁迅切身的生命体验,也是对处于病态社会里不幸人们的唯一救治方法。张恨水笔下的奴性是一种集体无意识的心理痼疾,这在女性深层意识里已经扎了根,这种女奴性来自于对经济的依附。所以,男人是她们的经济支柱,婚姻是女性最好的归宿。张恨水注意到了"寄予宗法制内部的市民价值观如何供给女性以维护自我利益的某种观念性资源,使她们在面对'屈抑'的现实生活时,不是完全地被动服从,而是做出某种主动的选择。"[1]这是日常生活背后的"无声的威胁",张恨水以反高潮的笔法,通过独特的书写形式阐释了女性的主体性地位。如果想破除女奴性必须从建构女性意识中着手。

---

[1] 傅建安:《20世纪都市女性形象与都市文化》,长沙:湖南师范大学出版社,2010年,第214页。

第二节 雅俗文学中对现代女性的不同认识

在人类历史上,母系社会进入父权社会之后,竞争越来越激烈,使得男女两性都无法避免地进入"异化"的轨道,但二者有很大的不同,即"男人感到并承受着被物异化的力量",而女人却在"承受着被人(男人)异化的力量。"[1]女性由此不可避免地沦为奴隶。从物质到精神,从生理到心理都被男权社会所主宰着,"靠男人"成为女性生存的普遍状态。与此同时,女性在不由自主地把男尊女卑、三从四德、女祸女贞等封建伦理道德内化为自律的生存选择。父权制对女性行为、思维、伦理观等各方面做了全面的禁忌,女性在男权专制的统治下失去了独

---

[1] 李小江:《性沟》,北京:生活·读书·新知三联书店,1989年,第14、15页。

立人格,形成了强烈的男性中心意识,身为奴隶却不知,回避男性社会压抑的"妻性"。女性在这种男权主导社会下长期处于失语状态。鲁迅曾写道:"女人的天性中有母性,有女儿性;无妻性。妻性是逼成的,只是母性和女儿性的混合。"[1]女人的这种"三性"在男权文化的压迫下,都会发生严重的异化。女性文学发展到张恨水手中女性被赋予了更鲜明的时代意识:"我常说:女子不用得找职业,找到了丈夫,就找到了职业。不但无技能的女子如此,就是有技能的女子,也未尝不如此。所以丈夫是干什么的,他妻子也必定跟着干什么。尤其是中国的女子,十分不长进,她们自己说:'嫁鸡随鸡,嫁狗随狗。'又说'丈夫有能妻子贵'跟着这一个条件望下做去,所以中国夫妻,没有一个不是买卖式的。"[2]

女性由"被奴化"进入"自我奴化"的选择,意味着女性存在的全面"变异"。鲁迅和张恨水对女性命运的关注都集中在对"女性异化"[3]的书写上,他们都表现了在宗法制度、封建礼教的摧残下女性的蜕变,以及女性由受奴役到安于奴隶化的过程。二人都看到男权社会中女性的悲哀,女性只是"男权社会的一个玩物、一个奴仆,她们完全被异

---

[1] 鲁迅:《而已集·小杂感》,《鲁迅全集》第3卷,北京:人民文学出版社,2005年,第555页。
[2] 张恨水:《妻子是买来的》,原载1928年5月2日北平《世界日报》。
[3] 所谓"女性异化"(female alienation)指女性"非人化"的生存意识,主要呈现为奴化、物化、病态化的畸形人格。这是基于社会历史层面、经济层面和精神层面。波伏瓦曾说:"任何生理的、心理的、经济的命运都界定不了女人在社会内部具有的形象,是整个文明设计出这种介于男性和被去势者之间的、被称为女性的中介产物。"(参见[法]西蒙娜·德·波伏瓦(Simone de Beauvoir)著,郑克鲁译:《第二性》,上海:上海译文出版社,2011年,第9页。)女性成为对象,就意味着女性成为了"自在"。但她们被近似于物,无法成为自我,因此她们通常被赋予了本质。这个过程,就是女性偏离"人"的过程。这也可以被称为"女性的异化"。

化,她们不是真正意义上的人,没有显示出作为女性的魅力与男性相和谐,她们是被侮辱与被损害的形象。"[1]他们都塑造了一系列女性异化形象,揭示女性异化背后作家对女性命运的深深忧虑与思考。其中,鲁迅作品中的女性异化不仅表现在传统文化对女性身心的奴役,还表现为女性丧失了主体意识却不肯回到人的自然姿势,反而甘心成为男权文化的积极维护者和自觉实践者。

女性在男权社会的剥削之下早已失去了人权,沦为维系男权社会的生殖机器,女性被动继续异化。在爱情和婚姻中,女性的无自主和受虐心态,与"五四"新女性极力挣脱外在的枷锁不同,这种关系是女性自我的另一种表现。历史造成的两性不平等观念深深扎入中国人的心理之中,这不是一朝一夕就可以解决的。鲁迅笔下的女性也对自己的感情和生活表现出一种难以应付的无奈,明知男人感情早已不在,甚至感到对自己欺骗、冷漠,女人仍然难以从这种关系中走出来,只好更深沉地沉迷于被动,在受虐的处境中无法自拔。鲁迅的悲剧女性五部曲《祝福》《离婚》《伤逝》《肥皂》《幸福的家庭》中,"无妻性"是五位女性的共同悲剧。《祝福》的祥林嫂首先被畸形的封建宗法制度所异化,三从四德的观念已经深入到她的血液里,她始终不能得到作为丈夫祥林、贺老六的合法妻子身份,不仅服从"初嫁从亲,再嫁从身"的宗法制度,还要听从婆婆的安排被强行卖掉。她的宿命是在"守节"与"孝道"的责任之间必须要选择其一,但是不论选哪一个,她必然要背着其中一个罪名。不论是被别人所逼迫,还是自愿,"失节"的罪名始终代表着她们自己的身份地位。给祥林嫂最大的打击并不是两次丧

---

[1] 张海玉:《鲁迅小说中的"女性异化"与"双性和谐"探寻》,《语文学刊》,2003年第4期。

夫,而是儿子阿毛的死去。这对祥林嫂来说,不但失去了妻性,还丧失了母性。女性的双重身份在她身上全部失去。在传统社会里,女人是没有独立人格的,只有成了母亲才能获得一定的地位。或许正是这种观念使得祥林嫂更加痛苦。正如在传统文化中"一个男子一生中最熟悉,觉得和自己最相似,并且可以公开地、无所顾忌地热爱的唯一女性往往就是他的母亲。同样一个女子一生中既可毫无保留地热爱,又可以无所畏惧地要求他对自己忠诚、热爱和感激的唯一男性就是她的儿子。"[1]在这种文化语境中,母亲的角色比妻子的身份更重要。

《肥皂》中四铭太太是一个没有文化的普通的家庭妇女。她一贯保持节俭朴素的生活,对她来说,肥皂是一个昂贵的奢侈品。小说细致地描写了四铭太太第一次触到肥皂时的心理感受:

> 她刚接到手,就闻到一阵似橄榄非橄榄的说不清的香味,还看见葵绿色的纸包上有一个金光灿烂的印子和许多细簇簇的花纹。秀儿即刻跳过来要抢着看,四太太赶忙推开她。
> 于是这葵绿色的纸包被打开了,里面还有一层很薄的纸,也是葵绿色,揭开薄纸,才露出那东西的本身来,光滑坚致,也是葵绿色,上面还有细簇簇的花纹,而薄纸原来却是米色的,似橄榄非橄榄的说不清的香味也来得更浓了。
> "唉唉,这实在是好肥皂。"她捧孩子似的将那葵绿色的东西送到鼻子下面去,嗅着说。

---

[1] 熊秉贞:《明清家庭中的母子关系——性别、感情及其它》,北京:生活·读书·新知三联书店,1994年,第126页。

"妈,这给我!"秀儿伸手来抢葵绿纸;在外面玩耍的小女儿招儿也跑到了。四太太赶忙推开她们,裹好薄纸,又照旧包上葵绿纸,欠过身去搁在洗脸台上最高的一层格子上,看一看,翻身仍然糊纸锭。[1]

因为四铭太太整天忙着相夫教子,无法打扮,这可能引起了四铭的不满。因此,四铭将这块肥皂交给太太时说"你以后就用这个",然而他的眼光却射在她的脖子上。在四铭的注视下,她不禁脸上有些发热,而且这热一径到耳根。于是她决定"晚饭后要用这肥皂来拼命的洗一洗"。然后她自对自的说"有些地方,本来单用皂荚子是洗不干净的。"这种心里话却表达了她在惭愧中对丈夫的期望的某种回应。后来,当她看透丈夫男盗女娼的兽性时,她严厉批评了丈夫的流氓行为:

"你是特诚买给孝女的,你咯支咯支的去洗去。我不配,我也不要沾孝女的光。""我们女人怎么样? 我们女人,比你们男人好得多。你们男人不是骂十八九岁的女学生,就是称赞十八九岁的女讨饭:都不是什么好心思。'咯支咯支',简直是不要脸!"[2]

可悲的是,女性难以一下子摆脱对丈夫的依赖本能,这种依附性使她索性继续用这块肥皂,而她刚刚苏醒的"妻性"就在自我妥协中消失不见了。《风波》的七斤嫂因"辫子"事件,当众敢骂自己的丈夫:"这

---

[1] 鲁迅:《肥皂》,《鲁迅全集》第 2 卷,北京:人民文学出版社,2005 年,第 45、46 页。
[2] 同上,第 52 页。

死尸自作自受！造反的时候，我本来说，不要撑船了，不要上城了。他偏要死进城去，滚进城去，进城便被人剪去了辫子。从前是绢光乌黑的辫子，现在弄得僧不僧道不道的。这囚徒自作自受，带累了我们又怎么说呢？这活死尸的囚徒……"[1]风波过后，她对七斤又"相当的尊重"，"相当的待遇"了。《离婚》的爱姑站在维护封建妇道的立场上为自己辩护，这抗争本身就是卫道行为，与寻找的正常"妻性"毫无关系。《伤逝》的子君虽然是新女性，但是社会地位的不平等、物质生活的不宽裕使她无法脱离旧式妇道。《幸福的家庭》中的主妇进入新式婚姻后全心全意操持家务并尽贤妻良母的义务。这就说明女性的母职也被异化了。作为主妇的女性发现自己早已被排斥于社会化生产之外，日常家务逐渐成为了她们的新劳动。因而，女性成为奴隶的奴隶。女人为男人提供违背她们自身需求的物质和情感支撑，家庭就成为满足男性需求的场所。这种异化是被掩盖起来的。在这样不平衡的家庭关系之下，是别人而不是她们自己决定生几个孩子。另一方面，女性养育孩子的过程也是一种异化的经历。她们时常因对孩子照顾不周而感到过分的内疚。这种两性的不平等，仍然是依附性的关系，失去平等为基础的"妻性"必然会沦为"奴性"。

"食色，性也"，这是人类社会发展的两个基本条件。在中华民族数千年的文化中，"性"文化带有特殊的意义。传统的性文化，用激进女性主义的词汇来讲，就是"性政治"。女性在性这一方面永远是软弱无力的，而男性则是强有力的。男人因此通过性来贬低、控制和教训女人。性政治是父权制度产生的根源。并且，通过这一根源，男人在

---

[1] 鲁迅：《风波》，《鲁迅全集》第1卷，北京：人民文学出版社，2005年，第495、496页。

家庭、社会生活等私人/公共领域压制女性的生存和创造力。女性因此被异化,成为被动的他者。所谓"万恶淫为首,百善孝为先","性"是衡量一切善恶的价值标准,它贯通了中国人伦理观念的最高目的。由于"性"只是被人们当作生殖和发泄——"男女大欲"——的实用的手段,非实用的、"形而上"的方面从来就是禁区和盲区,因而中国人只能虚构和伪装自己。[1]

因此,对个人身体欲望的肯定成为"五四"时期现代中国人表达自我意识觉醒的重要方式。长期以来被极力压抑的个体情感欲望,开始被肯定为个人之自由个性,并得到充分的尊重。一时间,中国社会充满了对个人情感欲望的强烈倾诉,以至于李欧梵指出:

> 五四运动不仅导致了文学革命与知识革命,而且推动了情感革命。……爱情已经成为新道德的整体象征,成为被视为外在束缚的传统礼教的自在的替代品。作为解放的总趋势,爱情成了自由的别名,个人才能真正成为完整的人,自由的人。爱情也被视作一种挑战的举动,一种真诚的行为,一种抛弃虚伪社会中一切人为禁锢的大胆叛逆。[2]

但是,仔细看一下鲁迅等"五四"一代知识分子对个人身体和情爱的理解和认识,就会发现,他们对这个问题充满了矛盾。他们在理论上对西方"个人"的强烈认同,一旦放进中国文化的现实语境,则表现

---

[1] 唐俟:《鲁迅写作中的性》,《鲁迅研究月刊》,2002年第6期。
[2] 李欧梵:《现代性的追求》,北京:人民文学出版社,2010年,第95、96页。

出他们理论上的困惑。他们对晚清民初言情小说"诲淫"的强烈批判，如鲁迅的随感《有无相通》一文对"黑幕"小说之"尚武"进行讽刺的同时，更表达了对"鸳鸯蝴蝶"小说之"滥情""诲淫"的抨击：

> 北方人可怜南方人太文弱，便教给他们许多拳脚：什么"八卦拳""太极拳"，什么"洪家""侠家"，什么"阴截腿""抱桩腿""谭腿""戳脚"，什么"新武术""旧武术"，什么"实为尽美尽善之体育"，"强国保种尽在于斯"。
>
> 南方人也可怜北方人太简单了，便送上许多文章：什么"……梦""……魂""……痕""……影""……泪"，什么"外史""趣史""秽史""秘史"，什么"黑幕""现形"，什么"淌牌""吊膀""拆白"，什么"嘻嘻卿卿我我""呜呼燕燕莺莺""吁嗟风风雨雨"，"耐阿是勒浪勿要面孔哉！"[1]

实际上，晚清初期言情小说的书写几乎谈不上"诲淫"，它对男女感情的描写几乎未涉及到身体的情欲层面，至多是男女主人公的一点"非分之想"。[2] 但是却遭到"五四"知识分子的强烈批判。可见，他们对个人情欲、性爱、身体层面并没有给以明确的合法地位。这种"身体""情爱""性欲"与"精神"的二元论本身就是对传统中国伦理观念的反拨。但是，由于中国人长期受传统文化的熏染，且又经历了特殊的现代体验，这种反拨逐渐走向另一种极端，身体的二元论逐渐表现出

---

[1] 鲁迅：《热风·有无相通》，《鲁迅全集》第1卷，北京：人民文学出版社，2005年，第382页。
[2] 陈平原：《二十世纪中国小说史》第一卷，北京：北京大学出版社，1989年，第214页。

强烈的"灵化"趋势,鲁迅是最为突出的代表。与周作人强调身体的"灵肉一致"观念不同,鲁迅将人的身体肉欲视为"兽性"并给予强烈否定,这种倾向是中国现代小说身体叙事的重要驱动因素。在鲁迅小说中通过女性形象显示出这种二元论的"病态性意识",更加强化了鲁迅对中国传统文化的新思考。女性的"性"异化主要表现在以下几个方面:

其一,女性的"性"异化表现为"无性"的状态。在男权中心社会,女性不是"性"的主体,而是男性的生殖工具,从而失去了在性生活中的主动性。中国传统的伦理道德对女性充满了谎言和欺骗,如同鲁迅在文章中反问的那样:"不节烈的女子如何害了国家?""多妻主义的男子,有无表彰节烈的资格?""节烈难么?""女子自己愿意节烈么?"[1]鲁迅认为,长期被"礼教"束缚的中国女性,残酷的性道德不利于她们的健康发展。在鲁迅小说中,已经在"妇道"中加入了"禁欲主义"的枷锁,女性被性所禁忌,形成了严重的"性恐慌症"。如在《阿Q正传》中的吴妈和小尼姑遭到性骚扰,阿Q对女性的性猥亵行为,更揭示了集体无意识的变态性意识的蔓延:

阿Q走近伊身旁,突然伸出手去摩着伊新剃的头皮,呆笑着,说:

"秃儿!快回去,和尚等着你……"

"你怎么动手动脚……"尼姑满脸通红的说,一面赶快走。

――――――――――
[1] 鲁迅:《坟・我之节烈观》,《鲁迅全集》第1卷,北京:人民文学出版社,2005年,第123~129页。

酒店里的人大笑了。阿Q看见自己的勋业得了赏识，便愈加兴高采烈起来：

"和尚动得，我动不得？"他扭住伊的面颊。

酒店里的人大笑了。阿Q更得意，而且为满足那些赏鉴家起见，再用力的一拧，才放手。

"这断子绝孙的阿Q！"远远地听得小尼姑的带哭的声音。

"哈哈哈！"阿Q十分得意的笑。

"哈哈哈！"酒店里的人也九分得意的笑。[1]

小尼姑在阿Q"第一性"的优势面前，产生了极大的性恐惧、逃避、哭泣等要死要活的情绪反应，恰恰表明了女性"贞操"权利。当阿Q下跪向吴妈求爱时，吴妈的反应更激烈，她却愣了一息，接着在"正经意识"的支配下，突然发抖，且跑且嚷，这一切行为证明了自己的"纯洁"。后来，"未庄"的所有女人们"忽然都怕了羞，伊们一见阿Q走来，便个个躲进门里去。甚而至于将近五十岁的邹七嫂，也跟着别人乱钻，而且将十一岁的女儿都叫进去了。"[2]这就说明"女性严重性异化，使她们很难在生活中去选择自己的爱情和婚姻，使自己处于'无性'的状态。"[3]

其二，性心理的变态。对"性"采取回避的态度并不能帮助女性全

---

[1] 鲁迅：《阿Q正传》，《鲁迅全集》第1卷，北京：人民文学出版社，2005年，第523页。
[2] 鲁迅：《阿Q正传》，同上，第529页。
[3] 李武华：《女性的异化与男权的颠覆——以女权主义批评角度解读鲁迅小说》，《语文学刊》，2006年第17期。

面脱离性骚扰,其结果也必然造就了性心理的变态。鲁迅曾在《寡妇主义》一文中指出:"至于因为不得已而过着独身生活者,则无论男女,精神上常不免发生变化,有着执拗猜疑阴险的性质者居多。尤其是因为压抑性欲之故,所以于别人的性底事件就敏感,多疑;欣羡,因而妒嫉。其实这也是势所必至的事:为社会所逼迫,表面上固不能不装作纯洁,但内心却终于逃不掉本能之力的牵掣,不自主地蠢动着缺憾之感的。"[1]这段话非常符合祥林嫂、单四嫂子、吴妈、柳妈、爱姑等"不得已"独守空房的女性境况。《祝福》的祥林嫂越是证明自己的干净,则越是受到无限压抑。这导致了她在现世生存的困惑。因此,可以说,在祥林嫂的死因中,必然含有性压抑、性异化的因素。如果说"祥林嫂的一生是'不节之妇'的悲剧人生,那么单四嫂子的人生就是'节妇'悲苦命运的缩影。"[2]《明天》的单四嫂子在以禁欲主义为基础的封建伦理的残害之下,受着周围男性的性骚扰。她抱着儿子宝儿去治病,累得难以支撑时,一直打着她主意的蓝皮阿五主动要帮忙,借口抱孩子"他便伸开臂膊,从单四嫂子的乳房和孩子中间,直伸下去,抱去了孩子。单四嫂子便觉得乳房上发了一条热,刹时间直热到脸上和耳根。他们两人离开了二尺五寸多地,一同走着。"[3]她毕竟感受到本能的限制,努力反抗蓝皮阿五的性骚扰。在这样的"受虐"的感受中,女性很难形成正常而健康的性意识。男性主宰了一切,用种种礼节鼓吹女性守寡,从而让女性甘心终身守寡,对她们进行身心自由的迫害的目的。

---

[1] 鲁迅:《坟·寡妇主义》,《鲁迅全集》第1卷,北京:人民文学出版社,2005年,第280页。
[2] 孙丽玲:《论鲁迅小说中女性形象的悲剧特征》,《曲靖师专学报》,1997年第3期。
[3] 鲁迅:《明天》,《鲁迅全集》第1卷,北京:人民文学出版社,2005年,第475页。

其三,性关系的嬗变。人类在男女关系的平等、自由中共同创造了幸福人生。然而在《幸福的家庭》和《伤逝》中婚姻关系畸变为"男主女从"。在鲁迅小说中可以看到被抛弃的女性非寡即死,如祥林嫂、单四嫂子、子君、阿顺、爱姑等;即使女性有着现实的婚姻,她们也大都陷入了"伪"婚姻状况之中,基本都处于灵肉分离的状态。祥林嫂和单四嫂子对死去的丈夫几乎非常冷漠,只对死去的儿子深深怀念;七斤嫂和爱姑在"现任丈夫"的冷暴力中感觉不到女性解放的必要性,而是基本在维持无爱而又无奈的生活中消耗最真实的人生并感到空虚;甚至在鲁迅后期小说《理水》中,也看到了像"禹太太"这样依然靠着婚姻名堂生活的假惺惺的女性。治水的大英雄在她心目中却是这样的:"这杀千刀的! 奔什么丧! 走过自家的门口,看也不进来看一下,就奔你的丧! 做官做官,做官有什么好处,仔细像你的老子,做到充军,还掉在池子里变大忘八! 这没良心的杀千刀的!"[1]而从大禹的话中也看到大丈夫的气度:"我讨过老婆,四天就走"。老婆在大禹心中的地位也就成了无所谓的东西。本来是"大禹治水,三过家门而不入"的英雄神话,就变质为男性主体制造的"男主外,女主内"的庸俗故事了。鲁迅对这神话的"新编",无意中成为了消解轻视女性的文化倾向的范本。

实际上,女性的独立和解放是一个漫长、曲折的过程。因为她们想要摆脱专制文化,就要冲破四个主要壁垒——社会劳动生产、性政治、生育负担和家务。这四点导致了女性的从属地位和异化现象。只有做到经济独立、反对父权制、与男人共同分配生育负担和共同进行家庭劳动和儿女教育,女性的自由和解放才能获得成功。鲁迅揭示的

---

[1] 鲁迅:《理水》,《鲁迅全集》第 2 卷,北京:人民文学出版社,2005 年,第 395 页。

这种两性关系的不协调使人们看到中国文化深层结构的弊病，也让人们深思怎样才能构造"双性和谐"的理想社会。这也正是鲁迅对国民性问题的改造和妇女解放问题的探索。但是在鲁迅小说中很难找到从男权社会的束缚中真正走出来的女性。因此，鲁迅探寻的双性和谐的模式，只能从他对男权制度的颠覆中寻找。因为男权专制文化是造成女性异化的根源所在。正是男性的胜利使女性失去了作为"人"的主体价值。鲁迅从而深刻揭示了中国女性在性意识上的畸变原因，对造成女性"性"异化的传统文化给予理性批判和深刻反思。

张恨水作品中几类女性的无奈、挣扎与人性的毁灭向读者展示出了女性由"人"到"非人"的异化过程。其笔下的女性，如《金粉世家》的才女冷清秋，《春明外史》的才女李冬青，《啼笑因缘》的女伶沈凤喜，《斯人记》的女伶张梅仙、芳芝仙，《夜深沉》的女伶杨月容，《满江红》的女伶李桃枝，《春明新史》的戏子吴月卿，《天河配》的戏子白桂英，或《艺术之宫》的人体模特李秀儿，《银汉星星》的演员李月英，《美人恩》的舞女常小南，《小西天》的讨饭女朱月英，《丹凤街》的穷女陈秀姐、《天上人间》的平民女子陈玉子等等，她们尽管家庭背景、教育程度以及职业不同，但共同面临着"生存困境"这个严峻的现实问题。张恨水为突出她们生长的困境，在他的文本中有意设计了双亲不全的紧张状态。在传统文化中，父亲是权威的象征、历史的主宰，但是随着商业化的加剧，传统价值体系和权威也纷纷倒塌，作为秩序化的那种形象必然发生变化。张恨水的都市小说中父亲形象很少正面出现，要么缺席，要么懦弱可笑。父亲的无能为力与生活本身的困惑，促成了女性群体在绝望中挣扎，在欲望中沉沦，在堕落中死亡。一个社会的转型不仅导致社会结构的变化，也导致不同社会阶层的生活质量的变化。

这种特殊阶层的生活方式是许多综合内容组合而成的复杂形态,既包括物质消费的水平和形式,又包括审美情趣、人际关系和政治态度等众多方面。[1]于是都市语境中出现的新型人物形象,与传统的伦理道德、价值观、思想观、感情观以及审美趣味等都产生了巨大的分歧,这颇有现实的研究价值。

张恨水敏锐地感受到金钱对女性的冲击,从而较多描写女性的世俗观念。与男性相比,"金钱"对女性具有更为复杂的意义。女性作为"人"同样面对被金钱异化的可能,但是女性的异化本身具有独特的社会内涵。如同对"性欲"的渴望一样,女性的金钱欲望是为女性自身的生命而存在的,当这种欲望超出社会规定时,它的存在就构成了对男权社会规定中的女性社会角色的一种颠覆。母亲、妻子、女儿等女性角色都会因金钱的侵入而丧失其价值,在男权社会中,女性的金钱欲望无法获得满足,甚至也得不到合理的表达。与此同时,这种欲望深深伤害了女性生命的需要,从而消解了女性对性别歧视的反抗色彩。正如魏斯曼所说的:"致富的驱力并不是起源于生物学上的需要,动物生活中也找不到任何相同的现象。它不能顺应基本的目标,不能满足根本的需求;'致富'的定义就是获得超过自己需要的东西。然而这个看起来漫无目标的驱力却是人类最强大的力量,人类为金钱互相伤害,远超过其他的东西。"[2]

作者在对爱情与金钱关系的思考中,突出了金钱在日常生活中的绝对作用。在文本中,如果说爱情代表人的精神层面的需求,那么金

---

[1] 陆晓文:《分层上海,分层生活》,《社会科学报》,2003年8月24日。
[2] [美]魏斯曼博士著,金远编译:《金钱与人生》,北京:农村读物出版社,1988年,第3页。

钱则是人的生存欲望的隐喻,同时也是性别身份的确认。纨绔子弟们追求女主人公时,他们基本都以金钱的优势来引诱女性,而女主人公的贫寒出身也确定了女性的弱势地位。张恨水为我们演绎这一群女市民在金钱面前如何一步一步被欺骗,进而走上现实地狱的悲剧。她们虽然做有钱有权人的奴隶,甚至成为男性手中的廉价商品,但是她们经由自己所掌握的才华与特质:才艺、温柔的品性来解决衣食住行,颠覆了传统女性唯诺顺从的定位和价值观,她们勇于享受物质文明和感情游戏。做妾或妓女皆是成为金钱的奴隶后付出的代价。在父亲的缺席、家人的无力、儿女尽"孝道"的情况之下,她们只能牺牲女人的身体来解决生活的难关。张恨水尊重女性现代性意识的合法性。身体原本是现代都市的美好消费品,都市的主体女性有权利在艺术至上的精神气质中展现自己的个性与美丽。女性既是都市的产物,又是都市的观察者、参与者。同时,在金钱和道德的双重矛盾中,作者选择了"善有善报,恶有恶报"的传统模式。这可以说是作者寻找现代性文化建设的根据所在,也可以说是张恨水对金钱、爱情和性别关系的理解与定位。

《啼笑因缘》的沈凤喜是靠唱大鼓维持生活的,全家都依靠她来解决生计问题。整天喝酒、抽大烟的叔叔沈三玄不断纠缠沈氏母女,加深了沈凤喜的生存危机。在富家子弟樊家树的帮助下,沈家逐渐脱离了困境,樊家树还让沈凤喜去职业学校读书。可是沈凤喜读了几天书之后,就吵着要樊家树帮她办几样东西:第一是手表;第二是两截式的高跟皮鞋;第三是自纺绸围巾。过了两天她又问他要两样东西:一样是自来水笔;一样是玳瑁边眼镜。

这里可以看出,沈凤喜的虚荣心已经开始发芽,这为后来她抛弃

樊家树埋下了伏笔。樊家树因母亲生病回杭州探望母亲的时候,沈凤喜正与军阀刘德柱约会,做了少奶奶,虚荣心得到极大的满足:

> 一贴着枕头,便想到枕头下的那一笔款子,更又想到刘将军许的那一串珠子;……设若自己做了一个将军的太太,那种舒服,恐怕还在雅琴之上。刘将军有些行动,虽然过粗一点,那正是为了爱我,哪个男子又不是如此的呢?我若是和他开口,要个一万八千,决计不成问题,他是照办的。我今年十七岁,跟他十年也不算老,十年之闪,我能够弄他多少钱,我一辈子都是财神了。想到这里,洋楼,汽车,珠宝,如花似锦的陈设,成群结队的用人;都一幕一幕在眼面前过去。这些东西,并不是幻影,只要对刘将军说一声,我愿嫁你,一齐都来了。生在世上,这些适意的事情,多少人希望不到,为什么自己随便可以取得,倒不要呢?虽然是用了姓樊的这些钱,然而以自己待姓樊的而论,未尝对他不住。退一步说的话,就算白用了他几个钱,我发了财,本息一并归算,也就对得住他了。这样掉背一想,觉得情理两合,于是汽车,洋房,珠宝,又一样一样的在眼前现了出来。"[1]

作者讽刺地表达了人的虚荣心对人性的真善美的破坏。"虚荣心只是一个纸老虎,一经戳破,便无丝毫珍惜之价值。反之,我行我素,则遇事可以放手做去,形势上无所用其排场,精神上亦减少许多痛苦。世人不能解此,好慕虚荣,以求人之欣羡,其实虽然可以欺人,亦究已

---

[1] 张恨水:《啼笑因缘》,北京:华夏出版社,2008年,第111页。

先欺自己也。"[1]残酷而庸俗的社会生活让她明白金钱是处于第一位的。因经济的困顿而产生的对于金钱的渴望，成为沈凤喜衡量感情的标准。她们在金钱与爱情的徘徊中对爱情的背叛代表着当时大众主体所选择的新的世俗价值观。实际上，现代人都处于选择或被选择的位置，这二者矛盾的张力才可以呈现出"世俗"的现代性。她们"从物质生活的实际利益的角度调整自己的婚恋方向，经济砝码在感情的天平上显得格外沉重。这些人不是不懂感情和生活趣味，而是发现和懂得了比爱情更重要的东西。残酷而庸俗的日常生活教会了他们先要稳定的温饱，而后才能谈情说爱。"[2]生活在社会底层，在天桥卖唱的沈凤喜自己也想不到会遇见贵人樊家树，做过学生，更想不到被军阀刘德柱欣赏。可惜，虽然成功地作了军阀的少奶奶，她的富贵梦还是会如此的短暂。

《美人恩》的常小南是一个以捡煤核为生的女郎，父亲善良宽厚，但因为眼瞎丧失了生计能力，母亲凶悍世俗，全家只能依靠常小南捡煤核生活。与常小南同样贫穷无聊的小职员洪士毅偶然遇见了常小南，想方设法接近她，洪士毅在自己的能力范围内拿出一部分钱帮助常小南家摆脱生存窘况。在常小南眼里洪士毅就是救星，救全家生命的活菩萨。值得注意的是，张恨水对普通人生活的赞美很快变成对物质欲望的谴责。因为变美丽的常小南认识了歌舞团老板柳三爷，而柳老板有一天听到了常小南在家里唱的《毛毛女》和《麻雀和小孩》，感觉她唱得好极了，也发现常小南身上的健康美。所以，常小南身上的美

---

[1] 张恨水：《要自己打破虚荣心》，原载1927年4月23日北京《世界晚报》。
[2] 孔庆东：《超越雅俗》，重庆：重庆出版社，2008年，第162页。

丽和艺术的才华被他人慢慢发觉出来,很快那种没有时尚能力的、没什么高尚思想的、只不过偷人家两块煤就被打的普通女郎就变成了充满艺术细胞的、有"实用价值"的人。这里,可以体会到现代性体验和模仿是如何发生的。文中常小南经常被他人叫"密斯常",在这种身份的变化中,常小南被赋予了新的价值,在社会上重新获得了主导地位。这时,常小南的虚荣心已萌芽,慢慢感觉到"金钱"的重要性。她热烈追求不同生活的体验和感受,外表立刻变得时尚,心中对情人的标准也有了变化。于是常小南踢开"穷士恩人"洪士毅,重新投到栽培自己艺术个性的引导者王孙的怀里。洪士毅虽然曾经试图接近过常小南,但只是梦想着组建一个安稳的小家庭而已。他受不了内心的痛苦,以及对方变化之大,对常小南说:

> 我自小就没有娘,是我爸爸把我带大的。他常对我说,为人不光是靠本事混饭吃。还要靠良心混饭吃。有本事没良心,吃饱了饭,也是不舒服。有良心没本事,吃不饱饭,心里总是坦然的。他又说人心是无足的,只有善良的人可以心足。……你记着,一个人怎么样没有本事,也可以卖力吃饭,就是良心要紧。没良心,穷了会出乱子,有了钱,更会出乱子。[1]

但对豪华社会的追求和对成功的向往,使得女主人公义无反顾地倾向天平的另一端,她想要抓住每一个机会,而王孙是另外一位成功地把常小南培养成一名交际花(明星)的"富士恩人"。在常小南的艺

---

[1] 张恨水:《美人恩》,太原:北岳文艺出版社,1993年,第48、49页。

术生涯里,王孙是常小南走上豪华生活的不可缺少的一部分。问题是,在角色的转换中,常小南自己更执着于物质的欲望,她的世俗化倾向已经达到无法自拔的地步。有一天,洪士毅在常小南家生了病,她怕这个穷恩人死在自己的家里,很不客气地把洪士毅抬出去,几乎不管他的死活。于是在情与钱的选择中,常小南彻底地背叛了旧恩人,只让洪士毅坦然地面对残酷的现实:"乃是不要你的金,不要你的银,只要你的心。……一个人穷了,固然是不配作爱人,也不配作友人,甚至还不配作恩人呢。"[1]值得关注的是,常小南对现代生活的追求是从"模仿"开始的。她对现代物质的渴望并不等于她对新生活本身的认识。"小南到柳家来了这久,看见男女相亲相近,什么手脚都作得出来,男女二人紧紧地站在一处,这更算不得一件事,所以她也就坦然受之。"[2]模仿成为她最快登上物质社会舞台的手段,道德与价值观开始崩坏,为此常居士劝女儿不要背叛洪士毅对他们家的恩情,母亲余氏也逐渐怀疑常小南身上黑钱的来龙去脉。常小南最后觉得父母的干涉非常麻烦,于是心想:

> 小南看看母亲这样子,倒似乎不会和自己为难,心里也就自打着主意,明天要怎样去和王孙商量,把这难关打破。据王孙看电影的时候说,现在姑娘们做事,母亲是管不着的,母亲真要管起来,就不回家去,打官司打到衙门里去,也是姑娘有理的。还怕什么?[3]

---

[1] 张恨水:《美人恩》,太原:北岳文艺出版社,1993年,第223、219页。
[2] 同上,第148页。
[3] 同上,第157页。

由此可见,常小南虽然是社会弱势族群中的一个成员,但是经历了歌舞团的耳濡目染后,完全变成了一个崭新的形象。常小南实际并不知道"衙门"的真正功能。她不是真的为了打官司去衙门,而是暂时要摆脱母亲的干涉,要缓和自己的心情而已。物质生活已经侵入到人们的生活中,人们在这种变幻的环境中,要适应新的生存方式。张恨水就从"市民社会"这一"现代性"环节中展示了都市市民的价值观、伦理观、心理观、个性观,以及新的道德观、社会观。也对市民阶层的经济、文化心态作出了整体的分析。市民社会不仅是现代世界的产物,而且是现代性的一个重要环节。[1] 人生不是僵化的轨道,而是不可捉摸的游戏,她们对金钱的取舍也只不过是维持最基本的生存罢了,但最终酿成了悲剧。如果站在沈凤喜、常小南的角度来看,她们一直焦虑的生活又会好到哪儿去？因此,是非善恶的标准不是基于公认的道德和伦理规范,其中更应包含个人的特殊生命境遇所造成的行为选择。这也加深了我们对道德的反思和对生命的理解。

　　《夜深沉》是张恨水的另一部情感小说。主人公杨月容是被迫在街头卖唱的女孩。纯朴单纯的杨月容忍受不了师父师娘的虐待,终于逃跑,后被马车夫丁二和解救。渐渐地,丁二和由最初的同情发展到对她的暗恋。小说通过杨月容、丁二和、田二姑娘之间的感情起伏,深刻地描写了 1930 年代在动荡不安的老北京城里下层市民生活的艰辛、小人物的挣扎以及他们的悲剧命运。张恨水在《夜深沉·序言》中说:

---

[1] 石元康:《从中国文化到现代性:典范转移？》,北京:生活·读书·新知三联书店,2000年,第 192 页。

《夜深沉》,原是一个曲牌的名字。我因为这一部书的故事,它的发芽以及开花结果,都是发生在深夜,因此,就借用了这个名字。

这里所写,就是军阀财阀以及有钱人的子弟,好事不干,就凭着几个钱,来玩弄女性。而另一方面,写些赶马车的、皮鞋匠以及说戏的,为着挽救一个卖唱女子,受尽了那些军阀财阀的气。因为如此,所有北京过去三十年的情形,凡笔尖所及,略微描绘了一些。[1]

杨月容所唱的《夜深沉》就反映着她的酸甜苦辣的人生经历。可见,她拜师学艺成了名角之后,阔少的追捧就使她逐渐在金钱与名利之间失去自我,在向往阔太太的豪华生活中迷失于纨绔子弟的欺骗中。玩弄她的富家子弟宋信生沉醉于吃喝赌嫖,慢慢对杨月容失去了兴趣,后因赌输了钱又把她卖给一个军阀司令。在生活的绝望和幻灭中,杨月容回心转意想找曾经深爱自己的丁二和:

"我不愿意再唱戏了。……唱戏非要人捧不可,不捧红不起来,要是再让人捧我呀,我可害怕了。以往丁家待我很好,我若是回心转意的话,我应当去伺候那一位残疾的老太太。可是,我名声闹得这样臭,稍微有志气的人,决不肯睬我的,我就是到了丁家去,他们肯收留我吗?……这是报应,我落到了这步田地。"[2]

─────

[1] 张恨水:《夜深沉·序言》,张占国、魏守忠编:《张恨水研究资料》,北京:知识产权出版社,2009年,第216页。
[2] 张恨水:《夜深沉》,太原:北岳文艺出版社,1993年,第200页。

可是,杨月容发现丁二和已经搬了家,师父也搬了家。当她找到丁二和时,一切都迟了,再也无法挽救他们之间的爱情。丁二和娶了公司老板的情妇田二姑娘。杨月容在绝望中挣扎,在欲望中沉沦,但她和丁二和都没有得到最后的幸福:

这年头儿是十七八岁大姑娘的世界,在这日子,要不趁机会闹注子大钱,那算白辜负了这个好脸子。什么名誉,什么体面,体面卖多少钱一斤?钱就是大爷,什么全是假的,有能耐弄钱,那才是实实在在的事情。……无非人生只有钱好,有了钱,什么都可如愿以偿。[1]

女人为什么卖淫?追究起来有很多原因。它是社会矛盾造成的必然产物。从现实层面来探讨的话,客观因素就是"经济"的压迫。威尔森曾经指出:"金钱是内在秉性、童年留痕、社会习俗和经济现实的混合体。"[2]货币作为复杂的心理交换工具,它还"代表了一种紧张度,一种神圣和庸俗、至善与至恶共存的不一致性。"[3]张恨水同情并理解杨月容以卖身维持生活的方式。同时,作者宽容地接受她为追求虚荣而卖身的生存抉择,继续为被金钱破坏了的善良人性做辩护。作者通过创造性的转化,为穷人重新树立传统道德和现代文化之间的底

---

[1] 张恨水:《夜深沉》,太原:北岳文艺出版社,1993年,第372、458页。
[2] [澳]维莱莉·威尔森著,夏骞译:《金钱的私生活》,长春:吉林摄影出版社,1999年,第294页。
[3] 同上,第282页。

线。戏子卖身时，虽然身心分离，尽管贪图眼前的利益，但还是没有放弃人格的尊严。杨月容的道德标准依然是"饿死事小、失节事大"的传统道德。杨月容牺牲自己的温柔、美丽、贞节来换取金钱、享乐。"坏女人"形象一般分为两种：一是被社会侮辱、欺负、损害、蹂躏的弱者形象；二是破坏社会风气的被批判、被改造的下等人。她们一般都没有明确的自觉意识，就是想着用自己的身体做现成的本钱。对她们来说卖身是一种职业，可以用它来维持自己的虚荣生活。因此，她们成为暧昧都市的"恶之花"。其实，女性是在生活陷入危机时，才被迫用自己的身体来换金钱的。她们的身心不但受摧残，而且成为被整个社会所谴责的"罪犯"。这种结果"让那些屈服于这种社会要求的女孩子为此付出代价，是完全不公正的。现在的市民社会在这一点上明显做得太过分，妓女成了替罪羊，她们因男人给'社会'犯下的罪恶而受惩罚。似乎这种独特的伦理转移可以使社会的内疚得到宽解，社会使自己罪恶的牺牲品越来越彻底地远离自己，并由此使她们陷入越来越糟糕的道德败坏中。社会因此获得这样的权利：将她们当罪犯对待。"[1]因而，张恨水在文中努力揭示女性出卖肉体的合理性，并对这类人予以"宽容的同情"。

但是张恨水并未因此减弱文本的张力，作者设计的是残酷的现实，作品人物面对的是生存的困惑。美丽是短暂的、肉体是会逐渐衰老的，如果说女人的身体是人肉市场的流通商品，它的价值无疑会随着时间的流逝而变低。

---

[1] [德]格奥尔格·西梅尔著，顾仁明译，刘小枫编：《金钱、性别、现代生活风格》，上海：学林出版社，2000年，第134、135页。

张恨水用谴责与同情交织的叙述视角,传达人生的无奈和悲凉。这使得作者本身和读者陷入某种失语的状态。作者不断告诉读者她们选择的爱情游戏是有原因的,因为她被社会抛弃、被家庭抛弃,甚至被师父师母抛弃。所以她卖身的目的不只是要享受生活,更是要保护自己。并且她的武器只不过是身体,卖身对她来说也是一种苦力劳动,一定程度上会造成无法弥补的伤害。因此,她拼命用金钱来补偿苦难命运。对杨月容而言,面对巨大的生存压力,道德与羞耻远不是她所能考虑的,但两种价值观的冲突一直伴随着她的生活。然而,面对生存的选择,违背传统道德所产生的内在羞耻感和自卑感,反而加强了女子身上的"硬气"。换言之,她们要对"兄弟如手足,女人如衣服"的被控制的命运作出反抗,把隐忍的羞耻转化为自恋自傲的审美观。这里作者对传统女性的美好品格作出肯定,但他的肯定并不等于放纵,而是肯定女性借由自身条件来进行"交际"的勇气,从而给穷人的道德标准寻找合理的根据,从"经济"基础的角度来重新定位道德指标。生存与人性,生存与伦理的关系是至关重要的现实问题。刘小枫在《沉重的肉身》中说:"叙事伦理学不探究生命感觉的一般法则和人的生活应遵循的基本道德观念,也不制造关于生命感觉的理则,而是讲述个人经历的生命故事,通过个人经历的叙事提出关于生命感觉的问题,营构具体的道德意识和伦理诉求。"[1]张恨水在处理市民社会中的女性时,不再以纯粹的道德标准评判其行为,而是更重视新旧价值在她们身上的复杂表现。

袁进在《小说奇才张恨水》中,对于《银汉双星》有过这样的评价:

---

〔1〕 刘小枫:《沉重的肉身》,北京:华夏出版社,2012年,第4页。

"它是一部单纯的言情小说,描写两个电影演员的热恋,主题是金钱与爱情的冲突。如果说纯洁的爱情寄托了作者对保持自由人格的向往,那么无所不能的金钱就暗示了处处布满陷阱的社会黑暗。"[1]作品的男明星杨倚云一开始非常欣赏李月英的天真烂漫、纯真可爱,因此把她推荐到电影公司,全面帮助她,提拔她。李月英在出色地演绎了"无愁仙子"之后,一夜走红,在上海影界备受追捧。成名后的李月英虽没有急于投奔上海,但是她常用"花花世界"来形容上海这个都市,这多少也透露了一些她的庸俗心理。李月英拍戏,模仿银幕上的表演,是为了赶上当时上海的时髦,甚至是为了学习摩登发型跑几家电影院看几部新闻片子。因为爱慕虚荣,李月英和杨倚云的爱情变得有头无尾。爱情高潮时,他们俩购买"合股"汽车,杨倚云当司机接送李月英上下班。爱情结束时,杨倚云忽然被女色和物质引诱,迅速转变,抛弃李月英,反而与两个妓女春萍和飞艳轮流纠缠。当爱情出现危机时,李月英不惜放下身段进行挽救。后来为了成全爱人,她离开影坛,甚至隐姓埋名,从此过着深居简出的日子。作者借这部作品凸显出世俗人在现代性的压抑之下,始终追求物质享受及感官的愉悦,最终沦为现代都市生活中的俘虏的悲剧。她们对爱情的渴望,或为了金钱自甘堕落,都不过是本性使然。对这些人格缺失、意志薄弱的弱者,张恨水给予了强烈的人道主义关怀。

《艺术之宫》可以说是拷问生存与伦理的经典之作,它展示了一个贫穷女子在生存面前的无能为力,最终被万恶社会所抛弃的故事。一开始李秀儿靠着父亲李三胜在街上耍"鬼打架"卖命挣钱,维持生计,

---

[1] 袁进:《小说奇才张恨水》,上海:上海书店出版社,1999年,第88页。

但是父亲病重后卧床不起,父女二人断了经济来源,一日三餐毫无保障,加上房东催着要欠了许久的房钱,他们的生活就陷入了绝境。生存一步一步把李秀儿逼迫到生活的边缘,一无所有的她只有自己的身体可以出卖:

"咱们一不偷人家的,二不抢人家的,凭着自己的身子,去换人家几个钱,自己爱这么干,就这么干。别人管不着,咱们也用不着去怕人。"

那李秀儿去当模特儿,虽说是自己受了银钱的引诱,同时也就是为了父亲贫病交迫,不得不去找一条出路,好容易把这条路找着了,似乎是把问题解决了,这就该安心了,转念一想到,若是这个样子过下去,那和当娼的人有什么分别?

秀儿到了这时,已经是下了水的泥菩萨,无论如何,也保持不了这整个的身体,既是明天可以支到十块钱,那也就坦然的顺着这条错路向前走吧。[1]

为了生存,她忍受和敷衍富家子弟段天得的纠缠,这种困境让李秀儿走到了一个岔口,一条是面向生路,一条是面向死路。张爱玲在《自己的文章》中曾说:"我发现弄文学的人向来是注重人生飞扬的一面,而忽视人生安稳的一面。其实,后者正是前者的底子。又如,他们多是注重人生的斗争,而忽略和谐的一面。其实,人是为了要求和谐的一面才斗争的。"[2]用张爱玲的这段话来概括张恨水的小说创作是

――――――――
[1] 张恨水:《艺术之宫》,太原:北岳文艺出版社,1993年,第138、136页。
[2] 张爱玲:《自己的文章》,《流言》,北京:北京十月文艺出版社,2012年,第91页。

再合适不过的。张恨水对人生有着深刻的体会与把握,他的小说是一种人生叙述,就应该是人生应有之事。在他看来,历史的悖论在于,社会的改变并不是按照某种特定的规律或人的意志来运行的,如果人的生活追求背离了生活本身,最终会陷入追求的误区。因为生活是具体人的生活,它还可以涉及到一个人每天吃什么、穿什么、用什么以及怎样吃、怎样穿等方方面面的日常需求。如果以强制性的力量剥夺人的基本生活欲求,那么,不管是什么样的"幸福生活"都只是一种美丽的谎言。因此,对人自身而言,日常生活更能体现人性最真实的一面。

　　人与自我、人与环境、人与他人发生冲突时,人性的本真就会呈现出来,此时人的行为和选择才是人性最本质的体现。纵观张恨水的小说,尤其是1929年至1940年期间的小说,不仅是《啼笑因缘》《夜深沉》《美人恩》,还有《天河配》《满江红》等,都展现了女性身上的人性美。然而,她们都无一幸免地成为那个时代的牺牲品。作者极力控诉那个黑暗不公的社会,现实对于她们的堕落有不可推卸的责任。那么她们的悲剧除了社会因素之外,有没有其自身的原因呢?她们对于自己的命运是否也有一定的责任?对于这些问题,张恨水作品里没有一个明确的答案。然而,在这一时期的小说中,张恨水笔下的"戏子""舞女""裸体模特"等形象几乎都走向灭亡,这是作者的一种有意安排,正是为了不遗弃广大的匹夫匹妇,以及社会责任感。作者对这班底层女性无奈的人生选择,对她们身上凸显的人性之"恶",以及对她们的毁灭都表示了无比的同情和怜惜。她们因生存的危机而选择出卖自己的身体去换来一时的"无忧"甚至"繁华",但这种繁华之梦只是如烟花般短暂,悲剧才是她们共同的归宿。

如上所述,鲁迅和张恨水都通过女性"异化"的悲剧,通过对人性的冷静观察与透彻理解写出了现代中国人性的灰暗。鲁迅运用现实主义的笔法,从不回避金钱对于生存的重要性。他虽追求具有超越色彩的理想境界,却并没有因此而否定俗世的物质欲望,始终从经济角度将金钱视为生存的必要工具。张恨水对金钱的书写,强调了物质对于生存的意义以及对其精神的潜在影响。哪怕是偏激的反抗,他始终站在女性立场说出女性的反抗与不幸。女性走出传统家庭,但是不具备独立的社会本领,这并不意味着女性自身的愚昧和堕落,而是男权社会剥夺了女性在社会中的基本权利。同时,女性在家庭和社会中的边缘化,透露出女性为生存而挣扎的生命轨迹。在二人殊途同归的"女性异化"书写中,鲁迅以战士的笔法描绘一部中国人的奴隶史,张恨水从人性的角度书写了一部"女奴"历史。可以说,张恨水对女奴历史的书写在一定程度上是对鲁迅国民性批判的继承。不同的是,鲁迅关注造成女性异化的外部环境,对统治阶级、愚昧群众同时进行抨击;而张恨水关注的是男权社会里的封建文化对女性人性的残害。也就是说,鲁迅写女性异化侧重于在不公正的社会背景下女性被迫奴化的过程;张恨水侧重于女性内心的奴性,甘心为女奴的悲剧。从鲁迅到张恨水,中国女性的自我意识开始有所觉醒,尽管这种觉醒在男权社会中充满着退让与妥协,但它毕竟是清醒的,这对于女性解放和社会进步都具有重大的意义。

第三节 身体想象中的女性解放

20世纪是一个动荡不安的时代。八国联军的入侵唤醒了沉睡在铁屋子里的中国人的危机意识，救亡图存成为中华民族最迫切的社会主题。为了实现富国自强，女性作为一股长期被忽视的力量得到前所未有的重视。女性的社会价值被重新估量，一些知识精英开始将"解放女性"作为反封建、反传统的重任，"不缠足""劝女学""恋爱神圣""婚姻自由"等观念成了男性引领女性解放的中心工作。与此同时，不少"五四"女青年完成了由贤妻良母到国家之母的转换，从幕后勇于走向社会大舞台，实践救亡图存的理想。她们挣脱捆绑在身上的绳索和镣铐，走出家庭、走进学校，甚至走进革命的队伍，有的还走出国门，开辟自己广阔的生活天地。周作人在《新中国的女子》中指出："青年女子的面上现出一种生气,与前清时代的女人完全不同了。"

在中国现代文学史上,新文学作家笔下描写了许多追求个性解放和婚姻自主的女性知识分子形象。如《海滨故人》中的露莎,《莎菲女士的日记》中的莎菲,《春明外史》中的李冬青、史科莲,《金粉世家》中的冷清秋,《满江红》中的李桃枝,《燕归来》中的杨燕秋,《天河配》中的白桂英,《伤逝》中的子君,《奔月》中的嫦娥,《铸剑》中的眉间尺的母亲,她们都具有独立人格和现代意识,都对传统思想进行大胆挑战。然而,面对女性的未来出路,鲁迅并未盲目乐观,他以一贯的理性精神和忧患意识,对女性的漫长而艰辛的解放之路做出冷静的思考。鲁迅对女性解放的思想建立在"立人"思想基础之上。他主张"人立而后凡事举","盖惟声发自心,联归于我,而人始自有己;人各有己,而群之大觉近矣。"[1]鲁迅认为女性解放必须接受新式教育,接受新文化思想的熏陶,这样可以提高女性"人"的觉悟,建立新的女性形象。长期被男性指定为牛马、玩具、傀儡、生殖机器的女性要想获得独立的人格,首先要做的就是解放自己的身体。在女性身体解放方面,鲁迅多次谈到了女性的头发、小脚和乳房:

> 我们如果不谈什么革新,进化之类,而专为安全着想,我以为女学生的身体最好是长发,束胸,半放脚(缠过而又放之,一名文明脚)。因为我从北而南,所经过的地方,招牌旗帜,尽管不同,而

---

[1] 鲁迅:《集外集拾遗补编·破恶声论》,《鲁迅全集》第8卷,北京:人民文学出版社,2005年,第26页。

对于这样的女人,却从不闻有一处仇视她的。[1]

鲁迅意识到对女性身躯的控制正是一种隐含的权力关系,因此,他把批判的矛头直指种种对女性身体进行控制的方式。鲁迅的小说多次提到女性的"脚",如《阿Q正传》中阿Q认为吴妈的脚太大,《故乡》中杨二嫂的"小脚"象征意味较明显。在缠足与大脚之间,缠足是最美的,而大脚则是被认为奇丑无比。以至于缠足成为女性特有的身体符号,直到民国时期,"女人不缠脚就没有女人像,是女的都是那样"[2]的观念依旧根深蒂固。妇女缠足使她们丧失了独立的经济能力,生活上必须依靠男子,在家庭中自然处于被支配奴役的地位。然而,随着民族危机的加深,西方女权主义理论的输入以及社会变革的需要,逐步兴起了放足运动,这是近代中国妇女解放的一种标志。对"五四"一代先驱者而言,辫子的象征意味极为明显,它是异族奴役的象征,从而把它作为解构身体与权力之间的起点。如《阿Q正传》中表现了辫子与革命的关系;《风波》中集中表现了由辫子引起的内心奴役的过程;《头发的故事》则全面讲述了辫子和民族心理之间的关系。在女性身体解放方面,周作人比鲁迅走得更远,他指出女人的小脚意味着男性的霸权,"否则没有男人要"[3]。在几千年的缠足历史中,女子

---

[1] 鲁迅:《而已集·忧"天乳"》,《鲁迅全集》第3卷,北京:人民文学出版社,2005年,第489、490页。
[2] 李小江:《让女性自己说话——文化寻踪》,北京:生活·读书·新知三联书店,2003年,第248、240页。
[3] 黄晓华:《躯体的解控与去魅——周氏兄弟关于"人的解放"的一个重要视角》,《鲁迅研究月刊》,2003年第12期。

们为视缠足为大敌,甚至发生了"以身殉足"的事件[1],女性以实现自身解放的决绝给人们带来了震惊。这样轰轰烈烈的"放足"运动为实现男女平等提供了新的可能。鲁迅正是站在新的历史高度上,对身体控制潜在的权力关系和奴役意识进行了不断的解构。《从胡须说到牙齿》《洋服的没落》《忧"天乳"》《从幽默到正经》等文章主张人必须要获得肢体解放的自主权。没有这种最基本的权利,也就谈不上女性由"物"到"人"的解放。

值得关注的是,女性的缠足并没有因时代的变迁而消失,只是它被另一种更为温和的方式传承了下来,这就是穿高跟鞋。随着近代社会的放足运动,高跟鞋逐渐成为新女性的钟爱。高跟鞋充分展示了女性身体的曲线之美,代表着时尚,迎合了社会变革的潮流。缠足向高跟鞋的转化展现了女性身体上获得的极大解放。张恨水小说里通过高跟鞋和丝袜深化了新时代女性的身体符号,在他看来,这同样是女性赢得男人目光,取悦男性的绝好办法。《啼笑因缘》中纨绔子弟樊家树第一次见到现代都市女何丽娜的时候这样描述此时的感想:"中国人对于女子的身体,认为是神秘的,所以文字上不很大形容肉体之美,而从古以来,美女身上的称赞名词,什么杏眼,桃腮,春葱,樱桃,什么都歌颂到了,然决没有什么恭颂人家两条腿的,尤其是古人的两条腿,非常的尊重,以为穿叉脚裤子都不很好看,必定罩上一副长裙,把脚尖都给它罩住;现在染了西方的文明,妇女们也要西方之美,大家都设法露出这两条腿来。"[2]《天上人间》中海归派年轻教授周秀峰和富商女

---

[1] 夏晓红:《晚清文人妇女观》,北京:作家出版社,1995年,第14页。
[2] 张恨水:《啼笑因缘》,北京:华夏出版社,2008年,第26页。

儿黄丽华约会时心想："黄小姐今天是换了中国最时髦的装束了,穿了一件紫色织花绮华绨的长袍,那袍子腰身细,袖子细,下摆细,几乎把一件衣服,完全缚在身上,下摆开了两个岔口,将白色的丝袜,紫绒平底的扁头鞋子,将下摆一走一踢的飘荡着。"[1]《现代青年》的乡下人周世良、周计春父子在故宫遇到大小姐孔令仪的时候,见她"穿了长衣短裙子,露出一双大腿","穿了一双白色皮鞋,在鞋尖和鞋跟的两头,都有大红的堆花,配着那白色丝袜裹住的大腿,真是美极了。"[2]《艺术之宫》的李秀儿为家里的窘况心理难过发呆时,"在倭瓜棚子外面,却有两句娇嫡嫡的声音,打断了她的思路。她向前定睛看时,却是两个姑娘,全穿了白底子红花点子麻纱长衫,头发梳得溜光,脚下还穿的是半新不旧的紫色皮鞋。"[3]在这些"新人"身上,最为明显的"现代性"特征就是她们的身体存在方式的巨大改变。她们生活在一个新价值冲击旧价值、旧秩序的突变时代,原有的生活模式瓦解了,社会结构挖掘着那些旧有的生存枷锁。特别是,女子学校造就了一大批接受西方新观点的都市摩登女,她们对待生活独立自主,对待爱情收放自如,言行不受社会规范的约束,用与传统彻底决裂的姿态演绎着女性的风流。这一群都市自由女性,对几千年来受奴化教育的传统女性的精神面貌产生了翻天覆地的改变作用。比如,张恨水小说中有《现代青年》的孔令仪,《啼笑因缘》的何丽娜、胡晓梅,《金粉世家》的白秀珠,《似水流年》的米锦华等。在她们身上,可以看到资本主义文明如何改变人们的生活习惯与思维方式。都市自由女作为第一批接受新式教育,受

---

[1] 张恨水:《天上人间》,太原:北岳文艺出版社,1993年,第209页。
[2] 张恨水:《现代青年》,西安:陕西师范大学出版社,2007年,第95、96页。
[3] 张恨水:《艺术之宫》,太原:北岳文艺出版社,1993年,第28页。

到西方文明熏陶的女性,她们的行事作风完全脱离了封建伦理体系,与传统有了截然不同的分野。她们在婚恋问题上,唱出变"从"为"主"的新的结婚进行曲。《现代青年》的孔令仪欣赏年轻漂亮的乡下青年周计春,用金钱讨好他,给他租高级房子,做新西服,买金表链子、自来水笔。《啼笑因缘》的何丽娜一次赏给为她取衣服的西崽就是二元小费,一年要穿几百元的跳舞鞋子,一年的插头花用一千多元。《似水流年》的培大校花米锦华花了许多金钱,送给黄惜时自来水笔、戒指、赤金的粉匣等奢侈品。她刚入大学就与许多追她的男生交往,与黄惜时恋爱同居,又主动与之分手。这些自由女不仅不当"节妇",对恋爱对象主动挑选,又主动放弃。这已经超越了古代弃妇、怨女形象,她们开始主动掌握自己的命运。"她要自己思考,自己做决定,并且用自己的双手以自己的能力开辟自己的前途。"[1]这唤起了女性主体意识的思考,她们立足于自身的感受,尊重自我主体的现代意识,不以男性的喜好为立足点,对身体有更自由的控制权。不仅如此,随着西方思想的传入,旧的封建伦理观念开始受到强烈的冲击,"男尊女卑""三从四德"的旧礼教受到了挑战,"天赋人权""平等自由"的思想强烈冲击着封建伦理观念,"人"的自觉意识逐渐被唤醒。这种"人"即是鲁迅、周作人、张恨水等所极力提倡的,他是建立在"现代意识"之上的"灵肉一致"的个体人。

实际上,高跟鞋与剪发都是女性追求身体美的方式,是女性积极参加社会改变的方式。有的论者指出那个年代"斗争最尖锐的是女子

---

[1] [美]许烺光著,薛刚译:《宗族·种性·俱乐部》,北京:华夏出版社,1990年,第3页。

解放问题"。[1] 现在的青年决不会想到女子剪发、放足、男女同校等都是经过漫长的斗争才获得的。从这一点看，缠足与高跟鞋是集中在女性身上的一个矛盾体，也是一种特权。张恨水把高跟鞋作为都市自由女走出家庭进行社会交际的一种重要标志。因此，从缠足到高跟鞋的历史变迁中可以看到近代中国新旧观念的转变，正是"自由女们以'作'勇气为女性启蒙，为女性的自由解放带有诸多有益的启示。"[2]

在女性出路的探索中，鲁迅和张恨水都特别重视教育问题。鲁迅自1920年起在北京大学、北京高等师范学校任教，1923年又兼任北京女子高等师范学校的讲师，亲身投入到对女子的教育实践中。《伤逝》的子君、《幸福的家庭》的主妇都是受过现代教育的女青年。可惜她们"出走"传统家庭，建立新的家庭之后变得忍气吞声，甚至意识不到自身命运的悲哀。过去，我们从"妇女解放"的角度来解读子君的死，认为如果妇女不能在经济上取得独立，"娜拉出走以后"不是回来就是堕落。但是，这种解读在某种意义上忽略了一个问题——鲁迅对健全人格的关注。涓生自己难以承担爱情生活的责任，但又不肯承认，所以总是为自己的这种"懦弱"辩护，甚至将生活的不幸嫁接到子君身上以为自己开脱。子君从而成为涓生的压力，而事实上，这种生存压力更多来自于涓生内心的矛盾。如小说描写的："其实，我一个人，是容易生活的，虽然因为骄傲，向来不与世交来往，迁居以后，也疏远了所有旧识的人，然而只要能远走高飞，生路还宽广得很。现在忍受着这生

---

[1] 戴锦华：《犹在镜中——戴锦华访谈录》，北京：知识出版社，1999年，第49页。
[2] 傅建安：《20世纪都市女性形象与都市文化》，长沙：湖南师范大学出版社，2010年，第76页。

活压迫的苦痛,大半倒是为她,便是放掉阿随,也何尝不如此。但子君的识见却似乎只是浅薄起来,竟至于连这一点也想不到了。我拣了一个机会,将这些道理暗示她;她领会似的点头。然而看她后来的情形,她是没有懂,或者是并不相信的。"[1]涓生一步一步实现了他的企图,将心中的思想和烦恼暗示给子君,但子君并没有按照自己的意愿去离开他。最后,他把自己新生活上的失败以及不能承受的外在的压力全挪到子君身上,以"冷漠""怨恨"来对待子君,让子君主动离开。这样的启蒙者会给被损害者(被启蒙者)带来更多痛苦。在新旧价值之间徘徊的女青年,本身挣扎在两种压力之间,处于游离不定的状态。或者害怕变化而选择妥协,或者反抗而最终放弃。这反映了一些半新半旧的转型时代中国人的自我迷惘。正因为如此,女性解放中启蒙教育是至关重要的。鲁迅认为所谓贤妻良母主义的教育实际上是一种"寡妇主义"的教育,在这种教育下培养出的不过是没有自主意识的女奴,而她们一旦自立之后,又转而会欺凌他人。

张恨水对女子的教育、谋生本领同样非常关注。张恨水直接回应"五四"个性解放的浪潮,打破了鲁迅对女性出路提出的"二元论",并书写女主人公走出的"第三条路"。如《春明外史》中的李冬青、史科莲,《金粉世家》中的冷清秋,《燕归来》中的杨燕秋,《满江红》中的李桃枝,《天河配》中的白桂英是张恨水心目中的"娜拉"。《春明外史》的李冬青是出身贫寒的有骨气的才女:

这个女学生,原是庶出的,父亲在日,是个很有钱的小姐,后

---

[1] 鲁迅:《伤逝》,《鲁迅全集》第2卷,北京:人民文学出版社,2005年,第123页。

来父亲死了,嫡母也死了,她就和着她一个五十岁的娘,一个九岁的弟弟,靠着两位叔叔过日子。……无如她那两位婶母,总是冷言冷语,给他们颜色看。这女学生气不过,一怒脱离了家庭,带着母亲弟弟,另外租了房子住了。她母亲手上,虽然有点积蓄,也决不能支持久远,她就自告奋勇,在外面想找一两个学堂担任一两点钟功课,略为补贴一点。无如她只在中学读了两年书,父亲死了,因为叔叔反对她进学校,只在家里看书,第一样混饭的文凭就没有了。[1]

李冬青演出了"五四"出走的戏剧,她跟"娜拉"不同的是,她不仅要养活自己,还要承担起家庭的责任,却并没有向黑暗现实屈服,她依靠传统文学的修养,做了家庭教师。她全凭自己的专长坚持在社会上生存,从而具备了现代女性的独立自强的思想,坚决反抗男权社会的权威。同时,她还劝妹妹史科莲进职业学校学习现代职业技术,依靠自己的技术来谋生:

"现在的女子,一样可以谋生,遇到什么困难,要在奋斗中去求生活,怎么说起那种讨饭无路,靠木偶求生的事?至于剪头发,现在是妇女们很普遍的事了,剪不剪,那是更不成问题。我是最没有出息的人了,我在这百无聊赖的时间,还拼命的挣扎,养活一个娘和一个兄弟。"

"做事要那样前前后后都想到,那就难了。况且女子谋生活,

---

[1] 张恨水:《春明外史》(上),太原:北岳文艺出版社,1993年,第373页。

社会上说你是个弱者,帮忙的要多些。总不至于绝路。再说你这个时候,要谋将来的饭碗,还像我一样,学这十年窗下的文学不成!自然学一种速成的技术,有个一年两年,也就成功了。"[1]

这显示了她独立自尊的个性和自我生存的勇气。张恨水在这些善良又聪明的女性身上,寄托了内心深处的某种向往。

《金粉世家》中的冷清秋是充满矛盾的反抗者形象。她既有传统女性的优良品格,又有强烈的现代意识。她身上充满着追求自由幸福的渴望,但她又是软弱的。冷清秋的主要矛盾是由既想追求自由平等的婚姻,又渴望嫁入豪门的虚荣心所造成的。原本做着许多美梦的她,在金家的腐败的生活方式中,逐渐意识到自己婚姻的危机:

自己是个文学有根底,常识又很丰富的女子,受着物质与虚荣的引诱,就把持不定地嫁了燕西。再论到现在交际场上的女子,交朋友是不择手段的,只要燕西肯花钱,不受他引诱的,恐怕很少吧?女子们总要屈服在金钱势力范围之下,实在是可耻。凭我这点能耐,我很可以自立,为什么受人家这种藐视?人家不高兴,看你是个讨厌虫,高兴呢,也不过是一个玩物罢了。无论感情好不好,一个女子做了纨绔子弟的妻妾,便是人格丧尽。……心里好像在大声疾呼地告诉她,离婚,离婚![2]

---

[1] 张恨水:《春明外史》(中),太原:北岳文艺出版社,1993年,第668页。
[2] 张恨水:《金粉世家》下卷,长江文艺出版社,2008年,第579、580页。

婚后的生活没有冷清秋想象的那么甜蜜,金燕西的毫无克制的放荡生活,使她一次又一次地感到失望。通过这种疑惧,冷清秋更深刻地剖析了她的现实处境。她在暗淡生活中,清楚地看到了自己婚姻的本质。这种思维逻辑更加唤起了冷清秋现实意识的觉醒。在这样的气氛下,张恨水在冷清秋身上体现出了旧式女性主体的反抗精神。冷清秋在金家的腐朽生活中,并没有变得像嫂子佩芳、慧厂和玉芬那样因循守旧。她认为,"夫妻是完全靠爱情维持的,既没有了爱情,夫妻结合的要素就没有了,要这个名目上的夫妻何用?反是彼此加了一层束缚。"[1]这里,可以看到,冷清秋要的不是挽救痛苦的婚姻,而是恢复独立人格与尊严。她又感慨地说:"我为尊重我自己的人格起见,我也不能再去向他求妥协,成一个寄生虫。我自信凭我的能耐,还可以找碗吃饭,纵然找不到饭吃,饿死我也愿意。他娶我,是我愿意的,上当也是我自己找上门的,怎能怪他?我心里难过,就为了我白读书,意志太薄弱了。"[2]她从反抗意识中开始觉醒,并选择了以"家"为反抗的突破口。冷清秋的离家出走的行为带有一定的反封建的意义,这是对包办婚姻的一种示威,是挣脱封建枷锁的某种表现。她身上充满着经济独立的思想,人人平等的现代观念。离家出走后,冷清秋不靠金家,而靠诗才出众在社会上谋职。因此,冷清秋被视为中国文学史上独立自强女性的典范。正如作者所说的:"在冷清秋身上,虽可以找到一些奋斗精神之处,并不够热烈。这事在我当时为文的时候,我就考虑到的。但受着故事的限制,我没法写那样超脱现实的事。在'金粉

---

[1] 张恨水:《金粉世家》下卷,长江文艺出版社,2008年,第605页。
[2] 同上,第603页。

世家时代'（假如有的话），那些男女，你说他们会具有现在青年的思想，那是不可想象的。后来我经过东南、西南各省，常有读者把书中的故事见问。这让我增加了后悔，假使我当年在书里多写点奋斗有为的情节，不是会给妇女们有些帮助吗？"[1]张恨水在冷清秋的"离家出走"中，使妇女对男权社会的革命赋予了强烈的号召力，他在传统女性身上寄托了对新生革命力量的期待。

《燕归来》是围绕一个女学生杨燕秋和四个男学生共同前往西北行的故事。杨燕秋与李冬青、冷清秋不同，她的初衷是个人的利益上升到国家的利益之上。她原本是西北穷师的女儿，一家逃荒到西安时不幸走散。杨燕秋在家破人亡时遇到贵人的相助，后来自卖为奴、被收养、从丫头变为小姐，最终来到南京上学。奈何好景不长，等到做官的养父去世，兄嫂不愿再收留她，杨燕秋又变成了多余的人。因此，她决定重新返回故乡西北寻找失散多年的家人，顺便利用自己受过的现代教育，立志为穷山恶水的西北做出一分贡献：

"人生在世，实在应有点振作，才可以引起社会的注意；也就为如此，才可以引起人生的兴趣。……人生在世，必定要为着一种收获，才肯去吃苦。没有什么收获可以希望，这苦就吃得无谓的。……不过青年人要谈到处在逆境里面，只有挣扎奋斗，不应当灰心。一个人灰了心了，什么事也就不能干了。"[2]

---

[1] 张恨水：《〈金粉世家〉在〈世界日报〉上发表》，《写作生涯回忆》，南京：江苏文艺出版社，2012年，第153页。
[2] 张恨水：《燕归来》，太原：北岳文艺出版社，1993年，第92、322、447页。

杨燕秋在生活上划清爱情与理想事业之间的界线，她的执着使身边男生对她产生了仰慕之情。在艰难决战的过程中，她幸好遇到从外国留学回来投身于西北开发的奉献者程力行，他最后成为杨燕秋共同实现理想事业的伴侣。于是他们留在西部，继续为国家奋斗。这种对情感的处理方式已经成为20世纪20、30年代新式青年的普遍现象。新文化运动后的新式青年，在家里虽然不能完全摆脱传统伦理教育的熏陶，但是在学校里已经开始念英文、接受西化思想、追求男女平等、自由恋爱等。作者通过西北行，有意塑造了一个坚强独立的现代女性，这个女性已经不再是为了个人生计谋求职业，而是带有救亡图存的精神，这无疑比其他女性在思想上更进步了。

在《天河配》（又名《欢喜冤家》）中，戏子白桂英与子君不同，她对爱情执着，婚后为解决一切生计问题，充分发挥着自己的谋生力量，打理着这个家庭。她的善良品行以及克服现实问题的积极性与子君相比更有号召力。子君获得婚姻自由以后，在家务琐碎中消磨生命，在宁静、平庸生活中麻醉自己。而涓生失业之后，子君立刻变得软弱。她已经不再是战士，也不是伴侣。同时，这也使得启蒙者涓生陷入了两难处境。事实上，涓生后来也并没有走出自己的生路。涓生在牺牲掉更弱者的子君之后，他也并没有像他所向往的那样投入新的生活，最后还是回到他们爱情的起点"宁静的破屋"。子君和涓生都在无爱的人间同归于尽了。相反，白桂英得知丈夫王玉和丢差事后，更主动安慰、鼓励丈夫：

"其实，我决不是那样势利眼的人，你有差事，我和你是夫妻，你没有差事，我就和你不是夫妻？你要是早早地告诉了我，这一回喜事，我就不让你这样大铺张，把一天花的钱省下来，我们留着慢慢地住家过日子，要过几个月呢。"

"你想，我的眼睛里，要是以官为重，我不嫁总长次长，也要嫁督办司令，为什么要嫁一个科员。你这样一个小小职分，和阔人比起来，不像是没有差事一样吗？所以你有差事没有差事，由我看起来，简直不成问题。从今以后，你可以把为难的事，对我实说了，我能帮你忙的地方，一定尽力去作。你自己呢，担着一分要找事的心，就别再担一分怕让我为难的心了。你就好好地去找出路办。"[1]

夫妻俩暂时决定离开城市借住乡村哥哥家里以解决经济问题。与王玉和担心城里人白桂英适应不了乡下环境相反，她在乡下过苦日子的考验中，始终咬着牙坚持下去。"我虽是挣过钱，经过好日子，但是我也是穷家姑娘出身，粗茶淡饭，我一样的能过。再说一个人也要到什么地方说什么话，一个人没有受苦的日子，怎样望到出头的日子哩！"[2]然而，带着女儿，他们三口人又从安庆到南京再到北京辗转去谋生的时候，革命党进城，失业人数太多，在社会不景气的现实中，他们几乎找不到新的出路。最后，为了脱离窘境，白桂英决定重新回唱戏的舞台。如果说《伤逝》中子君和涓生的爱情充满着浪漫、理想甚至是天真色彩的话，那么《天河配》中王玉和与白桂英的爱情则充盈着现实的成分，然而，正因如此，涓生和子君的爱情在现实面前不堪一击，而王玉和与白桂英的爱情反而在世俗金钱支配下能经得起种种现实的考验，

---

[1] 张恨水：《天河配》，太原：北岳文艺出版社，1993年，第211、212页。
[2] 同上，第245页。

而且他们的坎坷命运更能带给人们振奋的力量。故而,与鲁迅相比,张恨水更细致地描述了处于转型时代"现代人"的彷徨与抗争。

纵览张恨水的社会言情小说,消费文化是核心问题之一。这主要表现为作家的观念和创作意识都深受消费文化的影响,其价值取向、感受方式以及创作资源都发生着变化。因此,生活于消费社会的人们所关心的不是如何维持最基本的日常生活,而是如何更为舒服或更审美地享受生活。有论者说:"遵循享乐主义,追逐眼前的快感,培养自我表现的生活方式,发展自恋和自私的人格类型,这一切都是消费文化所强调的内容。"[1]张恨水笔下的女性始终敢爱敢恨,以往对男性的依赖发生了新的转移,女性热衷于占有物质,沉沦于物质带来的快感,物质对她们而言,已经成为灵魂的重要依托。张恨水通过漫游都市的体验凸显了日常生活层面上的暧昧、复杂、无奈的美感和丑陋。这与本雅明以对边缘的环境产生深刻的体验,在精神激荡中认识世界的作用十分相似。尤其是"在一些平平无奇的事物里发掘精辟和有别于一般见识的理解"[2]。有趣的是,张恨水笔下的女性,不管是天使或妖怪(坏女人)都属于"正面"形象,都能够获得女性自身的认同,而他所塑造的堕落的坏女人,实质上为了衬托主人公的仗义(或正义)。所以,可以说,张恨水在一定程度上超越了传统叙事中所谓"天使"指女性的温柔、牺牲、节操等传统美德,而"妖怪"则指贪图享乐、放荡、不洁等种种偏见的樊篱。她们为生计问题而选择与主流道德观背道而驰,基本属于都市生活的另外层面,其中,作者有意把罪恶、堕落、诱惑

---

[1] [英]麦克·费瑟斯通著,刘精明译:《消费文化与后现代主义》,南京:译林出版社,2000年,第165页。
[2] 马国明:《面向公众沟通——本雅明的报刊文章》,《书城》,2000年第9期。

等要素与她们的日常都市生活完全隔开来。因而,她们很快以各种方式进入了新的文学叙事,成为消费社会的重要人群,作者也为她们展开了奇妙的双重功能。

综上所述,女性坚持独立自尊是要有前提的。那就是靠自己的本事谋求生活的物资。李冬青绘画作诗,以此为职业;冷清秋靠写对联来谋生;杨燕秋受过新式教育,以自己的本事为国为民服务;白桂英会唱戏,也可以以此养活家人。这就是作者为她们提供的生活资本。也因此不靠男人,在社会上能够自力更生。《伤逝》的子君、《幸福的家庭》的主妇因没有职业,虽然在家里整天劳动,但家务劳动是没有工资的,全靠丈夫来养活自己。鲁迅一再强调女性的经济权的重要性。在《关于妇女解放》一文中指出女性把自己当作商品,她们身上的虚荣心愈来愈强化。男子因要"养"女子而"叹息",女子因无法摆脱"被养"而"苦痛"。并且社会的天平偏向于男子,女性的个性解放如果没有经济上的独立,就无法摆脱"被养"这样低贱的命运:

> 在没有消灭"养"和"被养"的界限以前,这叹息和苦痛是永远不会消灭的。在真的解放之前,是战斗。但我并非说,女人应该和男人一样的拿枪,或者只给自己的孩子吸一只奶,而使男子去负担那一半。我只以为应该不自苟安于目前暂时的位置,而不断的为解放思想,经济等等而战斗。解放了社会,也就解放了自己。但自然,单为了现存的惟妇女所独有的桎梏而斗争,也还是必要的。[1]

---

[1] 鲁迅:《南腔北调集·关于妇女解放》,《鲁迅全集》第4卷,北京:人民文学出版社,2005年,第615页。

当时正是女性解放,倡导自主独立的时代,鲁迅以批判的姿态控诉了社会对女性的摧残与扼杀。它们沉痛刺激着国人的神经,立刻引起了人们的反思。张恨水写了一系列女性积极谋生的作品,在一定程度上是对女人"出走"以后怎么办的解答。可以说,鲁迅是客观、清醒地思考女性命运的,但由于未能完全摆脱传统的男性视角,无法真正进入女性的内心世界。张恨水则填补了鲁迅留下来的这段空白,他从女性立场去书写女性内在的精神创伤。二人真切地告诉了我们,女性要独立要坚强,面对生活苦难依然保持勇气和坚韧。正如鲁迅在《记念刘和珍君》的结尾中所说的:"苟活者在淡红的血色中,会依稀看见微茫的希望;真的猛士,将更奋然而前行。"[1]适应新生活、新时代,要利用自己的资源求生存、经营这份职业,才可能真正的独立起来。鲁迅在去世前不久还塑造了一个具有强烈反抗精神的"女吊"为女性呐喊,为女性寻找最切实际的生存之路。当然,女性解放,单靠女性个人反抗是远远不够的,女性发展需要整个社会的进步。"在人类解放的过程中,男性解放和女性解放同样重要,男性观念意识的解放、角色的调整关系到女性能否获得真正解放。"[2]也可以这么说,只有男性先完成了自身的解放,女性的彻底解放才有希望。

"五四"新文化运动的最大收获是"人的发现"与"妇女解放",无论贫富、贵贱、高低,人都应当被称之为人,只有这样才能实现现代性的终极目标。然而,在"五四"现代化的潮流中,许多知识精英成为标榜

---

[1] 鲁迅:《华盖集续编·记念刘和珍君》,《鲁迅全集》第3卷,北京:人民文学出版社,2005年,第294页。
[2] 曹建玲:《超性别书写——鲁迅作品的女性主义立场》,《华中师范大学学报》,2004年第3期。

"伪现代化"的帮凶,而社会底层女性依然处于被侮辱的患难之中。在社会上不被关注的弱势群体终究无法获得人格的尊严,也不能同样享受人的自由权利。于是,一个个开始怀疑知识精英走过的启蒙之路。从这一点看,鲁迅与张恨水对国家前途和女性命运的关注,倒是异曲同工。比如,《艺术之宫》里"伪现代派"的牺牲者李秀儿的悲剧,就可以说是"传统"与"伪现代"之间的冲突,作者在结尾中直接表示"那是一条死路!"。这与鲁迅在《狂人日记》的结尾中"救救孩子"的呼唤也具有某种相通之处。

结语

相当长的一段时间里,人们在谈雅俗文学的关系时,往往强调其对立的一面,而忽略其内部的互动性,这是雅俗纷争产生的主要原因之一。人们往往站在某一方,以自己的标准去评价另一方的文学功能和创作取向。从"五四"开始,这种论争几乎从未中断过,其中在1919年和1923年前后的两次论争尤为激烈。在今天看来,论争的双方基本上都忽略了其潜在的统一性。在抗战期间,《申报》副刊"自由谈"终止了鸳鸯蝴蝶派小说的连载,鸳鸯蝴蝶派的阵地逐步缩小,至1949年之后,通俗小说在文学史上已慢慢消失。然而,这种局面反而迫使高雅小说承担起符合大众欣赏趣味的消费功能和新的文化立场。值得注意的是,高雅文学和通俗文学的定位并非一成不变,在文学的发展过程中,我们经常发现,雅俗文学彼此间的不断转化,从而不得不调整文学目光,以追求新的革新,这有利于雅俗文学艺术水平的提高。比如,1930年代张恨水的小说淡化了娱乐消遣的成分,增加社会的实录和写实成分。在小说形式方面,章回体形式也得以改进,借鉴了高雅文学的艺术形式。这种努力使张恨水在1930年代很快成为现代通俗小说的代表。

在 20 世纪中国文学中，鲁迅、茅盾等新文学作家之所以得到人们的尊重，是因为他们的作品始终给读者很多人生的启迪，但在这些新文学作家的作品中很难看到生活内在变化的描述。从辛亥革命到 1940 年代，通俗文学以此作为主要题材，照样实录，而在新文学作品中对这些历史事件的描写往往只是衬托思想的背景。虽然与雅文学相比，俗文学反映生活的尺度较浅，思想性较弱，但它与读者的实际生活十分相近，更有本土化的特色。因此，从文化的角度来看，文学中的雅俗只是理论性的概念，它们的实质区别还是显得较微妙、复杂。无可否认，无论是雅文学还是俗文学都以反映社会生活、展现时代发展的方向为责任，但是要如何表现时代生活和国人思想，其实是很难说清的。

有趣的是，高雅文学和通俗文学分别经历了 1920 年代和 1930 年代的繁荣之后，各自的缺陷也开始流露出来。高雅文学逐渐意识到自己的作品并不适合大众的阅读欣赏需求，从而深深考虑到转化为民间路线；通俗文学在自我调整中发现，要更多关注社会人生，要提高其艺术品位，从此雅俗文学都有了进一步合流的要求。而且，抗战的爆发促使雅俗文学互相渗透、融合：两者一方面考虑如何激发国人对抗战的热情，但是此时中国百姓中的绝大多数认字能力很低，加之，面对国灾民难，两者都意识到文学必须要使民众接受，必须以民间喜闻乐见的方式表达生活才更有效果；另一方面，当时持久的战争与灰色生活，造成了民众的身心处于疲倦状态，为了摆脱平庸生活的压力，需要寻找精神上的慰藉，这又导致了文学作品的娱乐消遣功能的需求。在这样的历史环境下，特别是在整个抗战时期，中国现代小说的雅俗阵容发生了全面的互动。"总体趋势是对立消解，矛盾双方向对立面做有限度的转化,雅者趋俗,俗者趋雅,双方靠拢、融合,彼此取长补短,并在雅俗结合的基础上,诞生了一些新的小说类型。"[1]最典型的例子是张恨水、赵树理、张爱玲等作家。处于国统区的张恨水努力在雅文学和俗文学之间寻找一条和谐的路,全面接受了现实主义的文学理论,更准确地说,从抗战时期开始,其创作的小说宗旨也发生了根本的变化。应该说,张恨水1940年代在重庆与新文学发生关联是非常必然的事情。当时新文学的主力在1940年代都集中到了国统区重庆,虽然他们的文学创作方式并不完全一致,这里包括市民型作家老舍、与政治颇有关系的郭沫若以及胡风为首的左翼文学作家。而就通俗文学阵营来看,大多数通俗文学作家留在沦陷区,可以说张恨水是"一支孤军"。但换一个说法,从1938年3月张恨水被选为"中国全国文艺界抗敌协会"的第一届理事之后,张恨水与新文学阵营之间的关系发生了微妙的变化。当然,张恨水成为"文协"的成员之后,他与"文协"的实质关系并非想象中的那么亲密。他参加"文协"的主要目的是基于对全国文人支持抗战的认识,但这样客观的表态却打破了他与新文学之间对峙的格局。

国难当头,围绕着"文艺大众化"问题,通俗文学的价值取向日益受到重视,新文学的主要策略是"旧瓶装新酒",以通俗的形式传达大众精神。对此,张恨水却提出了不同的看法:

> 大都会的儿女,不但没有看见过赶场的书籍,我相信连书名字都很陌生。在这种情形下,坐在象牙塔里的文人,大喊到民间

---

[1] 孔庆东:《超越雅俗》,重庆:重庆出版社,2008年,第141页。

去,那简直是作梦。我们要知道,乡下文艺和都市文艺,已脱节在五十年以上。都市文人越前进,把这群人越抛在老后面,任何普罗文艺,那都是高调,而且绝对是作者自抬身价,未曾和这些人着想,也未曾梦到自己的作品有可以赶场的一日。不喊文章到民间去也就算了,若是要喊的话,我劝有心人去赶两回场。[1]

张恨水的批评是尖锐的,也击中了新文学理论的要害。值得注意的是,鲁迅在"文艺大众化"问题上,不同意否认"五四"新文学的成就。鲁迅首先意识到雅俗文学是两种不同性质的文学,各自有不同的社会使命。他说:"文艺本应该并非只有少数的优秀者才能够鉴赏,而是只有少数的先天的低能所不能鉴赏的东西。若文艺设法俯就,就很容易流为迎合大众,媚悦大众。所以在现下的教育不平等的社会里,仍当有种种难易不同的文艺,以应各种程度的读者之需。"[2]鲁迅把不同文学的不同任务分析得很清楚。1936年,在国灾民难的关头,鲁迅发表了一篇文章,其中喊道:"我以为文艺家在抗日问题上的联合是无条件的,只要他不是汉奸,愿意或赞成抗日,则不论叫哥哥妹妹,之乎者也,或鸳鸯蝴蝶派都无妨。"[3]在鲁迅看来,鸳鸯蝴蝶派写国难小说,在宣传抗日问题上是可取的,至于文艺思想的不深,可以通过"互相"批判来解决。当时因张恨水的小说是可以赶场的,所以在抗战时期大

---

[1] 张恨水:《赶场的文章》,原载1944年4月11日重庆《新民报》。
[2] 鲁迅:《集外集拾遗·文艺的大众化》,《鲁迅全集》第7卷,北京:人民文学出版社,2005年,第367页。
[3] 鲁迅:《且介亭杂文末编·答徐懋庸并关于抗日统一战线问题》,《鲁迅全集》第6卷,北京:人民文学出版社,2005年,第550页。

后方成为销量最大的小说。尽管张恨水的现代通俗小说与新文学相比,思想陈旧,艺术性不太高,而新文学作家创作通俗小说在思想方面远远超越了张恨水,但它们缺乏大众的吸引力,仍然不能下乡赶场。最关键的原因,张恨水的创作态度非常注重文学的趣味。他认为"任何事情,必须有趣才能进步。趣味实为事业之母。若必把低级二字,加在趣味上面,则不但是欲加之罪何患无词,只是形容其不懂而已。"[1]作为新文学作家的先驱鲁迅,也较早地发现了这个问题。在鲁迅的杂文中,可以发现,他并没有对文学的"趣味"格外反感,反而针对当时文坛上一味不讲"趣味"的创作倾向提出了批评:

> 说到"趣味",那是现在确已算一种罪名了,但无论人类底也罢,阶级底也罢,我还希望总有一日弛禁,讲文艺不必定要"没趣味"。[2]

> "幽默"一倾于讽刺,失了它的本领且不说,最可怕的是有些人又要来"讽刺",来陷害了,倘若堕于"说笑话"。笑笑,原也不能算"非法"的。[3]

其实,在中国现代文学史上,"趣味主义"虽然从未占据文学的主

---

[1] 张恨水:《趣味为事业之母》,原载1944年4月4日重庆《新民报》。
[2] 鲁迅:《集外集·〈奔流〉编校后记》,《鲁迅全集》第7卷,北京:人民文学出版社,2005年,第177页。
[3] 鲁迅:《伪自由书·从幽默到正经》,《鲁迅全集》第5卷,北京:人民文学出版社,2005年,第48页。

流,但在不同的历史时期都有过表现,从早期"语丝派"到"京派""海派"的趣味主义以及"论语派"等,都"构成了一股趣味主义的轻文学思潮"。[1] 周作人甚至被称为"一个炉火纯青的趣味主义者"[2]。现代文坛对这些趣味主义文学并无反感,甚至接受,但为何不容纳通俗文学的"趣味"主义? 这是一个值得思考的问题。张恨水的这种革新思想,不但使得新文学越来越客观、公正地对待他的通俗文学,也越来越认识到通俗文学的社会价值与作用。

纵观张恨水抗战时期的作品,可以发现它们与新文学的步调是一致的。两者都把民族、国家的利益放在首位,从这一意义上说,彼此有了很多共同语言。由张天翼的《华威先生》到张恨水的《八十一梦》《偶像》《魍魉世界》《五子登斗》等,都对抗日战争的本质意义有了较深刻的理解和把握。新文学在国统区占据主导地位,它对张恨水也产生了潜移默化的影响,他更自觉地把新文学的创作方法借鉴到自己的创作中,有意突出时代主题和思想内容,并且淡化了小说的技巧。这是张恨水不断前进,不断改良,能跟上时代潮流的主要原因。尤其是《八十一梦》的创作,从内容到形式,都凸显出张恨水创作的变化。这是他后期创作中最有特色的作品之一,也是他公认的代表作之一。他曾说,《八十一梦》是"讽喻重庆的现实"[3]的。张恨水以比喻、讽刺、象征等手法抨击社会上的反面人物,这与鲁迅笔下的反讽颇有相似之处。鲁迅曾说:"'讽刺'的生命是真实;所以它不是'捏造',也不是'诬蔑';它

---

[1] 解志熙:《美的偏至——中国现代唯美—颓废主义文学思潮研究》,上海文艺出版社,1997年,第431页。
[2] 朱光潜:《再论周作人事件》,《朱光潜全集》第9卷,安徽教育出版社,1987年,第9页。
[3] 张恨水:《抗日战争前后》,《写作生涯回忆》,南京:江苏文艺出版社,2012年,第161页。

所写的事情是公然的,也是常见的,平时是谁都不以为奇的。有意的偏要提出这等事,而且加以精炼,甚至于夸张,却确是'讽刺'的本领。"[1]张恨水对国统区的黑暗的揭露,恰恰用了这些喜剧化的讽刺色彩。《八十一梦》实际只有十四个梦,之所以取"八十一"是隐喻"穷人没饭吃"的意思。不过,这十四个梦折射出了重庆社会的方方面面,如由城乡经济的差距所造成的市民生计问题、达官贵人的各种自私等,以此暴露国统区的物价飞涨、民不聊生的生存图景。张恨水在嘲讽社会的丑态时,他的目光是严肃的,但显示出来的效果是"含泪的笑",在笑的背后,是作者一颗沉痛的心。这反映了张恨水对重庆社会人生的感慨。这部小说的特点是,每个梦都是现实的,梦的载体是中国民众的,梦的形式既似短篇小说又似杂文,包含着哲理思想。"它为中国的社会讽刺小说提供了一种新的模式,这种新模式的社会容量更为巨大。"[2]张恨水对旧形式的改良和贡献,得到当时新文学作家的肯定和赞赏。聂绀弩看了《八十一梦》后,认为"张恨水君是现在能够驾驭旧形式的少数人中间的一个,从他的作品,也还能看出逐渐演变的痕迹;百尺竿头,进步正未可量。……我们一面希望张君自己努力,一面也希望嚷利用旧形式的人,不要忘掉了他。"[3]张恨水把这部小说在报纸连载期间,也逐渐意识到:"许多正义的读者,他们告诉我,《八十一梦》写得对,骂得好;再写得深刻些,再骂得痛快些! 这使我理解到,小说是应该和群众打成一片的,《八十一梦》使我得到写作的新

---

[1] 鲁迅:《且介亭杂文二集·什么是"讽刺"?》,《鲁迅全集》第6卷,北京:人民文学出版社,2005年,第340、341页。

[2] 袁进:《张恨水评传》,南京:南京大学出版社,2012年,第267页。

[3] 聂绀弩:《汽油—艺术》,《聂绀弩全集》,武汉:武汉出版社,2003年,第84页。

方向。"〔1〕

但是,值得注意的是,尽管张恨水不断向新文学学习,对通俗小说进行着不断的改良,但张恨水并没有成为新文学作家,他的"雅化"始终是不够彻底的。到底是什么力量阻碍张恨水,使他跳不出通俗文学的范围呢?他的讽刺小说尽管对腐败社会、堕落人性进行了暴露讥讽,甚至敢于触及到统治集团的卑鄙,但是没有自己的理论支撑,缺乏思想深度,基本凭着自己的感想对社会上层进行鞭打,这就难以形成驳诘的强大力量。当然,这不只是张恨水的问题,因通俗作家缺乏先锋性,往往与俗众同步,所以在通俗文学中,他们对生活本身把握的比较清晰,而对未来生活的走向是模糊的。因此,他们的作品一直被视为迎合封建小市民低级趣味的文学。比如,新文学作家批评周瘦鹃的《留声机片》时说:"作者自己既然没有确定的人生观,又没有观察人生的一副深炯眼光和冷静头脑,所以他们虽然也做了人道主义的小说,也做描写无产阶级的穷困的小说,而其结果,人道主义反成了浅薄的慈善主义,描写无产阶级的穷困反成了讥刺无产阶级的粗陋与可厌了。"〔2〕

尽管有上述的缺点,张恨水的社会讽刺小说所引起的反响是不可否定的。他主动地投入到时代的潮流之中,随着民族一起受难,从中得到很多宝贵的体验。这种不同经历给张恨水的创作注入了丰满的生机,他的很多社会题材的小说真实地触及到当时的社会现实,带有强烈的"纪实性"色彩。而且,有了坚实的生活基础之后,他的社会批

---

〔1〕 张恨水:《八十一梦·前记》,载于北京通俗文艺出版社 1953 年版《八十一梦》。
〔2〕 茅盾:《复杂而紧张的生活·学习与斗争》(上),《新文学史料》第 4 辑(1979 年 8 月)。

判力显得更有力，写实技巧也变得成熟了。小说与纪实的结合，作家的想象与现实的交错，这种艺术风景与新文学作家笔下的社会存在着明显的差异。新文学作家带着较鲜明的社会功利意识，他们笔下的社会因浓缩了很多思想负荷，有时未能充分展现出中国文化的丰富性。而张恨水对社会的描写没什么预设的框架，他以特殊的身份与视角，对传统文学或多或少的转化，形成了由旧变新的文学世界。他既不是新文学的成员，又不能将他简单概括为反对新文学的顽固派，但是，在某种历史上不妨说，他是对新文学发展的补充。试想，张恨水的抗战作品基本连载于大后方发行量最大的《新民报》上，此时国民党当局不会想到连通俗文学作家张恨水也站出来暴露国统区的黑暗、鼓舞民众、积极宣传抗日，这与新文学的方向是完全一致的。因此，他对社会的影响力不能被低估。

综上所述，在现代文学三十年的历程中，雅俗文学各成系统，相互补充，提高了艺术生命的张力。为了满足更广泛的读者需求，雅文学的反映人生、表现自我、文化启蒙的模式和俗文学的娱乐消闲的功能在创作实践中自然地要走向融合。这也进一步证明，每类文体充分享有自由表达思想、文化、观念的权利。应该说，两者之间尽管趣味不同，它们之间并不存在"非此即彼"的竞争，更不是"你死我活"的关系。所以，不应该把思想启蒙的障碍归罪于通俗小说的流行。文艺的大众化，虽然用了通俗的"旧瓶"装了"新酒"的方式，但是始终嫌旧瓶太旧，这就是文学家们面对通俗文学传统的"不欲明言"的一种隐衷。如果说，在文学大众化中对通俗文学传统的继承是不自觉的，那么以老舍、巴金为代表的新文学作家，则是自觉地追求文学的通俗化。如老舍的家族小说《四世同堂》《二马》、巴金的《家》《春》《秋》等，这些作品的题材也是通俗小说中最常见的题材之一。因此不能以启蒙或革命来简单概括通俗文学的丰富性，而必须肯定二者兼有的系统性。抗战时期雅俗小说以各自特殊的功能完成的格局，成为现代小说发展的参照，促使现代小说逐渐适应了社会结构的多元化发展。

当今时代，雅俗文学作为中国文学的两种表现形式，其界限已经越来越模糊。雅俗兼备的文学作品已经成了中国文学创作的主流。现实性、审美性、时代性与可读性的结合，正是当今文学发展的一种新趋向。但是无论怎样变化，只有雅俗文学打破对峙的格局，互相补充，才能给中国文学的发展带来一种新的境界。

参考文献

一、基本文献

1. 鲁迅:《鲁迅全集》,北京:人民文学出版社,2005年。
2. 张恨水:《张恨水全集》,太原:北岳文艺出版社,1993年。
3. 张恨水著,徐永龄主编:《张恨水散文》第1~4卷,合肥:安徽文艺出版社,1995年。
4. 周瘦鹃著,范伯群主编:《周瘦鹃文集》第1~4卷,上海:文汇出版社,2011年。
5. 张爱玲:《流言》,北京:北京十月文艺出版社,2012年。
6. 周作人:《鲁迅的故家》,北京:北京十月文艺出版社,2013年。
7. 周作人:《鲁迅的青年时代》,北京:北京十月文艺出版社,2013年。
8. 周作人:《鲁迅小说里的人物》,北京:北京十月文艺出版社,2013年。
9. 周作人:《知堂回想录》,合肥:安徽教育出版社,2008年。

二、研究著作

1. 阿英:《晚清小说史》,南京:江苏文艺出版社,2009年。
2. [俄]巴赫金著,刘虎译:《陀思妥耶夫斯基的诗学问题》,北京:中央编译出版社,2010年。

3. [美]白露著,沈齐齐译:《中国女性主义思想史中的妇女问题》,上海:上海人民出版社,2011年。

4. [德]本雅明著,张旭东、魏文生译:《发达资本主义时代的抒情诗人》,北京:生活·读书·新知三联书店,1992年。

5. [法]西蒙尼·德·波伏瓦著,郑克鲁译:《第二性》,上海:上海译文出版社,2011年。

6. 曹聚仁:《鲁迅评传》,北京:生活·读书·新知三联书店,2011年。

7. 陈平原:《二十世纪中国小说史》第一卷,北京:北京大学出版社,1989年。

8. 陈平原:《中国现代小说的起点:清末民初小说研究》,北京:北京大学出版社,2005年。

9. 陈平原:《小说史:理论与实践》,北京:北京大学出版社,2005年。

10. 陈平原:《中国小说叙事模式的转变》,北京:北京大学出版社,2010年。

11. 陈平原:《千古文人侠客梦》,北京:北京大学出版社,2010年。

12. 陈旭麓:《近代史两种》,上海:华东师范大学出版社,1996年。

13. 戴锦华:《犹在镜中——戴锦华访谈录》,北京:知识出版社,1999年。

14. 董康成、徐传礼:《闲话张恨水》,合肥:黄山书社,1987年。

15. 段从学:《"文协"与抗战时期文艺运动》,北京:北京大学出版社,2012年。

16. 范伯群、孔庆东:《通俗文学十五讲》,北京:北京大学出版社,2003年。

参考文献

17. 范伯群:《多元共生的中国文学的现代化历程》,上海:复旦大学出版社,2009年。
18. 范伯群:《中国近现代通俗文学史》,南京:江苏教育出版社,2010年。
19. 费孝通:《乡土中国》,上海:上海人民出版社,2007年。
20. 冯光廉:《鲁迅小说研究》,天津:天津人民出版社,1989年。
21. 冯亚琳:《感知、身体与都市空间》,合肥:安徽教育出版社,2009年。
22. 傅建安:《20世纪都市女性形象与都市文化》,长沙:湖南师范大学出版社,2010年。
23. 郜元宝:《鲁迅六讲》,北京:北京大学出版社,2007年。
24. 高远东:《现代如何"拿来"——鲁迅的思想与文学论集》,上海:复旦大学出版社,2009年。
25. 顾琅川:《周氏兄弟与浙东文化》,北京:人民出版社,2008年。
26. [韩]韩国中国现代文学学会编:《中国现代文学浅析》,首尔:东一出版社,2006年。
27. 何晓明:《知识分子与中国现代化》,上海:东方出版中心,2007年。
28. [韩]洪昔杓:《中国现代文学史》,首尔:梨花女子大学出版部,2009年。
29. 胡尹强:《破毁铁屋子的希望——〈呐喊〉〈彷徨〉新论》,北京:人民文学出版社,2001年。
30. 黄曙光:《当代小说中的乡村叙事:关于农民、革命与现代性之关系的文学表达》,成都:巴蜀书社,2009年。
31. 焦雨虹:《消费文化与都市表达:当代都市小说研究》,上海:学林出版社,2010年。

32. [韩]金时俊:《中国现代文学史》,首尔:知识产业社,1992年。
33. [德]卡尔·曼海姆著,张旅平译:《重建时代的人与社会:现代社会结构的研究》,北京:生活·读书·新知三联书店,2002年。
34. [美]马泰·卡林内斯库著,顾爱琳、李瑞华译:《现代性的五副面孔》,北京:商务印书馆,2002年。
35. 孔庆东:《正说鲁迅》,重庆:重庆出版社,2008年。
36. 孔庆东等著:《张恨水研究论文集》(八),北京:中国文化出版社,2012年。
37. 孔庆东:《超越雅俗》,重庆:重庆出版社,2008年。
38. 李长之、艾芜等著,孙郁、张梦阳编:《吃人与礼教:论鲁迅》(一),石家庄:河北教育出版社,2000年。
39. 李长之:《鲁迅批判》,长沙:岳麓书社,2009年。
40. 李欧梵:《铁屋中的呐喊》,北京:人民文学出版社,2010年。
41. 李欧梵:《中国现代文学与现代性十讲》,上海:复旦大学出版社,2002年。
42. 李欧梵:《未完成的现代性》,北京:北京大学出版社,2005年。
43. 李欧梵:《上海摩登——一种新都市文化在中国(1930—1945)》,北京:人民文学出版社,2010年。
44. 李欧梵:《现代性的追求》,北京:人民文学出版社,2010年。
45. 李小江:《性沟》,北京:生活·读书·新知三联书店,1989年。
46. 李泽厚:《中国近代思想史论》,北京:生活·读书·新知三联书店,2008年。
47. 李泽厚:《中国现代思想史论》,北京:生活·读书·新知三联书店,

2008年。

48. 李宗英、张梦阳编:《中国文学史资料全编(现代卷):六十年来鲁迅研究论文选(上、下)》,北京:知识产权出版社,2010年。

49. [美]理查德·利罕著,吴子枫译:《文学中的城市:知识与文化的历史》,上海:上海人民出版社,2009年。

50. 林非:《鲁迅和中国文化》,学苑出版社,1990年。

51. 林贤治:《鲁迅的最后十年》,上海:复旦大学出版社,2011年。

52. [美]刘康:《对话的喧声:巴赫金的文化转型理论》,北京:北京大学出版社,2011年。

53. [韩]刘世钟:《鲁迅式革命与近代中国》,首尔:韩神大学出版部,2008年。

54. 刘小枫:《沉重的肉身》,北京:华夏出版社,2012年。

55. 刘再复:《鲁迅传》,北京:人民日报出版社,2009年。

56. 鲁迅博物馆编:《韩国鲁迅研究论文集》,郑州:河南文艺出版社,2005年。

57. 陆耀东、唐达晖:《鲁迅小说独创性初探》,长沙:湖南人民出版社,1984年。

58. [英]麦克·费瑟斯通著,刘精明译:《消费文化与后现代主义》,南京:译林出版社,2000年。

59. 孟悦、戴锦华:《浮出历史地表》,北京:中国人民大学出版社,2004年。

60. 钱理群:《心灵的探寻》,石家庄:河北教育出版社,2000年。

61. 钱理群:《与鲁迅相遇》,北京:生活·读书·新知三联书店,2003年。

62. 钱理群:《鲁迅作品十五讲》,北京:北京大学出版社,2003年。

63. 钱理群、温儒敏、吴福辉:《中国现代文学三十年》,北京:北京大学出版社,1998年。

64. 钱穆:《中国文化史导论》,北京:九州出版社,2011年。

65. 秦牧:《艺海拾贝》,北京:中国青年出版社,2008年。

66. [韩]全炯俊:《鲁迅》,首尔:文学与知性社,1997年。

67. [韩]全炯俊:《对中国现代文学的理解》,首尔:文学与知性社,1996年。

68. 芮和师等编:《中国文学史资料全编(现代卷):鸳鸯蝴蝶派文学资料(上、下)》,北京:知识产权出版社,2010年。

69. 芮立群:《走近张恨水》,北京:中国文化出版社,2008年。

70. [日]山田敬三著,秦弓译:《鲁迅:无意识的存在主义》,北京:北京大学出版社,2012年。

71. 申丹:《叙述学与小说文体学研究》,北京:北京大学出版社,2001年。

72. 宋海东:《张恨水情归何处》,北京:新华出版社,2008年。

73. [美]史书美著,何恬译:《现代的诱惑:书写半殖民地中国的现代主义(1917—1937)》,南京:江苏人民出版社,2007年。

74. 孙玉石:《走进真实的鲁迅:鲁迅思想与五四文化论集》,北京:北京大学出版社,2010年。

75. 孙玉石:《现实的与哲学的:鲁迅〈野草〉重释》,北京:北京大学出版社,2010年。

76. 唐小兵:《再解读——大众文艺与意识形态》,香港:牛津大学出版社,1993年。

77. 汤哲声:《中国现代通俗小说思辨录》,北京:北京大学出版社, 2008年。

78. 王富仁:《中国文化的守夜人——鲁迅》,北京:人民文学出版社, 2010年。

79. 王富仁:《中国反封建思想革命的一面镜子:〈呐喊〉〈彷徨〉综论》, 北京:中国人民大学出版社,2010年。

80. 汪晖、钱理群等著:《鲁迅研究的历史批判》(二),石家庄:河北教育 出版社,2000年。

81. 汪晖:《反抗绝望:鲁迅及其文学世界》,北京:生活·读书·新知三 联书店,2008年。

82. 王乾坤:《鲁迅的生命哲学》,北京:人民文学出版社,2010年。

83. 王瑞:《鲁迅胡适文化心理比较:传统与现代的徘徊》,北京:社会科 学文献出版社,2006年。

84. 王晓明:《无法直面的人生——鲁迅传》,上海:上海文艺出版社, 1993年。

85. [日]丸尾常喜著,秦弓译:《"人"与"鬼"的纠葛:鲁迅小说论析》,北 京:人民文学出版社,2010年。

86. [澳]维莱丽·威尔森著,夏骞译:《金钱的私生活》,长春:吉林摄影 出版社,1999年。

87. [美]魏斯曼著,金远编译:《金钱与人生》,北京:农村读物出版社, 1988年。

88. 温奉桥:《现代性视野中的张恨水小说》,青岛:中国海洋大学出版 社,2005年。

89. 温奉桥:《张恨水新论》,济南:齐鲁书社,2009年。

90. 闻涛:《张恨水传》,北京:团结出版社,1999年。

91. 吴秀亮:《中国现代小说雅俗新论》,北京:人民出版社,2010年。

92. 吴中杰:《吴中杰评点鲁迅小说》,上海:复旦大学出版社,2003年。

93. 吴中杰:《鲁迅的艺术世界》,上海:复旦大学出版社,2006年。

94. 吴中杰:《鲁迅传》,上海:复旦大学出版社,2008年。

95. [德]西美尔著,顾仁明译,刘小枫编:《金钱、性别、现代生活风格》,上海:学林出版社,2000年。

96. 谢家顺:《张恨水小说教程》,合肥:合肥工业大学出版社,2011年。

97. 薛绥:《鲁迅生平史料汇编》(第四辑),天津人民出版社,1983年。

98. 徐传礼、董康成:《张恨水与通俗文学研究》,香港:香港新闻出版社,2010年。

99. 徐续达主编:《张恨水研究论文集》(三),北京:国际文化出版社,1997年。

100. 徐迅:《张恨水家事》,北京:中国华侨出版社,2008年。

101. 徐仲佳:《性爱问题:1920年代中国小说的现代性阐释》,北京:社会科学文献出版社,2005年。

102. 许纪霖:《中国知识分子十论》,上海:复旦大学出版社,2003年。

103. 许纪霖:《启蒙如何起死回生:现代中国知识分子的思想困境》,北京:北京大学出版社,2011年。

104. [美]许烺光著,薛刚译:《宗族·种性·俱乐部》,北京:华夏出版社,1990年。

105. 严家炎:《论鲁迅的复调小说》,北京:北京大学出版社,2011年。

106. 严家炎:《二十世纪中国文学史》,北京:高等教育出版社,2010年。
107. 杨义:《张恨水名作欣赏》,北京:中国和平出版社,1995年。
108. 杨义:《中国现代小说史》,北京:人民文学出版社,1993年。
109. 杨义:《中国古典小说史论》,北京:人民出版社,1998年。
110. 叶世祥:《鲁迅小说的形式意义》,北京:作家出版社,1999年。
111. 袁进:《小说奇才张恨水》,上海:上海书店出版社,1999年。
112. 袁进:《张恨水评传》,南京:南京大学出版社,2010年。
113. 袁进:《中国小说的近代变革》,桂林:广西师范大学出版社,2009年。
114. [美]约瑟夫·弗兰克著,秦林芳编译:《现代小说中的空间形式》,北京:北京大学出版社,1991年。
115. 曾智中、尤德彦编:《张恨水说北京》,成都:四川文艺出版社,2007年。
116. 曾智中、尤德彦编:《张恨水说重庆》,成都:四川文艺出版社,2007年。
117. [美]詹明信著,陈清侨等译,张旭东编:《晚期资本主义的文化逻辑:詹明信批评理论文选》,北京:生活·读书·新知三联书店,1997年。
118. 张德明:《现代性及其不满:中国现代文学的张力结构》,银川:宁夏人民出版社,2007年。
119. 张光芒:《启蒙论》,上海:上海三联书店,2002年。
120. 张纪:《我所知道的张恨水》,北京:金城出版社,2007年。
121. 张丽军:《乡土中国现代性的文学想象:现代作家的农民观与农民

形象嬗变研究》,上海:上海三联书店,2009年。

122. 张鲁高:《图景的融合与图景的分裂——张恨水与鲁迅的文学世界》,合肥:安徽文艺出版社,2013年。

123. 张明明:《回忆我的父亲张恨水》,天津:百花文艺出版社,1984年。

124. 张文东、王东:《浪漫传统与现实想象:中国现代小说中的传奇叙事》,北京:中国社会科学出版社,2007年。

125. 张伍:《我的父亲张恨水》,北京:团结出版社,2006年。

126. 张毅:《文人的黄昏——通俗小说大家张恨水评传》,北京:华夏出版社,1991年。

127. 张永:《民俗学与中国现代乡土小说》,上海:上海三联书店,2010年。

128. 张占国、魏守忠:《张恨水研究资料》,北京:知识产权出版社,2009年。

129. 赵汀阳:《论可能的生活:一种关于幸福和公正的理论》,北京:中国人民大学出版社,2004年。

130. 赵孝萱:《"鸳鸯蝴蝶派"新论》,兰州:兰州大学出版社,2003年。

131. 赵园:《北京:城与人》,上海:上海人民出版社,1991年。

132. 赵园:《地之子》,北京:北京大学出版社,2007年。

133. 周非:《中国知识分子沦亡史》,上海:上海三联书店,2011年。

134. 周小仪:《唯美主义与消费文化》,北京:北京大学出版社,2002年。

135. [日]竹内好著,李心峰译:《鲁迅》,杭州:浙江文艺出版社,1986年。

136. 朱晓进:《鲁迅文学观综论》,西安:陕西人民教育出版社,1996年。

137. 朱正:《一个人的呐喊:鲁迅1881——1936》,北京:北京十月文艺出版社,2007年。

138. 朱周斌:《怀疑中的接受:张恨水小说中的现代日常生活》,桂林:广西师范大学出版社,2010年。

139. 庄汉新、邵明波:《中国20世纪乡土小说论评》,北京:学苑出版社,1997年。

140. 朱志荣:《中国现代通俗文学艺术论》,上海:上海三联书店,2009年。

三、相关论文

1. 曹建玲:《超性别书写——鲁迅作品的女性主义立场》,《华中师范大学学报》,2004年第3期。

2. 陈思和:《关于中国现代短篇小说》,《小说评论》,2000年第1期。

3. 范伯群:《试论鸳鸯蝴蝶派》,《中国现代文学研究丛刊》,1981年第2期。

4. 范伯群:《论新文学与通俗文学的互补关系》,《中国现代文学研究丛刊》,2003年第1期。

5. 冯奇:《服从与献身——鲁迅对中国女性身份的批判性考察》,《鲁迅研究月刊》,1997年第10期。

6. 高玉:《语言运动与思想革命——五四新文学的理论与实践》,《文学评论》,2002年第5期。

7. 何仲明:《国民性批判:一个文化的谎言》,《探索与争鸣》,2009年第7期。

8. 黄晓华:《躯体的解控与去魅——周氏兄弟关于"人的解放"的一个重要视角》,《鲁迅研究月刊》,2003年第12期。

9. 黄轶:《鲁迅〈呐喊〉中"文"与"白"的文化身份隐喻》,《郑州大学学报》(哲学社会科学版),2012年第2期。

10. 贾丽萍:《转型与变化》,《云南社会科学》,2004年第4期。

11. 孔庆东:《论抗战时期的社会言情小说》,《中国现代文学研究丛刊》,1997年第1期。

12. 孔庆东:《鲁迅的世故》,《思维与智慧》,2009年第3期。

13. 孔庆东:《"雅""俗"标准如何辨析》,《人民论坛》,2010年第24期。

14. 孔庆东:《鸳鸯蝴蝶派与左翼文学》,《汕头大学学报》(人文社会科学版),2011年第2期。

15. 李波:《梦醒了走向何方:鲁迅笔下的女性形象》,《文学界》(理论版),2011年第11期。

16. 李明军:《文化蒙蔽:鲁迅小说中女性形象的精神桎梏》,《鲁迅研究月刊》,2004年第7期。

17. 李武华:《女性的异化与男权的颠覆——以女权主义批评角度解读鲁迅小说》,《语文学刊》,2006年第17期。

18. 龙迪勇:《论现代小说的空间叙事》,《江西社会科学》,2003年第10期。

19. 马国明:《面向公众沟通——本雅明的报刊文章》,《书城》,2000年第9期。

20. 逄增玉:《鲁迅小说中的"医学"内容和叙事》,《社会科学战线》,2003年第4期。

21. 钱理群:《"为人生"的文学——关于〈呐喊〉和〈彷徨〉的写作》(1~

3),《海南师范学院学报》(社会科学版),2002年第6期、2003年第1期、2003年第2期。

22. 苏克军:《失去的"故乡"——鲁迅作品中的精神困境》,《华夏文化论坛》,2012年第1期。

23. 孙丽玲:《论鲁迅小说中女性形象的悲剧特征》,《曲靖师专学报》,1997年第3期。

24. 汤哲声:《"徽骆驼"张恨水:一种人生、一种人格、一种品位》,《池州学院学报》,2011年第1期。

25. 唐俟:《鲁迅写作中的性》,《鲁迅研究月刊》,2002年第6期。

26. 唐小兵:《蝶魂花影惜分飞》,《读书》,1993年第9期。

27. 汪晖:《进化的理念与"轮回"的经验——论鲁迅的内心世界》,《广东社会科学》,1989年第4期。

28. 汪晖:《鲁迅的精神结构与〈呐喊〉〈彷徨〉》,《社会科学辑刊》,1989年第5期。

29. 王得后:《对于鲁迅国民性改造思想的断想》,《鲁迅研究月刊》,2002年第5期。

30. 王富仁:《鲁迅小说的叙事艺术》,《中国现代文学研究丛刊》,2000年第3期。

31. 王卫平:《"五四"及二十年代前半期的知识分子小说》,《海南师范学院学报》,2006年第3期。

32. 温奉桥:《张恨水与中国文化现代化》,《山东师范大学学报》(人文社会科学版),2003年第2期。

33. 温奉桥、李萌羽:《论张恨水小说的文体现代性》,《东方论坛》,2004年第5期。

34. 温儒敏:《欧洲现实主义传入与"五四"时期的现实主义文学》,《中国社会科学》,1986年第3期。
35. 谢家顺:《张恨水〈写作生涯回忆〉补遗》,《新文学史料》,2013年第1期。
36. 熊焰、曹明丽:《鲁迅文言文活典活用现象》,《鲁迅研究月刊》,2010年12期。
37. 杨义:《张恨水:热闹中的寂寞》,《文学评论》,1995年第5期。
38. 张海玉:《鲁迅小说中的"女性异化"与"双性和谐"探寻》,《语文学刊》,2003年第4期。
39. 郑炎贵:《"金字塔"与故土情结的关联——试论皖江文化对张恨水创作的影响》,《池州学院学报》,2008年第4期。
40. 朱周斌:《"新旧之旧"与"旧中之新"——张恨水〈落霞孤鹜〉解读》,《池州学院学报》,2008年第6期。

后　记

在北京大学工作生活期间,得益于恩师孔庆东教授的悉心教导,我在从事研究工作之初,便将中国现代文学中新文学阵营与通俗文学阵营的关系作为重点。进入新时期以来,学术界对两大文学阵营的关注较以往有所加强,但针对两大阵营代表人物——鲁迅与张恨水的系统比较研究却付之阙如。因此,秉承着于生活的细枝末节中观察、思考文学艺术与人生百态的初衷,我的研究方向一直围绕"以鲁迅与张恨水为代表的雅俗两种文学与社会生活的关系"而展开。

本书是我生平第一部中文专著。创作过程中,我坚持立足文本,从文本细读入手,力图通过对鲁迅与张恨水的生存经历、所处的社会背景以及文学创作的比较与阐释,全面探讨新文化运动以来,两人在社会改革及中国文坛的革新中所起到的巨大作用。在梳理两位大家同质性特点的基础上,我尝试将两人置于20世纪初社会历史的大背景之下,努力探索其各自特立的精神世界与创作文本是如何形成的,思考这种差异的形成与当时中国社会生活的转型有何关系。这是辩证介于现代启蒙与腐朽传统之间根本矛盾的一种新思路——通俗文学作家对传统的缅怀与对新社会的重重疑窦,以及新文学作家对传统的批判及对后世看法的影响。此外,在中国现代文学发展史中,高雅文学与通俗文学的定位并非一成不变,两者之间存在转换和归化的多种可能。而雅俗文学,则是将两种文学内涵进行不断推演、借鉴融合的产物,敦促着当时的文学创作者不断调整、更新文化视野,勇于追求文学艺术创作的革新,并帮助提升大众鉴赏雅俗文学艺术的综合水平。

将视野再次拉回鲁迅与张恨水,思想的碰撞既存在于两人的成长经历之中,又熔铸于其文学创作中的文本形象与文本本身。通过观察历史转型时期知识分子内在的复杂性与矛盾性,我们可以探讨鲁迅与张恨水作为同一时代的知识分子,其对待"传统与现代化"的不同态度,并由此得到一种反思中国现代化进程及民众思想解放道路的新视角。在研究过程中,本人从一名韩籍学者的视角反观当前韩国国内的中国文学研究领域,看到针对张恨水在通俗文学版块的研究基础依旧相对薄弱。故本人立足于中韩文化背景,以韩国人的视角审视中国现代文学的两位巨匠,积极探索、关联中韩两国的张恨水研究,并希望借此能促进中韩两国文化研究领域的交流,架起两国大众文化和学术交流的桥梁。

今年恰逢中韩建交30周年,两国民众历经风雨,携手同行,硕果

后记

累累。回顾我在中国 19 年的学习生活经历，那些与师长、同学们共同度过的日日夜夜早已融入我的血液，让我深深爱上了这片土地。北京大学中文系孔庆东老师是我进入中国现代文学领域的引路人，他不仅教我专业知识，还教我为人处世，给予了我无限的精神财富，能够成为孔门的第一名博士是我一生中最大的荣幸；北京大学中文系高远东老师见证了我在求学之路上的成长，指导我于困境中牢牢坚守自己的梦想，给予我无限的温暖。在北京大学外国语学院工作的 7 年时间里，得益于王丹副院长的鼓励与关爱，使我能够有机会指导优秀的中国学生；在山东师范大学文学院李宗刚老师的指导下，我得以有机会尝试不同的研究领域，更使我不断鞭策自己在学术研究上积极拓展新的思路。

2021 年 8 月，我有幸进入山东大学人文社会科学青岛研究院，在丛新强主任的带领下，我不断尝试新的研究视角，收获了不同于以往的研究心得；同时得益于丛主任的帮助，我在学术研究领域的目标更加清晰，信心也更加坚定，并立志为山东大学做出自己的贡献；山东大学人文社会科学青岛研究院张荣林书记、方雷院长，校本部文学院杜泽逊院长，不仅给予我继续深造成长的学术平台，更是对我第一本中文专著的出版，给予了全面支持与鼓励，让我有勇气坚定迈出研究道路上的每一步。书中内容虽是我个人的研究心得，但其得以刊印，全有赖师长前辈们的关照，再次致以我最衷心的感谢。

薛熹祯
2022 年 8 月 15 日于青岛

图书在版编目（ＣＩＰ）数据

雅俗之辨：现代与传统视域中的鲁迅和张恨水 / （韩）薛熹祯著. -- 上海：上海文艺出版社，2025
ISBN 978-7-5321-8576-4

Ⅰ.①雅… Ⅱ.①薛… Ⅲ.①鲁迅著作研究②张恨水（1895—1967）—文学研究 Ⅳ.①I210.97②I206.6

中国国家版本馆CIP数据核字(2023)第063912号

发 行 人：毕　胜
责任编辑：胡艳秋
特约编辑：张艳堂
封面设计：周志武

书　　　名：雅俗之辨：现代与传统视域中的鲁迅和张恨水
作　　　者：[韩] 薛熹祯
出　　　版：上海世纪出版集团　上海文艺出版社
地　　　址：上海市闵行区号景路159弄A座2楼 201101
发　　　行：上海文艺出版社发行中心
　　　　　　上海市闵行区号景路159弄A座2楼206室 201101 www.ewen.co
印　　　刷：崇明裕安印刷厂
开　　　本：890×1240　1/32
印　　　张：12.5
插　　　页：2
字　　　数：278,000
印　　　次：2025年1月第1版　2025年1月第1次印刷
Ｉ Ｓ Ｂ Ｎ：978-7-5321-8576-4/I.6756
定　　　价：68.00元
告　读　者：如发现本书有质量问题请与印刷厂质量科联系　T：021-59404766